Férias nos Hamptons

SARAH MORGAN

Férias nos Hamptons

tradução de
William Zeytoulian

Rio de Janeiro, 2021

Título original: Holiday in the Hamptons
Copyright © 2017 by Sarah Morgan

Todos os personagens neste livro são fictícios.
Qualquer semelhança com pessoas vivas ou mortas é mera coincidência.

Direitos de edição da obra em língua portuguesa no Brasil
adquiridos pela Editora HR LTDA. Todos os direitos reservados.
Nenhuma parte desta obra pode ser apropriada e estocada em
sistema de banco de dados ou processo similar, em qualquer forma ou meio,
seja eletrônico, de fotocópia, gravação etc., sem a
permissão do detentor do copyright.

Direitos exclusivos de publicação em língua portuguesa cedidos pela Harlequin
Enterprises II B.V./ S.À.R.L para Editora HR Ltda.

A Harlequin é um selo da HarperCollins Brasil.

Contatos:
Rua da Quitanda, 86, sala 218 — Centro — 20091-005
Rio de Janeiro — RJ
Tel.: (21) 3175-1030

DIRETORA EDITORIAL
Raquel Cozer

EDITOR
Julia Barreto

COPIDESQUE
Thaís Lima

REVISÃO
Kátia Regina Silva

DIAGRAMAÇÃO
Abreu's System

DESIGN DE CAPA
Osmane Garcia Filho

CIP-Brasil. Catalogação na Publicação
Sindicato Nacional dos Editores de Livros, RJ

M846f

Morgan, Sarah, 1948-
Férias nos Hamptons / Sarah Morgan ; tradução William
Zeytoulian. – 1. ed. – Rio de Janeiro : Harlequin, 2021.
368 p.   (Para Nova York, com amor ; 5)

Tradução de : Holiday in the Hamptons
ISBN 9786587721415

1. Romance americano. I. Zeytoulian, William. II. Título.
III. Série.

20-67234

CDD: 813
CDU: 82-31(73)

Camila Donis Hartmann – Bibliotecária – CRB-7/6472

Para Flo, com amor e gratidão por todas as impressões
sobre o que é a vida de gêmea. Você é a melhor.

———

"No coração humano há tesouros secretos,
segredo ocultado em silêncio selado;
ideias, prazeres, sonhos, projetos,
cujo charme se iria caso revelados."
— Charlotte Brontë

Prólogo

COMPARADO A TODOS OS OUTROS aniversários de 18 anos, aquele deveria ser o pior da história.

Fliss atravessou o jardim que contornava três lados da casa de praia. Não sentiu os espinhos ou os golpes da grama alta em suas panturrilhas nuas porque já estava sentindo muitas outras coisas. Coisas maiores.

O velho portão enferrujado arranhou sua cintura enquanto passava por ele. A tristeza acelerava os passos de Fliss pelo caminho de grama que corria das dunas à praia. Ninguém poderia alcançá-la agora. Ela iria para um lugar longe de todos. Longe *dele*. E não voltaria para casa até que ele tivesse ido embora. O bolo de aniversário não seria comido, as velas não seriam apagadas, os pratos permaneceriam intocados. Não haveria cantoria, cumprimentos, comemoração. Que motivos tinha para comemorar?

Circulando a tristeza estava a fúria e, sob a raiva e a tristeza, a dor. Uma dor que Fliss se empenhava em nunca demonstrar. *Nunca deixe um valentão ver seu medo. Nunca se permita ser vulnerável.* Não fora isso que seu irmão tinha ensinado? Seu pai, ela entendera havia tempos, era um valentão.

Se tivesse que escolher uma palavra para descrevê-lo, seria *raivoso*. E ela não conseguia entender o porquê. Fliss tinha raiva de tempos em tempos, seu irmão também, mas sempre por algum motivo. Com seu pai, não tinha razão de ser. Era como se ele se levantasse de manhã e mergulhasse num poço de raiva.

As palavras latejavam em sua cabeça no mesmo ritmo dos passos. *Eu o odeio, eu o odeio, eu o odeio...*

Seus pés tocaram a areia. O vento ergueu o cabelo dela. Fliss inspirou outra lufada de ar, saboreando o mar e a brisa salgada. Apertando os olhos cheios de lágrimas, tentou substituir o som da voz do pai pela trilha familiar de gaivotas e marulho.

Teria sido um dia perfeito de verão, mas seu pai sabia como apagar o sol dos dias mais ensolarados. De todos os dias, sem exceção. Até mesmo o de seu aniversário de 18 anos. Ele sempre sabia como fazê-la se sentir mal.

Com a respiração presa no peito e o coração batendo como punhos num saco de pancadas, Fliss tentou deixar os sentimentos de lado.

Você não passa de um problema. Inútil, imprestável, nula, estúpida...

Se ela fosse tão inútil quanto ele queria fazê-la crer, muito provavelmente Fliss correria direto para o fundo do mar. Nesse caso, porém, ele ficaria contente de se ver livre dela, e ela se recusava a fazer qualquer coisa que pudesse satisfazê-lo.

Nos últimos tempos, Fliss havia dedicado sua vida a alimentar a visão ruim que ele tinha dela, não porque quisesse causar problemas, mas porque as regras dele não faziam sentido e lhe agradar era impossível.

O pior de tudo era que nem era para ele estar ali.

Os meses do verão, longe dele, eram o oásis da família. Era quando passava o tempo com seus irmãos, a mãe e a avó enquanto o pai ficava na cidade, despejando sua raiva apenas no trabalho.

Ela tinha aprendido a amar essas semanas preciosas em que a luz do sol invadia a escuridão, em que tudo o que arrastava para dentro de casa era areia e risos. Ficavam todos acordados até mais tarde e despertavam mais felizes e leves na manhã seguinte. Certos dias, levavam o café da manhã até a praia e comiam de frente para o oceano. Naquela manhã, em seu café da manhã de aniversário, a escolha fora um cesto de pêssegos maduros. Fliss estava limpando o suco que escorria de seu queixo quando ouviu as rodas do carro do pai chafurdar o cascalho da casa da praia.

Sua irmã gêmea ficou pálida. Seu pêssego escorregou lentamente dos dedos e se afundou na areia, deixando a fruta delicada imediatamente áspera. *Que nem a vida*, pensou Fliss, escondendo o desespero.

A mãe entrou em pânico. Enfiou os pés nos sapatos e tentou domar o cabelo revolto de vento com a mão que tremia como um ramo de árvore na tempestade. No verão, ela se tornava outra mulher. Um desconhecido poderia achar que a mudança decorria da vida tranquila na praia, mas Fliss sabia que o motivo era a distância do marido.

E lá estava ele. Invadindo o alegre idílio de praia deles.

Seu irmão, tranquilo como sempre, assumira o controle. *Provavelmente é alguma entrega*, dissera. *Algum vizinho.*

Mas todos sabiam que não era nem entrega nem vizinho. O pai deles dirigia da mesma forma que fazia as outras coisas, com raiva, roncando o motor e mandando pedrinhas pelos ares. *Raiva* era seu cartão de visitas.

Fliss sabia que era ele. O gosto doce de pêssego ficou amargo em sua boca. Estava acostumada com o pai estragando cada centímetro de sua vida, mas agora ele estragaria seu verão também?

O céu azul e sem nuvens pareceu ficar soturno. Fliss sabia que, até que ele fosse embora novamente, ela arrastaria seu mau humor para cima e para baixo como uma corrente.

Estava decidida a vê-lo o mínimo possível. Por isso escolheu a praia em vez de seu quarto.

Os chinelos estavam dificultando seu caminhar, então Fliss parou e os tirou. Correndo agora, a areia sob os pés estava fria e macia; e seus passos, silenciosos. Ao longe, podia ver a névoa branca da espuma surgir sobre as rochas e ouvir o silvo das ondas avançando e recuando.

De algum lugar distante, alguém chamou seu nome, o que a fez acelerar o passo.

Fliss não queria ver ninguém. Não assim, tão exposta e vulnerável. Sempre mantinha seus sentimentos guardados, mas não conseguia fazê-lo naquele momento, quando não parecia haver espaço para todos. Eles preenchiam seu coração, faziam sua cabeça doer e os olhos lacrimejar. Mas não iria chorar. Ela nunca chorava, nunca daria a ele essa satisfação. Se seus olhos estavam marejados, era por causa do vento.

— Fliss!

Ouviu seu nome outra vez e quase tropeçou quando reconheceu a voz. Seth Carlyle. Filho mais velho de Matthew e Catherine Carlyle. Família abastada, dinheiro herdado. Rico, bem-sucedido, inteligente e decente. Fino. Nenhum fantasma voltava para assombrar *aquela* família. Não havia gente subindo o tom de voz nem crianças tremendo de medo. Fliss poderia apostar que Catherine Carlyle não precisava quase se arrastar contra as paredes para evitar chamar a atenção do marido e por nada nesse mundo Fliss conseguiria imaginar Matthew Carlyle erguendo a voz. Na casa dos Carlyle, os pratos eram usados como recipiente de comida, não como um projétil em potencial. Tinha certeza de que Seth nunca fez seu pai se sentir envergonhado ou triste. Era o menino de ouro.

Era também o amigo de seu irmão. Se soubesse que Fliss estava triste, contaria ao irmão dela e Daniel mais uma vez se colocaria entre ela e o pai. Seus instintos protetores haviam-no colocado em fogo cruzado mais vezes do que Fliss queria lembrar. Ela não se importava que Daniel fizesse isso por Harriet, sua irmã gêmea, que quando ficava estressada gaguejava tanto que não conseguia falar, mas Fliss não queria que Daniel fizesse aquilo por ela. Conseguia lutar por si mesma e, naquele momento, era capaz de lutar até a morte.

Ignorando a voz de Seth, continuou correndo. Ele não a seguiria. Voltaria para o grupo, jogaria vôlei de praia, talvez surfaria ou nadaria com eles. Coisas que Fliss tinha planejado fazer naquele dia, antes de seu pai chegar de surpresa para passar o final de semana e estragar tudo.

Correu até chegar às pedras. Escalou as bordas afiadas sem parar, ignorando as pontadas nas palmas de suas mãos, e desceu à areia macia do outro lado.

Visitava aquela região dos Hamptons desde que nascera, e os verões que ela, sua irmã gêmea e seu irmão passavam com a avó haviam lhe dado as únicas lembranças felizes de sua infância.

— Fliss? — Era Seth novamente e, dessa vez, a voz soou mais profunda, mais grossa, mais *próxima*.

Droga.

— Me deixa em paz, Seth.

Ele não obedeceu. Em vez disso, pulou das pedras de forma ágil, atlética, e seus ombros bloquearam o sol. Ele estava vestindo apenas uma bermuda de mergulho. Seu peito estava nu e reluzia com gotículas de água. Fazia parte da equipe de natação da faculdade e os quatro últimos verões em que fora salva-vidas haviam lhe dado músculos nos lugares certos. Todo mundo na ilha sabia da vez que Seth Carlyle tinha arriscado a própria vida para salvar dois garotos que haviam ignorado os avisos e levado um barco inflável para o mar. Seth era esse tipo de pessoa. Ele fazia a coisa certa.

Já Fliss sempre fazia a coisa errada.

Ela havia passado o verão ouvindo as outras garotas cobiçando Seth, e não era difícil entender o que viam nele. Ele era inteligente, bem-humorado e seguro de si, sem ser arrogante. E atraente. Insanamente atraente, com aquele corpo esguio e sarado, e a pele que ficava dourada ao primeiro toque do sol. Seus olhos e cabelo eram escuros como carvão, legado da família de seu avô paterno, que era italiano. Ele tinha a mesma idade que Daniel, o que o tornava um pouco velho demais para ela. O pai de Fliss teria um surto com a diferença de cinco anos de idade. *Meninas de sua idade têm que sair com meninos, não homens.*

Vendo Seth se aproximar, Fliss sentiu os músculos ficarem tensos. Estava na cara que sua libido não estava ciente das regras. Ou era isso ou sua atração sexual não sabia contar.

Ou talvez ela o desejasse *porque* sabia que seu pai surtaria.

Ele parou diante dela.

— O que aconteceu?

Como ele sabia que tinha acontecido algo? Fliss tinha anos de prática em esconder os sentimentos, mas Seth sempre parecia enxergar além das camadas de proteção que escondiam a verdade de todos.

Ela brincava com Harriet que Seth era como uma máquina de raios X ou de ressonância magnética, mas a verdade era que ele era só assustadoramente perceptivo. Ou quem sabe ela devesse dizer que, na verdade, ele era perceptivo e que aquilo a assustava.

Se quisesse que as pessoas soubessem quão mal estava na maior parte do tempo, contaria a elas.

— Não aconteceu nada.

Fliss não mencionou a briga com o pai. Nunca conversava sobre aquilo com as pessoas. Não queria que soubessem. Não queria a compaixão dos outros. Não queria que sentissem dó. Não queria, principalmente, que as pessoas soubessem como as brigas com o pai a deixavam mal; não apenas porque tinha aprendido a esconder seus sentimentos, mas porque parte dela tinha medo de que, ao enunciar aquilo em voz alta, as palavras dariam força à situação. Não queria dar voz ao pensamento insistente de que talvez seu pai tivesse razão. Que talvez ela fosse mesmo inútil e desprezível como ele acreditava que fosse.

Seth, no entanto, não desistia fácil.

— Certeza? Pois você não me parece uma mulher comemorando seu aniversário de 18 anos.

Mulher.

Ele a havia chamado de mulher.

Fliss ficou tonta. Naquele momento, sentiu a diferença de idade evaporar. Certeza e força substituíram a dúvida e a insegurança.

— Quis passar um tempo sozinha.

— No seu aniversário? Isso não me parece certo. Ninguém deveria passar o aniversário sozinho, especialmente o de 18 anos.

Fliss conhecia Seth havia anos, mas tinham se aproximado mais do que nunca naquele verão. Diferente do pai dela, Seth nunca parecia se incomodar com as traquinagens de Fliss. Quando, na noite anterior, ela quis nadar nua no oceano, Harriet havia implorado para que não fosse, enquanto Seth simplesmente dera risada. Não fora junto, mas tinha ficado esperando nas pedras até que Fliss retornasse em segurança. *Porque Seth Carlyle sempre faz a coisa certa.*

De qualquer maneira, ele não havia julgado nem dado sermão. Apenas lhe entregara a toalha e sentara-se na areia como se sua missão estivesse cumprida. Nunca a tocava, por mais que Fliss tivesse desejado milhões de vezes. Sabia que ele tomava conta dela pois era amigo de Daniel e uma pessoa responsável.

E agora ela estava desejando novamente. O que provava que Fliss era tudo, menos uma pessoa responsável.

Para ter certeza de que não cairia em tentação e lançaria os braços em volta dele, ela envolveu a si mesma num abraço.

O olhar dele se voltou para baixo.

— Você cortou a mão. Deveria tomar mais cuidado com essas pedras. Está doendo?

— Não.

Fliss colocou as mãos para trás. Metade dela queria que ele fosse embora enquanto a outra metade queria que Seth ficasse.

— Se não dói, por que você está chorando?

Ela estava chorando? Passou a base da mão nas bochechas e descobriu que estavam molhadas.

— Caiu areia nos meus olhos enquanto eu corria.

Ele pensou que Fliss estava magoada pelas feridas que via.

Ele não fazia ideia das feridas que ela escondia.

— Por que você saiu correndo?

Ele alcançou os braços dela e os puxou delicadamente para a frente. Em seguida, virou as mãos dela para que pudesse examiná-las. Seus dedos eram longos e fortes e as mãos de Fliss pareciam pequenas perto das dele. E delicadas.

Ela não queria ser delicada. Sua mãe era delicada. Vê-la navegar naquele casamento tempestuoso era como ver uma margarida solitária tentando se manter de pé no meio de um furacão. Fliss queria ser resistente como um espinheiro, o tipo de planta que as pessoas tratam com respeito e cuidado. Ela estava determinada a se estabelecer na vida de modo a nunca ficar presa na situação em que sua mãe se encontrava.

Se eu deixar seu pai, eu perco vocês. Ele ia dar um jeito de me tirar a custódia, e não tenho nem dinheiro nem influência para lutar contra isso.

Seth abaixou a cabeça e Fliss viu madeixas de seu cabelo escuro caírem sobre sua testa. Sentiu vontade de tocá-las, deslizar seus dedos entre elas, sentir sua maciez na mão. Quis tocar os músculos fortes de seus ombros, mesmo sabendo que não seriam macios. Eram duros e potentes. Sabia disso porque, no verão passado, alguém a havia atirado na água e fora Seth quem a resgatara. Ser carregada por ele não era algo que uma mulher esqueceria tão rapidamente.

Desconcertada, Fliss levou o olhar ao rosto dele. Seu nariz tinha uma leve protuberância graças à lesão que havia sofrido jogando futebol americano no verão anterior e ele tinha uma cicatriz no queixo pela cabeçada que dera numa prancha de surfe, o que lhe rendera catorze pontos.

Fliss não se importava. Para ela, Seth Carlyle era a coisa mais perfeita que já vira na vida.

Havia algo que o diferenciava dos outros. Não era apenas o fato de ele ser mais velho, mas também o fato de ser mais *seguro*. Sabia o que queria. Tinha foco. Fazia a coisa certa parecer sexy. Estudava veterinária e Fliss tinha certeza de que ele seria bom naquilo. Ele deixaria seu pai orgulhoso.

Diferente dela.

Ela enchia o pai de desdém, desespero e raiva, nunca de orgulho.

E não queria arrastar Seth consigo.

Tirou as mãos das dele e cerrou os dedos nas palmas para não o tocar mais.

— Você devia se juntar aos outros. Está jogando fora este dia perfeito.

— Não estou jogando nada fora. Estou exatamente onde quero estar.

Seu olhar focava exclusivamente nela, e ele abriu seu sorriso largo e natural que fazia Fliss se sentir a única mulher no planeta. Ela não sabia o que a cativava mais: se a curvatura da boca dele ou o jeito como aqueles olhos escuros e sonolentos enrugavam levemente nos cantos.

Seu estômago revirou. Depois de se sentir tão indesejável, era uma mudança e tanto sentir o oposto.

O que aconteceria se lançasse os braços em volta dele e o beijasse? Ele perderia o controle e faria alguma coisa errada pela primeira vez na vida? Talvez lhe tirasse a virgindade ali mesmo, na areia. Aquilo sim daria a seu pai algo de que reclamar.

A ideia a fez franzir o cenho. Nem em pensamento queria deixar seu pai estragar a relação que tinha com Seth.

— Você não deveria estar aqui comigo.

Ela encostou as costas contra a pedra e lançou um olhar feio para afastá-lo, o que não funcionou.

— Vi um carro lá fora. Era seu pai? Ele não costuma vir passar o verão com você, não é?

Fliss sentiu como se tivesse sido jogada nua no Atlântico.

— Ele chegou hoje de manhã. Decidiu fazer uma surpresa.

O olhar de Seth não se desviou.

— Para comemorar seu aniversário ou estragá-lo?

Ele sabia.

Fliss contorceu-se de horror e vergonha. Por que não podia ter uma família normal, como todo mundo?

— Não fiquei para descobrir.

— Ele talvez queira entregar um presente pessoalmente.

— Este seria seu pai, não o meu. — As palavras pularam de sua boca antes que pudesse impedi-las. — Meu pai não me traz presentes.

— Não? Então acertei. — Ele apoiou um braço na pedra atrás de Fliss e, com o outro, alcançou o bolso da bermuda. — Espero que você goste.

Ela moveu o olhar das curvas do bíceps dele para a bolsinha de veludo creme na palma da mão dele.

— Você comprou um presente para mim?

— Não é todo dia que uma mulher faz 18 anos.

Lá estava aquela palavra de novo. *Mulher*. Ele comprara um presente. Ele havia, de verdade, *escolhido* algo para ela. Não teria feito isto se não se importasse, teria?

Sua autoestima murcha bebeu do incentivo tão necessitado. Sentiu-se zonza e dormente, mais do que naquela vez que contrabandeara uma garrafa de vodca à praia.

— O que é isso?

— Abra e descubra.

Ela pegou a bolsinha da mão dele e reconheceu o logotipo prateado em forma de concha. Sabia que, independentemente do que houvesse ali dentro, não era barato. Ela e Harriet tinham passado em frente da fina joalheria quando foram à cidade, mas os preços as impediram de continuar olhando a vitrine. O preço evidentemente não era uma questão se seu sobrenome fosse Carlyle.

Fliss virou o conteúdo da bolsinha na palma da mão e, por um instante, esqueceu-se de respirar, pois nunca havia visto algo tão lindo. Era um colar com um pingente prateado de concha numa corrente de prata, o presente mais reluzente e perfeito que tinha recebido na vida.

Esquecendo-se de manter distância, lançou os braços em torno dele. Ele cheirava a sol, água do mar e homem. A homem gostoso e sensual. Fliss demorou para lembrar que estava apenas de shortinho e regata. Pelo tanto de barreira que essas roupas proporcionavam, quase dava no mesmo estar sem nada. Sua pele deslizou contra a dele e seus dedos se fecharam nos ombros de Seth. Fliss sentiu a musculatura forte por debaixo da pele bronzeada e a pressão perigosamente deliciosa do corpo dele contra o seu.

Sabia que deveria soltá-lo. Seu pai teria um surto se a visse. Detestava vê-la com meninos.

Mas Seth não era um menino, não é? Seth era um homem. Um homem que reconhecia a mulher nela. A primeira pessoa que a via daquela maneira. Fliss pensou que aquele talvez fosse o melhor presente de aniversário da história.

O pai dela a fazia se sentir como um nada, mas Seth... Seth a fazia sentir-se algo. Fazia-a se sentir tudo.

— Fliss... — disse ele com a voz rouca. Suas mãos deslizaram até a cintura dela, segurando-a firmemente. — A gente não devia... você está triste...

— Não mais.

Antes que Seth pudesse dizer algo, ela pressionou a boca contra dele. Sentiu o frescor de seus lábios e o choque súbito. Pensou que, se ele se afastasse, ela morreria de vergonha na hora, ali mesmo na areia.

Mas Seth não se afastou. Em vez disso, puxou-a para junto de si com mãos resolutas, prendendo-a contra seu corpo forte. Ao fundo, Fliss conseguia ouvir o murmurar do oceano, mas aqui, na solidão das dunas, havia apenas Seth e a indescritível mágica daquele primeiro beijo.

Conforme ele inclinava a cabeça e lhe retribuía o beijo, Fliss pensou que seu aniversário de 18 anos tinha acabado de passar do pior para o melhor dia de sua vida. Derretendo sob o deslizar erótico da língua e as carícias íntimas das mãos de Seth, ela parou de pensar no pai. Só conseguia pensar em como Seth a fazia se sentir. Quem imaginaria isto? Quem diria que Seth, o bom moço, tinha um lado tão safado? Onde aprendera a beijar daquele jeito?

Fliss repetiu para si mesma que merecia um pouquinho de romance em seu aniversário de 18 anos. Que merecia *aquilo*.

Nunca nada ou ninguém a havia feito se sentir daquele jeito.

E fazer a coisa errada nunca pareceu tão certo.

Capítulo 1

Dez anos depois...

— DECIDI QUE A GENTE deveria expandir nosso negócio. — Fliss tirou os sapatos e os deixou no meio do caminho enquanto atravessava a cozinha descalça. — Você deu uma olhada na nossa agenda do próximo mês? Não temos nenhum horário livre. Nossas indicações dobraram e as reservas estão explodindo. É hora de capitalizar nosso sucesso e pensar em crescer.

Ao infinito e além, pensou ela. A sensação era boa.

A irmã, ocupada em alimentar um filhote de que estava cuidando, estava menos empolgada.

— A gente já está cobrindo o lado leste de Manhattan inteiro.

— Eu sei, não estou sugerindo que a gente amplie a parte de passeadores de cão. — Fliss havia pensado muito no assunto, estudado a concorrência e feito as contas. Sua cabeça estava cheia de possibilidades. — Acho que a gente devia explorar outra área que tem uma margem de lucro melhor. Oferecer serviços adicionais.

— Tipo o quê? — Harriet puxou o filhote para mais perto. — Temos um negócio de passeio com cachorros. Guardiões do Latido.

Você está pensando em expandir para gatos também? Os Mentores do Miado?

— Já damos comida e cuidado para gatos se os donos nos pedem. Estou pensando em serviços de babás para animais. Estadias de pernoite. Serviços de férias.

A última parte atraiu a atenção da irmã.

— Você quer que eu passe a noite na casa de algum estranho? Pode esquecer.

— É *óbvio* que o estranho não vai estar lá. Se o dono estivesse em casa, não precisaria de um cuidador.

— Ainda não me soa bem. — Harriet torceu o nariz. — Gosto da minha própria casa. Se eu fizer isso, como vou cuidar dos animais abandonados aqui?

— Ainda não resolvi essa parte.

Fliss sabia que não adiantaria propor à irmã que parasse de acolher bichos. De jeito nenhum Harriet darias as costas a animais que precisassem de ajuda.

E não queria ver a irmã triste. Fliss crescera protegendo Harriet. Primeiro de seu pai; depois de tudo e todos que ameaçassem a irmã gêmea.

Fora protegendo a irmã, aliás, que teve a ideia de abrir a empresa. Se queria expandir, precisaria apresentar a ideia gradualmente.

Ela checou novas reservas pelo celular.

— Só estou dizendo que gostaria de olhar para nossos negócios de forma mais ampla. Não precisa se preocupar.

— Na verdade, não estou preocupada. Só não entendo de onde você tirou isso. Alguém reclamou de nossos passeadores ou coisa do tipo?

— Não. Nossos passeadores são os melhores do mundo. Principalmente por você ter um instinto misterioso para pressentir quando alguém não gosta de animais de verdade. Nosso processo de triagem é excelente e nosso índice de desgaste é quase zero.

— Então por que mudar assim do nada?

— Não é do nada. Quando se tem o próprio negócio, é importante progredir. A concorrência é grande.

Fliss tinha analisado o tamanho da competição, mas não compartilhou com Harriet. Não fazia sentido preocupá-la.

— Mas você mesma disse que tem um monte de gente que não confia em passeadores. As pessoas não vão deixar seus amados bichinhos nas mãos de um passeador qualquer. Nós nunca perdemos um cliente. Nunca. Os clientes confiam na gente.

— E também vão nos confiar a casa deles, por isso acho que devemos expandir nossa oferta de serviços. Estou pensando em oferecer aulas de adestramento também. Consigo pensar em alguns cães que se beneficiariam disso.

Harriet sorriu.

— Quem foi dessa vez, o cão ou o dono?

— O cão. O Anjo.

— O poodle do editor daquela revista?

— Ele mesmo. — Só de pensar, Fliss revirou os olhos. Quando o assunto era cachorros desobedientes, não tinha a tolerância de Harriet. — Se tem um cachorro em que erraram no nome, é esse. Ele pode até ser um anjo por fora, mas por dentro é o capeta.

— Concordo, mas não entendo como um único cão desobediente fez você questionar todo nosso negócio. Nosso negócio vai bem, Fliss. Você fez um ótimo trabalho.

— *Nós* fizemos um ótimo trabalho. — Fliss pôs ênfase no *nós* e viu Harriet corar.

— Você, principalmente.

— Besteira. Você realmente acha que eu teria chegado tão longe assim sem você?

— Você que faz os contratos. Você que cuida das finanças e das ligações complicadas.

— E você é quem deixa os animais e os donos tão felizes que nossas recomendações pelo boca a boca estão estourando. É *nossa* empresa, Harry. Somos uma equipe. Nós nos saímos bem, mas agora quero melhorar ainda mais.

Harriet suspirou.

— Por quê? O que você quer provar?

— Não quero provar nada. Tem algo de errado em querer fazer a própria empresa crescer?

— Não, se é realmente isso o que você quer. Mas eu quero ter tempo para curtir meu trabalho. Não quero estar sempre correndo atrás de algo. Se expandirmos, vamos ter que arranjar um novo lugar.

— Já pensei em tudo. A gente poderia achar um lugar que também tivesse espaço para escritório. Assim nosso apartamento não ficaria inundado de papéis e eu conseguiria encontrar minha cama. E a máquina de café. — Fliss levou o olhar do celular para a pilha de papéis em cima da bancada, que parecia aumentar a cada dia. — Tinha uma máquina de café em algum lugar por aqui. Com sorte eu consigo encontrá-la antes de morrer de abstinência.

— Troquei de lugar. Tive que tirá-la do alcance do Sunny. Ele está comendo tudo o que encontra pela frente. — Com o filhote debaixo de um dos braços, Harriet levantou-se, empurrou os sapatos de Fliss para o lado, foi à cozinha e recolheu os papéis. — Tem um recado na secretária. Não atendi a tempo. Um negócio novo.

— Vou retornar a ligação. Sei que você detesta conversar com estranhos ao telefone. — Fliss pegou uma barrinha de cereais no armário e viu a irmã franzir a testa. — Não me olhe desse jeito. Pelo menos estou comendo.

— Você podia comer algo mais nutritivo.

— Isto aqui é nutritivo. — Ela apertou o botão da máquina de café. — Então, voltando a meu plano...

— Não quero passar a noite no apartamento de outra pessoa. Gosto da minha própria cama. A gente teria que contratar alguém, o que sairia caro. Teríamos como pagar por isso?

— Se você tivesse prestado atenção na nossa última reunião, não estaria perguntando isto.

— Foi na "reunião" em que pedimos pizza e tivemos que dar mamadeira para aqueles gatinhos?

— Essa mesma.

— É, realmente não estava prestando muita atenção. Me passe as linhas gerais.

— Você vai se interessar por uma "linha" em especial, a do resultado. Ela é bem boa. — Com a cabeça acelerada, Fliss despejou café em duas xícaras. Quanto mais sucesso fazia, mais acelerada ficava. — Melhor do que você poderia sonhar. — Ela encarou a irmã. — Não que seus sonhos sejam muito selvagens.

— Ei, eu tenho sonhos bem selvagens!

— Neles você está nua e se contorcendo em lençóis de seda com algum gostosão pelado?

Harriet ficou rosa.

— Não.

— Então acredite em mim, seus sonhos não são selvagens.

Fliss deu um gole no café e sentiu a cafeína percorrer seu sistema nervoso.

— Meus sonhos não são menos válidos que os seus só porque o conteúdo é diferente. — Harriet colocou o filhote num cesto. — Sonhos têm a ver com desejos e necessidades.

— Como eu disse, pelada, lençóis de seda, um gostosão.

— Existem outros tipos de desejos e necessidades. Não estou interessada numa única noite de sexo.

— Ah, se ele fosse gostoso mesmo, você ia querer estender a noite para mais alguns dias, pelo menos até os dois estarem morrendo de sede ou fome.

— Você é mesmo minha irmã gêmea?

— Eu me faço a mesma pergunta com frequência.

Com a mesma frequência que dava graças a Deus. Como as outras pessoas conseguiam viver sem um gêmeo? Se sua infância fora como estar trancada numa casa sem janela, Harriet tinha sido o oxigênio. Juntas, descobriram que um problema parecia menor se compartilhado com alguém, como se cada uma estivesse carregando uma metade, o que tornava o fardo mais suportável. Fliss sabia, no fundo, que a irmã compartilhava mais do que ela, mas reconfortava-se em saber que protegia Harriet. Algo que vinha fazendo a vida inteira.

— Sou sua irmã gêmea, conheço seus sonhos tão bem quanto você conhece os meus. O seu seria uma casa de ripas brancas, cerca de estacas, um médico bonitão que adore você e uma variedade de bichos. Pode ir esquecendo. Se você quer um relacionamento assim, leia um livro. Vamos voltar aos negócios. Acho que a Guardiões do Latido poderia muito bem oferecer serviços de babá de animais, banho e tosa e adestramento. Pensei nisso como uma extensão do que já fazemos. Podemos oferecer pacotes em que…

— Espera aí. — Harriet franziu o cenho. — Você está dizendo que romance de verdade só existe nos livros?

— O tipo de romance que *você* quer só existe nos livros.

— Basta você olhar nosso irmão para ver que não é verdade.

— Daniel se apaixonou por Molly. Existe só uma Molly. E os dois estão juntos porque os cães deles são melhores amigos. — Ela captou o olhar da irmã e deu de ombros. — Está bem, eles parecem felizes, mas são a exceção. Deve funcionar porque a Molly é especialista em relacionamentos. Isto dá a ela uma vantagem desonesta em relação ao resto de nós.

— Talvez, em vez de expandir os negócios, você pudesse tirar um tempo para si mesma. Você tem trabalhado em velocidade máxima desde que abrimos a empresa. Faz cinco anos já, e você mal parou para respirar.

— Faz seis anos. — Fliss pegou um iogurte na geladeira. — E para que eu teria um tempo para mim mesma? Adoro estar ocupada. Estar ocupada é minha droga predileta. E adoro nossa empresa. Somos livres. Temos escolhas.

Ela empurrou a porta da geladeira com o pé, o que fez Harriet estremecer.

— Adoro nossa empresa tanto quanto você, mas também gosto das partes da minha vida que não têm nada a ver com ela. Você já fez muito sucesso, Fliss. — Ela hesitou. — Não tem que provar mais nada.

— Não estou provando nada.

A mentira escorregou da língua dela enquanto a voz dentro de sua cabeça gritava mais alto que de costume. *Inútil, imprestável, nunca faz nada que preste...*

— Você não quer algo mais da vida?

— Mais? — Fliss enfiou a colher no iogurte, decidindo que era hora de mudar de assunto. Estava começando a ficar desconfortável. — Sou jovem, livre, solteira e moro em Nova York. O que mais eu posso querer? Tenho o mundo a meus pés. A vida é perfeita. Sério mesmo, a vida poderia ser *mais* perfeita do que isso?

Harriet a fitou com firmeza.

— Você não conseguiu, não é?

O coração de Fliss começou a bater forte. Seu apetite desapareceu.

Esta, pensou ela, *é uma das desvantagens de se ter irmã gêmea*. Era capaz de esconder o que sentia de qualquer pessoa no mundo, mas não da irmã.

Colocou o iogurte na bancada e concluiu que deveria trabalhar naquilo. Não queria que Harriet soubesse que estava aterrorizada. Deixaria a irmã mais ansiosa.

— Eu ia, de verdade. Já estava vendo o prédio, tinha decorado o que ia dizer...

— Mas?

— Meus pés não conseguiram andar. Ficaram grudados no lugar. Depois deram meia-volta e caminharam na direção oposta. Tentei discutir com eles. Eu disse: "Pezinhos, o que vocês acham que estão fazendo?". Mas eles me escutaram? Não. — Desde quando Fliss era tão patética? Ela deu o que esperava ser um dar de ombros displicente. — Por favor, não diga o que você está prestes a dizer.

— O que eu estou prestes a dizer?

— Você ia apontar muito delicadamente que faz três semanas desde que Daniel cruzou com ele...

— Com o Seth — disse Harriet. — Pelo menos diga o nome dele. Seria um bom começo.

Um bom começo de quê? Fliss não queria começar algo que tanto se empenhara em deixar para trás.

Mas não podia culpar a irmã por forçar a barra, pois Fliss não havia sido honesta, não é mesmo? Não havia contado a Harriet o que sentia.

— Com o Seth... — O nome dele ficou preso na garganta. — Faz três semanas desde que Daniel cruzou com ele... *o Seth*... na clínica veterinária. O plano era que eu fosse vê-lo para evitar um encontro constrangedor na rua.

— Você mudou de planos?

— Não oficialmente. A questão é que parece que o plano não vai funcionar. Tenho vergonha. — Tudo bem admitir isso, não? Achar algo vergonhoso não era tão ruim quanto achar assustador. — Não acho que um encontro na rua pudesse ser mais desconfortável do que um cara a cara na clínica.

— Imagino que pareça um pouco constrangedor, mas...

— *Um pouco* constrangedor? É como chamar um furacão de brisinha. Não é um pouco constrangedor, é megaconstrangedor, é... — Fliss se atrapalhou com as palavras e depois desistiu. — Esquece. Não inventaram uma palavra que descreva corretamente esta situação. — E, mesmo que existisse, Fliss não a usaria. Não queria que Harriet soubesse quão mal se sentia.

— "Esta situação" quer dizer encontrar seu ex por acaso.

— Você consegue fazer uma situação altamente complexa e delicada parecer simples.

— Deve ser a melhor maneira de encarar as coisas. Não gaste tantos neurônios nisso. — Harriet deixou o filhote no chão e se levantou. — Já faz dez anos, Fliss. Sei que foi uma época traumática.

— Não precisa fazer drama. — Por que sua boca estava tão seca? Pegou um copo do armário e serviu um pouco de água nele. — Não foi nada.

— Foi sim. Mas tudo o que aconteceu está no passado. Você tem uma vida absolutamente nova e ele também.

— Nunca penso no assunto.

A mentira saiu convincente, mesmo que não houvesse um dia em que *não pensasse* no assunto. Também pensava em como teria sido a vida de Seth se ele não a tivesse conhecido e, de vez em quando, quando sentia pena de si mesma, como sua vida com Seth Carlyle seria se as circunstâncias tivessem sido diferentes.

Harriet observou a irmã com um misto de preocupação e desespero.

— Tem certeza? Porque foi uma história e tanto.

— Como você mesma disse, faz dez anos.

— E você não se envolveu seriamente com nenhum homem desde então.

— Não conheci ninguém que me interessasse.

Ninguém que chegasse aos pés de Seth. Ninguém que a fizesse sentir-se da maneira que ele fazia. Tinha dias que Fliss se perguntava se tudo tinha sido de verdade ou se seu cérebro adolescente havia aumentado os sentimentos.

— Fico magoada quando você não compartilha o que está sentindo comigo. Consigo entender que você esconda tudo de nosso pai e mesmo do Daniel, mas sou *eu*.

— Não estou escondendo nada.

— Fliss...

— Está bem, talvez eu esconda algumas coisas, mas não tem nada que eu possa fazer a respeito disso. É meu jeito.

— Não. É o jeito que você aprendeu a ser. E nós duas sabemos por quê.

Cansada, Harriet inclinou-se para tirar o sapato de Fliss da boca do filhote.

Com a necessidade momentânea de se abrir eclipsando a busca de privacidade, Fliss encarou a irmã.

— E-eu penso no assunto às vezes. Penso nele.

Por que dissera aquilo? Se abrisse uma fresta da porta, suas emoções muito provavelmente começariam a vazar e afogariam todos ao redor.

Harriet levantou-se devagar.

— Em que parte você pensa mais?

Naquele fatídico aniversário. No beijo na praia. Na boca e nas mãos dele. Nas risadas, no sol, no cheiro do mar. Na paixão e esperança.

Ainda lembrava vividamente. Quase tão vividamente como lembrava de tudo que acontecera depois.

— Esquece. Eu não penso nisso não.

— *Fliss!*

— Está *bem*! Eu penso nisso. Nisso tudo. Mas eu vinha lidando muito bem com o assunto até Daniel me contar que viu Seth em Nova York. — As pessoas precisam conseguir deixar o passado para trás. Mas o que fazer quando ele persegue você? — Acha que ele sabia que eu vivia aqui?

Nova York é uma cidade de oito milhões de pessoas. Oito milhões de pessoas ocupadas, correndo de um lado para o outro atrás de suas coisas. É uma cidade de possibilidades, e uma delas é viver ali anonimamente, mesclando-se à massa. O plano vinha sendo perfeito até o dia em que Seth Carlyle aceitara o trabalho na clínica que as duas usavam com frequência.

— Em Nova York? Não sei. Duvido que ele soubesse que estaria tão perto de você. Vocês não tinham mais contato.

— É. Nunca tivemos contato.

Foi a única maneira que Fliss encontrara para lidar com a situação. Deixar no passado. Seguir em frente. Não olhar para trás. Seth tampouco havia entrado em contato, então ela podia presumir que ele estava tentando o mesmo.

Harriet colocou o filhote de volta na cesta.

— Sei que parece difícil, mas você construiu uma vida totalmente nova e ele também.

— Eu sei, mas queria que ele não tivesse trazido a vida dele para *minha* área. Eu queria poder caminhar algumas quadras em volta de nosso apartamento sem ter que espreitar pelas esquinas como uma fugitiva.

— Você anda fazendo isso?

O espanto no olhar da irmã fez Fliss desejar ter ficado de boca fechada.

— Eu estava falando hipoteticamente.

— Se você tivesse seguido seu plano de simplesmente ir até ele e dizer: "Oi, bom ver você de novo", teria melhorado o clima e não precisaria sair por aí olhando por cima do ombro. As coisas vão ficar mais fáceis quando você o vir de verdade.

— Eu o vi — murmurou Fliss. — Ele estava na recepção quando tentei me aproximar do prédio pela primeira vez, na semana passada.

O que atraiu a atenção de Fliss fora primeiro o cabelo e a forma como Seth inclinava a cabeça para ouvir algo que a recepcionista lhe dizia. Ele sempre fora bom em escutar os outros. Fazia dez anos desde que o tinha tocado ou ficado perto dele, mas, ainda assim, tudo nele parecia dolorosamente familiar.

Harriet encarava a irmã:

— Você o *viu*? Por que não me contou?

— Não tinha nada para contar. E não se preocupe, ele não me viu.

— Como você sabe?

— Eu sei por que me joguei no chão que nem um soldado de elite. Não me mexi até ter certeza de que ele tinha ido embora. Tive que impedir um pedestre de ligar para a emergência, o que foi ao mesmo tempo incômodo e reconfortante, pois normalmente os nova-iorquinos estão ocupados demais com as coisas deles para dar atenção a um corpo no chão. Por que você está me encarando?

— Você se jogou no chão. E está tentando fingir que está numa boa com isso.

— Não preciso fingir nada. — Ela rangeu os dentes. Harriet não tinha que passear com algum cachorro ou coisa do tipo? — Você tem razão. Preciso fazer isso de uma vez. Preciso encontrá-lo e colocar um ponto-final nessa história.

Só de pensar no assunto, o coração e os batimentos de Fliss dispararam em protesto. Suas opções eram lutar ou fugir, e o corpo dela parecia ter escolhido a fuga.

— Você quer que eu vá com você?

— O que eu quero mesmo é que você finja ser eu, de modo que eu não precise fazer nada disso. — Ela viu os olhos de Harriet se encherem de preocupação e se xingou por falar demais. — É brincadeira!

— Mesmo?

— Claro que sim. Se eu pedisse para você fazer isso, perderia meu último pingo de respeito próprio. Tenho que fazer isto sozinha.

— Lembre-se do que Molly disse. Você precisa estar no controle do encontro. Marque hora para um dos bichos. Assim, terá um motivo para estar lá e outro assunto para tratar. Se a situação ficar constrangedora, você pode mantê-la na esfera profissional.

— *Se?*

— Decore uma fala. "Oi, Seth, que bom ver você. Como vai?" Não acredito que estou dizendo isso a você. Você que leva jeito com as pessoas. Eu sou a tímida com a língua travada.

— Você tem razão. Era para ser fácil. Então por que não é?

— Provavelmente porque você deixou muita coisa em aberto.

— A gente se afastou. Dá para as coisas ficarem mais fechadas do que isso?

— Você o amava, Fliss.

— O quê? Não faz a louca. Foi só uma paixão adolescente, nada mais. Um sexo na praia que esquentou um pouco mais do que planejávamos... — A voz de Fliss morreu quando ela percebeu o olhar inabalável de Harriet.

— Você está fazendo de novo. Escondendo seus sentimentos de mim.

— Acredite em mim, você não quer uma dose dos meus sentimentos. — Fliss congelou quando Harriet avançou um passo e lhe deu um abraço. — Ah. Para que isso? — Ela sentiu os braços da irmã a apertarem.

— Odeio ver você sofrendo.

Era por aquele motivo que Fliss nunca deixava a irmã ver a verdadeira extensão de sua dor.

— É claro que você odeia. Você é a gêmea boa. Eu sou a gêmea má.

— Odeio quando você fala assim de você. Eu adoraria ter as suas qualidades.

— Você não tem espaço para mais qualidades. Já está cheia delas.

— Odeio quando você me chama de gêmea "boa". Não sou boa e um dia desses vou fazer algo bem mau para provar.

— Você não conseguiria ser má nem se quisesse. Mas, se tentar, me dê um toque. Gostaria de presenciar isso. Você está me estrangulando, Harry. Não consigo lidar com afeto antes de, pelo menos, duas xícaras de café.

Além de não confiar que não diria mais coisas do que queria. O carinho de Harriet era como uma chave: destrancava uma parte que Fliss preferia manter trancada.

— Você não é má, Fliss.

— Tente dizer isto a Seth e ao resto da família Carlyle. — E ao pai delas. — Ele tinha um futuro brilhante até eu aparecer no caminho.

Fliss serviu mais um copo de água.

— Ele é veterinário. Do meu ponto de vista, o futuro dele *é* brilhante. E por que você toma para si toda a responsabilidade pelo que aconteceu? Ele fez uma escolha, Fliss.

Será? Recordar os detalhes fez as bochechas de Fliss corarem. Tinha coisas que não havia contado à irmã. Coisas que não havia contado a ninguém.

— Talvez. Mas já deu de conversa por hoje. — Sentia-se desestabilizada, como um globo de neve que foi sacudido, e agora seus sentimentos, previamente assentados, rodopiavam loucamente. Como tinha tantos sentimentos mesmo depois de tanto tempo?

Eles nunca diminuiriam? Era irritante e injusto. — Se Seth for viver aqui, eu talvez devesse me mudar de Nova York. Seria uma solução.

— Isto não é uma solução, é uma fuga. Sua empresa está aqui. Sua vida está aqui. Você ama Nova York. Por que iria embora?

— Porque agora que ele está aqui, não sei mais se amo Nova York.

— Aonde você iria?

— Ouvi dizer que o Havaí é lindo.

— Você não vai para o Havaí. Você vai canalizar sua guerreira interior e vai falar com ele. Você vai dizer: "Oi, Seth, como vai sua família?". E então vai deixá-lo falar. E quando ele terminar de falar, vai ver que horas são e irá embora. Pronto. Como você sabe que ele não vai gostar de vê-la?

— Nosso relacionamento não terminou nos melhores termos.

— Mas foi há muito tempo. Ele seguiu em frente, que nem você. Já deve estar casado.

O copo deslizou dos dedos frouxos de Fliss, mas por sorte não quebrou.

— Ele está casado?

Que importava se ele tinha casado ou não? Que relevância aquilo tinha? Qual era o *problema* dela?

— *Não sei* se ele está casado. Só levantei a hipótese, o que claramente não deveria ter feito.

Sempre prática, Harriet pegou o copo e começou a secar o chão.

— Viu só? Não tenho como conversar com ele se não controlo minhas emoções. Já você, você consegue. Você realmente deveria fingir ser eu. Assim poderia ter essa conversa por mim e superar isso sem sentir vergonha.

Harriet se endireitou.

— Não finjo ser você desde que a gente tinha 12 anos.

— Catorze. Você esqueceu aquela vez que fingi ser você na aula de biologia.

— Porque aquele babaca de quinta categoria não parava de encher o saco por causa da minha gagueira. Johnny Hill. Você deu um soco nele. Como pude esquecer?

— Não sei. Foi um grande dia.

— Está brincando? Você teve que tomar oito pontos na cabeça. Ainda tem a cicatriz.

— Mas ele nunca mais encostou em você, encostou? Nem ele nem mais ninguém. — Fliss sorriu e passou os dedos na cicatriz escondida sob o cabelo. — Você tem fama de assustadora. Deve isso a mim. Vá ver o Seth. Seja eu. É moleza. Só vai, diga o que você nunca diria e faça o que nunca faria que vai convencê-lo.

Harriet deu um sorriso irônico.

— Você não é uma garota tão má assim, Felicity Knight.

— Costumava ser. E Seth pagou o preço.

— Pare. — A voz de Harriet soou firme. — Pare de dizer isso. E pare de pensar nisso.

— Como? É verdade. — Ela, porém, também pagou por aquilo. E parecia que as parcelas nunca acabavam. — Se tivesse algum jeito de evitar vê-lo, eu o faria. Não tenho ideia do que dizer para o homem cuja vida eu arruinei.

—m—

A quatro quadras dali, Seth Carlyle tinha em suas mãos um cocker spaniel mal-humorado.

— Faz quanto tempo que ele está assim?

— Assim como? Com raiva?

— Quis dizer, assim mancando.

— Ah. — A mulher franziu a testa. — Faz uma semana.

Ele examinou atentamente o cachorro. O cão rosnou, ao que Seth afrouxou a pressão dos dedos.

— Desculpe. Não quis machucar você. Só preciso dar uma olhada para descobrir o que aconteceu aí — falou Seth, e tocou o cachorro delicadamente, sentindo-o relaxar em suas mãos.

— Ele gosta de você. — A mulher olhou para Seth com surpresa e respeito. — O dr. Steve disse que você veio ajudá-lo. Disse que você é um grande veterinário que trabalhou num hospital na Califórnia.

— Não sei da primeira parte, mas a segunda é verdade.

— Por que então deixar a Califórnia? Cansado do sol e céu azul?

— Tipo isso. — Seth sorriu e voltou a atenção ao cão novamente. — Vou pedir alguns testes para ver se conseguimos as respostas que queremos.

— Você acha que é grave?

— Suspeito que seja alguma lesão no tecido mole, mas tem outros fatores que preciso avaliar. — Ele deu instruções a um assistente veterinário, fez mais testes, conferiu o raio X. — Precisamos limitar os exercícios dele.

— Como faço isso?

— Deixe-o num espaço menor.

— Sem caminhadas no Central Park?

— Não por enquanto. E deixe-o algum tempo na caixa dele.

Depois dessas instruções, Seth se dirigiu à recepção.

— Meredith?

— Oi, dr. Carlyle. — Ela corou e deixou cair debaixo da mesa a revista que estava lendo. — Posso fazer algo pelo senhor? Um café? Um sanduíche? Qualquer coisa? É só pedir. Estamos tão felizes que você esteja aqui para ajudar.

O olhar dela deixava claro que *qualquer coisa* não era um exagero, mas Seth ignorou o convite tácito e o olhar esperançoso.

— Não preciso de nada, obrigado. Perdi alguma ligação enquanto estava no consultório?

— Sim. — Ela conferiu o bloco de notas. — A sra. Cook ligou para dizer que a ferida do Buster parece melhor. Um dos assistentes atendeu a ligação. E Geoff Hammond ligou para falar do cão dele. Repassei para o Steve.

— Só isso?

Ele sentiu uma pontada de decepção. Meredith conferiu novamente, desesperada para agradar.

— Sim, só isso. — Ela ergueu o olhar. — Por quê? Estava esperando ligação de alguém em particular?

Da minha ex-mulher.

— Não.

Ele não tinha planos em dividir os motivos de sua pergunta.

Estava esperando que ela fosse até ele. Pensando no assunto, percebeu que estava tratando Fliss da mesma maneira que trataria um animal machucado e assustado. Com paciência. Sem movimentos bruscos.

Nem sequer poderia fingir que ela talvez não soubesse que Seth estava ali. Havia cruzado com o irmão dela, Daniel, em sua segunda noite em Manhattan. Fora um encontro desconfortável, e a tensão escaldante no ar deixara claro que a animosidade que Daniel Knight alimentava por ele não havia diminuído com o tempo. Daniel devia ter dito a Fliss que Seth estava em Manhattan. Os irmãos Knight eram tão próximos que poderiam ser costurados juntos. Ele suspeitava que, em parte, aquilo se devesse à vida tempestuosa da família deles. Criaram um vínculo crescendo juntos. Seth não culpava Daniel por ser protetor com Fliss. Alguém tinha que ser, e o pai dela não seria essa pessoa.

Conhecera-a quando Fliss ainda era uma adolescente de pernas longas. Ela fazia parte do grupo que ia junto à praia naqueles longos e felizes dias de verão nos Hamptons. À primeira vista, era impossível distingui-la da irmã, mas qualquer um que ficasse mais de cinco minutos na companhia das duas saberia com qual estava falando. Harriet era reservada e atenciosa. Fliss era arisca e impulsiva e lidava com a vida como se estivesse conduzindo um exército à guerra. Era a primeira a entrar na água e a última a sair; surfava e nadava até os últimos raios do sol deixarem de arder sobre o oceano. Era ambiciosa, corajosa, leal e ferozmente protetora em relação à irmã mais tranquila. Era destemida também, mas Seth sentia um nível de desespero em suas ações, quase como se quisesse que alguém a desafiasse. Sentia às vezes que ela vivia a vida de forma intensa demais, decidida a provar algo.

No primeiro verão que passaram juntos, ele não sabia nada sobre a família dela. A avó dela tinha aquela casa na praia havia décadas e era conhecida na região. Sua filha e os netos a visitavam todo verão, mas, diferente da mãe dele — ativamente envolvida nas comunidades locais, seja na praia, seja na cidade natal, ao norte do estado de Nova York —, a mãe de Fliss era praticamente invisível.

Um dia, então, chegaram os boatos. Começaram a brotar nas ruas estreitas e lojas do vilarejo. Algumas pessoas de passagem ouviram vozes exaltadas e, em seguida, o som de um carro dirigindo em alta velocidade pelas estradas estreitas da ilha, rumo à rodovia. Os rumores se espalharam de pessoa a pessoa, sussurros e perguntas, até Seth finalmente escutá-los. *Problemas no casamento. Problemas familiares.*

Seth raramente via o pai dela. Quase todas as impressões que tinha do homem vinham das reações de Fliss e Harriet quando o assunto era o pai.

— Dr. Carlyle? — A voz de Meredith transportou-o de volta ao presente, lembrando-lhe que o motivo para estar ali era seguir para a frente, não para trás.

Desde que chegara a Nova York, havia visto Fliss duas vezes. A primeira foi no Central Park em seu primeiro dia em Manhattan. Ela estava passeando com dois cachorros, um dálmata exuberante e um pastor alemão atentado que parecia decidido a desafiar as habilidades dela. Ele estava longe demais para arquitetar um encontro, por isso contentou-se em observá-la se afastar, catalogando as mudanças.

O cabelo dela era do mesmo suave tom louro pálido, preso casualmente no topo da cabeça naquele estilo que as mulheres usam quando precisam se concentrar em algo. Magra e atlética, ela caminhava com decisão e um toque de impaciência. Foi esta atitude que fez Seth se convencer de que se tratava de Fliss, não de Harriet.

Ela havia se tornado uma mulher confiante, mas aquilo não o surpreendia. Fliss nunca fugia da briga.

Seth estava desesperado para ver o rosto dela, olhar no fundo daqueles olhos e ver a fagulha de reconhecimento, mas ela estava longe demais e não virou a cabeça.

A segunda vez que a viu foi do lado de fora de seu consultório. O fato de ela caminhar impacientemente o convenceu mais uma vez de que se tratava de Fliss e não da irmã. Imaginou que ela estivesse juntando coragem para confrontá-lo e, por um instante, acreditou que talvez fossem finalmente ter a conversa que deveriam ter tido uma década antes. Testemunhou também o momento exato em que ela perdeu a coragem e foi embora.

Seth sentira um rompante de desespero e frustração, seguido da determinação renovada de que, da próxima vez, os dois conversariam.

Na última vez que se viram, dez anos antes, a atmosfera estava repleta de sentimento. Preenchia o ar como a fumaça densa de um incêndio, sufocando tudo. Se ela fosse diferente, se fosse mais propensa a conversar, talvez então os dois teriam superado a situação aos trancos e barrancos. Como de costume, porém, Fliss se recusara a revelar como se sentia e, ainda que Seth tivesse sentimentos o bastante para os dois, não sabia como alcançá-la. A breve intimidade que os conectara havia se esvaído.

Seth se recusava a acreditar que aquela conexão havia sido meramente física, mas fora o físico que tinha consumido toda a atenção deles.

Se pudesse voltar no tempo, teria feito tudo diferente, mas o passado ficara para trás, e restava apenas o presente.

Eles não se falavam havia dez anos, por isso aquele seria um encontro constrangedor para ambos. Era, no entanto, um encontro necessário, que tardava a acontecer. Se Fliss não fosse até ele, então Seth tinha apenas uma opção.

Ele iria até ela.

Ele havia tentado deixar para lá. Tentara deixar tudo no passado. Nada havia funcionado, então chegara à conclusão de que encarar a situação de frente era a única forma de seguir adiante.

Queria ter a conversa que deviam ter tido uma década antes. Queria respostas para as perguntas que restavam adormecidas em sua mente. Acima de tudo, queria um desfecho.

Assim talvez pudesse seguir em frente.

Capítulo 2

Quando o celular de Harriet tocou por volta das cinco e meia da manhã, Fliss já estava perto da porta. Havia sido acordada mais cedo por uma das passeadoras que ficou com gastroenterite depois de uma noitada e mal conseguia sair da cama, que dirá passear com um cão cheio de energia. Foi pensando no buldogue Barney, que esperava pacientemente no apartamento de seu dono em Tribeca por alguém que não viria, que Fliss deixou o conforto da cama uma hora antes do que normalmente se forçaria a deixar.

Pelo menos era para passear com um cão.

Ela gostava da simplicidade de lidar com animais. Animais nunca tentavam forçá-la a falar de coisas que não quisesse.

— Harry? Tem alguém ligando para você.

Ela gritou o nome da irmã mais uma vez, mas xingou em seguida ao ouvir o som de água correndo.

Sabendo que a irmã não ouviria o telefone de jeito nenhum com o som da água, encarou o aparelho dividida entre a necessidade de sair para lutar contra o metrô e a sedução quase irresistível de possíveis novos contratos.

Eles voltariam a ligar.

Harriet, no entanto, talvez não atendesse, pois detestava falar com estranhos ao telefone. E por isso perderiam um negócio.

Droga. Ela fechou a porta da frente, checou o número e, franzindo a testa, atendeu.

— Vó?

— Harriet? Ah, estou tão contente de conseguir falar contigo, querida.

— É a... — Felicity estava prestes a dizer que não era Harriet, mas a avó não tinha parado de falar.

— Não quero preocupar você, mas eu caí.

— Caiu? Como? Onde? Foi feio?

— Tropecei no jardim. Besteira minha. Estava tentando cuidar dele, as plantas estão enormes, e o portão está tão enferrujado que mal abre. Lembra como sempre fazia um barulho?

— Sim. — Fliss olhou através da janela do apartamento. Ela passava óleo no portão para impedi-lo de ranger quando saía escondida no meio da noite para se encontrar com Seth. — Você se machucou? Onde está agora?

— Estou no hospital. Você acredita que me colocaram no mesmo quarto que daquela vez quando tirei a vesícula dez anos atrás?

— O quê? — Fliss não ia pensar no Seth. — Vó, que horror!

— É ótimo. O quarto tem uma vista linda para o jardim. Estou feliz de estar aqui e estão cuidando muito bem de mim.

— Eu falei "que horror" de você estar no hospital, não por ter um quarto bom.

— Bem, não é tão horroroso quando estou aqui. A parte ruim vai ser quando me mandarem de volta para casa. Eles não vão me dar alta até eu provar que vou ter alguém para tomar conta de mim por algum tempo. Acho um exagero, mas estou com alguns machucadinhos e pelo visto fiquei inconsciente por algum tempo. — Houve uma pausa. — Estava pensando... detesto pedir essas coisas pois sei que vocês duas estão ocupadas com o negócio de vocês, mas por acaso você poderia vir por algumas semanas? Só até eu conseguir ficar de pé outra vez. Estou muito longe da cidade para conseguir me virar sozinha e, sem dirigir, vai ser uma luta. A Fliss conseguiria segurar as coisas aí sem você? Você teria que deixar Nova York, mas sempre gostou tanto do verão aqui.

Você teria que deixar Nova York.

Eram as melhores palavras que ouvia havia algum tempo.

Fliss segurou o telefone com mais força.

— Deixar Nova York? — A cabeça dela foi longe. — Você quer que eu passe o verão aí com você?

— Algumas semanas já estaria bom. Vou precisar de ajuda com as compras, a comida e as coisinhas simples da casa. Só até eu conseguir ficar de pé e recuperar os movimentos. Tem o Charlie também. Não sei como vou poder passear com ele, e ele precisa se exercitar.

Fliss estremeceu. Charlie era o beagle da avó. Era teimoso e birrento. Além disso, latia muito, o que fazia Fliss ter que levar um estoque de remédio para dor de cabeça sempre que visitava.

Recuando de sua resposta intuitiva, lembrou que estava fingindo ser Harriet.

— Como vai o Charlie querido?

Quase se engasgou com essas palavras. Como é que a irmã conseguia? Como podia ser tão infalivelmente gentil e generosa?

— Com energia demais para que eu consiga cuidar. Você sempre foi tão carinhosa com ele. Eu não deveria ter um cachorro a essa idade, mas me deixa tão feliz. Em repouso, infelizmente, não vou dar conta dele.

— É claro que não — Fliss ergueu o olhar ao ver Harriet surgir do banheiro envolta numa toalha. — Eu vou.

— Vem mesmo? Ah, você é uma menina tão boa. Sempre foi.

Não, não era. Nunca havia sido uma boa menina. Aquele era o problema. Mesmo naquele momento, estava fazendo a coisa certa pelos motivos errados. Mas estava fazendo e era isso que importava, não é mesmo? Fazia diferença se tinha seus próprios motivos para fugir da cidade?

— Quando você vai poder voltar para casa, vó?

— Depois de amanhã, se você puder me pegar aqui no hospital. Você vai precisar alugar um carro...

— Sem problemas. Dou um jeito nisso. — Sentiu-se aliviada. A nuvem que vinha escurecendo seu humor nas últimas semanas sumiu. Ali estava a solução perfeita para seus problemas, bem debaixo de seu nariz. Fliss não precisava ir para o Havaí. Nem sequer precisava deixar o estado de Nova York. — Se cuida, vó. Mando seu beijo para a Fliss.

Ela encerrou a ligação e Harriet ergueu as sobrancelhas.

— Por que você está mandando um beijo para si mesma?

— Ela pensou que eu era você.

— E dizer "É a Fliss, não a Harry" não passou por sua cabeça?

— Estava prestes a dizer isso, mas me ocorreu um plano genial.

— Agora fiquei nervosa.

— Lembra que falei do Havaí? Não é mais o caso. Vou passar o verão nos Hamptons.

— Vai passar o verão nos Hamptons?

Fliss sorriu.

— Sim, você se lembra de lá. As praias, o vilarejo, a areia, o surfe, o sorvete derretendo pelos dedos, o trânsito e os turistas...

— Conheço os Hamptons muito bem. Também sei que você costuma evitar a região.

— Costumo evitar pois tenho medo de trombar com Seth por lá, mas agora Seth está em Manhattan. Nos Hamptons, vou poder andar normalmente em vez de me esgueirar. E a vovó precisa de mim.

— Pensei que ela precisasse de mim.

— Somos intercambiáveis.

— Por que ela precisa de você? Aconteceu algo?

— Ela caiu. Está no hospital, mas vão dar alta se tiver alguém lá para tomar conta dela.

— Ah, não! Tadinha da vovó. — Harriet pareceu horrorizada. — Por que você não disse que era você ao telefone?

— Porque aí ela teria pedido para falar com você. Ela queria você, não eu. Não deve me achar uma boa enfermeira. — Fliss refletiu, por um instante, sobre qual seria a sensação de ser a pessoa que todos queriam por perto. — E ela muito provavelmente tem razão.

Harriet suspirou.

— Fliss…

— Que foi? Nós duas sabemos muito bem que é você quem faz o tipo maternal. Mas eu juro que, se me deixar ir em seu lugar, vou cuidar bem dela. Vou fazer tudo. Vou dar banho nela. Vou ser simpática. Vou passear com o Charlie.

— Você nem gosta do Charlie.

— Não gosto da surdez seletiva dele, só isso. Detesto como ele tem que cheirar absolutamente tudo o que vê pela frente. Ele quase arrancou meu braço na última vez que passeei com ele.

— Ele é um beagle. Beagles são cães de caça.

— Ele não deveria caçar enquanto passeio com ele.

— É o cão perfeito para a vovó. Ela não pode caminhar tão rápido hoje em dia, mas isto dá a Charlie mais tempo para cheirar as coisas. Ele é basicamente um nariz com quatro patas.

— Você gosta de todo e qualquer cachorro. O Charlie não é tão incrível assim quando fica ganindo. Mas eu vou dar conta. Vou dar conta de tudo. Vou até abraçá-lo, se preciso. Vou contar tudo o que acontecer e vou obedecer a todas suas ordens. Vou até fazer aqueles seus biscoitos de chocolate.

— Não! — Harriet pareceu alarmada. — Não faça isso. Você vai botar fogo na casa.

— Está bem, sem biscoitos de chocolate. — Fliss se jogou numa poltrona. A possibilidade de uma folga lhe trouxe um alívio súbito e a fez perceber quanto andava estressada. — Por favor, Harry. Preciso sair de Manhattan. Estou ficando louca aqui. Não consigo relaxar nem dormir, e quando não consigo dormir fico com o humor podre…

— Percebi. Está bem, vai lá. — Harriet secou a ponta do cabelo com a toalha. — Mas você tem que contar a verdade à vovó. Não vai poder fingir ser eu. Isso já seria além da conta.

Fliss não comentou.

Havia feito tanta coisa "além da conta" em sua vida que não sabia mais quanto devia.

— Não posso contar antes de ir. É possível que ela diga que não me quer. — Fliss sentia uma pontada no coração. A verdade é que todo mundo preferia Harriet. Harriet era bondosa e generosa. Tinha uma natureza calorosa e um temperamento equilibrado. Harriet nunca nadou pelada, nunca mentiu para um homem e fez sexo selvagem com ele na praia. — Conto para ela assim que chegar lá e for buscá-la do hospital.

— Certeza de que isso vai ajudar? Mais cedo ou mais tarde você terá que voltar e encarar o Seth. Você está adiando o inevitável, apenas isso.

— Adiar o inevitável me parece ótimo no momento. Nunca faça agora o que você pode empurrar para a semana que vem.

Harriet dobrou a toalha cuidadosamente.

— Está bem. Mas, assim que pegar a vovó do hospital, você tem que explicar tudo.

— Absolutamente tudo.

— Você vai contar o que aconteceu e que você é a Fliss.

— Isso. É o que vou fazer.

— E nada de nadar pelada.

— Ei… — Fliss espalmou as mãos — …sou uma nova pessoa.

— E nada de roubar tomates.

— Aqueles tomates eram ótimos. E aquela família não ia aparecer para o verão, ou pelo menos era o que eu achava. — Fliss riu, mas então captou a encarada de Harriet e parou. — Só para garantir, vou comprar tomate numa daquelas barracas à beira da estrada, prometo. Nada de pegar o que não me pertence, mesmo que eles estejam maduros, ninguém vá colhê-los e eu saiba que vai tudo para o lixo. Não vou fazer isso de jeito nenhum.

Harriet encarou-a demoradamente.

— E o que eu devo fazer se encontrar o Seth?

— Certeza que você não pode fingir ser eu?

— Certeza.

— Você é honesta demais.

— Bem, tem isso, além de eu ser uma péssima atriz. E se ele me beijasse pensando que sou você?

Você seria a mulher mais sortuda do planeta.

O estômago de Fliss se revirou.

— Isto não aconteceria. Você não vai trombar com ele por aí, mas, se acontecer, sorria e diga oi. Acho. — Ela deu de ombros. — Se eu soubesse o que dizer, diria eu mesma. Não acho que você vá encontrá-lo.

— Você está fugindo por medo de encontrá-lo. — Harriet lançou-lhe um olhar afiado. — E uso aquela clínica veterinária direto.

— Então talvez trombe com ele. Mas vai dar tudo certo. Você segura as pontas enquanto eu estiver nos Hamptons? Prometo que vou continuar tomando conta das burocracias, das contas e das ligações que deixam você enjoada.

— Está bem. — Harriet caminhou em direção ao banheiro e parou junto à porta. — Mas não vá atear fogo à casa.

— Não vou cozinhar. Prometo.

Fliss prometeria qualquer coisa. Tudo. Não seria capaz de viver ali, com Seth trabalhando a poucas quadras de distância, sabendo que poderia esbarrar com ele a qualquer momento.

Ela precisava sair da cidade.

— A mamãe quer saber se você vem ficar com a gente no feriado de quatro de julho. — A voz de Vanessa tinha um traço de irritação.

Seth conhecia muito bem a irmã caçula para saber que era melhor ignorar aquilo. Ela era uma organizadora nata e ninguém nunca conseguia satisfazê-la. Se fosse um animal, seria um cão pastor, guiando todo mundo do jeito que quer.

— Não posso. Vou trabalhar.

— No feriado?

— Isto pode até surpreender você, Vanessa, mas os animais de estimação nem sempre seguem um calendário para ficar doentes.

— Você não é o único veterinário no estado de Nova York. Não consegue trocar com alguém? Precisamos nos planejar. Alugamos duas cabanas no Resort e Spa Neve e Cristal, perto do lago. Vai ser paradisíaco. E vai fazer tão bem à mamãe. Tudo isso é novidade, a gente nunca fez algo do tipo. É a terra do xarope de panquecas, molho de maçã e caminhadas lindas. Lá tem o melhor restaurante em quilômetros. Li muito sobre a chef, ela é francesa. Você sabe como a mamãe adora qualquer coisa francesa. E, o melhor de tudo, nada ali vai lembrar o papai.

Seth sentiu um aperto no peito. A morte repentina do pai era recente o bastante para que tudo o fizesse lembrar dele. Não sabia se as lembranças eram dolorosas ou preciosas, mas sabia de uma coisa: que viajar para Vermont não tornaria a perda mais fácil de suportar.

— Planeje sem minha presença.

— Estou planejando com você, por isso liguei. — Houve uma pausa. — Pensei que você pudesse chamar a Naomi.

Era a vez de Seth ficar irritado.

— Por que eu faria isso?

— Porque ela ainda te ama! Vocês namoraram por quase um ano, Seth.

— E terminamos há mais de dez meses.

— O papai tinha morrido, foi um momento horrível. Nenhum de nós estava com a cabeça no lugar.

Havia mais do que isso. Muito mais.

— Deixa para lá, Vanessa.

— De jeito nenhum.

Famílias, pensou ele.

— Por que você está trazendo isto à tona agora?

— Porque não sei qual é seu problema. Você conhece a mulher perfeita, e aí vai e termina com ela?

— Não é problema seu, Vanessa. Você não tem que entender nada. Era meu namoro. Minha vida.

— Que namoro? Esse é o ponto, Seth, você não tem namoro nenhum! Você tinha o relacionamento dos sonhos, o relacionamento perfeito, e acabou com ele. Eu simplesmente não entendo você. Eu adoro a Naomi. A *mamãe* adora a Naomi.

— Sim, pois bem, talvez isto surpreenda você, mas não basta que minha família adore a mulher com quem estou namorando. Eu também tenho que gostar dela.

— Como você não gostava? A Naomi é a pessoa mais querida do mundo. Qual é o problema dela?

— Ela não tem nenhum problema. E você tem razão, ela é um doce.

— Finalmente concordamos em algo. Por isso, a pergunta que eu deveria fazer é "qual é o *seu* problema?".

O problema era que ele não gostava de coisa doce. Preferia algo mais apimentado. Doçura extrema não o interessava muito, mas Seth não tinha intenções de compartilhar este detalhe com a irmã mais velha. Sua irmã caçula, Bryony, nunca na vida sonharia em se meter no assunto.

— Deixa isso para lá, Vanessa.

— Não posso deixar para lá. Você é meu irmão, e Naomi, minha amiga.

E, para Vanessa, aquilo bastava. Ela queria as coisas de seu jeito.

O Seth não quer jogar meu jogo, era sua reclamação constante na infância. Aquela lembrança fez Seth dar um sorriso irônico. Não entrava no jogo dela naquela época e com certeza não entraria agora.

— Se você realmente se importa com Naomi, então vai deixar para lá. Se interferir, só vai piorar as coisas. Não é justo com ela.

— Pensei que, talvez, se vocês passassem uns dias juntos em Vermont, pudessem…

— Acabou, Vanessa. Se você sugerir algo a ela, se você insinuar que um feriado juntos pode levar a uma grande reconciliação, então será você quem a estará magoando. Fazer isso é errado.

— É errado querer ver você estabelecido e casado algum dia?

— Já fui casado.

Houve uma pausa.

— Esse aí não conta. Não foi de verdade.

Para Seth contava. Cada hora. E, naquele momento, parecia tão real quanto antes.

— Já terminou?

— Agora eu irritei você. Mas foi em Las Vegas, Seth. *Las Vegas!* Quem se casa em Las Vegas? Só posso imaginar que você fez isso por conta de alguma ideia equivocada de afastá-la do pai. De protegê--la. Você passou a vida resgatando coisas, mas ela não precisava de proteção. Você é um cavalheiro, e ela tirou vantagem disso.

Seth concluiu que era bom que sua irmã não o visse sorrindo.

— Talvez eu não seja tão cavalheiro assim. Talvez você não me conheça tão bem quanto acha.

— Sei que nunca teria se casado se ela não tivesse forçado você.

— Você acha que ela me levou algemado até a porta da Capela Elvis?

— Se foi um casamento de verdade, por que não nos convidou?

— Porque é impossível convidar vocês sem que as opiniões venham junto de brinde.

— Você magoou a mamãe.

Seth ficou tenso. Era verdade, e ele percebeu que a irmã sabia direitinho como machucá-lo.

— Preciso desligar, Vanessa. Tenho pacientes para examinar.

E uma ex-esposa para rastrear.

— Eu talvez esteja indo um pouco longe demais…

— Você sempre vai.

—… mas isso sempre acontece quando falamos sobre *ela*. Vocês se encontraram, não é? Foi por isso que pegou esse trabalho em Nova York.

Seth não precisava perguntar de quem a irmã estava falando. Pensou em não responder, mas concluiu que isso prolongaria a conversa.

— Ainda não me encontrei com ela.

— "Ainda"? Quer dizer que pretende. No que você está *pensando*? Talvez não esteja pensando em nada e seja só a testosterona afetando seu cérebro. — Ela suspirou. — Desculpa. Quero que você seja feliz, só isso. Você talvez devesse se encontrar com ela. Talvez ajude na desintoxicação se vocês se encontrarem cara a cara.

Ela fazia Fliss parecer uma droga pesada; algo que pudesse ser curado com um antídoto.

— Não preciso me desintoxicar de nada, mas agradeço por me dar permissão.

— Odeio seu sarcasmo.

— E eu odeio sua necessidade de controlar a vida dos outros.

— Você me deixa louca, sabia disso?

— É dever de um irmão deixar a irmã louca.

— Não louca desse jeito. — Vanessa suspirou. — Pensando bem, retiro o que eu disse. Não acho uma boa ideia que você a veja. Você não toma boas decisões com ela por perto. Ela arrancou seu coração fora, Seth, e brincou com ele como um brinquedinho de morder.

— Ela tem nome.

— A Felicity. A Fliss... — Vanessa quase se engasgou —... e você está falando baixinho, daquele jeito que sei que está bravo comigo, mas a Fliss mexe com sua cabeça, Seth. Sempre mexeu. Ela é uma... sirigaita.

Sirigaita? Só a irmã dele para usar uma palavra dessas. Seth pensou em Fliss, lembrou-se do brilho sedutor de seus olhos felinos e da curvatura provocante de sua boca. *Sirigaita* talvez fosse uma boa definição. Ele talvez fosse viciado em sirigaitas.

E talvez ele estivesse em apuros, como a irmã imaginava.

— Já acabou?

— Não me corte! Não quero ver você machucado de novo, só isso. Eu me preocupo.

— Não precisa se preocupar comigo. Sei o que estou fazendo.

— Certeza? — A voz da irmã soou mais grossa. — Foi você que segurou a bronca quando o papai morreu. Você que ajudou todo mundo, foi nossa rocha. Você tem ombros largos, Seth, mas em quem se apoia? Se não quiser voltar com a Naomi, deveria encontrar outra pessoa. Não quero que você fique sozinho para o resto da vida.

— Não estamos embarcando na Arca de Noé, Vanessa. Não precisamos andar em pares.

— Não vou tocar nesse assunto de novo. Você é adulto o bastante para tomar suas próprias decisões, tem razão. Vamos falar da casa. A mamãe quer vendê-la.

O estômago dele se revirou.

— É cedo demais para tomar essa decisão.

— Sei que você não quer vendê-la, mas ela não consegue nem pensar em voltar lá.

— O que ela sente talvez mude com o tempo.

— Ou talvez não. Por que você se importa, Seth? Você está construindo sua própria casa à beira-mar. Quando estiver pronta, não vai precisar da Vista Oceânica.

Ele pensou na grande casa que fizera parte de sua vida, desde as primeiras lembranças. Vanessa talvez tivesse razão. Talvez ele estivesse pensando em seus interesses, não nos da mãe.

— Vou falar com um corretor assim que puder para fazer uma avaliação.

— Ótimo. Posso deixar isso na sua mão, então?

— Sim.

Seth quase podia ouvir Vanessa riscando o item de sua lista imaginária. Ela vivia de listas. Se algo não estivesse na lista, ela não fazia. Conseguia imaginá-la com um lápis na mão, pronta para riscar o item "Achar uma esposa para o Seth". Havia puxado a tendência à organização da mãe, que era calorosa e generosa. Qualquer visitante dos Carlyle se sentiria bem-vindo. Os verões nos Hamptons tinham sido, ao longo dos anos, um circuito sem fim para entreter amigos e parentes. Ninguém comia a mesma coisa duas vezes. A mãe deles tinha um arquivo. Do que as pessoas gostavam e não gostavam, quem estava casado, divorciado, relações… Tudo era cuidadosamente registrado para não haver constrangimentos. E tinha uma equipe para ajudá-la.

Vanessa era igual, exceto pela personalidade mais de "sargento casca-grossa" do que "anfitrião perfeito".

— Você vai pensar no feriado do dia quatro?

— Não preciso nem pensar. Sei que vou trabalhar.

— Nesse caso, visito você em breve. Vamos almoçar. E, Seth…

— O quê?

— No caso de vocês se encontrarem ou não… independentemente do que acontecer, não a deixe machucá-lo de novo.

Capítulo 3

Ela alugou um conversível porque, se você vai dirigir para a praia num dia quente de verão, é bom aproveitar a viagem. Só o seguro era caro o suficiente para fazer uma mulher chorar. Por sorte, Fliss nunca foi muito chorona. Era jovem, livre e solteira. Queria viver cada minuto de sua vida. Estava deixando seus problemas — ou talvez devesse dizer *problema*, no singular? — para trás, em Manhattan.

Satisfeita consigo mesma, pegou a expressa de Long Island que sai da cidade e depois a Rodovia 27. Como de costume, estava entupida de carros, para-choque com para-choque, avançando lentamente. Sentada ali, Fliss andava um pouco, parava, andava mais um pouco, parava, tentando manter a paciência, batucando com os dedos no volante enquanto encarava rabugenta o congestionamento à frente. Um monte de gente empacada no lugar. Era tão ruim quanto o trânsito em Manhattan, só que Fliss era esperta o bastante para não dirigir em Manhattan.

Calma, pensou. *Respira.*

Harriet sempre dizia que ela devia tentar meditar ou fazer exercícios de *mindfulness*, mas Fliss não sabia o que fazer com toda a energia que queimava dentro dela. Não era uma pessoa temperada, tampouco calma. Harriet praticava ioga e pilates, mas Fliss preferia kickboxing e caratê. Nada era tão gratificante quanto lançar um soco ou acertar em cheio um chute giratório bem dado. Calma e tranquila ela não era, mas, vá lá, ela poderia fingir. Com um movimento de dedo, mudou a *playlist*, trocando do rock pauleira que se casava perfeitamente com a batida pauleira de Nova York para algo mais calmo e suave.

Em vez de pensar em Seth, tentou pensar em seus próprios planos para a empresa. Harriet preferia manter os negócios pequenos. Fliss queria expandir. Precisava convencer a irmã de que era a coisa certa a se fazer, tendo sempre em mente que cada uma amava a empresa por motivos diferentes. Harriet a amava porque isto lhe permitia trabalhar com animais, o que a mantinha na zona de conforto. Fliss amava a empresa pois se alimentava da adrenalina proveniente de construir algo e vê-lo crescer. Cada novo cliente era outro tijolo no muro de segurança financeira que ela construía a sua volta.

Ninguém nunca poderia controlar ou mandar nela.

Ganhava seu próprio dinheiro. Tomava as decisões em sua vida. *Inútil? Imprestável?* Nem tanto.

Tentou focar nos negócios, tentou pensar em toda e qualquer coisa que não fosse Seth. Então por que tentar não pensar nele parecia fazer seu pensamento se voltar cada vez mais a ele? Talvez porque estava a caminho da praia. De volta ao lugar onde passara os anos mais felizes de sua infância. O lugar onde a terra encontrava o mar.

De volta ao lugar onde os dois se conheceram.

Na embocadura do rio Peconic, na ponta leste de Long Island, a terra bifurcava-se no lugar que os locais chamavam de Paumanok. Fliss tomou a agulha sul que levava ao lado mais cobiçado da ilha. Esperou até que a estrada estivesse vazia e então pisou fundo. Ia rápido, mas quem ligava? Finalmente tinha a estrada só para si e, depois de ficar parada no engarrafamento, queria velocidade.

Conforme a estrada pouco a pouco se afunilava, Fliss desacelerou e virou à direita, passando por vilarejos que conduziam à beira-mar. Era aqui que a elite escolhia passar o verão. Pessoas que subiram na vida e pessoas que queriam fingir ter subido na vida alugando uma casa de veraneio por algumas semanas.

Viu uma tenda cheia de produtos de fazenda e, num impulso, encostou o carro e pegou a bolsa. Não sabia que comida a avó tinha em casa. Se fizesse compras agora, ao menos não passariam fome, nem que o jantar fosse só uma salada.

Fliss estava vestindo short jeans cortado e camiseta, mas, depois de horas parada no carro sob um sol escaldante, não via a hora de tirar a roupa e se jogar no oceano. Pelada? Ela sorriu, lembrando a promessa feita à irmã. Tentaria ao máximo manter as roupas nessa visita. O que seria duro, pois aquele era o tipo de calor que fritava cérebros e afiava o humor.

Pegou um boné de beisebol e abaixou bem a aba. Não esperava encontrar algum conhecido, mas não estava no clima para conversas educadas. Esperou de cabeça baixa, batucando com os dedos, enquanto a família a sua frente escolhia uma fruta para depois do almoço — *escolham logo* —, e então avançou um passo para fazer sua compra. Havia pêssegos roliços e suculentos, morangos de produção local, alfaces frescas e um monte de tomates brilhantes como joias. Selecionou um pouco de cada, tirou uma foto e mandou para a irmã.

Prova de que não estou pegando do jardim de ninguém.

Ao lado da barraca de verduras havia um *food truck* vendendo café. Eles serviam macchiato, e Fliss tomou o seu pensando que, para um exílio, aquele não estava nada mau. A disponibilidade de um bom café naquele pedaço minúsculo de terra era desproporcional ao número de habitantes.

Tinha se esquecido da sensação do sol queimando a pele acompanhada do aroma do oceano no ar. Aquilo a transportava de volta à infância, àqueles deliciosos primeiros momentos em que chegavam à praia com longas e preguiçosas semanas de verão pela frente.

A família carregava o carro cedinho, de modo que conseguissem fazer a viagem antes do pico de calor. Fliss ainda conseguia recordar a tensão dolorosa daquelas partidas de madrugada. Conseguia ver a expressão tempestuosa do pai e ouvir a mãe o tranquilizando e aplacando a situação. Era como passar mel numa torrada queimada. Não importava quanto você tentasse adoçar, ela continuava carbonizada.

Eles haviam aprendido a avaliar o humor dele. Quando o irmão chegava à mesa de café da manhã e murmurava "hoje tem chuva" ou "nuvens escuras e risco de chuva", todos sabiam que não falava do clima.

No dia que partiam para os Hamptons, rezavam e esperavam que o clima fosse favorável.

Harriet deslizava para o banco de trás do carro e tentava ficar invisível, enquanto Fliss ajudava o irmão a carregar as coisas, jogando as malas aleatoriamente em sua urgência de ir embora. *Feito. Só vamos embora.*

Até que estivessem na estrada, havia sempre a chance de não conseguirem. Do pai achar um jeito de impedi-los.

Fliss recordou o nó de medo na garganta. Se ele se recusasse a deixá-los partir, o verão estaria arruinado. Recordou também a deliciosa sensação de liberdade quando o carro arrancava e percebia que tinham conseguido. Era como irromper de uma floresta escura e opressiva para um trecho iluminado de sol. A liberdade se estendia adiante na estrada aberta.

Ela observava, tomada de alívio, a pegada mórbida da mãe ao volante se afrouxar, o sangue voltando a circular nas juntas dos dedos.

O irmão, reivindicando sua posição de mais velho e passando a se sentar no banco da frente, cobria-lhe a mão. *Está tudo bem, mãe.*

Todos sabiam que não estava tudo bem, mas queriam acreditar que sim, fingir, e, quanto mais quilômetros se afastavam de casa, mas a mãe deles mudava.

Todos mudavam, inclusive Fliss. Ela deixava sua antiga vida e mau-humor em Manhattan, como uma cobra se desfazendo da pele velha.

Agora ela olhou ao redor, admirada com como bastava estar ali para que aqueles sentimentos aflorassem, e se perguntou por que foi preciso entrar em crise para regressar. Fora visitas breves à avó, Fliss não passara nenhum período significante de tempo ali desde a adolescência.

Terminado o café, retomou o caminho. Aquela parte da ilha tinha algumas das propriedades mais cobiçadas de todos os Hamptons. Pela estrada sinuosa, passou por arbustos compridos e mansões recobertas de cedro e altos telhados de um prateado brilhante graças ao vento e sol. Algumas eram inabitadas, outras alugadas pela "galera do verão" — visitantes que entupiam as estradas e lojas e deixavam os moradores doidos. Algumas pertenciam a gente rica para valer.

A casa da avó de Fliss carecia da metragem quadrada e segurança sofisticada de alguns dos vizinhos mais próximos, mas o que não tinha de grandiosidade era compensado em charme. Diferentemente de algumas das mansões ao redor, a Brisa Marinha estava ali havia décadas. Tinha a cobertura de telhas e amplas janelas com vista para o mar, mas sua verdadeira vantagem era a proximidade com o oceano. Construtoras ávidas por qualquer oportunidade para explorar o pedaço de terra mais cobiçado da área haviam oferecido à avó de Fliss somas tentadoras de dinheiro pela propriedade, mas ela sempre recusou firmemente as ofertas.

A comunidade local conhecia a história de como o avô de Fliss havia comprado a casa de praia para a avó no dia do casamento. A avó lhe dissera algum dia que vendê-la seria como vender seu anel de casamento ou quebrar os votos.

O casamento, dissera a Fliss, *é para sempre*.

Fliss sentiu dor nas mãos e percebeu que estava segurando o volante com tanta força que quase cortava sua circulação.

Seu casamento não fora para sempre.

Ela e Seth nem sequer atingiram a marca dos três meses. A culpa era de Fliss, é claro. Era algo com que vivia todos os dias, mas não era nada leve.

Por um lapso de segundo perdeu a concentração, no exato instante que um cachorro entrou correndo na pista. Um borrão marrom dourado que surgiu do nada.

Fliss pisou fundo no freio, lançando para o alto poeira e seus batimentos cardíacos.

— Droga. — Permaneceu imóvel, lutando contra o choque, com o coração praticamente explodindo no peito. As mãos tremiam quando tateou a porta e a abriu. Teria ela o atingido? Não. Não tinha sentido ou ouvido nada, mas o cão estava estendido na estrada, de olhos fechados, então ela provavelmente o tinha atingido. — Ah, meu Deus, *não...* — Foi cambaleando até ele e caiu de joelhos. — Me desculpa! Eu não vi você. Fique bem, por favor, fique bem, por favor — murmurou baixinho, sem parar, até que ouviu uma voz vinda de trás.

— Está tudo bem. É um dos truques dela.

Aquela voz arrancou o ar preso nos pulmões de Fliss. Queria que fosse tudo um engano, mas o reconhecimento foi visceral, o que a fez pensar vagamente como uma voz poderia ser tão característica, como uma impressão digital. Conhecia aquela voz tranquilizando, provocando, ordenando, contente. Conhecia-a dura de raiva e suave de amor. Vinha escutando aquela voz em seus sonhos pelos últimos dez anos e sabia que não estava errada, mesmo que não fizesse sentido.

Seth estava em Manhattan. Ele era o motivo para Fliss estar ali. Se não fosse por Seth, ela *nem sequer estaria* na estrada àquela hora. E, se não estivesse pensando nele, estaria concentrada e teria visto o cão surgindo repentinamente de trás das dunas de areia.

— Tudo bem com você? — Agora a voz soava profunda e calma, como que quisesse acalmar os nervos estraçalhados de alguém. — Você parece bem abalada. Prometo que ela está bem mesmo. Ela costumava trabalhar em filmes, foi treinada para se fingir de morta.

Fliss fechou os olhos e refletiu se não deveria fazer o mesmo.

Poderia deitar-se na estrada, segurar a respiração, torcer para que ele a contornasse e seguisse em frente.

Estava aliviada pela cadela, é claro, mas não estava pronta para conversar com Seth. Ainda não. E não desse jeito. Como aquilo podia estar acontecendo? Depois de planejar tudo com tanto cuidado, como Fliss tinha acabado naquela situação?

Não havia justiça no mundo. Ou talvez aquilo *fosse* justiça. Talvez fosse seu castigo. Ter que sofrer por seus pecados passados.

A cadela abriu os olhos, ficou de pé e abanou o rabo. Fliss não tinha escolha a não ser se levantar junto. Ela o fez devagar, relutante, espanando a areia dos joelhos, adiando o momento em que ficaria cara a cara com ele.

— Você talvez devesse se sentar.

Talvez eu devesse sair correndo.

Ela se forçou a se virar.

Seu olhar fixou-se no dele e, no mesmo instante, foi transportada para o passado. Tinha 18 anos, estava deitada nua na areia, morosamente quente e satisfeita, com os membros entrecruzados aos dele, os rostos próximos a ponto de quase se tocarem. Sempre gostou de estar fisicamente próxima dele, como se a proximidade diminuísse as chances de perdê-lo. *Me toque, Seth. Me abrace.*

Ele a tocou, abraçou-a e ela o perdeu mesmo assim.

Estava claro que Seth estava surpreso de tê-la encontrado novamente. O choque lhe percorreu o rosto, seguido de confusão. Aproximou-se e levantou um pouco o boné dela, olhando seu rosto de perto.

— Fliss?

Ela também estava confusa. Achara que o tempo diminuiria o efeito que Seth tinha sobre ela. Que os sentimentos seriam neutralizados. Mas, pelo contrário, parecia que tinham aumentado. Não via o rosto de Seth fazia quase dez anos e, mesmo assim, tudo nele parecia familiar. As rugas no canto dos olhos, algumas mechas despenteadas que insistiam em cair sobre seu rosto, os cílios escuros que emolduravam os olhos negros como um coração de pirata. A atração atingiu Fliss com uma força chocante. O campo magnético era tão potente que ela quase foi lançada para a frente. Se estivesse no carro, o airbag teria disparado.

Estava pegando fogo e suada, o que a fez se sentir ainda pior por ele conseguir parecer tão calmo. Seth vestia uma camisa branca desabotoada em cima e bermuda cáqui. Sempre fora arrebatadoramente bonito, mas alguns anos a mais haviam tirado os últimos traços de menino e moldado o homem. Tinha o mesmo porte atlético, mas os ombros estavam mais largos e o corpo mais forte e potente.

Em outros tempos, Fliss acreditava que finais felizes não aconteciam só em livros e filmes. Seus sentimentos por ele a consumiram até não haver espaço para outra coisa, até ela não saber mais como contê-los. Por sorte, os anos com o pai lhe deram treinamento avançado em como esconder aqueles sentimentos, o que era ótimo, pois Seth estava insanamente lindo enquanto ela parecia…

Fliss não queria pensar em sua aparência.

Aquilo com certeza era carma. Um castigo por seus pecados do passado, que eram muitos.

Estava aprisionada naquele olhar. O cérebro e a língua de Fliss deram um nó ao mesmo tempo, então ela fez o que sempre fazia quando estava encurralada: agiu por impulso.

— Não sou a Fliss — disse ela. — Sou a Harriet.

Capítulo 4

Harriet.

Seth estava prestes a beijá-la, até ouvir aquilo. Ali mesmo, na estrada, sem nem se importar com quem estivesse passando. A presença dela o desconcertava. Fliss sempre trouxera à tona um lado de Seth que ele mesmo raramente acessava, e pelo visto nada havia mudado.

Só que aquela era Harriet, não Fliss. E, de qualquer maneira, beijar Fliss traria muito mais problemas além do simples constrangimento mútuo. Sua meta era controlar as velhas chamas, não reacender um fogo antigo.

Vanessa tinha razão. Ele estava encrencado.

Seth recuou um passo e quase tropeçou em Lulu. A cadela ganiu e saiu do caminho num salto, lançando-lhe um olhar de reprovação. O dia dela não vinha sendo muito bom. O dele não estava muito melhor.

— Não esperava vê-la por aqui.

Certa época, as gêmeas Knight passavam todos os verões com a avó, mas aquilo já fazia muito tempo. A maior parte do grupo de crianças que passava junto aqueles longos e quentes verões tomou rumos distintos. O único amigo que Seth ainda via daquela época era Chase Adams, que assumira a construtora do pai com sede em Manhattan. Desde o casamento, ele vinha passando mais tempo na casa da praia.

— Também não esperava vê-lo por aqui. — Ela puxou a aba do boné para baixo, praticamente escondendo a metade superior do rosto. — Ouvi dizer que você estava por Manhattan. O Daniel falou que cruzou com você... — Ela manteve o tom natural, mas havia ali algo mais que Seth não conseguiu identificar. Nervosismo? Desde quando ele deixava Harriet nervosa?

— Foi temporário. Fui fazer um favor a um amigo meu.

— O Steven?

— Sim. Fizemos faculdade juntos. Ele estava sofrendo com falta de pessoal e pediu minha ajuda.

— Então foi isso? Já terminou? Não vai ficar mais em Manhattan?

— Por enquanto não.

Seth se perguntou por que ela estaria fazendo tantas perguntas detalhadas sobre seu paradeiro. Talvez Fliss estivesse pensando em visitar a avó e a irmã pretendia avisá-la. Não era preciso ser um gênio para entender que ela o estava evitando.

— Então você vai ficar aqui o resto do verão? Vai passar com a família?

— Só eu mesmo. — Quanto ela sabia dele? Não tinham contato desde aquele verão, dez anos antes, mas havia muitas formas de obter informação. Será que Fliss o mencionara em algum momento? Seth tinha milhares de perguntas, mas as manteve dentro de si. Que sentido fazia perguntar? Não precisava das respostas de Harriet. Precisava das respostas de Fliss. — E você? O que faz por aqui?

Era desconcertante olhar para ela, pois poderia facilmente ser Fliss. Por fora, eram gêmeas idênticas. Tinham os mesmos olhos azuis, o mesmo cabelo louro pálido.

Por dentro, eram diferentes como o sol e a lua.

— Minha avó caiu. Ela está no hospital.

— Não fiquei sabendo. — Aquilo o surpreendeu pois, aonde quer que fosse naquele pedaço de terra, alguém, em algum canto, estaria disposto a deixá-lo a par das fofocas locais. — Foi feio? Quando aconteceu?

— Faz uns dois dias. Não sei quão feio foi, mas sei que não vão dar alta para ela a não ser que tenha um acompanhante. Acho que ela ficou inconsciente, disse que se machucou um pouco. Assim que eu desfizer as malas, vou ao hospital.

— Tem algo que eu possa fazer?

— Não, mas obrigada. Comigo lá, ela vai ter alta amanhã.

Ela gesticulou vagamente para o carro, o chamativo conversível vermelho que cintilava sob o sol.

Ele o encarou e pensou que não parecia algo que Harriet dirigiria. Por outro lado, fazia dez anos que não a via e muita coisa pode mudar num intervalo de tempo desses, inclusive o fato de que ela não parecia mais ficar tímida perto dele. Não havia sinal da gagueira que a atormentava na adolescência. Fliss confidenciara a Seth quão difícil era para a irmã; como, no momento em que o pai começava a gritar, Harriet não conseguia soltar uma palavra sequer.

Estava feliz por ela que isso havia mudado.

Em parte por não querer ser o responsável pelo retorno da gagueira, não perguntou sobre Fliss.

— Como foi que ela caiu?

— No jardim. Ele está precisando de cuidados.

— Então você veio para cuidar dela. Que bom. Ela não vai precisar se preocupar quanto a comer bem. — Seth sorriu. — Ainda me lembro daqueles biscoitos de chocolate que você fazia. Se por acaso fizer e sobrar alguns, estou aqui pertinho.

— Biscoitos?

Um olhar alarmado atravessou o rosto dela, e Seth pensou no que tinha dito para causar a reação.

— Você não cozinha mais?

— Eu… sim, claro que cozinho. Mas comida de verdade. — Ela se embaralhou toda. — Coisas… hã… nutritivas. Seus pais vão vir para o verão?

A pergunta tirou Seth do prumo.

Então ela não sabia.

Ele foi atravessado rapidamente pela tristeza. Ela ia e vinha como a maré sobre a areia.

Os anos se abriram como um golfo. Tanta coisa havia mudado. Tantos eventos da vida que ele e Fliss deveriam ter partilhado e superado juntos. Em vez disso, passaram por tudo separados.

— Meu pai morreu. Faz dez meses. Teve um infarto. Do nada. Pegou todo mundo de surpresa.

— Ah, Seth… — A reação dela foi tão espontânea quanto verdadeira. Tirou a mão do bolso e tocou-lhe o braço por alguns segundos antes de recolhê-la outra vez. — Sinto muito, de verdade.

— É, foi difícil. A gente vai vender a Vista Oceânica.

Ele ainda estava tentando aceitar aquilo, tentando desenredar seus próprios desejos dos da mãe. Imaginar o que o pai gostaria que fizesse. E, de certa maneira, aquilo era fácil: seu pai gostaria que ele fizesse o que fosse preciso para deixar a mãe feliz.

O que, no caso, era vender a casa.

— É por isso que você veio? Para vender a casa?

— Não. Vim porque minha casa é aqui. — Mais uma coisa que ela não sabia. — Eu moro aqui.

— Mas você disse que…

— Comprei uma casa perto de Sag Harbor. Perto da praia e da reserva natural. Ainda precisa de alguns ajustes, mas está quase terminada.

— Você está dizendo que *mora* aqui?

Era a imaginação de Seth ou havia pânico na reação dela? Devia ser sua imaginação.

— Sim. Sou dono da Veterinária Costeira, quase na fronteira da cidade.

— Ah, bom, isto é ótimo. — Seu tom de voz comunicava tudo menos "ótimo".

Em busca de respostas, Seth examinou intensamente o rosto dela.

— Como vão as coisas, Harriet?

— Vão bem! Fliss e eu temos um negócio de passeadores de cachorro em Manhattan. Guardiões do Latido. Estamos indo bem. Um pouco bem demais. A Fliss quer expandir os negócios... você sabe como ela é.

Ele não sabia. Não agora. Mas queria saber. Ela teria mudado? Continuava impulsiva? Continuava tirando os sapatos sempre que possível? *Continuava escondendo o que estava sentindo?*

Estava desesperado para fazer milhões de perguntas, mas as guardou para si.

Estava feliz, mas nem um pouco surpreso, que Fliss tivesse aberto um negócio e que ele ia bem.

— Bom, se sua avó caiu, você terá que ficar algum tempo por aqui. Como que a Fliss dará conta dos negócios sem você?

— Temos um exército de passeadores de confiança, tenho certeza de que ela ficará bem.

— Então seremos vizinhos. Gostaria de poder ajudá-la com o que for.

O olhar de pânico voltou.

— Não será necessário! Tenho certeza de que vamos ficar bem. Não quero incomodar.

— Não é incômodo nenhum. Todos na minha família gostam de sua avó, inclusive eu. Ela leva o Charlie na clínica quando precisa de exames, assim como todos os seus amigos. E são muitos. Ela é membro desta comunidade desde sempre. Minha mãe nunca me perdoaria se eu não ajudasse. — Seth encarou-a longamente e decidiu testar uma teoria. — Como vai a Fliss?

— A Fliss? Está tão feliz. Vai muito bem. Abriu um negócio do zero e agora mal tem tempo de respirar. Está toda empolgada. Tudo certo.

Aquilo não dizia a Seth nada do que ele queria saber, mas também não havia feito as perguntas certas, é claro. *Ela está com alguém? Casou? Por que vai até a porta da clínica veterinária e depois dá meia-volta? Por que está me evitando?*

Eram essas as perguntas que queria fazer.

Uma coisa, porém, ele conseguiu esclarecer.

Algo importante.

— É melhor eu ir. A clínica abre daqui uma hora e sempre vem bastante gente nesta época do ano. — Assobiou para Lulu. — A gente se vê por aí, Harriet.

— Espero que sim. — Seu tom de voz dizia que não esperava por isso nem um pouco.

Seth colocou a cadela na caminhonete e dirigiu de volta para casa. Era uma viagem rápida até a clínica, por uma estrada que era pouco mais que um caminho acidentado.

Descobrira aquela casa dois anos antes e se apaixonara pelo lugar. A propriedade em si era um pouco menos apaixonante, mas Seth usara cada dia dos últimos dois anos para transformá-la no lar que queria.

Com a ajuda de Chase, que juntou uma equipe para o projeto e a construção, derrubaram a casa de um andar e a substituíram por uma estrutura de dois andares com sala de jantar e sala de estar de pé-direito duplo e porta de vidro que abria para a piscina.

A casa estava localizada atrás de dunas que eram parte do santuário de pássaros e, nas tardes durante o período de renovação, Seth costumava se sentar na varanda, com uma cerveja na mão, e observar o doce balanço da relva marinha enquanto ouvia os chamados queixosos das gaivotas.

Bastava uma viagem curta para chegar à cidade. Ali, porém, havia apenas o sussurro do vento e o quebrar rítmico do oceano. As pessoas ouviam o mesmo som havia séculos, mas havia simplicidade naquilo, uma combinação sonífera que acalmava os sentidos.

Sua casa carecia do ar palaciano do lar de sua infância e, em sua opinião, era melhor assim.

Ali não havia fantasmas nem lembranças.

Deixou Lulu sair do carro e se deteve um instante admirando os contornos de seu novo lar.

— Nada mau essa casinha que você arranjou. — A voz veio de trás.

Seth virou-se com um sorriso no rosto.

— Chase! Não vi seu carro.

— Eu estava logo atrás, mas você com certeza estava com a cabeça em outra coisa.

Coisa não. *Pessoa.*

— Não esperava vê-lo esta semana. Pensei que estivesse em Manhattan, comprando metade do mundo. — Encarou a bermuda de surfe do amigo. — Você não me parece muito o CEO de uma grande corporação.

— O que posso dizer? Descobri as alegrias do fim de semana.

— É quarta-feira.

Chase sorriu.

— É que o fim de semana começou mais cedo.

— Isto vindo do cara que não sabia o que era fim de semana. Quem é você e o que fez com meu amigo? Pensando bem, não responda. Prefiro esta versão de você. Imagino que deva agradecer ao casamento. — Seth fechou a porta do carro. — Como vai a Matilda?

— Desconfortável. O calor a incomoda. A bebê deve nascer daqui um mês e vou trabalhar daqui até ele chegar. — Incomumente nervoso, Chase passou os dedos pelo cabelo. — Vou ser pai. CEO de família. Meu emprego mais difícil.

— Engraçado, pois eu diria que a Matilda é a CEO de sua família. Você é só um funcionário.

— Pode ser que você tenha razão. — Chase estreitou os olhos e examinou a casa de Seth. — Está quase lá.

— Sim.

— Quando você vai admitir que eu tinha razão sobre o terraço?

Os dois haviam discutido detalhes por e-mail e pessoalmente.

— Você tinha razão. Te devo uma.

— De nada. Pode me pagar com serviços de babá.

Seth sentiu uma pontada debaixo da costela.

— Não é minha especialidade. Mas se o Herói precisar de veterinário, pode chamar.

— Ele vai precisar. Esse cão não está nem aí para a segurança pessoal dele e posso garantir que de herói ele não tem nada. Falo sempre para a Matilda rebatizá-lo, sugeri Inconveniente, mas ela não quis. Ele é grande e forte demais para ela levá-lo para passear no momento. — Chase franziu a testa. — Você não conhece alguma empresa de passeadores que eu possa contratar?

Seth balançou a cabeça, mas então refletiu um instante.

— Você conhece a Guardiões do Latido?

— Sim, mas fica em Manhattan. É das gêmeas Knight, mas isso você já deve saber. Usamos o serviço delas sempre que estamos na cidade, ainda que eu nunca tenha ousado confessar isso a você antes. Não sei se é um ponto sensível. — Chase encarou-o com cuidado.

— Nos últimos tempos, o nome *Knight* não costuma brotar em nossas conversas. É um assunto a ser evitado?

— Não. Acontece que acabei de trombar com a Harriet. — Fez uma pausa, pensando em quanto contar. — A avó dela sofreu uma queda e ela vai ficar por aqui algum tempo. Vou ver se ela pode ajudá-lo.

— Matilda é amiga de Harriet, mas faz uma década que não vejo nenhuma das gêmeas. Pelo menos desde...

— Desde que você foi meu padrinho de casamento. Não precisa pisar em ovos, Chase. Como você mesmo disse, já faz uma década.

Tempo suficiente para colocar as coisas em seu devido lugar, no passado. As pessoas fizeram vista grossa na época — *ele é jovem e precipitado* —, por isso Seth não teve que lidar com o choque e a surpresa de todos. Algumas pessoas, acreditando que sabiam julgar um relacionamento pela aparência, foram mais do que complacentes, como se fosse possível tirar a dimensão de uma casa vendo apenas a janela.

— Não sabia que vocês mantinham contato.

— Não mantemos.

— É a primeira vez que você vê Harriet desde que você e Fliss romperam? Deve ter sido estranho.

— Sim. — Seth não teria dito *estranho*, mas tudo bem.

— Talvez seja mais fácil por se tratar de Harriet.

— Talvez. — Seth não se estendeu. — De qualquer forma, ela vai ter que passear com o cachorro da avó, então posso perguntar se não pode passear com o seu também.

— Valeu. É gentileza sua. — Chase mudou de assunto. — E aí, quando você se muda? Mais importante ainda, quando vai ser o *open house*? Vai ficar aqui para o feriado ou vai viajar?

— Vou ficar. Trabalhando e de plantão o feriado.

— Que trampo.

— Para falar a verdade, nem tanto. — Seth foi resgatar Lulu, que havia prendido a cabeça numa cerca. — O resto da família vai passar em Vermont.

— Mudança de ares. — Chase acenou compreensivamente com a cabeça. — Como vai sua mãe?

— Está bem, considerando tudo. Mas quer vender a Vista Oceânica.

— E o que você acha disso?

Seth olhou para sua nova casa, para os contornos bem feitos do terraço, a vista das dunas. Não a trocaria por nada. Por que então não estava motivado a vender a outra casa?

— Acho que é o melhor a ser feito, só não estou seguro quanto ao momento.

— O momento é ótimo. É verão, vai ressaltar o que a casa tem de melhor. Confie em mim. Posso não ser expert em bebês, mas de imóveis eu entendo.

— Não estava falando do momento do mercado, mas do momento para minha mãe. Temo que seja cedo demais, que ela se arrependa da decisão.

Chase pousou a mão no ombro de Seth e apertou.

— Vou perguntar outra vez... o que *você* acha disso?

Chase sempre fora um bom observador. E sensível. Motivos pelos quais eram amigos havia tanto tempo.

— Me sinto dividido.

— Consigo imaginar. — Chase suspirou. — Quanto a isto, não acho que se apegar a coisas sempre ajude a aliviar a dor. Talvez a torne até pior.

— Racionalmente, eu sei disso. Emocionalmente, estou com dificuldades em aceitar. Passamos todos os verões ali desde que nasci. A impressão não é a de que estamos vendendo uma casa, mas as lembranças. Minha mãe sempre adorou aquele lugar. — Seth parou de falar quando o celular de Chase tocou. — Melhor você atender. Pode ser a Matilda.

— É a Matilda. Droga... — O amigo se atrapalhou todo e quase deixou o celular cair. — O que foi, querida? Está rolando? Chegou a hora? O que preciso fazer? Ligo para quem?

Seth ficou observando, achando graça, o amigo ir da calma à agitação. Esperou que terminasse a ligação e ergueu a sobrancelha:

— E aí? Precisamos deixar a parteira em alerta?

— Não. Ela quer que eu compre pêssegos na barraca da estrada. Pêssegos! Olha para mim. Estou acabado. O que está acontecendo comigo? — Chase colocou o celular de volta no bolso e balançou a cabeça. — Tenho uma empresa de sucesso...

—... que não tem nada a ver com dar à luz bebês.

— Verdade. Não sou bom com esse negócio. Prefiro meus problemas numéricos. Se não consigo analisar e colocar em planilha, estou perdido.

— Nós dois sabemos que isso não é verdade. Não há nada em sua empresa que você não seja capaz de fazer.

— Talvez, mas saber calafetar uma janela não vai me ajudar em nada se a bebê vier antes da hora. Se isso acontecer, vou ligar para você.

— Sou veterinário — disse Seth, calmo. — Já ajudei no parto de cães, gatos, potros e até de um camelo...

— Camelo?

— Nem pergunte. Nunca ajudei a parir um humano, mas não se preocupe. Seu filho não vai nascer antes da hora. O primeiro nunca vem prematuro.

— É bom que você esteja certo, senão te processo. E vou levar o bebê em nossas noites de pôquer.

Seth gesticulou em direção à casa.

— Precisa de algo para acalmar seus nervos? Não abasteci a geladeira ainda, mas talvez encontre uma cerveja.

— É tentador, mas minha esposa grávida quer pêssegos, então é bom que eu os encontre. — Sorriu para Seth e caminhou em direção ao carro. — Um dia, o mesmo vai acontecer com você, Seth Carlyle, e você vai ter que tirar esse sorrisinho do rosto. Até lá, agradeço se puder pedir à Harriet que passeie com o Herói.

Mantendo o sorriso no rosto, Seth se inclinou para fazer carinho na barriga de Lulu e observou Chase manobrar o carro rumo à estrada principal.

Lulu ganiu e lambeu a mão do dono, ciente de que algo não estava bem.

Sorte que Chase não era tão perspicaz assim.

E sorte que Chase precisava de ajuda com o cachorro.

Seth disse a si mesmo que se oferecer a pedir pelos serviços de Harriet era uma forma de ajudar o amigo. Não tinha nada a ver com criar um pretexto para falar com ela novamente.

Capítulo 5

A BRISA MARINHA.

Fliss estacionou e encarou a casa. Nada havia mudado. Tinha o mesmo revestimento de madeira gasto, o mesmo chão de cascalho que tantas vezes esfolara seus joelhos. Zimbros e ciprestes alinhavam-se no caminho de acesso e arbustos de *Rosa rugosa* explodiam em botões delicados.

Naquele momento, Fliss sentia como se também não tivesse mudado muito.

O que acontecera com sua confiança? O ímpeto que sempre a impulsionava adiante?

Não conseguia parar de tremer. Não por causa do quase atropelamento, mas por causa de Seth.

Tinha se preparado para tudo, menos trombar com Seth.

Vinha dizendo a si mesma que era tudo coisa de sua cabeça, mas, no final das contas, vê-lo pessoalmente foi pior do que tinha imaginado. Não previra a poderosa química nem a agitação súbita e frenética em suas entranhas. Parecia que o tempo era capaz de curar muitas coisas, mas não a força estranha e indescritível que a atraía a Seth Carlyle. Seria fácil interpretar aqueles sentimentos como mera atração sexual. Fácil e equivocado.

Atração sexual não explicaria por que fora estúpida o suficiente para fingir ser Harriet.

Decepcionada consigo mesma, pegou sua mala, tirou a chave de debaixo de um vaso e entrou na casa.

A calma recaiu sobre ela como um cobertor reconfortante. Fora a ocasião bizarra em que o pai havia aparecido de surpresa, seus momentos de maior felicidade tinham sido naquele lugar.

Permaneceu imóvel por um instante, sorvendo o ar familiar. A enorme paisagem marítima na parede havia sido pintada pelo avô. O cesto no chão, repleto de botas e chinelos, estava ali desde sempre. Havia toalhas cuidadosamente dobradas prontas para esfregar areia e lama de cães desembestados pois ali, na praia, sempre havia cachorros.

Era um lugar de barulho, caos, conversa e risada.

Ninguém precisava andar na ponta dos pés. Ninguém tinha que vigiar o que dizia.

Férias nos Hamptons.

Fliss avançou um passo e as tábuas de assoalho rangeram sob seus pés. Quantas vezes a avó não a havia repreendido por correr pela casa com os pés cheios de areia?

Pisou mais forte e sentiu a madeira envergar levemente com a pressão. Bem aqui. O lugar onde ela e Harriet haviam escondido o "tesouro" delas. Fliss conhecia o assoalho solto pois tinha que driblá-lo silenciosamente sempre que escapava para se encontrar com Seth. Harriet havia voltado de uma de suas muitas idas à praia, com os bolsos cheios de conchas e pedras polidas pelo oceano. Queria trazê-las à cidade como lembrança, mas ambas sabiam que o pai as jogaria fora, por isso Fliss encontrou uma caixa e as guardou fora de vista sob a tábua solta do assoalho.

Provavelmente ainda estariam ali.

Encarou o chão divagando em lembranças perdidas de momentos felizes. Apesar dos pesares, houve momentos felizes. E esses momentos talvez tenham sido ainda mais felizes, ainda mais preciosos, por estarem cercados de momentos difíceis. As boas experiências cintilavam mais na escuridão.

Ela caminhou pela casa, e os anos passados retornaram. Recordou os fortes que construíram, as partidas de esconde-esconde que jogaram, as horas que passaram quebrando as ondas e escavando areia. Fliss via a irmã desabrochar naquele lugar. O silêncio mortal e torturante que marcava seus dias em Nova York era substituído aqui por conversa. Relutante no começo. Tímida. Palavras a conta--gotas. E então o pinga-pinga tornava-se uma corrente constante e a corrente tornava-se uma enxurrada, como uma explosão de água que escapa de uma obstrução indesejada. A gagueira de Harriet voltava apenas nas raras ocasiões em que o pai os visitava.

Aquilo tudo era passado agora.

Agora não havia visitas inesperados. Ele estava de fora da vida de todos.

Afastando aquele pensamento, Fliss fechou a porta e caminhou até a cozinha.

Havia nela todos os sinais de que o ocupante da casa tinha saído às pressas.

Havia uma panela suja sobre o fogão e uma caixa de leite sobre a bancada.

Fliss jogou o leite fora e lavou a panela.

Do lar? Era capaz disso se precisasse. Talvez até pedisse à avó lições de culinária enquanto estivesse ali. Surpreenderia Harriet.

Percorreu o resto da casa, conferindo tudo. A porta dos fundos estava trancada, então quem quer que tenha socorrido a avó no jardim aparentemente havia tomado o cuidado de fechar a casa.

Subiu as escadas e conferiu o quarto da avó. A janela estava fechada, e a cama, feita.

Passou pelo quarto que o irmão, Daniel, ocupava sempre que iam lá e subiu outro lance de escadas até o quarto do sótão, que dividia com a irmã. Instintivamente, pulou o quarto degrau com seu rangido fofoqueiro, percebeu o que havia feito e então sorriu. Sabia centenas de formas de sair daquela casa sem ser descoberta. Sabia que degrau a trairia, que janela emperraria e que porta rangeria.

Empurrou a porta do quarto, lembrando-se de como passava óleo nas dobradiças.

A mãe dormia como uma pedra, mas será que a avó sabia que ela escapava?

Harriet sabia, mas nunca dizia nada. Fingia dormir para não ter que mentir se perguntassem.

Fliss olhou ao redor do quarto.

Não havia mudado muita coisa. Duas camas aninhavam-se debaixo da inclinação do telhado, então era preciso inclinar a cabeça antes de se levantar pela manhã. Fliss caminhou até a janela, olhou para o jardim abaixo e notou a escandalosa macieira, com seus ramos recurvados e tronco espesso. As raízes eram visíveis sobre a terra, como se tentasse sair do chão sob o qual haviam se ocultado por tanto tempo.

E então, debaixo da macieira, estava o portão.

Ela também passara óleo ali, transformando um alarme num aliado.

Do alto, conseguia ver que a vegetação na trilha para a praia estava alta. Isto não a surpreendia. Ninguém usava aquela trilha a não ser os habitantes da Brisa Marinha e Fliss duvidava que a avó tivesse o hábito de pegar a acidentada trilha de areia que conduzia das dunas à praia.

Por um instante, ficou tentada a tirar os sapatos e correr pelo caminho como quando era criança, esperando ansiosamente o momento em que escalaria até o topo das dunas e veria o vaivém das ondas do Oceano Atlântico.

Seu pé já estava metade para fora do sapato quando se deteve.

Precisava parar de ceder aos impulsos e comportar-se de forma responsável.

Deslizou o pé para dentro do sapato outra vez, ficou na ponta dos pés e inclinou a testa contra o vidro frio, tentando enxergar através da vegetação emaranhada que ocultava a trilha para as dunas. Conhecia cada declive e curva daquele caminho.

As pessoas dizem que a memória diminuía com o tempo, mas a de Fliss não havia esquecido nada.

Ainda conseguia lembrar aquela noite quente de verão minuto a minuto, cada som, cada cor, cada toque.

Afastou-se da janela. De que servia ficar se torturando? Estava tudo no passado. Precisava seguir em frente. Exatamente o que estaria fazendo se tivesse contado a verdade a Seth quando o encontrou mais cedo. Poucas palavras, era tudo o que precisava dizer. Em vez disso, fingira ser Harriet.

Por que fizera aquilo? A coisa mais estúpida, impulsiva…

Fliss desejou ter sabido antes da morte do pai de Seth. Assim, não teria feito aquela pergunta insensível sobre a família dele. Devia tê-lo machucado e ela já o havia machucado bastante.

Fingindo ser Harriet, não pôde oferecer mais do que banalidades convencionais. A irmã gêmea não poderia compreender quão próximos eram ou quanto Seth admirava o pai. Fliss compreendia. Uma fração de segundo antes de Seth escondê-la, Fliss viu a dor bruta em seus olhos e sofreu por ele. Queria envolvê-lo nos braços e oferecer-lhe todo conforto possível. Queria dizer que compreendia.

Em vez disso, emitiu meia dúzia de palavras sem sentido. E, ao fingir ser Harriet, tudo o que fez foi adiar o momento em que ficaria cara a cara com ele como Fliss.

O que faria agora?

A questão não era se o encontraria novamente por acaso, mas quando.

O que lhe dava só duas opções. Ou continuava fingindo ser Harriet ou confessava ser Fliss.

Ambas seriam desconfortáveis e vergonhosas. Se optasse pela segunda, Seth iria querer saber por que Fliss fingira ser a irmã e presumiria muita coisa daquilo.

Não, até encontrar um jeito de sair da mentira que criou, continuaria a fingir. O que levantava a questão do que faria com a avó.

Havia prometido a Harriet que contaria ser Fliss à avó e assim faria. Bastava torcer para que Seth e a avó não se encontrassem até que ela resolvesse a bagunça que criara.

Por que tudo o que tocava se tornava tão complicado?

Decepcionada consigo mesma, escancarou as janelas, deixando entrar o aroma do oceano.

Depois, foi à cozinha e desempacotou a comida que trouxera da barraca da estrada.

Organizou as frutas numa bacia e colocou-a no meio da mesa. A longa mesa de cedro tinha alguns arranhões a mais do que Fliss recordava, mas, tirando isso, parecia a mesma de sempre. Algumas de suas lembranças mais antigas se passavam ali. Estava feliz que nada de significante tinha mudado, como se, encontrando tudo igual, certo nível de felicidade estivesse garantido.

Quantas refeições não tinham feito ali, os três irmãos, inquietos nas cadeiras à espera do momento em que poderiam voltar à praia? Passar o verão ali queria dizer apenas praia. Praia e liberdade.

Praia e Seth.

E aquele era justamente o problema. Seth fazia parte de praticamente todas as lembranças que guardava do lugar. O que significava que tinha que preencher a cabeça com outra coisa.

Fliss voltou à entrada e pegou a mala. Desfez tudo e dirigiu direto para o hospital.

Contaria a verdade à avó e, em seguida, tentaria achar um jeito de anular a mentira que contara a Seth.

—m—

Seth terminou de examinar o cão.

— Chester está bem, Angela.

— Ótimo. Preciso dele bem para o feriado.

— Vai fazer algo especial para o fim de semana prolongado?

Angela ergueu Chester da mesa de exame.

— Não. Vamos ficar em casa. É por isso que preciso dele bem. Ele detesta barulheira. No ano passado, ficou com tanto medo que quase liguei para pedir um calmante.

— Essa é uma das alternativas, mas tem outros métodos que prefiro experimentar antes.

— Tipo?

— Em 2002 saiu um estudo de um psicólogo comportamentalista de animais mostrando que música clássica tinha efeitos tranquilizantes em abrigos para cachorros. — Seth lavou as mãos. — Alguns anos depois, outro estudo de um neurologista veterinário mostrou que músicas lentas, com um só instrumento, acalmavam mais do que música barulhenta e complexa.

— Você está dizendo então que eu deveria tocar Beethoven em vez de Beyoncé?

Seth puxou toalhas de papel e secou as mãos.

— Você que escolhe. Tem outras coisas que você pode fazer, é claro. Fechar as portas, janelas e cortinas para bloquear o máximo possível de som.

Naquela época do ano, Seth dava uma enxurrada sem fim de conselhos sobre como manter os animais de estimação longe de fogos de artifício e de pedaços de vidro dos jardins.

— Estou com medo. O Chester odeia fogos de artifício e nosso vizinho adora. — Angela fez carinho na cabeça do cão. — É só começar que ele tenta fugir de casa.

— Leve-o para dar um passeio longo no dia — sugeriu Seth. — Isto vai cansá-lo e é provável que fique mais relaxado. Quanto ao barulho, já tentou ligar a televisão?

— Não, mas é uma boa ideia.

— E certifique-se de fechar o jardim. Essa é a época mais movimentada do ano nos abrigos. Eles têm que lidar com um monte de bichos que fugiram de medo.

— A gente colocou um microchip no Chester. Uma amiga que sugeriu no ano passado. Vai que… Nem posso pensar nele vagando por aí perdido e com medo. Vou trancar todas as portas e colocar a televisão no último volume. — Angela prendeu a coleira do cachorro. — Então você voltou da cidade grande. Algumas pessoas acharam que você ficaria por lá.

Seth entendeu a pergunta contida na fala dela e sabia que qualquer coisa que respondesse já teria se espalhado entre os moradores locais até a tarde.

— Eu moro aqui. Sem chances de eu ficar por lá.

— Ótimo, é bom saber disso. — Os ombros dela relaxaram. — Você não seria o primeiro a ficar tentado pelas luzes de Manhattan. Em meu grupo de tricô, a gente estava apostando que você não voltaria.

— Visitar Manhattan é sempre divertido, mas não fiquei tentado. Pelo menos não pela cidade.

A imagem de Fliss apareceu em sua mente. Ela dava risada, e seu biquíni minúsculo deslizava pelos ombros conforme corria pela praia, os pés descalços levantando areia.

Seth digitou a senha do computador e escreveu detalhes no bloco de notas.

Nancy, a assistente veterinária, entregou um panfleto informativo e conduziu Angela à saída.

Ela voltou instantes depois.

— Ouvi a última parte da conversa. É verdade mesmo que você não ficou nem um pouco tentado a ficar? Devo confessar que, se pudesse escolher entre Nova York e aqui, eu ficaria com Manhattan.

Ela fez uma pose e começou a cantarolar, usando uma seringa como microfone.

Seth revirou os olhos.

— Não basta eu passar por uma inquisição dos pacientes, agora tenho que passar por uma dos funcionários também?

Nancy parou de cantar e colocou a seringa no lugar.

— É que, quando você sair, eu saio, então preciso saber com certa antecedência.

— Vou me mudar para minha nova casa na próxima semana e não tenho planos de partir em breve. — Ele fechou o arquivo. — A Angela foi nossa última paciente da manhã?

— Aquele gatinho, o Fumaça, voltou, mas como você estava ocupado a Tanya cuidou dele. Ela falou para você ir almoçar. Ela cuida de tudo.

Tanya, a outra veterinária e colega de trabalho de Seth, era incrível.

— Ótimo. Vou levar o celular, se você precisar de mim.

— Vai ter um encontro, dr. Carlyle?

— Não é bem isso.

Mas estava trabalhando para que fosse.

Capítulo 6

— Você acredita que ele apareceu no hospital? — De pé no jardim da casa da avó, Fliss atualizou a irmã pelo celular. — Tipo, vim aqui para evitá-lo e estou o vendo mais do que em Manhattan.

— Acho fofo.

— Não é fofo! Só piorou ainda mais meu dia escangalhado. — Fliss esfregou a testa com os dedos. — Está bem, talvez tenha sido fofo da parte dele, mas foi inconveniente também.

— Por quê?

— Eu já tinha contado a ele que era você, aí a vovó veio em nossa direção na cadeira de rodas e…

— Não! Você fez a vovó pensar que era eu? Fliss, você *prometeu*!

— E eu realmente pretendia cumprir a promessa! Mas aí o Seth apareceu no momento errado e fiquei encurralada. É *isso* que eu estou dizendo. Não foi nada fofo.

A ligação falhou, e Fliss caminhou até o topo da duna em busca de um sinal melhor. Seus dedos do pé afundaram na areia macia e a grama alta pinicou seus tornozelos. Perguntou-se o que havia naquele lugar que a tornava tão impulsiva.

— Se você tivesse contado a verdade quando trombou com ele, não estaria encurralada.

— Eu sei. Não queria mentir para ele, mas minha boca assumiu o controle, mentiu antes que eu pudesse impedi-la e agora a coisa toda saiu do controle. Você está brava comigo?

— Não, mas não sei lidar com essa mentira toda. Queria que as coisas não fossem tão complicadas.

— Eu também.

— Certeza de que Seth não reconheceu você?

— Certeza. Ele não me via fazia dez anos. Acho que isto contou a meu favor. — E enquanto parte dela ficava aliviada com isso, outra parte estava ligeiramente magoada, o que não fazia sentido algum. Ela o reconhecera mesmo sem olhá-lo. Como ele não a reconhecera? — Depois que disse que era você, não tive opção a não ser continuar fingindo. Vai ser só por algumas semanas. O que poderia dar errado?

— Um milhão de coisas! Fliss, se você continuar fingindo ser eu, isso vai virar uma bola de neve.

— Para com isso, boba. Aqui está um calor de matar. Não vai ter bola de neve, não. — A tentativa de piada de Fliss não colou.
— Você poderia vir me visitar daqui uma semana ou algo do tipo, para que a gente possa trocar de identidade. A vovó nunca vai saber.

— Ela vai saber, sim. Para começar, a gente nem se veste da mesma forma.

— Estou vestida do jeito que você estaria na praia. — Fliss olhou para baixo. — Estou de short e regata.

— Eu provavelmente estaria de vestidinho.

— Não vou usar vestido. E já vi você de short.

— Você está calçada?

— Na maior parte do tempo.

Harriet suspirou.

— Talvez tenha enganado o Seth, mas você acha mesmo que a vovó não vai notar a diferença entre nós?

— Ela estava a sua espera. As pessoas tendem a ver quem estão esperando.

— Você precisa contar para ela.

Fliss revirou os olhos. Outro problema para ser resolvido. A vida costumava mandar pedras, mas, em seu caso, parecia que ela mesma as colocava no caminho.

— Eu vou. Em breve.

— Como ela está? Estou preocupada.

— Bem, fora o fato de eu quase ter morrido quando vi que os "machucadinhos" eram um machucadão praticamente no corpo dela inteiro, ela parece meio que a mesma.

— Eles têm certeza de que não quebrou nada?

— Foi o que disseram. Estamos passando gelo nas partes ruins.

— Quais são as partes ruins?

— Na verdade, todas. O desafio é achar uma que não esteja machucada. Falando nisso, preciso ir ajudá-la. Estamos fazendo compressas de gelo para reduzir os hematomas e inchaços.

— Então você não deve voltar logo, né?

— Não. — Lá estava ela, presa com Seth. A ironia da situação não lhe escapou. — Tadinha da vovó.

— Sim. Diga a verdade a ela, Fliss. Ela vai entender que sua situação com o Seth é estranha.

Será? Como a avó entenderia algo que a própria Fliss não compreendia? Não era para ser estranho, era? Não depois de dez anos.

Cismada com aquilo, encerrou a ligação e caminhou de volta para a casa. Tirou uma bolsa de gelo do congelador, pegou um jarro de chá gelado na geladeira e levou-os até a avó, que descansava na sala.

O sol se esparramava pelas grandes janelas, iluminando os sofás grandes e macios um de frente para o outro, cada um de um lado da sala. O estofado azul-claro estava gasto em algumas partes, mas era macio e confortável, feito para se aconchegar. A avó acreditava na importância da leitura, e Fliss passara muitas horas ali encolhida com um livro. Sempre fingia que queria estar lá fora, na praia, mas secretamente aproveitava os momentos familiares que não tinha em casa. Harriet preferia autoras como Jane Austen ou Georgette Heyer, mas Fliss tendia para histórias de aventura. *Moby Dick. O último dos moicanos.*

— Vó?

Deteve-se junto à porta e a avó virou a cabeça com um sorriso no rosto.

Fliss sentiu uma pontada de surpresa.

— O machucado em seu rosto está feio. Ele piorou?

— Só mudou de cor. — A avó esticou o braço para pegar o chá. — Não se preocupe.

— Não estou preocupada. — Em seguida lembrou que, se fosse Harriet, teria que estar preocupada. — Tadinha de você. Deixe-me ajudar com o gelo.

Colocou um pano fino entre a bolsa de gelo e a pele da avó, como o médico havia indicado.

— Nunca vi você machucada assim.

— Vai passar.

— Talvez seja melhor você ficar longe do jardim de agora em diante.

— De jeito nenhum. Eu estava agora justamente olhando pela janela, preocupada com o que vai acontecer com as minhas plantas enquanto estou aqui, imobilizada.

— Se me disser quais plantas, eu posso fazer o que precisar.

Fliss serviu chá num copo.

— Você é uma boa menina.

Fliss se sentiu uma fraude. Não era uma boa menina. Era uma mentirosa e uma fraude.

Sentiu a necessidade súbita de contar tudo para a avó, mas não seria capaz de ver a decepção em seu rosto nem de escapar das inevitáveis perguntas sobre Seth.

— O que você precisar — murmurou e caminhou de volta ao jardim para fazer uma salada para o jantar. Contanto que não precisasse cozinhar algo para valer, poderia levar aquela situação por algum tempo. Não tinha como queimar uma salada.

Picava os tomates, concentrada em cortar cada pedaço da maneira organizada e uniforme que Harriet faria, quando alguém bateu à porta.

Seu coração afundou. Não estava esperando visitantes. Sua artimanha desfazia-se diante de seus olhos como nanquim em água.

Acrescentou os tomates à tigela com alface e torceu para que, independentemente de quem fosse, a pessoa fosse embora.

— Harriet? — A voz da avó veio da sala de estar e fez Fliss curvar-se ao inevitável.

— Eu atendo.

Com sorte, seria um dos vizinhos trazendo um prato de comida. Assim, pelo menos, Fliss só teria que esquentar. Ela era profissional em esquentar comida. E poderia aceitar a cortesia sem se preocupar com alguém descobrindo sua identidade.

Ela abriu a porta, substituindo seu olhar de "por que você veio me incomodar?" pelo que, assim esperava, era uma imitação razoável do sorriso amplo e acolhedor de Harriet.

O sorriso morreu em menos de um segundo.

Era Seth lado a lado com outro homem que Fliss vira uma única vez na vida. Em seu casamento.

Chase Adams.

Caceta, agora ela estava ferrada de verdade.

Não ajudou o fato de Seth estar com o braço apoiado no batente da porta revelando músculos e delícias masculinas.

— Oi, Harriet, a gente passou para dizer que, se você precisar de ajuda com algo, é só pedir. Você já conhece o Chase, é claro. Ele tem uma equipe completa de gente que pode consertar o que você precisar na casa.

— Não nos conhecemos pessoalmente, mas minha esposa, Matilda, fala o tempo todo de você. — Chase apertou a mão dela. — Prazer em finalmente conhecê-la, Harriet. Sinto muito por sua avó, mas o azar dela é minha sorte, porque fez com que você viesse para cá, e preciso de um favor.

Um favor?

Ela não estava muito no clima de fazer favores naquele momento.

Parecia que não conseguia ter paz.

— Prazer em conhecê-lo também. — Mais mentiras, uma em cima da outra. Refletiu quantas seriam necessárias para que a pilha finalmente desmoronasse. Com sorte, cairia tudo em cima dela e a nocautearia. — Como posso ajudá-lo?

— Você sabe que a Matilda está para dar à luz em um mês e como o Herói dá trabalho. Como você vai passear com o cachorro de sua avó, queria saber se você se importaria em também passear com o Herói enquanto estiver aqui. Você pode visitar a Matilda também. Sei que ela adoraria vê-la. Ela não tem tido chance de conhecer muita gente por aqui, por isso ficaria feliz de ver uma amiga. Você já passeia com o Herói em Manhattan, conhece todas as manhas dele.

Fliss o encarou.

Não sabia de nada.

Tudo o que sabia é que estava perdida.

— Claro — coaxou. — Não consigo imaginar algo que eu quisesse mais.

Exceto enfiar a cabeça num balde de água congelante e inalar fundo.

—ɯ—

Seth caminhou até o carro.

— Obrigado pela ajuda.

— De nada. — Chase parou junto ao carro. — Matilda fala da Harriet o tempo todo. As duas viraram amigas.

— E isto é um problema porque…

— Não é um problema. É só que… — com a testa franzida, ele se virou para olhar a casa —… a Harriet não pareceu muito contente com a ideia de se encontrar com a Matilda.

Seth destrancou o carro.

— É porque não era a Harriet.

— Oi?

— Você estava conversando com a Fliss.

— Por que então ela disse que era a Harriet?

— Porque é isso que ela quer que eu pense.

— Mas… espera aí. Você está dizendo que ela está fingindo ser a irmã gêmea? — Perplexo, Chase encarou o amigo. — Por quê? Que motivo ela teria para fazer isso?

— Eu. Eu sou o motivo. Ela está me evitando.

— Evitando…? — Chase balançou a cabeça. — Mas você já está aqui.

— Deixe-me dizer de outra forma… Ela está evitando ter uma conversa comigo sendo ela mesma.

— Já decifrei declarações fiscais menos complicadas do que isso. Vocês foram casados! Por que ela acharia possível enganá-lo?

— Não nos vemos há dez anos. Ela provavelmente achou que eu não seria capaz de diferenciar as duas. Que eu não a reconheceria.

Mas ele reconhecia. Ele a *conhecia*. Em cada detalhe.

— Quanto tempo você levou para descobrir?

— Tipo uns noventa segundos. Eu mencionei biscoitos e ela entrou em pânico.

Fora rápido, mas ele viu. Fora o suficiente para convencê-lo de que estava diante de Fliss.

— Ela tem fobia de biscoitos?

— Não, mas é uma péssima cozinheira. Tiveram que ligar para os bombeiros depois de uma das tentativas dela.

O amigo deu risada.

— A avó dela sabe?

— Imagino que sim. É uma mulher muito esperta.

— E você não vai contar à Fliss que você sabe?

— Não. Vou deixá-la continuar sendo "Harriet" até decidir me contar a verdade.

— Por quê?

Lulu rolou no chão esperando um carinho, Seth agachou e passou a mão na barriga dela.

— Em primeiro lugar porque, se continuarmos fingindo, ela não terá motivos para me evitar.

— Nada disso faz sentido. Se ela está evitando você, por que veio para cá?

— Ela sabia que eu estava em Manhattan e não sacou que era temporário. Veio até aqui para diminuir as chances de trombar comigo por lá.

E Seth não sabia ao certo como se sentia a respeito daquilo. Era algo bom ou ruim? Era bom que ela estivesse tão desconcertada com sua presença para agir desse jeito. Não era tão bom que ela tivesse tanto medo de encará-lo que quisesse esconder a própria identidade.

Chase destrancou o carro.

— Você causa um efeito e tanto sobre as mulheres, Carlyle. Só falta dizer que ela empurrou a avó das escadas para ter um motivo de vir aqui.

Seth deu risada.

— Não, mas suspeito que ela se agarrou a essa desculpa como alguém se afogando se agarra a um colete salva-vidas.

— Então, se a avó é o colete salva-vidas, você é o quê? O tubarão grandão e malvado esperando na água para comê-la viva? — Chase parou junto ao carro. — E me diga, qual é o "segundo"?

— Segundo?

— Você disse que em primeiro lugar vai continuar fingindo para ela não ter motivos de evitá-lo. Isso quer dizer que tem um "segundo lugar".

— O segundo lugar é que, enquanto ela for "Harriet", espero poder abordar alguns temas que ela não discutiria sendo Fliss.

— Você vai beijá-la? — Chase pareceu intrigado. — Ela talvez vá se tornar a primeira mulher na história a terminar com um cara por estar com ciúmes de si mesma.

— Não vou beijá-la. E não vamos terminar porque não estamos juntos.

— Você vai ficar nessa por quanto tempo?

— Até ela dizer quem é. — Seth levantou-se. — Faz um favor… entre no jogo, pode ser?

— Não sou bom mentiroso. Talvez teria sido melhor se você não tivesse me contado.

— Você vai voltar para Manhattan amanhã. Não vai ter que vê-la de qualquer forma.

— O que faço com a Matilda? Conto a verdade?

— Acho que deve deixar isto com a Fliss.

— Não quero machucar a Matilda. — Havia algo afiado no tom de voz de Chase, tom que sempre aparecia quando achava que alguém estava tentando tirar vantagem de sua esposa.

— Fliss não vai machucá-la. Suspeito que ela esteja com Harriet no celular agora mesmo tentando achar um jeito de sair dessa.

— Não acredito que ela criou um plano tão complicado assim.

— Não acho que foi planejado ou que ela tenha vindo para cá querendo bancar a Harriet. Acho que veio como ela mesma, mas calhou de me encontrar na estrada, aí entrou em pânico e disse a primeira coisa que veio na cabeça.

— Você não acha isso estranho?

— Não. É típico da Fliss. Ela é impulsiva como o diabo.

Chase encarou o amigo por um bom tempo. A dureza de seus olhos cedeu lugar à simpatia e ao senso de humor.

— Imagino que isso deixe as coisas mais interessantes.

— Com certeza.

Chase deu-lhe um tapinha no ombro e deslizou para dentro do carro.

— Sua vida amorosa é uma bagunça, meu amigo.

Seth olhou na direção da casa.

— Ainda não, mas estou trabalhando nisso.

Capítulo 7

— Alguém me mata. Alguém me mata agora. — De olhos fechados, Fliss se jogou na cama. Sentiu como tivesse se emaranhado num novelo de lã e não conseguisse se libertar. — Você precisa vir aqui trocar de lugar comigo.

— Para limpar sua bagunça? Acho que não.

— Você é minha irmã.

— Estou fazendo isto para o seu bem. Você precisa conversar com ele, Fliss. — Harriet foi firme. — É o momento perfeito para isso.

Nada parecia perfeito para ela.

— Quando o Johnny Hill tirou sarro de sua gagueira, eu mandei você ir bater nele?

— É diferente. Eu não queria bater nele.

— Eu queria bater nele por nós duas.

— Temos formas diferentes de lidar com os problemas.

Fliss suspirou.

— Em parte, a culpa é sua. Desde quando você e Matilda Adams são melhores amigas?

— Desde que comecei a passear com o Herói. Ela é escritora, está sempre em casa. Tomamos um café de vez em quando. Eu a adoro.

— E não pensou em me contar?

— Tenho certeza que contei.

— Hmm, não sei não. Teria me lembrado de uma oportunidade de negócios como essa. Você tem noção de como o Chase é rico? Tipo, o cara é praticamente dono de Manhattan.

— Sim, mas eles têm só um cachorro, por isso não vejo grandes oportunidades de negócio.

— Também não... ainda. Mas deve ter alguma.

— O Seth não parece estar em situação muito pior.

— Ele não é uma oportunidade de negócio. Ele é uma decisão ruim que tomei no passado. — *Uma de muitas.* — Chase pareceu bem prático.

— A Matilda é assim também. Os dois estão tão apaixonados.

Fliss escutou uma nota de inveja na voz da irmã. Aquele era o problema de nunca ter se apaixonado, pensou. Era fácil demais transformar a ideia em algo maravilhoso, sendo que na vida real era, na maioria das vezes, algo bastante doloroso.

— Espero que dure.

— Não seja cínica. Tem certeza de que Seth não sabe quem você é de verdade?

— Não faz ideia. Sobre o que você e Matilda conversam? Me atualize.

— Você não vai poder fingir ser eu com a Matilda. Gosto dela de verdade. Isto precisa acabar imediatamente, Fliss! — Havia algo de cortante no tom de Harriet, e Fliss não tinha certeza de já tê-lo ouvido antes.

— Se eu contar a verdade, ela vai contar para o Chase, que vai contar para o Seth.

— É como um rasgo na meia-calça. Começa pequeno e vai se alastrando.

— É por isso que nunca uso meia-calça. — Fliss virou de barriga para baixo e o cabelo lhe caiu sobre os ombros. — De que raça é o Herói?

— Dobermann.

Fliss se alegrou.

— Finalmente uma notícia boa.

— Nunca entenderei você. A maioria das pessoas ficaria em alerta com essa raça.

— Eles só são incompreendidos. Tenho empatia por tudo o que é incompreendido. E por que a preocupação? Tem chances do Herói me atacar?

— Não. Acho que ninguém avisou ao Herói que ele é um dobermann. Está em crise de identidade com a raça dele, então é mais provável que ele mate você de tanto lamber.

— Ótimo.

Lembrando a si mesma que eram negócios — e que nunca diria não a um negócio —, Fliss foi ver se a avó estava confortável e decidiu que talvez fosse uma boa hora para conhecer Matilda e seu (assim esperava) não tão assustador cão.

A residência dos Adams ficava na península e tinha ampla vista para o oceano.

Fliss quase se perdeu dirigindo até lá. Encontrar a entrada era fácil, pois não tinha como perder de vista os portões de segurança feitos de aço. O difícil era encontrar a casa no final da vasta estrada de cascalho. Ela passou pela cerca de arbusto e espiou uma quadra de tênis com o canto do olho.

— Dá para aterrissar um avião nessa estrada, de tão longa — murmurou, erguendo as sobrancelhas quando a casa finalmente surgiu em seu campo de visão. Bastou um olhar para concluir que "mansão na praia" seria uma descrição melhor que "casa na praia".

Estacionou o conversível, pensando que ao menos uma coisa dela combinava com aqueles arredores. O fato de o carro ser alugado era uma ironia que não lhe escapou.

Sabendo quão rico era Chase Adams, Fliss já formara na cabeça uma impressão de Matilda Adams. Seria magra e elegante. Provavelmente alta. Com proporções de modelo. Uma dessas loiras douradas que apareciam pelas praias dos Hamptons quando Fliss era jovem. Feminina, com cabelo e unhas perfeitos.

Com aquela imagem fixada na cabeça, ficou em choque quando Matilda abriu a porta.

Ela era alta, sim, mas...

Fliss pestanejou.

— Meu Deus. Isto é... hum... sangue em sua camisa? Alguém morreu? Desovar corpos não costuma fazer parte dos meus serviços, mas, se o mundo for se tornar um lugar melhor sem essa pessoa, posso abrir uma exceção.

— É suco de cranberry. O Herói pulou em mim e derramei o copo inteiro. Você sabe como eu sou. Coordenação motora já não é minha praia, me coloca junto com um cão rebelde que não tem jeito. Eu estava limpando tudo quando você chegou. — Matilda esfregou o tecido manchado da camisa. — Graças a Deus é você e não alguém que eu queira impressionar. É tão bom vê-la, Harriet! Quando Chase me contou que você estava por aqui, quase não acreditei.

— E não devia mesmo — disse Fliss. — Não sou a Harriet. Sou a Fliss.

Pronto. Ela contou. O primeiro fio da trama se soltou.

Matilda encarou-a.

— Mas o Chase disse que...

— É uma longa história. Pensando bem, tudo em minha vida é uma longa história. Parece que não consigo editar a versão curta e simplificada. Aqui não tem conto, é *Guerra e paz* com *Guerra dos tronos*, só que sem dragões ou gente morta.

Matilda se alegrou.

— Nesse caso, entre. Quero ouvir tudo.

Fliss olhou para a mancha vermelha na camisa dela.

— Certeza de que não vai me matar?

— Absoluta. — Matilda escancarou a porta com um pouco de empolgação demais e quase deu com ela na própria cara. — *Adoro* histórias. Vivo de escrever histórias. Desculpa por ficar encarando. Você poderia se passar totalmente por Harriet.

— Sim, isso acontece bastante. Bem-vinda ao mundo dos gêmeos. — Fliss adentrou o espaçoso hall de entrada e olhou descrente ao redor. — *Uau*. Perdão, estou sendo grosseira? Devia ter fingido que vejo casas assim o tempo todo. Na verdade, achei que conhecia muitas casas grandes. Não é como se tivesse poucas por aqui. Mas essa aqui é…

Matilda retribuiu com um sorriso levemente constrangido.

— É meio grande, não é?

— Meio? É gigantesca. — Fliss olhou para o teto abobadado. — A última vez que vi um domo assim foi em Florença, na Itália.

— Eu me perdi na primeira vez que Chase me trouxe aqui. Fui procurar o banheiro e acabei na residência de hóspedes. Nem me pergunte como.

Fliss baixou o olhar do domo.

— Vocês têm uma residência de hóspedes? Porque estão morando num espaço tão reduzido…

Matilda deu risada.

— São três camas e três banheiros. O Chase usa para guardar o equipamento de navegação dele. Está abarrotado de vestimentas molhadas e velas antigas em conserto.

— O quê? Vocês não têm funcionários morando aqui?

— Temos uma faxineira que vem do vilarejo, mas não mora aqui. O Chase gosta de privacidade.

— Sim, deve ser difícil fazer sexo de forma espontânea com gente brotando de todo canto — disse Fliss sem pensar.

Estava prestes a pedir desculpas quando ouviram um latido alto, e um grande dobermann preto veio correndo da cozinha.

— Está aí o outro motivo para não termos empregados… Eles não dão conta do meu cachorro. — Matilda se preparou e levantou a mão. — Fica. *Fica!*

Herói não ficou. Pelo contrário, disparou na direção dela e pulou em seus joelhos, quase mandando-a pelos ares.

— Eita, seu cachorro é bem empolgado. — Fliss segurou o braço de Matilda, ajudando-a a se firmar. Em seguida, agachou-se para pegar o cão pela coleira. — Oi para você. Você deve ser o cliente. Alguém já te disse que não é muito educado empurrar uma mulher grávida?

Herói abanou o rabo com tanta força que quase arrancou o olho de Fliss.

Matilda agarrou-o e tentou fazê-lo se sentar.

— Peço desculpas pelo comportamento dele. É culpa minha. Tenho medo de dar bronca e deixá-lo chateado.

— Acho que precisaria de muito para deixá-lo chateado. — Fliss, assim como a irmã, conhecia os animais. E conhecia cachorros. Aquele era bem-disposto, inteligente e malandro. Seu tipo predileto. — É ótimo ver um dobermann com rabo longo.

— Achei um criador que não cortava o rabo deles no nascimento. Queria que ele tivesse um. Um cão se expressa pelo rabo e é importante poder se expressar, não acha?

— Acho que sim, e o Herói é fofo demais da conta.

Fliss reconhecia um espírito irmão quando via um. Sabia muito bem como era sempre ter o impulso de fazer a coisa errada. E sabia como era todo mundo pensar o pior de você.

— Chase queria contratar um segurança para cá enquanto ele estivesse fora, mas não consigo imaginar coisa pior do que ter um estranho em casa enquanto tento trabalhar, então chegamos a um meio-termo.

Fliss deu a mão para que o cachorro a cheirasse.

— Então você é fruto de um acordo, é? — Ela sorriu quando Herói enfiou o focinho na palma da mão dela e em seguida acariciou o pescoço do cão. — É, você gosta disso, eu sei. Você é todo dado, sabia? Um bebezão fofo e gigante.

— A maioria das pessoas morre de medo dele, mas o Chase acha que, se alguém invadir a casa, o Herói o lamberia.

— Talvez, mas a questão é que um cão desse serve de preven-ção. A raça tem uma reputação. Às vezes, só a reputação basta para uma pessoa pensar duas vezes. — Fliss passou a mão na cabeça do cão. — É instintivo para ele proteger quem ama. É por isso que são bons cães de guarda e costumam ser usados em buscas e resgates.

— Você sabe bastante de cães.

— É meu trabalho. Conhecimento é poder e, quando estou passeando com um cachorro que não conheço, gosto de estar no controle.

— Ele gosta de você. Dá para ver que você leva jeito. — Matilda pareceu aliviada. — Significa que você topa passear com ele por mim até eu ter a bebê?

— Com muito prazer.

— Quero pagar você. Sei o quanto vocês trabalham para que a empresa cresça e não me sentiria à vontade de outra forma.

— Agradeço por isso. Ele tem algum hábito ruim que eu precise saber? Come criancinhas? Late para velhinhas?

— Acredite se quiser, ele é muito sociável. Diz oi para todo mundo como se fossem melhores amigos da vida. Este é o motivo para o suco de cranberry estar em minha roupa e não em meu estômago.

Fliss acariciou o cão.

— Empolgação não é um hábito ruim, ainda que a forma de expressar dele possa mudar um pouco. Dobermanns são superinteligentes. Precisam de treinamento regular e muito exercício.

— Eu o coloquei numas aulas em Manhattan antes de eu ficar grande demais para me locomover confortavelmente. O Chase contou que você também está passeando com o cachorro de sua avó. Vai passear com os dois juntos?

— Talvez. Vou ver como os dois se dão. Às vezes faz bem terem companhia. Harriet e eu personalizamos nossos serviços para fazer o que achamos melhor para o bicho. — Ela apostaria que Herói é do tipo que preferia ser o centro das atenções. — Vocês têm um belo cachorro.

— Obrigada. — Matilda acariciou carinhosamente a cabeça dele. — O Chase tem medo de que, por eu ser estabanada, acabe tropeçando no Herói. O que fez lembrar que preciso tomar uma providência sobre essa camisa. Está parecendo que fui assassinada. — Ela soltou o braço de Fliss. — Vamos para a cozinha. Tenho uma pilha de biscoitos que precisa ser comida.

— Biscoitos? Você gosta de cozinhar? — Fliss sentiu-se insuficiente. Por que era a única pessoa no mundo que não achava cozinhar relaxante? — A Harriet é igual. Estou começando a entender por que vocês duas se dão tão bem.

Matilda riu.

— Não sou nada parecida com a Harriet, eu *detesto* cozinhar. Todos os meus esforços criativos são voltados à escrita. Sempre que cozinho acabo inevitavelmente me distraindo com a cena em que estou trabalhando e acabo esquecendo que tem algo no forno.

Provavelmente é o motivo pelo qual queimo tudo. Tive que desativar o alarme de incêndio duas vezes só neste verão. Temos conexão direta com o corpo de bombeiros, e o Chase faz uma baita doação todos os anos para aplacar eventuais incômodos por me terem na área de cobertura deles.

— Sério? Então você teve uma equipe inteira de bombeiros gostosos correndo por sua casa? Se eu soubesse dessa opção, queimaria uma torrada por dia. Espera aí. Pensando bem, já faço isso.

Fliss seguiu Matilda pela casa, imaginando se seria grosseiro ceder e ficar de queixo no chão. Pensou no homem ao lado de Seth na soleira da casa da avó. Estava vestido casualmente. Tranquilo. Fliss nunca suspeitaria que era um trilhardário.

— Mas se você não cozinha, como acabou tendo uma pilha de biscoitos?

— Falei para o Chase que estava com desejo e, desde então, ele sempre compra no caminho de casa. Ele é tão atencioso, não tenho coragem de dizer que não consigo comer tudo.

Fliss olhou para a barriga de Matilda.

— Certeza de que isso aí é um bebê, não biscoitos?

Matilda deu risada e abriu a porta.

A cozinha era grande e arejada, posicionada na parte dos fundos da casa, com vista para o jardim e a praia.

Fliss colocou as mãos nos bolsos do short e observou a vista.

— Que incrível. Como alguém conseguiria cozinhar aqui e *não* queimar tudo?

— Fica ainda melhor do andar de cima. É lá que fica a maior parte do espaço de convivência. Sempre tenho medo de que o Herói pule da sacada, por isso, quando estamos só nós dois, passamos a maior parte do tempo aqui embaixo. Assim também temos acesso rápido à praia.

Praia particular, observou Fliss. Matilda Adams podia até não ter segurança visível em termos de caras marombados de óculos escuros e fones cor de pele, mas com certeza tinha proteção. A casa ficava em sua própria península e era cercada de oceano.

Além disso, é claro, tinha o cachorro.

Fliss não tinha dúvida alguma de que, se sua família fosse atacada, Herói ia fazer valer seu nome.

— A sua praia conecta com a principal?

— Durante a maré baixa, numa trilhazinha. Às vezes o Herói escapa por ela, o que não é muito bom por causa das regras estritas para a praia pública, como você sabe. Até as dez da manhã, os cachorros podem ficar com a coleira solta desde que respondam a comandos. O Herói resiste a isso.

— Vamos trabalhar nessa questão.

— Ele não é muito bom com ordens.

— Não se preocupe. Eu também não. — Fliss olhou ao redor e notou o computador sobre a mesa junto à janela. Cada centímetro de superfície estava tomado de papéis. — Haja papel. Sua impressora entrou em pane?

— É meu próximo livro. Imprimi para fazer a última revisão e deixei cair quando o Herói me usou de alvo. Eu estava colocando as páginas de volta em ordem.

Fliss agachou-se e pegou a página que havia caído sob a cadeira.

— Página 265.

— Perfeito! Eu estava procurando essa daí. — Matilda a pegou e colocou sobre a pilha na bancada. — Eu deveria ter imprimido um capítulo por vez.

— Então você vive de escrever histórias. Que tipo de história? Algo que eu gostaria de ler?

— Não sei. Escrevo romances ficcionais repletos de heroínas fortes e competentes, totalmente diferentes de mim. Mulheres que *não* atenderiam a porta sujas de suco de cranberry.

Ela pegou um pano e esfregou a camisa.

— Então seus heróis são como o Chase?

Matilda corou.

— De certa maneira. São todas versões de Chase, mas não conte isso a ele. Ele é muito reservado. Odiaria saber que o coloquei num livro. Café ou chá?

— Café, por favor. Puro e forte. — Tentando não pensar como seria estar loucamente apaixonada por um homem que correspondesse o sentimento, Fliss pegou outra folha de papel do chão. — Página 334. Parece importante. É uma cena de sexo. Uau. Que delícia. Você que escreveu?

— Sim, e você não deveria estar lendo fora de contexto!

Matilda tentou tirar a página da mão de Fliss, mas ela a tirou do alcance enquanto lia os dois primeiros parágrafos.

— Ei, você é boa! Dá vergonha escrever esse tipo de coisa?

— Não. — Matilda agarrou a folha e acabou rasgando o papel no processo. — O tipo de sexo que narro sempre faz parte do desenvolvimento das personagens. Acontece por algum motivo e sempre muda a relação deles.

Ela juntou a folha às demais.

— O motivo não pode ser simplesmente que a personagem ficou meio desesperada?

— Poderia… — Matilda fez café numa máquina de expresso que parecia bem complicada. —… mas o motivo para estarem desesperadas provavelmente tem a ver com algo mais profundo.

— Não entendi.

Matilda inclinou-se contra a bancada, esperando a máquina terminar.

— Como escritora, se eu tivesse uma personagem sem transar há algum tempo, estaria me perguntando o porquê disso. Sempre tem um motivo.

— Que tipo de motivo? — Fliss estava fascinada.

— Ela talvez tenha se machucado no passado. Nesse caso, quando eventualmente transasse, seria uma questão e tanto, e ela teria que lidar com algumas questões.

— Que questões?

— É isto que tenho que descobrir enquanto escrevo. Pergunto a mim mesma o que aconteceu no passado da personagem. O que ela quer? *Por que* ela quer?

— Nunca tinha me dado conta de que é tão complicado. Você acha que é assim com todas as suas personagens?

— Sim. É isto que as torna reais para mim. Sei como reagiriam em todas as situações.

— Eu não sei nem como *eu* reagiria em determinadas situações. Você está em vantagem. E o que acontece se uma personagem não sabe o que quer?

— Ela vai tentar descobrir ao longo do livro. E às vezes o que ela quer muda, é claro. Essa é a parte divertida de escrever... descobrir o que vão fazer. Criar surpresas. Cada livro, cada personagem é diferente, pois nunca duas pessoas fariam a mesma coisa quando confrontadas com a mesma situação.

— Você está dizendo que algumas pessoas sempre fazem a coisa certa e outras sempre fazem a coisa errada?

Fliss sabia tudo desse assunto. Ela era do segundo tipo.

— Não, não é isso que quis dizer. — Matilda entregou para Fliss a xícara de café. — Quem decide o que é "errado"? Errado em que critério? O que é errado em nossa cultura é normal em outra. As pessoas nunca são "más" ou "boas". São só pessoas. As pessoas "boas" são capazes de fazer coisas ruins e tomar más decisões. É isso que as torna tão fascinantes. Por exemplo, se você me perguntar se eu roubaria, responderia que não, mas se minha bebê estivesse morrendo de fome e roubar fosse a única maneira de fazê-la sobreviver, nesse caso eu roubaria? Talvez. Quem sabe? Ninguém sabe como agiria em circunstâncias extremas. Nem sempre sabemos o que somos capazes de fazer ou nos tornar.

Você é inútil, imprestável.

Fliss tomou um gole do café.

— Está delicioso, mesmo que pareça necessário ter dois doutorados para operar essa máquina aí.

— Essa máquina é o típico presente de Chase. — Matilda fez um chá para si. — Tomamos café numa cafeteria um dia e eu gostei, daí ele me comprou a mesma máquina. Fez vir da Itália. As instruções vieram todas em italiano, e não sei italiano. Foi fofo, mas demorei três dias inteiros para aprender como mexer nela. A ironia é que, desde que fiquei grávida, não suporto o gosto de café.

Fliss deu risada, mas sentiu uma pontada de inveja.

— Você tem sorte…

— Pela qualidade do meu café ou por ter um bom marido?

— Os dois. Mas voltando à coisa do sexo… — Fliss tentou manter o tom de voz natural —… que outros motivos você citaria para as personagens passarem um tempo sem transar?

— O motivo mais simples é não terem conhecido alguém de quem gostem o suficiente, mas isto não é interessante de ler, por isso normalmente costumo fazer minhas personagens terem questões mais intensas. Quem sabe um problema sério de intimidade. Ou quem sabe estão apaixonadas por alguém do passado a quem os novos pretendentes não se comparam.

Fliss sentiu o coração acelerar.

— Mas isso seria loucura, não é? Tipo, quando algo acaba, já era.

Matilda sentou-se na cadeira mais próxima.

— Ainda estamos falando sobre meus livros? Ou sobre Seth?

Instantaneamente na defensiva, Fliss a encarou, lutando contra o impulso de deixar o recinto.

— Você sabe do Seth?

— Sei que vocês dois foram casados. Ele e Chase são amigos há muito tempo. Chase ajudou a reformar a casa dele. Mas isso você já deve saber.

Fliss negou com a cabeça:

— Não, não sabia. — Mas fazia sentido. Chase foi o único amigo que Seth levou ao casamento. Era bizarro o fato de haver tanta coisa na vida de Seth que Fliss não sabia. Ele era um estranho, em certos aspectos. Um estranho familiar. Ela sentiu a necessidade súbita de saber mais. — Vocês se veem frequentemente?

Com certeza não era da conta dela e Fliss nem sequer sabia por que tinha feito a pergunta. Seth Carlyle podia jantar com os Hamptons inteiros, se quisesse. Por que aquilo preocuparia Fliss? Por que deveria se importar?

— Ele veio jantar aqui algumas vezes. Uma vez, trouxe a Na… — Matilda parou no meio da frase e Fliss deu de ombros, torcendo para que o tranco monstruoso de seu estômago não estivesse refletido na expressão do rosto.

— Se "Na" é uma mulher, você não precisa se preocupar comigo. Seth e eu não nos vemos há uma década. Ficamos no passado.

— O nome dela era Naomi, mas não estão mais juntos.

— Certo.

E aquilo não deveria interessá-la. Mesmo. Certamente não era algo que deveria deixá-la feliz. Era inevitável que um homem como Seth não ficasse sozinho por muito tempo. Fliss reprimiu o impulso de fazer mil perguntas sobre Naomi.

— Fiquei aliviada quando eles terminaram — admitiu Matilda.

— Não era a pessoa certa para ele?

— Bem, sim, tinha isso, mas também o fato de ela me fazer sentir um lixo. Sabe aquelas mulheres que parecem sair da cama prontas para a vida? Cabelo perfeito. Pele perfeita. Nenhuma grama fora do lugar. Nada de acidentes com taças de champanhe ou suco de cranberry. Naomi era assim. Era um amor, mas eu tinha a impressão que ela ficava admirada como alguém como eu não tivesse sido varrida no curso da evolução humana.

Fliss riu.

— E ela terminou com ele? — Será que ela conseguiu fazer a pergunta soar natural?

— Não, foi o Seth. — Matilda estudou Fliss com cuidado. — É o Seth quem sempre termina os relacionamentos.

Era mesmo?

Não foi ele quem terminou o deles. Fora Fliss.

Ela sentiu uma pontada de culpa. Seria ela o motivo para Seth terminar todos os namoros agora? O relacionamento curto mas doloroso dos dois fez Seth desistir definitivamente de compromissos?

Ter medo de compromisso não soava como algo natural em Seth. Mas dez anos era muita coisa, não? Ele deveria ter mudado.

Fliss com certeza mudara.

— E por que Naomi não era a pessoa certa para ele?

Droga, por que Fliss perguntou aquilo? Agora ia parecer que se importava, o que não era o caso. Ela não se importava. Com quem Seth saía ou deixava de sair não era da conta dela.

— Ela era doce de dar diabetes. E um pouco manipuladora, ainda que eu tenha levado algum tempo para sacar isso. Ela sabia conseguir o que queria com o charme. Tentava manipular o Seth, mas ele não caía na dela. Senti um pouco de pena por ela, para ser sincera. Acho que ela o adorava de verdade e foi um pouco triste de assistir. Quanto mais ela se envolvia, mais ele escapava. — Matilda bebeu o chá. — Já chegou a parte em que você me conta por que Chase acha que você é Harriet? Você que disse isso a ele?

— Na verdade, foi o Seth. — Fliss encarou fixamente o café. — Eu me meti numa encrenca.

— Parece que você precisa de um biscoito. — Matilda empurrou a caixa na direção de Fliss. — E de uma amiga.

Fliss alcançou a caixa e puxou um biscoito. Distante, mordiscou a borda e franziu a testa.

— Que delícia!

— Eu sei. Se eu tivesse que escolher uma última coisa para comer, seria esse biscoito. É da Cookies and Cream.

Fliss mastigou lentamente, saboreando a explosão de açúcar e conforto.

— Não faço ideia de onde fica, mas quero um mapa já.

— Fica na rua principal, perto da butique que vende aquelas roupas de praia incríveis nas quais eu não consigo mais entrar.

— A Harriet ama esse lugar. E, fora a barriga, você está miúda.

— Você está de brincadeira? Já fui chamada de muitas coisas na vida, mas "miúda" não está na lista. A barriga afeta meu equilíbrio. Eu pareço algo entre um camelo bêbado e uma girafa que engoliu uma melancia, na maior parte do tempo.

— Você não parece nenhuma dessas duas coisas. — Concluindo que não tinha mais como lutar contra, Fliss pegou outro biscoito. — Caso você esteja cogitando isto, não estou comendo de nervoso. Estou comendo porque são bons demais para perder a oportunidade.

— Eu acredito. Agora me conta por que Seth acha que você é a Harriet. — Matilda abaixou a caneca. — Vocês foram casados. Ele não consegue diferenciar vocês duas?

— Pelo visto, não. — E sim, aquilo a irritava. Se a vida real fosse um filme, ele teria olhado nos olhos de Fliss e a reconhecido na hora. — Esta é a parte ruim de ter um clone.

— Mas deve ter um milhão de vantagens. Vira e mexe penso em escrever uma história sobre gêmeas, mas achava que, na vida real, as pessoas eram capazes de diferenciar irmãos gêmeos. — Ela examinou Fliss. — Mas vocês duas realmente são idênticas.

— Só por fora.

— É espantoso. Mas você tem razão, exceto pela aparência, não se parecem em nada.

— Temos nossas diferenças, mesmo na aparência. A Harriet sorri. Eu sou carrancuda. — Fliss esticou o braço, pegou um último biscoito e fechou a caixa. — É melhor você colocar isso aqui num armário trancado a chave. E não me deixe ver onde, pois, antigamente, eu tinha fama de arrombar armários.

— Então você faz isso bastante?

— Comer biscoitos? De vez em quando, especialmente quando alguém deixa uma caixa inteira no balcão. — Deu uma mordida. — É estranho, pensando bem.

— Eu estava perguntando se você costuma fingir ser sua irmã.

— A última vez foi quando éramos crianças. Alguém estava mexendo com ela. — Recordar aquilo ainda deixava Fliss com raiva. — Precisava aprender como tratar as pessoas.

Os olhos de Matilda brilharam.

— E é claro que você educou no seu estilo.

— Acho que minha solução tinha mesmo algum estilo. — Fliss gesticulou com o biscoito na mão, deixando cair alguns farelos. — Poderia ter feito diferente, mas achei que teria mais impacto se achassem que era ela.

— E ela fingiu ser você?

— Não. Harriet não aceitaria. Ela é certinha e honesta. Eu que sou a manipuladora que prospera com mentiras.

Matilda ergueu as sobrancelhas.

— E qual foi a mentira?

— Arranjei uma distração para que ela não soubesse o que eu tinha planejado. Ela não soube de nada até me encontrar no banheiro feminino, tentando lavar o sangue do cabelo. — Fliss largou o biscoito e levantou o cabelo para mostrar a prova. — Ferimento de guerra.

Matilda alcançou um pedaço de papel e rabiscou algumas notas.

— Me desculpa, mas isso precisa entrar num livro. Mas se você não faz isso há tempos, por que agora?

Fliss vinha se perguntado a mesma coisa.

Impulso. Falta de juízo. Nenhuma das respostas parecia convincente, mesmo para ela.

— Vim aqui para evitar o Seth. Ah, só de dizer isto em voz alta já me dá aflição. — Ela terminou o café. — Que tipo de pessoa é covarde o bastante para não conseguir dizer "oi" a um homem que não vê há dez anos?

— Uma pessoa que ainda tem sentimentos complexos. Mas não entendo por que vir aqui ajudaria a evitá-lo. O Seth mora aqui.

— Acontece que esta informação crucial não era de meu conhecimento quando tomei a decisão. Eu o vi em Manhattan. Ele estava trabalhando como veterinário na clínica que usamos sempre. Achei que tinha se mudado definitivamente para lá.

— Daí você decidiu deixar a cidade — disse Matilda, devagar — e deu de cara com ele.

— Uma hora depois de chegar aqui. — Ela terminou o biscoito. — O que mostra que o carma é uma praga.

— Ou que o destino pode ser bondoso.

Era exatamente o comentário que Harriet teria feito.

— Consigo entender por que você e minha irmã são boas amigas. São duas românticas. Da mesma forma que detesto ter que embaçar essas lentes cor de rosa através da qual vocês enxergam o mundo, posso garantir que nosso encontro não teve nada de romântico. Para começo de conversa, achei que tinha atropelado a cachorrinha dele…

— Ah, a Lulu. Ela gosta de se fingir de morta.

— *Agora* eu sei disso, mas na hora achei que a tinha matado. O que quase me matou. O mundo está cheio de humanos que eu gostaria de atropelar por aí, mas nunca encontrei um cão que merecesse este destino. Lá estava eu, tremendo, quando Seth sai de trás de um arbusto. Em vez de agir como adulta e dizer algo como "Oi, Seth, como vão as coisas?", fingi ser a Harriet.

Longe de ficar chocada, Matilda pareceu divertir-se.

— Ah, daria uma cena perfeita de primeiro encontro fofo.

— Oi?

— Você não assiste a comédias românticas?

— Meu filme predileto é *O iluminado*, seguido de perto por *Psicose*.

Matilda deu de ombros.

— Você tem razão. Você é bem diferente de Harriet. Enfim, se achou que tinha atropelado o cão, deve ter ficado abalada e vulnerável.

— Posso aceitar essa explicação.

— Ou talvez só o viu e entrou em pânico por não estar preparada.

— Acho mais difícil de aceitar essa.

— Por quê? Se não o via há tempos, é uma reação compreensível.

— Não para a maioria das pessoas, mas para mim, sim. Tenho um longo histórico de ações impulsivas. — Se não fosse por aquela tendência irritante, talvez não tivesse se aproximado e ficado íntima de Seth. — Estou trabalhando nisso, mas ainda estou no começo do processo. Sem muitos progressos por enquanto.

— Você é muito dura consigo mesma. — Matilda lhe disparou um olhar. — Baseei meu último herói em Seth.

— Sério?

— Por que não? Ele é bonito. E gostosão. E também é veterinário. Isto o eleva imediatamente ao status de herói para muitas de minhas leitoras.

Fliss a encarou.

— Só isso basta? É possível virar herói só escolhendo a profissão certa?

— É uma profissão que exige cuidado. O herói que tem uma profissão de cuidado começa com vários pontos a mais.

— Porque conseguiria desvermifugar seu gato, se preciso? Matilda deu risada.

— Você mudou de assunto. Eu estava dizendo que compreendo o porquê de você fingir ser Harriet. Todo mundo toma decisões precipitadas quando ameaçado.

— Ele não me ameaçou.

— Ele não, mas suas emoções, sim.

Fliss concluiu que Matilda via as coisas em profundidade demais para deixá-la confortável.

— Qualquer que fosse o motivo, em resumo eu sou uma covarde que evita situações potencialmente desconfortáveis.

Pensou em Harriet escondendo-se debaixo da mesa quando criança. As duas procuravam refúgio de maneiras distintas.

— Não acho que é covardia. É que você ainda tem sentimentos.

— Detesto decepcioná-la, sra. Romancista Romântica, mas até aquele encontro no acostamento, não via Seth há uma década. Sentimentos são como plantas. Precisam de cuidado. E eu, a propósito, não sou assim, não sou de cuidar. Eu mato minhas plantas. Não de propósito, mas você entendeu. Só acontece. As coisas vivas a meu redor precisam ser capazes de cuidar de si mesmas. — Olhou para Herói. — Exceto cachorros. De cachorro, eu dou conta.

— E por que isso?

— Cachorros esperam que você seja apenas o que é. Nunca exigem mais de você. Têm amor incondicional.

— Mas você sentiu algo quando viu Seth.

— O que faz você dizer isso?

— Se não tivesse — disse Matilda, devagar —, não teria fingido ser sua irmã gêmea. Acho que o motivo para você sair correndo não foi porque não queria vê-lo, mas justamente porque queria.

Capítulo 8

SETH PASSEAVA COM LULU NA praia, mantendo-a na coleira, pois já passara da hora em que cães podiam passear soltos.

Da outra direção, vinha correndo um dobermann.

O Herói.

Ergueu o olhar na expectativa de ver Matilda, mas, em vez dela, viu Fliss.

Harriet, recordou a si mesmo. Até que ela decidisse acabar com aquela falcatrua, tinha que se lembrar de chamá-la de Harriet.

Seth estava irritado por ela não confiar o suficiente nele para revelar a verdade, mas aquilo sempre fora um problema. Fliss mantinha suas emoções protegidas por barreiras. Ele entendia o porquê, mas isso não tornava a situação mais fácil.

Até lá, faria o subterfúgio dela trabalhar a seu favor.

Herói e Lulu trocaram saudações efusivas, virando um furacão de pelos, latidos e rabos balançantes. Momentos depois, Fliss chegou sem fôlego.

Estava com um vestido de verão e tinha o cabelo preso num rabo de cavalo impecável.

— Foi mal. — Parecia irritada que o cachorro a tivesse levado até Seth. — Ele escapou da coleira. Chamei, mas ele me ignorou. Entendo por que Matilda tem trabalho com ele.

— Sem problemas. Os dois se conhecem.

— Sim, mas um dobermann deveria ser mais bem treinado do que ele. — Prendeu a coleira a Herói, que parecia encará-la com reprovação. — É isso aí. Não era isso que eu esperava de nosso primeiro encontro. Eu que mando aqui, lembra? Eu que sou a chefe.

Muitas pessoas teriam medo de um dobermann do tamanho do Herói, mas Fliss parecia absolutamente tranquila. Aquilo não surpreendia Seth. Só vira Fliss com medo de algo uma vez... do pai.

Testemunhar aquilo ainda deixava Seth enojado.

Perguntava-se se os dois ainda tinham contato. Se aquele homem ainda tinha tanto poder sobre ela.

— É gentil de sua parte passear com ele. Sei que Chase está agradecido.

— Entendo por que ele pediu. O cão é forte demais para a Matilda. Sente-se — disse ela com firmeza, ao que Herói a encarou, calculando as desvantagens de ignorá-la. Concluindo que não eram boas, sentou-se.

Fliss aprovou com a cabeça.

— Assim está melhor. Vou ensinar você a escutar pois, quando essa bebê chegar, você vai precisar se controlar. Ser um cão de família é uma responsabilidade e tanto, você está me ouvindo?

Lulu, que era sensível ao clima emocional, choramingou e se enfiou entre as pernas de Seth.

Herói olhava para Fliss com um olhar grande e enternecedor.

Seth também a encarava. Sabia que, naquele instante, ela havia se esquecido de que fingia ser Harriet. Era Fliss quem estava diante dele, a Fliss que havia conhecido e de quem se lembrava.

O caso deles tinha sido louco, selvagem e sensual. Tão sensual que Seth às vezes se perguntava se aquilo fora parte do problema. Se tivessem passado menos tempo transando e mais tempo conversando, teriam resistido àqueles traumáticos primeiros meses?

Provavelmente não, pois isso teria exigido que Fliss se abrisse com ele. E ela nunca o tinha feito. Erguera defesas para manter o pai afastado e, no processo, afastou o resto das pessoas.

Seth fora criado numa família carinhosa, com pais que lhe davam apoio e incentivo em tudo, mas nunca intervinham. Criaram-no para compreender o sentido do esforço. Da lealdade. Do amor.

Tudo o que queria sempre estivera na ponta de seus dedos.

Até conhecer Fliss.

— Como está sua avó?

— Machucada. E um pouco assustada, eu acho. Foi um golpe duro à independência dela. Detesto vê-la assim. Estou tentando reerguer a confiança dela. — Abaixou a mão até a cabeça do cão. — Ela anda falando em fazer umas mudanças na casa.

— Que tipo de mudança?

— Trazer a cama para o térreo, coisas do tipo. Está pensando em derrubar a macieira.

Fliss não tinha maquiagem no rosto, mas a brisa e o sol faziam suas bochechas ficarem rosadas. Era sutilmente feminina, com o queixo pequeno e afunilado, o maxilar definido. Seth sempre gostara de sua beleza, mas, acima de tudo, adorava seu jeito forte, inteligente e franco. Estando perto dela, não tinha dúvidas de que se tratava de Fliss. Parara de se perguntar havia muito tempo por que tinha química com uma gêmea e com a outra não.

— Ela caiu no jardim, faz sentido para mim. Quanto à casa, se precisar reformar algo, o Chase pode ajudar.

— Sim, ouvi dizer que ele estava construindo sua casa.

Ela protegeu os olhos e olhou para o mar.

Será que achava que não olhar para Seth a tornaria menos reconhecível?

— Eu costumava vir a essa praia com Fliss — disse Seth, ao que os ombros dela ficaram tensos. — Era um dos lugares prediletos dela.

Depois de um tempo Fliss se virou, mas apenas para brincar com Herói.

— Tem umas praias ótimas por aqui. Você tem vista para o mar?

— Sim. Você deveria vir dar uma olhada qualquer hora. Poderíamos tomar uma cerveja e ver o pôr do sol.

Fizeram aquilo muitas vezes juntos, os dois, sentados na areia, envoltos um no outro. Fliss saía escondida da casa da avó e Seth a esperava no outro lado do portão enferrujado.

Será que ela pensava naquilo de vez em quando?

Estaria pensando agora?

— Quem sabe? — Ela sorriu, mas seus olhos disseram *nunca*. — Você então não está morando na propriedade dos seus pais?

— Por enquanto sim, mas é temporário. — Parte dele queria não ter escolhido ficar lá. A casa parecia inundada em tristeza. Talvez fosse o silêncio depois de tantos anos de encontros de família grandes e barulhentos. Nos últimos tempos, porém, a casa parecia um vácuo: sem vida e sem som. — O Chase acha que consigo me mudar na próxima semana. Quanto tempo você planeja ficar?

— Não sei. Até não ser mais útil por aqui.

— A Fliss dá conta das coisas sem você?

Seth pressionava pouco a pouco, querendo que ela se abrisse mesmo sabendo que não o faria. Proteger-se era a segunda natureza de Fliss, um instinto enraizado tão profundamente que ela se protegia mesmo quando não precisava. Não sabia ser de outro jeito.

Ele procurou sinais de que ela estivesse desconfortável com a mentira, mas a expressão dela não mudou.

— A Fliss consegue dar conta — disse. — Ela sempre dá conta.

Quanto tempo ela planejava fingir?

Seth controlou a parte de si que queria confrontá-la.

— Eu ia pegar um café e algo para comer antes de ir à clínica. Quer vir comigo?

Viu que ela hesitou enquanto procurava uma desculpa. Seth perguntou-se se Fliss hesitava por não querer passar tempo com ele ou por medo de se entregar. Sentiu-se frustrado. Finalmente estava frente a frente com ela, sozinho, e ainda assim não conseguiam ter a conversa de que precisavam havia tanto tempo.

Ela desviou o olhar.

— Tem o Herói...

— Vai ser bom para o treinamento dele ficar sentado pacientemente, e a Lulu pode ensinar uns truques para ele.

— Tipo se fingir de morto e matar as pessoas de susto?

— Isso também.

Ele viu Fliss se atrapalhar na busca de uma desculpa e, por fim, desistir.

— Claro, por que não?

Caminharam pela praia, o que fez Seth recordar quantas vezes não tinham feito exatamente aquilo, caminhado lado a lado, perto um do outro. Dessa vez, Fliss tomava cuidado de manter uma boa distância entre os dois. Antes de seu relacionamento com ela, Seth pensava, com a falta de profundidade da juventude, que intimidade era algo físico. Dois corpos e descobertas carnais. Somente com Fliss descobriu que intimidade, intimidade de verdade, era emocional. Consistia em partilhar sentimentos, crenças e segredos que aprofundavam o relacionamento de uma forma que apenas sexo não era capaz.

Dez anos antes, Seth acreditara que poderia ter aquilo com Fliss, mas sempre existiu uma parte dela que ele não conseguia alcançar. Quando chegou perto, tudo se desintegrou. Como um vaso que cai de um prédio e quebra no concreto, parecia que havia cacos demais para juntar e consertar.

Encontraram uma mesa no café da praia, mas foi só se sentarem para Seth perceber seu erro. Num lugar público como aquele, não era possível ter privacidade. Não que fosse possível ter alguma privacidade em qualquer outro lugar daquela comunidade.

— Olá, dr. Carlyle. — Megan Whitlow foi a primeira a se aproximar dele, alisando o cabelo grisalho das têmporas. — O Rufus está um pouco melhor, mas fiquei pensando se não era melhor consultá-lo de novo, só para garantir.

— Ligue para Daisy — disse Seth de forma natural. — Ela marca um horário para você.

Diminuindo o tom de voz, Megan endireitou-se.

— Estamos todos tão felizes com sua volta, dr. Carlyle. Você é um patrimônio de nossa comunidade.

— É muito gentil de sua parte, Megan.

Era impossível ser anônimo ali. Impossível fazer as perguntas que queria a Fliss. Paciente, escutou quando quatro outras pessoas se aproximaram e atualizaram-no do estado de saúde de seus animais.

— Você é popular. Não precisava nem ter um consultório, poderia atender aqui mesmo, da praia. — Achando graça, Fliss pegou o cardápio. — Ainda assim, acho que devemos estar aliviados por você não ser médico. Pelo menos as pessoas não estão tirando a roupa para contar de seus problemas íntimos.

— Eu deveria ter escolhido outro lugar.

— Não. Gosto daqui.

A admissão o surpreendeu.

— Gosta?

— Sim. — Fliss olhou rapidamente para o cardápio e então o afastou, antes de colocar os óculos escuros. — Estar num lugar desses é assim mesmo, não? Fazer parte de uma comunidade. É por isso que você escolheu trabalhar daqui, não de um lugar como Manhattan. Você costumava falar disso. Como era esse tipo de trabalho que queria.

— Não me lembro de ter falado disso com você.

Houve uma pausa.

— A Fliss deve ter comentado algo. — A esquiva dela foi rápida e ele preferiu não pressionar.

Ainda não, mas em breve. Se Fliss não contasse quem era logo, Seth faria o primeiro movimento.

— Então você abriu uma empresa de sucesso em Manhattan.

— Está crescendo rápido.

Ela falou de números, crescimento, estratégia e planos para o futuro. Se realmente fosse Harriet, teria falado dos cães, não das projeções para o próximo trimestre.

Os dois comeram uma perfumada salada tailandesa temperada com capim-santo e limão, e Seth observou a luz do sol brilhar sobre o cabelo de Fliss, destacando tons dourados e prateados.

Conversaram sobre assuntos neutros. Negócios em Manhattan — os dele e os dela — em comparação à vida nos Hamptons, cães… Nada pessoal.

— Sobremesa?

Ela encarou o cardápio e suspirou.

— Melhor não. Comi meia tonelada de biscoitos na casa da Matilda alguns dias atrás e ainda estou me sentindo culpada. — Abaixou o cardápio. — Você não é muito fã de doce, então acho que vai ser só café.

Mais um ato falho.

Seth matutava como poderia usar aquilo a seu favor quando outra pessoa se aproximou da mesa. Só que desta vez não era ele o alvo.

— Harriet?

A mulher envolveu Fliss num abraço apertado e Seth viu seu rosto congelar de terror. Era óbvio que ela não fazia ideia de quem se tratava.

Ele partiu em seu resgate.

— Oi, Linda. Como vão os preparativos para o bazar?

— Tudo pronto para o sábado. Estou na expectativa de que você venha e gaste uma fortuna. É para uma boa causa, o abrigo de animais da cidade. — Ela largou Fliss. — Me sinto culpada de pedir mais ajuda depois de tudo o que você já fez, dr. Carlyle.

Seth teve uma ideia repentina.

Talvez fosse um pouco injusto, mas vá lá... se Fliss podia usar subterfúgios, por que ele não podia também?

— A Harriet faz os melhores biscoitos de chocolate que já comi na vida. Não é, Harriet?

Ele sorriu para Fliss e viu o pânico percorrer seu rosto.

Saia dessa, lindeza.

— Bem, eu não diria que são os *melhores...*

— Harriet é modesta demais. — Ele olhou para Linda, que conhecia havia anos. — Você deveria convencer ela a fazer alguns para o bazar.

— Que excelente ideia. — Linda tirou um caderninho da bolsa e tomou nota. — Lembro os que você fez no verão passado. Sua avó estava se vangloriando de como você cozinha bem. Como foi que me esqueci disso?

Fliss parecia aterrorizada.

— Bom, é muito gentil de sua parte, mas estou muito ocupada no momento, tomando conta de minha avó e passeando com o cão de Matilda.

— Como vai a Eugenia? Ouvi dizer que ela caiu. Se precisar de qualquer coisa, estou aqui.

— Ah, é muito gentil de sua parte...

— Sei que você vai assar alguns para ela, uma vez que ela está doente e tudo o mais, por isso não me sinto culpada em pedir que faça uns extras para a gente vender. Seus biscoitos de chocolate são famosos por aqui. Não sei como não pensei nisso antes. Obrigada, Seth!

Fliss se debateu e em seguida mostrou os dentes numa tentativa de sorriso.

— Claro. Vai ser um prazer.

Seth sorriu por dentro. Sabia que seria qualquer coisa menos um prazer.

Ficou pensando como ela daria conta. Ligaria para a Harriet? Procuraria um vídeo no YouTube?

Ele talvez devesse avisar aos bombeiros para ficarem a postos.

O café deles chegou e Linda deixou-os em paz.

— Muito gentil de sua parte se oferecer — disse Seth.

— Eu não me voluntariei. Você que me voluntariou. — Ela cutucou a espuma do cappuccino e lançou um olhar furioso para Seth. — Por que fez isso?

Ele a encarou de volta.

— Porque sei que você gosta de cozinhar e de participar das atividades comunitárias, Harriet.

E porque mais cedo ou mais tarde ela teria que admitir quem era de fato.

Para Seth, quanto antes, melhor.

Suando, Fliss caminhava nervosamente para um lado e outro da cozinha. A mesa e o chão estavam polvilhados de farinha e a primeira fornada de biscoitos queimados formava uma pilha num prato. A segunda fornada estava empilhada logo ao lado. Esses últimos não estavam queimados, mas achatados e oleosos. Fliss planejava enterrar as provas mais tarde, depois da próxima tentativa. Talvez devesse deixar o hospital em alerta, caso alguém os consumisse. Cozinhando, perigava causar danos em massa.

Maldito Seth. Maldito Seth e seu espírito comunitário.

Bem que ele merecia comer uns biscoitos dela como consequência.

Perto dela, Charlie choramingava.

— Você está de brincadeira, não é? — Ela olhou para o cão. — Confie em mim, você *não* quer comer isso aqui. Uma mordida e você vai precisar ir ao veterinário. E eu é que não vou te levar, então sugiro que fique de focinho fechado.

Contrariada, com raiva de si mesma, lavou a tigela e começou tudo de novo.

Por que Seth a voluntariou para aquilo?

Porque achava que era Harriet.

E de quem era a culpa?

Dela.

Nunca, sob nenhuma circunstância, fingiria ser Harriet de novo. Não era Harriet e nunca seria.

Conferiu outra vez a receita, tentando entender o que dera errado na primeira tentativa.

Fliss tinha que conseguir. Era inteligente. Competente. Tinha que ser capaz de fazer uma fornada de biscoitos sem envenenar alguém ou atear fogo à casa.

— Precisa de ajuda? — A voz da avó veio da direção da porta e Fliss sentiu a culpa brotar. Como não era possível esconder as provas de sua incompetência, tinha poucas alternativas fora manter a cara de pau.

— Você deveria estar descansando de pés para cima. — Fora o motivo para Fliss ter decidido cozinhar naquele momento. — O que acordou você?

— Não sei bem. Pode ter sido o barulho de louça, os resmungos ou quem sabe o cheiro de queimado.

— Seth me voluntariou para assar biscoitos para o bazar de caridade. — Fliss sentiu o rosto ruborizar. Enganar Seth era uma coisa; enganar a avó era algo completamente distinto. — Me desculpa pelo barulho. E pela bagunça. Parece que não sou eu.

— Você não tem sido você desde que chegou aqui — disse a avó em tom doce. — Você tem sido a Harriet. O que, compreendo, deve ser um tanto desafiador, já que você é a Fliss.

— Você sabe? — Fliss a encarou, constrangida. — Há quanto tempo a senhora sabe?

— Que você é a Fliss? Desde o começo, é claro.

Sentiu uma pontada de culpa. A colher deslizou dos dedos e tilintou contra a tigela.

— Como foi que descobriu? É porque não sei cozinhar?

— Soube desde o momento que a vi no estacionamento do hospital.

— Foi o carro vermelho? Eu devia ter escolhido um modelo mais discreto.

— Não foi o carro. — A avó se inclinou e esfregou as manchas de farinha no pelo de Charlie. — Você é minha neta. Achou mesmo que eu não reconheceria minha própria neta?

Fliss se sentiu uma besta.

— Se você sabia, por que não disse nada?

— Imaginei que você tivesse um bom motivo para fingir ser sua irmã. — A avó sentou-se numa cadeira. — E presumo que o bom motivo seja alto, moreno e bonito um pouco além da conta.

Fliss pegou a colher.

— Eu não queria fingir ser a Harriet. Não estava em meus planos. Quando você ligou naquela manhã… era eu no telefone, não a Harry.

— Sei disso. O que não entendo é por que você fingiu *comigo*. Por que não disse simplesmente que você era você?

— Porque eu precisava fugir de Manhattan. Seth estava trabalhando na clínica que nós frequentamos, praticamente virando a esquina. Não queria trombar com ele. Quando você ligou, consegui a desculpa de que precisava.

— E por que não me contou quando liguei?

— Porque você não me queria. Você queria a Harriet.

A avó examinou a neta por cima dos óculos.

— Você acha mesmo isso?

Fliss deu de ombros.

— Você ligou para Harriet.

— Liguei para ela primeiro. Mas poderia facilmente ter ligado para você.

— Mas não ligou. Não faria isso. — Fliss empurrou a tigela para longe. — E não culpo a senhora. Todo mundo quer a Harriet. Ela é que é boa e cuidadosa. Eu sou a gêmea má.

Ela viu a avó estreitar os lábios.

— Você parece seu pai falando. A primeira vez que o ouvi dizendo isso, quis jogá-lo para fora de casa e trancar a porta. E teria feito, mas seria sua mãe quem sofreria.

Fliss congelou. Queria nunca ter feito aqueles biscoitos. Pelo menos assim poderiam manter o fingimento em vez de ter aquela conversa, a última que gostaria de ter na face da Terra.

A relação dos pais e o comportamento do pai eram assuntos que deviam ser sempre ignorados, varridos para debaixo do tapete.

Fliss queria correr para a porta, mas seus pés não saíram do lugar.

— Ele me chamava assim porque é verdade.

— Você acha mesmo isso?

Fliss encarou a mesa, observou suas marcas, recordando cenas à mesa de jantar. Lembrava-se do pai gritando até seu rosto ficar num tom vermelho bizarro, algo entre uma beterraba e um tomate. Houve momentos em que achou que ele teria um infarto e, em outros, torcia para que isso realmente acontecesse. E aconteceu, mas não fez diferença alguma. Nos livros, algo desse tipo unia as famílias. Trazia remorso e reconciliação. Na vida real, não era assim. Pelo menos não para ela.

— É melhor eu terminar de fazer esses biscoitos. Ou quem sabe comprar na Cookies and Cream. Ou talvez devesse confessar meus pecados.

— Nunca achei que você fosse de jogar a toalha.

Fliss respirou fundo e olhou para a avó.

— Não sou, mas eu e a cozinha não nos misturamos. Na verdade, o problema aqui é justamente a mistura.

— Não acho que os biscoitos sejam o problema aqui. Aliás, eles podem esperar.

— Não podem. Graças a minha impulsividade, devo entregar a fornada para o bazar desse fim de semana. Vou demorar um tempão para resolver isso.

De repente, assar aqueles biscoitos pareceu interessante. Qualquer coisa parecia mais interessante do que falar do passado.

— Você não é a gêmea má, Fliss.

Não queria tocar naquele assunto. De jeito nenhum.

— A senhora acha que usei farinha demais? Eles ficaram meio pegajosos.

Ela espetou a massa, mas a avó não parecia disposta a deixar para lá.

— Talvez essa tenha sido a impressão de alguém olhando de fora. Alguém que não sabia de muitos detalhes. Mas eu vi como as coisas eram. Foi difícil para vocês e foi difícil para mim também. Ela é minha filha. Não me fazia bem saber que, no casamento deles, uma pessoa amava sozinha.

Minha nossa, aquilo era pessoal demais. Era como se a avó cutucasse a maçaneta de uma porta trancada com uma chave aleatória, na esperança de que abrisse.

E Fliss não tinha intenções de abrir aquela porta.

Fez uma tentativa desesperada de mudar de assunto.

— Não finjo ser especialista em amor. Sou boa com números e cães temperamentais. Emoções... essa não é minha área. — Mas deveria se esforçar um pouco mais, não? Em especial porque a avó estava claramente empenhada em levar a conversa adiante. Fliss estava prestes a sair pela tangente de novo quando decidiu que, tendo a avó perdoado a mentira, o mínimo que podia fazer era oferecer algo em troca. — A senhora tem razão. Meu pai não a amava o bastante. Ou, se amava, tinha um jeito bizarro de demonstrar.

Devia ter sido difícil para a mãe dela também. Fliss conseguia muito bem imaginar quão difícil. Pensou em Seth, mas afastou a ideia imediatamente.

Não queria pensar em Seth. E com certeza não queria perder tempo pensando nos sentimentos que ele poderia ter por ela.

Não queria se embrenhar por aí.

A avó tirou os óculos lentamente. Seu cabelo era branco como a neve, o que destacava os hematomas vívidos em sua pele.

— Era assim que você via as coisas?

— De que outra forma poderia ter visto? — É claro que a mãe tinha amado o pai. Se fosse diferente, por que tentaria tanto agradá-lo? — Ela estava sempre tentando fazê-lo feliz. Tinha uma voz que só usava perto dele, melosa e doce como xarope de açúcar. Isto o irritava. Ele costumava dizer "Para de tentar me acalmar", ao que ela respondia, "Eu só quero ver você feliz, Robert". Mas ele nunca estava feliz. Não importava o que ela fizesse, ele nunca estava feliz. — O que a levava pensar se as coisas sempre tinham sido assim. O pai fora uma criança brava? Um menino difícil? Os pais dele morreram quando era adolescente, por isso Fliss nunca teve a quem perguntar. — A senhora passou algum tempo com eles. Deve ter presenciado isso também.

A avó ergueu os óculos.

— Sim, eu presenciei.

Então por que estava com aquele olhar estranho?

Fliss tinha a clara sensação de que não sabia de algo.

— Sei que os dois se casaram às pressas pois a mamãe estava grávida do Daniel. — Era isso que a avó estava insinuando? A mãe sempre fora aberta quanto àquilo. — Sei que o lance entre eles foi um turbilhão. Romântico e um pouco louco.

A avó lançou a ela um olhar demorado e um sorriso um tanto tenso.

— Sim, foi tudo muito rápido.

— Meu pai talvez pensasse que ela armou para ele ou algo do tipo. Talvez fosse esse o motivo para estar sempre bravo com a gente. Comigo, em especial. Sempre achei que ele não quisesse ter filhos.

— Não foi nada disso.

Fliss deu de ombros.

— Ele agia como se fosse.

— Fliss…

— Não importa mais. Nem sequer temos contato. Ele deixou bem claro que não queria mais me ver.

O que não contou à avó foi como o pai deixou aquilo claro. Fliss não contara a ninguém sobre aquela época, alguns anos atrás, depois do primeiro infarto, quando o visitou no hospital.

Foi sozinha. Mentiu para todos, até mesmo para a irmã. Pegou um trem e um ônibus e chegou encharcada, pois havia caído um temporal. Era como se o tempo espelhasse seu humor.

Quando abriu a porta do quarto, viu as máquinas apitando e o pai, frágil e vulnerável, na cama. O casaco havia grudado no corpo dela e os pingos de chuva caíam no chão como lágrimas.

Ele virou a cabeça e, por alguns instantes, os dois somente se encararam. Em seguida, ele disse aquelas quatro palavras. Não "Eu te amo, Fliss" ou "Bom ver você, filha", mas "O que você quer?".

Foi isso.

O que você quer?

Fliss não foi capaz de dizer o que queria, pois não sabia. Em primeiro lugar, não sabia por que tinha ido até lá visitar o homem que sempre parecera achar sua existência quase intolerável. Em segundo lugar, não compreendia como sua indiferença era capaz de machucá-la mesmo depois de tanto tempo.

O que ela queria?

Esperara mesmo que ele fosse abrir os braços e abraçá-la? Quando foi que o pai fizera algo do tipo?

Ela saíra do quarto sem dizer uma palavra e voltara para casa em silêncio, aliviada por não ter contado a ninguém aonde ia. Graças a sua discrição, evitou perguntas constrangedoras. Como as que a avó fazia naquele momento.

— Preciso mesmo fazer esses biscoitos. E não sei como vou conseguir.

A avó se levantou e apoiou as mãos na borda da mesa, para se estabilizar.

— Acho que sempre cortamos um problema pela metade quando o compartilhamos.

A avó estava insinuando algo? Se sim, Fliss preferiu ignorar.

— Isso depende da pessoa com quem você está compartilhando e que tipo de problema é. Se você tentasse dividir comigo um problema com biscoitos, ele iria dobrar, não diminuir.

— No caso, é você que vai dividir seu problema com biscoitos comigo. Vamos fazer juntas.

— Era para você estar descansando.

— Você acha que um machucadinho vai me impedir de cozinhar?

— Se eu pensasse assim, bateria na minha cabeça com uma colher de pau até esmagar.

A avó deu risada.

— Você não vai se safar dessa tão fácil. Chega para lá. Você consegue seguir instruções, não é?

— Acho que sim. Infelizmente essa massa não consegue. Eu falei "vira um biscoito" e olha o que aconteceu. — Fliss encarou a mistura com olhar dúbio. — A senhora acha que a gente consegue dar um jeito?

A avó pegou a tigela.

— Não. Não acho que dá para dar um jeito. Está uma bagunça. Quando se faz uma bagunça, tem que deixar para lá e começar de novo.

Outra metáfora, pensou Fliss. O dia parecia estar repleto delas.

Olhou a avó, sabendo que aquela ajuda era mais do que merecia.

— Não tive a intenção de mudar de identidade. Eu ia contar para a senhora na hora, mas daí o Seth apareceu no hospital...

— E você não queria encará-lo sendo você mesma?

— Porque sou covarde.

— Você é muitas coisas, mas não acho que covarde seja uma delas. Com certeza tinha muitos motivos. Se quiser compartilhá-los, vai descobrir que sou uma ótima ouvinte. Mas, se você só quiser cozinhar, vamos cozinhar.

Fliss sentiu a necessidade imediata de contar o que sentia à avó, e aquilo a surpreendeu. Estava acostumada a guardar tudo para si. Sempre preferira assim.

Sentiu-se culpada.

— Me perdoa por ter mentido.

— Eu entendo. Você ficou fora de si por causa do Seth e concluiu que era mais fácil fugir dos problemas do que encará-los. Imagino que poucas pessoas não tenham feito isto em algum momento de suas vidas. — A avó pegou a tigela outra vez. — Pensando bem, talvez a gente consiga resgatar este aqui. Sua massa ficou mole demais, é só isso. Você pesou a farinha?

— Mais ou menos. Parte dela caiu no chão. Outra no cachorro.

— Passa a farinha.

— Se Harriet estivesse aqui, não precisaria de ajuda. Ela é uma boa cozinheira. Não, corrigindo, ela é melhor em tudo. Cozinhando, cuidando das pessoas, cuidando de si mesma… — Fliss encarou a tigela com o olhar triste. — Na verdade, só sei fazer contas e estragar tudo.

— Estão ensinando como estragar tudo? A educação mudou desde minha época.

Fliss conseguiu sorrir.

— Nunca precisei ter aula disso. Sempre foi natural. Se tivesse uma decisão ruim a ser tomada, eu ia e tomava.

A avó mediu a farinha e acrescentou à tigela.

— Você acha que Seth foi uma dessas decisões ruins?

Fliss sentiu os olhos pinicarem. Droga. O que estava acontecendo com ela? Não estava picando cebola nem nada. Não tinha em que pôr a culpa.

— Sim, é claro que foi uma decisão ruim.

— Por quê? Você não o amava?

Droga, *droga*. Como responder? Decidiu que a avó merecia um pouco de sua honestidade depois de tantas mentiras.

— Eu o amava.

— Então por que foi uma decisão ruim?

— Pois eu estraguei a vida dele.

Além de ter mentido.

— Se você estragou a vida dele, por que ele continua perto de você?

— Ele não está por perto. Ele mora aqui. Não tem como me evitar. Aliás, ele acha que sou a Harriet. Pensando bem, ele se daria melhor com a Harriet. Ela é uma pessoa melhor do que eu.

A avó ergueu a mão e segurou o braço de Fliss.

— Ah, não, minha querida, você entendeu tudo errado. Ela não é melhor. Ela é diferente, só isso.

— Diferente de um jeito melhor.

— Foi seu pai quem fez você achar isso. Ele jogava vocês duas uma contra a outra. Confundia a cabeça de vocês. Você é uma menina inteligente. Nunca entendi como não enxergava isso. Agora deixe isso de lado. Temos uma tonelada de biscoitos para fazer e eles não vão assar sozinhos.

Capítulo 9

— SE EU FOSSE UMA personagem em seu livro, como você me consertaria?

Fliss estava deitada na areia ao lado de Matilda, que ficava mudando de posição na canga.

— Você precisa de conserto?

— Tem dias que eu queria ser mais como a Harriet.

— Acho incrível que vocês sejam diferentes. Tenho inveja de você ter uma gêmea, faria qualquer coisa para ter irmãos. Este é um dos motivos para eu escrever histórias. A companhia. Você nasceu com companhia.

— Sim, essa parte é legal. — Fliss olhou na direção do oceano e em seguida percebeu que Matilda continuava inquieta a seu lado. — O que foi? Precisa fazer xixi ou algo do tipo?

— Sempre preciso fazer xixi, mas não, não é isso. Estou com uma dor nas costas faz uns dias e não consigo me livrar dela. — Ela revirou a bolsa quando o telefone tocou. — Você se incomoda se eu atender? É o Chase para me avisar quando vai chegar em casa. — Ela atendeu a ligação, e Fliss viu a expressão da amiga mudar de animação à decepção. Era como ver uma luz se apagar. — *É claro* que tudo bem. Não seja besta! Estou bem, sério… Ainda deve demorar mais um mês, isso se ele vier no tempo certo. E todo mundo diz que o primeiro bebê sempre atrasa. Não se preocupe com nada. Vou me dar uma noite de Netflix. Você vai jantar com seu pai? Não deixe que ele chateie você. A gente se vê amanhã e conversa sobre tudo. Também te amo.

Fliss sentiu uma pontada de inveja e logo a rejeitou.

"Conversar sobre tudo" era a ideia que tinha de uma noite de horrores.

Esperou Matilda terminar a ligação.

— O Chase não vai voltar hoje?

— Está soterrado em trabalho e tem reunião marcada para amanhã cedinho. Seria uma loucura voltar para casa. Vai pegar algo rápido para jantar com o pai por lá. Mais por dever do que por prazer.

— Os dois não tem uma relação boa?

— É complicada.

Fliss sabia tudo de complicações.

— Você não deveria ficar sozinha.

— Vou ficar bem. — Matilda se mexeu de novo. — Vou tomar um banho de banheira.

— Não seria melhor ver um médico? Eu posso levar você ao hospital.

— Eu estou grávida, não doente.

— Nesse caso, posso levar você à maternidade.

— Estou bem, sério. — Matilda se remexeu novamente. — É só uma daquelas contrações de falso trabalho de parto. Me falaram disso, das contrações de Braxton Hicks. Parecem de verdade, mas não são.

— Eu ficaria com você, mas não posso deixar minha avó sozinha — refletiu. — Você poderia vir ficar com a gente.

— Gentileza sua, mas nada vai acontecer.

Matilda se revirou e Fliss ficou de pé.

— É melhor voltarmos para casa. Independentemente do que estiver acontecendo, ficar na praia não é o mais confortável para você.

— Gosto da brisa do mar e o Herói gosta de brincar com o Charlie. Estar com você me distrai do fato de que pareço uma baleia. Conta mais sobre ter uma gêmea.

— O que você quer saber?

— As pessoas tratavam vocês individualmente? Vocês usavam a mesma roupa?

— Fora o uniforme da escola, não. E eu cortava uns quatro dedos da bainha da camiseta, então nem assim ficávamos iguais.

Matilda deu risada.

— Continue contando. Você está me dando ótimas ideias para um livro.

Fliss recuou.

— Não quero estar num livro.

— Você não vai estar nele. Uso elementos que me vêm a calhar e invento o resto. A vida real nunca é tão interessante quanto minhas histórias.

— Menos a minha vida. E já falamos demais sobre mim.

— Você não gosta muito de falar de si mesma, não é?

— Não muito. Agora é sua vez. Como você conheceu Chase?

— Num evento bem chique, numa cobertura em Manhattan.

— Uau. — Fliss se abaixou para pegar uma concha. — Você costuma sair com um pessoal bem descolado.

— Não é bem assim. Eu era garçonete. Não tinha ideia de quem ele era. Na verdade, nem o vi na festa. Deixei cair uma garrafa de champanhe supercara e fui demitida na hora. Estava saindo de lá quando um bonitão entrou no elevador comigo.

— E você se apresentou?

— Não exatamente. Na hora, eu estava um pouco decepcionada comigo mesma, por isso fingi ser outra pessoa.

Fliss estava intrigada.

— Quem?

— A heroína do livro que estava escrevendo. Dei a ela todas as qualidades que eu gostaria de ter. Ela era confiante, não era destrambelhada... — A voz de Matilda baixou de tom e ela encarou o mar por um instante. — De qualquer forma, nossa noite foi incrível. Mas depois a vida real voltou com tudo. Ele descobriu quem eu era. E eu descobri quem ele era.

— Espera aí — disse Fliss, devagar. — Você está me dizendo que fingiu ser outra pessoa? Pensei que só eu fizesse isso.

— Você pelo menos fingiu ser uma pessoa de verdade. A minha era uma personagem de ficção. Foi pior. Antes de conhecer Chase, só sabia que ele era colecionador de livros raros e tinha uma biblioteca em uma de suas casas. Uma biblioteca! Para mim, guardar livros consistia em empurrá-los para debaixo da cama.

Fliss pensou na casa da praia de Matilda. Espaçosa e luxuosa. E era a biblioteca que a interessava.

— Então você foi atrás dele por causa dos livros?

— Na verdade, não. O irmão dele tinha uma editora e eu estava desesperada para mandar o manuscrito em que vinha trabalhando. Eu tinha um plano de mestre, mas, como a maioria dos meus planos de mestre, não funcionou do jeito que eu tinha planejado.

Fliss olhou para o diamante brilhando no dedo da amiga.

— Me parece que funcionou perfeitamente. Com final de conto de fadas.

— Verdade. E a parte estranha é que foi mais romântico do que qualquer coisa que já escrevi. — Ela tomou um gole d'água da garrafinha. — É melhor eu voltar. Preciso terminar de rever as provas do livro antes da bebê chegar.

Fliss ignorou a pontada de inveja e acompanhou a amiga de volta à casa.

— Se precisar, ligue.

— Não vou precisar. O Herói passeou duas vezes hoje. Vamos ficar bem.

— Espero que você esteja certa, pois serviço de parteira não está entre minhas habilidades.

—⁓—

Seth atravessou a suíte principal vazia de sua nova casa. Sem móveis para absorver o som, seus passos ecoavam sobre as tábuas de carvalho do piso.

O quarto era leve, com pé-direito alto e portas de vidro que abriam para a varanda. Ele já sabia onde colocaria a cama. Contra a parede, de frente para a vista. Estava à beira do oceano, perto da reserva natural. Quando abria as janelas, ouvia apenas o som dos pássaros e o suave alisar da água contra areia.

A casa podia estar vazia, mas já era um lar.

Chase fizera um bom trabalho.

Havia vantagens em viver num lugar novo, sem história ou lembranças presas às paredes.

Os móveis de sua casa na Califórnia estavam na casa dos pais havia seis meses. Já era hora de trazê-los.

Seu celular tocou e ele sorriu ao ver o nome no identificador.

— Chase? Que coincidência. Estava admirando seu trabalho. A casa está incrível. Vou me mudar no fim de semana.

— Que ótimo.

— Preciso pensar nos móveis. — Caminhou por cada um dos quartos e concluiu que muitas das coisas que mandara trazer da

Califórnia não ficariam bem ali. — Preciso pensar em como ocupar o espaço.

— Ocupe-o com pessoas. É uma casa de família. Talvez seja a hora de você pensar numa família.

— Você andou falando com minha irmã?

— Não. É que eu acredito no casamento.

— Isso vindo do cara que, até o ano passado, era um solteirão convicto.

— Eu era solteiro por um motivo. Não tinha encontrado a pessoa certa. Depois de encontrar, tudo pareceu diferente. Eu me transformei.

Seth caminhou até a janela. O sol se punha e lançava raios sobre o oceano.

— Quer vir tomar uma cerveja?

— Estou ligando por isso mesmo. Estou em Manhattan preocupado com Matilda. — Algo em seu tom de voz fez Seth parar.

— Algum motivo para a preocupação?

— Não sei. Ela não está atendendo o telefone. Deve tê-lo largado em algum lugar ou deixou cair na banheira, mas não consigo parar de me preocupar. Era para eu estar em casa hoje à noite. Não gosto de deixá-la sozinha num estado tão avançado de gravidez.

— Quer que eu dê uma olhada?

— Você faria isso? Valeu. — Chase pareceu aliviado. — Te devo essa.

— Você não me deve nada. Ligo assim que chegar lá.

Seth buscou as chaves no bolso, conferiu se as portas estavam fechadas e assobiou para Lulu.

Sentada na praia, Fliss assistiu ao sol se pôr e esparramar luz dourada sobre a areia.

Deixou a avó concentrada num programa de televisão enquanto levava Charlie à praia para seu último passeio do dia.

Ligou para Harriet num impulso.

— A vovó já sabe que sou eu e não você.

— Ótimo. Ficou tudo bem? Eu sabia que ficaria.

A irmã estava sempre tão calma. Nada parecia abalá-la. Ela dizia que trabalhar com animais a tranquilizava, mas Fliss sabia que esta era sua natureza. Era como se, depois de morar com o pai delas, nada mais pudesse estressá-la. Nada poderia ser tão ruim.

— Foi mal por isso.

— Não precisa pedir desculpas.

— Não seja tão compreensiva assim.

— Está bem, não vou ser.

Harriet estava rindo, mas Fliss sentiu uma pontada. Pensou no que Matilda havia dito sobre ser filha única.

Harriet era sua melhor amiga.

Como teria sobrevivido sem a irmã?

— Ainda tenho que resolver a coisa toda com Seth. Não sei como, mas preciso antes que eu seja obrigada a fazer mais biscoitos, pelo bem do sistema digestivo de todos.

Harriet ainda estava rindo.

— Fico feliz que a vovó tenha ajudado com isso.

— Sim, foi legal. Ela é ótima na cozinha. — Fliss esfregou os dedos do pé na areia. — Me ensinou umas coisas.

— E você odiou?

— Isso que foi estranho. Não.

— Não é estranho. Eu adorava cozinhar com ela porque parecia que estava sempre me escutando. Não importava quanto tempo eu levasse para falar, ela nunca ficava impaciente. Depois de morar com nosso pai, era o paraíso. Você conversou com ela sobre o Seth? Contou como se sente?

Fliss não fazia ideia do que sentia quanto ao Seth. E certamente não tinha intenção de tocar no assunto.

— Não preciso. Estou bem.

— Você deveria conversar com ela. Ela é muito sábia.

— Ela já falou com você sobre a mamãe? — Fliss franziu a testa. — Ela disse umas coisas.

— O quê?

— Foi estranho. — Fliss observou Charlie correr na areia a sua frente. Era permitido deixar os cachorros soltos naquela hora do dia. Ele dava grandes voltas como se estivesse atrás de algo. — Ela disse que foi duro ver a filha amando o cara errado.

— O que há de estranho nisso? Nosso pai *era mesmo* o homem errado para a mamãe. Ela era gentil demais para ele. Obediente demais. Passou a vida inteira se contorcendo para lhe agradar. Eu entendo. Ele tinha o mesmo efeito sobre mim. Sempre gritava, eu não conseguia emitir uma palavra. Lembra?

— Evito lembrar.

Fliss se lembrou da irmã agachada debaixo da mesa, fechando os olhos com força e as mãos tapando os ouvidos. Lembrou-se do pai ficando com cada vez mais raiva por Harriet não falar fluentemente. *Era um círculo vicioso*, pensou, colocando a ênfase no *vicioso*.

E lembrou-se de Daniel intervindo. De pé, firme, entre o pai e as irmãs, como sempre fazia, tendo que encarar a fúria do pai por causa disso. Quando ele saiu de casa para fazer faculdade, Fliss assumira seu posto.

Seriam irmãos tão próximos se não fosse pela infância que tiveram?

Se tivessem crescido numa família feliz, teriam deixado o ninho e se dispersado? Ou continuariam vivendo perto, cuidando uns dos outros?

— Bem, com a mamãe não era diferente. Todo mundo tentava ficar na sua. Fora você, claro. Você dava umas cutucadas.

Fliss deitou-se na areia, observando o céu escurecer.

— Continuo achando que tinha algo mais. A vovó olhou para mim de um jeito engraçado. Como se eu não soubesse de algo.

— Você está imaginando coisas.

— Não acho. Não sou eu quem fica cavoucando atrás de coisas sentimentais. Essa é você. Eu tento fingir que não está acontecendo nada.

— É raro ouvir você admitindo isso.

— Bem, sim, nada do que está acontecendo por aqui é muito comum. E a vovó com certeza está escondendo algo, então agora preciso descobrir o que é, óbvio. Faz parte da natureza humana. A mamãe já falou com você sobre ela e nosso pai?

— Na verdade, não. Só que se casou às pressas.

— Porque estava grávida do Daniel. Mas isso a gente já sabia. A mamãe me contou uma vez sobre isso, enquanto me dava um sermão sobre contracepção. Disse para nunca se casar se os dois não partilharem do mesmo sentimento.

Conselho que Fliss ignorara, é claro. Da mesma forma que ignorava todos e qualquer conselho.

Na adolescência, fazia o exato oposto de tudo que lhe sugeriam.

— Tadinha da mamãe. De qualquer forma, ela está feliz agora. Você viu as fotos da Antártica que ela postou?

— Sim.

Fliss abanou a areia das pernas. Talvez Harriet tivesse razão, talvez Fliss estivesse imaginando coisas. E, caso houvesse algo no passado da mãe, era assunto dela.

As pessoas tinham direito a ter segredos. Tinham direito a manter pensamentos e sentimentos guardados, se assim desejassem.

Exatamente o que Fliss fazia.

— E então, quando você vai contar ao Seth a verdade sobre quem é?

— Não sei. Talvez nem precise. Aliás, você almoçou com ele no café da praia.

— Adoro aquele lugar. O que eu comi?

— Uma salada tailandesa.

— E gostei?

Fliss sorriu.

— Não estava ruim. Um monte de gente veio até mim dizer que estavam felizes em ver você. Todo mundo te ama, irmãzinha.

— É bom você não fazer nada para arruinar minha reputação. O que estava vestindo?

— Nada. Comi pelada.

— Espero que seja brincadeira.

— Achei que você precisava apimentar um pouco sua reputação. Mas usei protetor solar.

— Você está dizendo que eu almocei no café da praia vestindo nada além de um fator vinte?

— E um sorriso. Um sorrisão.

— Fliss!

Fliss sorriu.

— Calma. Eu estava de vestido e ele era quase decente.

Harriet se engasgou na própria risada.

— Muito bem, esse castigo basta por ter me provocado. Não lembro a última vez que vi você de vestido.

— Sim, foi estranho.

— E o que você está vestindo agora?

— Ah, como a vovó sabe que sou eu, e não vou trombar com mais ninguém hoje à noite, estou com um short jeans velho e um *cropped*. Com a barriguinha de fora.

— Uma vergonha, Felicity.

Fliss estava prestes a responder quando percebeu outro cão correndo pela praia.

Parecia o...

Não, não podia ser. Não sozinho, naquela praia.

Mas...

— Droga. — Com o celular em mãos, ela se levantou. Conseguia ouvir a voz de Harriet perguntando o que havia de errado. — Preciso ir. O Herói escapou. A Matilda deve ter deixado a porta da cozinha aberta. A gente se fala mais tarde.

Colocou o celular no bolso, os dedos na boca e assobiou alto.

Herói parou na hora, jogando areia para o alto, e virou a cabeça em sua direção.

Fliss colocou as mãos junto à boca e gritou o nome dele, tranquilizando-se ao ver Herói mudar de direção e correr até ela.

— Ei. O que você está fazendo aqui fora sozinho? Qual é a pressa? — reclamou. — A Matilda sabe que você fugiu? Era para você estar de babá dela hoje.

Herói se virou para ir embora, mas Fliss agarrou-o pela coleira.

— Ah, não, você não vai escapar de novo. — Quase perdeu o equilíbrio quando o cão forçou e puxou. — Você foge e do nada quer voltar para casa?

Ela ajeitou a pegada e firmou as pernas. Herói choramingou e cutucou sua coxa.

— Não sei o que você quer de mim, mas precisa se acalmar. Passeou duas vezes hoje e ainda está cheio de energia. É por sua causa que posso usar top e mostrar a barriga. Vou ligar para a Matilda para avisar que encontrei você. Ela deve estar preocupada.

Com uma mão na coleira de Herói, ligou para o número de Matilda.

A ligação caiu na caixa eletrônica.

— Que estranho. — Fliss franziu a testa, mas, em seguida, lembrou que estava falando de Matilda. Devia ter perdido o celular ou deixado cair na banheira. Ou talvez ela estivesse no banho. Será que percebeu que tinha deixado a casa aberta? — Estou entendendo por que o Chase queria que ela tivesse um segurança. Acho que vou ter que levar você para casa.

Assobiou para Charlie e caminhou rápido até chegar à parte privativa da praia. Como a maré estava baixa, conseguiu seguir pela faixa de areia que dava na casa dos Adams.

Como suspeitava, a porta de vidro que dava para a cozinha estava aberta. Adentrou por ela e viu, no chão de azulejos, um copo em cacos no meio de uma poça. Perto dela estava o celular de Matilda. Também em cacos.

Fliss se deteve. Por que Matilda teria deixado cair tudo?

Foi quando ouviu um barulho no andar de cima, um baque opaco, que fez os pelos de sua nuca se arrepiarem.

Seriam assaltantes?

Com a boca seca, Fliss pegou a frigideira pesada de ferro sobre o fogão e, com o pé, afastou Herói dos cacos no chão.

— Encontra a Matilda. Vai! Pega. Busca. Sei lá.

Sem precisar de mais incentivo, o cão saiu em disparada e, com a frigideira numa mão e o celular na outra, Fliss o seguiu.

Estava prestes a ligar para a emergência quando Herói latiu e ela ouviu Matilda soltar um uivo de dor.

Fliss subiu a escada de dois em dois degraus, seguiu o barulho e encontrou Matilda ajoelhada e curvada no quarto.

— Eles machucaram você? Onde estão? Ainda estão na casa?

Sem conseguir falar, Matilda encarou-a com os olhos vidrados de dor.

Fliss se ajoelhou diante dela.

— O que aconteceu? Meu Deus, o que eles fizeram? Diga algo.

Matilda balançou a cabeça, mas não conseguiu emitir nenhuma palavra.

Deviam tê-la atacado. Asfixiado.

— Eles empurraram você? As portas lá debaixo estavam abertas. Vi o copo quebrado. E seu celular. Os assaltantes continuam na casa? — Fliss brandiu a frigideira como se fosse uma arma. — Vou quebrá-los membro por membro. Vão se arrepender de...

Matilda segurou seu punho e ofegou uma palavra:

— Bebê.

— Sei que você está preocupada com a bebê, mas com certeza ela vai ficar bem. A gente vai... — Fliss gemeu quando Matilda apertou-lhe o punho com mais força.

— Agora!

Agora?

Fliss congelou. Cada músculo de seu corpo paralisou. Braços e pernas não se mexiam. Nem a boca. Com imensa dificuldade, forçou a passagem das palavras pelos lábios rijos.

— Você quer dizer que a bebê é o motivo para você estar agonizando no chão? Mas ainda não é a hora. Ela não pode vir agora.

Matilda deu outro gemido de dor e Fliss se mexeu. A necessidade de não ter que lidar com a situação impulsionou-a à ação. Largou a frigideira.

— Ligo para quem? Para o hospital? Para Chase?

Para alguém. Qualquer pessoa. O celular quase escorregou das mãos suadas e trêmulas, ao que Fliss soltou uma risada histérica. Daquele jeito, o chão ficaria cheio de telefones quebrados.

Matilda tentou falar:

— Sem tempo.

Sem tempo? Fliss sentiu calor e, em seguida, frio.

— Não pode ser. Mesmo que seja agora, um bebê demora séculos para chegar.

Por favor, faça-o levar séculos para chegar.

Ela não tinha como fazer aquilo.

Ela não tinha *mesmo* como fazer aquilo.

Era a pessoa errada em todos os sentidos.

Se a bebê estivesse mesmo a caminho, então Matilda precisava de alguém habilidoso e responsável a seu lado. Alguém que fizesse tudo certo.

Fliss sabia que não era essa pessoa.

Ela fazia tudo errado.

Ela sentiu uma dor forte no braço e percebeu que eram as unhas de Matilda.

Cacete.

Fliss nunca duvidara que dar à luz fosse uma experiência dolorosa, mas não sabia que a dor se estendia aos expectadores também.

— Está bem. — Ela apertou o maxilar. — Se segura. Bata em mim. Qualquer coisa. O que for ajudar.

Com o braço livre, discou o número da emergência no celular. Uma bebê talvez não fosse uma emergência, mas era para ela. E sem dúvida eles ligariam para quem fosse preciso. Suas esperanças eram que os reforços chegassem antes da bebê.

— Vão chegar em dez minutos.

Um alívio percorreu seu corpo. Dez minutos não era muito tempo. Não teria que fazer aquilo sozinha. Tudo o que precisava fazer era segurar as pontas e manter Matilda calma até a ajuda chegar.

Falar era fácil… O que quer que estivesse acontecendo com a amiga naquele momento era avassalador. Sem conseguir respirar, Matilda era atingida por onda após onda de dor. Hesitantemente, Fliss colocou a palma da mão sobre o abdômen arredondado da amiga. Era como tocar uma pedra.

Pegou o celular novamente e digitou *tendo bebê* na ferramenta de busca.

O resultado foram um monte de sites oferecendo aulas de maternidade e conselhos de gravidez.

Decepcionada, Fliss encarou a tela.

Sussurrando, acrescentou as palavras *neste momento* à busca e viu algo sobre técnicas de respiração.

Lembrou de uma série que Harriet tinha assistido e que se passava numa maternidade. Vira e mexe falavam sobre respiração.

Sentindo-se lamentavelmente imprestável, passou a mão no ombro de Matilda.

— Lembra de manter a respiração. — Era o que diziam na série, não? — Inspira pelo nariz e expira pela boca. Vai ficar tudo bem. Você consegue aguentar dez minutos, não é?

Por favor, diga que sim.

Matilda não respondeu. Não conseguia pegar fôlego para responder.

Em vez disso, Fliss a viu puxar ar e fazer força.

— Você está empurrando? — Foi tomada de pânico. — Não empurra. Não importa o que aconteça, não empurre.

— Preciso. — Matilda ofegou as palavras e Fliss encarou-a com terror.

Aquilo não podia estar acontecendo. Não assim. Não agora. Precisava apenas de dez minutos! Era difícil esperar?

— Segura a respiração. Pense em outras coisas.

— Não dá. — Matilda arfou as duas palavras, com as unhas quase abrindo buracos no braço de Fliss. Era tão doloroso que quase estava se juntando à amiga no grito.

Fliss sentiu o suor esfriar a pele. *Dez minutos.* Era todo tempo de que precisava para adiar o que estava acontecendo.

— Não empurre, não empurre. Pelo menos tenho tempo de procurar na internet "o que fazer se um bebê vier rápido demais"?

Os olhos de Matilda encontraram o de Fliss, que viu pânico neles.

Seu próprio pânico se evaporou num instante.

Colocou o braço em volta dos ombros de Matilda e deu-lhe um abraço.

— Não importa. Não precisamos da internet. As mulheres fazem isso há séculos sem ajuda do Google. É natural. Há bebês nascendo a cada minuto, certo? Não se preocupe.

Torceu para soar mais convincente do que se sentia.

Estava caindo a ficha de que ela teria que dar à luz um bebê.

Por que Fliss? Por que ela tinha que estar naquela posição?

Foi quando percebeu que era Matilda quem estava naquela posição, não ela, o que fez Fliss sentir uma pontada de vergonha. Podia ser ruim em algumas coisas, mas nunca abandonaria uma amiga em crise.

— Está bem, de verdade. — Esperava que Matilda não visse suas mãos tremendo. — Vai ficar tudo bem. Espere um segundo aí… Não vou abandoná-la, mas se for para ele nascer agora, precisamos estar prontas.

Soltou-se das mãos de Matilda, correu até a cama e pegou travesseiros, almofadas e o edredom. Jogou-os no chão ao lado da amiga.

O que mais?

Não fazia ideia.

Ofegando, Matilda a segurou e Fliss tentou colocar a cabeça no lugar. Lógica. Ela era boa de lógica.

— Chega mais para cá. Aqui, deite-se nas almofadas. É mais confortável. — Assim, se a bebê saísse a toda, não começaria sua vida dando de cabeça no piso de carvalho.

A mente de Fliss já se antecipava. Teria que cortar o cordão umbilical? Não. Ela não ia tocar nele. Mas e se a bebê não estivesse respirando?

Era melhor lavar as mãos, caso precisasse fazer isto.

Foi correndo ao banheiro e esfregou as mãos o máximo que pôde e pegou toalhas limpas de uma pilha. Quase não teve tempo de registrar mentalmente que o banheiro de Matilda parecia um spa de luxo antes de ouvir a amiga grunhir de agonia.

Voltou correndo ao quarto.

Herói estava a seu lado, preocupado.

Fliss sabia o que ele estava sentindo.

— Chega para lá, Herói. Não sou lá grande especialista no assunto, mas acho que não permitem cães na sala de parto.

Matilda lançou um olhar de pânico à amiga.

— Estou sentindo a cabeça.

Repentinamente, Fliss percebeu que, quem quer que estivesse a caminho, não chegaria a tempo. Ela era tudo o que Matilda tinha.

Sentiu uma onda de calma.

— Ah, que emocionante.

— Estou com medo.

— Não fique. Está tudo bem.

Ela deu um apertão no ombro de Matilda, ficou de joelhos e viu que, de fato, havia uma cabeça ali. Tinha que conferir se o cordão estava ao redor do pescoço ou algo do tipo? Não queria correr o risco de encostar em algo que não devesse. Antes que pudesse decidir o que fazer, Matilda deu outro gemido e a bebê deslizou para as mãos de Fliss.

Ela ficou tão chocada que quase a deixou cair. Segurou o corpo escorregadio da bebê e se engasgou nas próprias emoções. Nunca tinha se permitido pensar naquela parte. Naquela sensação, de segurar uma nova vida nas mãos. Um começo.

Nunca se sentiu tão feliz pela habilidade de bloquear as próprias emoções, mas mesmo ela estava com dificuldade para esconder os sentimentos naquele momento.

De alguma forma, conseguiu dar conta. Colocou a bebê cuidadosamente nos braços de Matilda e envolveu ambos numa toalha.

Em seguida, ajeitou as almofadas em torno de Matilda para lhe dar sustentação.

— Ela não está chorando… — Matilda se engasgou nas palavras e Fliss sentiu outro rompante de nervosismo.

Os bebês sempre choram? Alguns deles não nascem felizes?

Fliss esfregou a bebê com uma toalha e o recém-nascido começou a berrar no mesmo momento em que ela ouviu passos nas escadas.

Virou-se, esperando ver a equipe de emergência ou alguém do hospital, mas, em vez disso, viu Seth.

Era a última pessoa que esperava. Deu um sorriso fraco, ridiculamente aliviada em vê-lo. Em ver alguém.

— Típico. Você chega quando tudo já acabou. Seu timing é horrível.

Capítulo 10

SETH ASSIMILOU A SITUAÇÃO COM apenas um olhar.

Matilda, a bebê e Fliss. Ele não sabia qual parecia mais traumatizada.

Matilda parecia exausta, mas Fliss, com as bochechas pálidas de um tom não natural, parecia pior.

O fato de parecer aliviada em vê-lo mostrava quão estressada estava.

Decidindo cuidar de Matilda primeiro, Seth se agachou.

— Bem, não era muito o que eu esperava encontrar quando Chase pediu que eu desse uma olhada em como você estava. Pelo visto, a bebê estava com pressa. Como você está, querida?

— Estou bem, acho. — Finalmente Matilda era capaz de pegar fôlego e falar. — Ele pediu que você viesse aqui?

— Você não atendia o celular. Chase ficou preocupado, por isso me ligou e pediu para eu vir.

O olhar de Matilda amoleceu.

— Ele me protege demais.

— Não acho. Parece que a ligação veio a calhar. — Seth notou a frigideira e franziu o cenho. — Por que isso está aqui?

— Sei lá.

Matilda olhou para Fliss, que olhava para o vazio, perdida em pensamentos.

— Oi? O quê? Ah… — Ela encarou a frigideira como se tivesse esquecido dela. — Eu que trouxe da cozinha.

Seth quis ser capaz de ler seus pensamentos.

— O que você planejava fazer? Fritar uns ovos enquanto ela estava em trabalho de parto?

— Eu não sabia que ela estava em trabalho de parto — respondeu Fliss, irritada. — Pensei que fosse um invasor e era a única arma que tinha por perto. Estava pronta para nocautear alguém.

Matilda gargalhou.

— Queria que tivesse me deixado inconsciente. Ia ter me ajudado com a dor. Você ainda não disse como acabou vindo aqui.

— O Herói me encontrou na praia. — Ela olhou para o cão que abanava o rabo, feliz com a aprovação. — Trouxe ele de volta, achei a porta escancarada, uma caneca e seu celular espatifados no chão. Imaginei que você tinha deixado a porta aberta e alguém tirou vantagem disso. Aí ouvi seu grito e peguei a frigideira.

Apesar do estado de exaustão, Matilda lhe lançou um olhar de admiração.

— Eu teria me escondido no armário e ligado para a emergência.

— A maioria das pessoas teria feito isso.

Seth não queria imaginar o que teria acontecido se de fato fossem assaltantes e Fliss os tivesse enfrentado apenas com uma frigideira. Tomou uma nota mental de conversar com Chase sobre aumentar a segurança.

— Ouvi o gemido e pensei que estavam machucando você.

Os olhos de Matilda se encheram de lágrimas.

— Você estava disposta a arriscar sua vida por mim?

— Ei, nada de chororô. — Fliss parecia alarmada. — Eu gosto de uma boa briga, só isso.

Seth se perguntou se era um bom momento para apontar que Harriet não bateria em alguém com uma frigideira mesmo que sua vida estivesse em risco. Ela teria refletido e ponderado os riscos, e então ligaria para a emergência antes de bolar qualquer outro plano.

Fliss partia para a ação e depois refletia.

Era uma das coisas que mais amara nela. E o motivo para o que tinha acontecido entre eles.

Fliss encarava Seth, pelo visto se esquecendo de manter a identidade da irmã.

— E o que eu poderia fazer? Ouvi um baque e depois um grito daqui de cima. Achei que ela tinha sido atacada e quando cheguei aqui ela não me falava nada...

— Eu não conseguia. Não conseguia respirar de tanta dor. Foi agonizante. E intenso. Não estava esperando algo do tipo.

Seth colocou outro travesseiro atrás dela, refletindo se Matilda sabia que sua socorrista havia sido Fliss, não Harriet.

— Parto precipitado. Não teve nenhum sinal?

— Há dias que tenho dores, mas pensei que fossem normais. Mas, quando eu estava na cozinha, a dor ficou insuportável. Deixei o copo e o celular caírem. Por sorte a dor diminuiu o bastante para eu conseguir subir. Ia ligar para o Chase do quarto, mas veio outra onda de dor, e essa não foi embora. A bebê vai ficar bem? Ela se machucou por nascer tão rápido? — Matilda olhou preocupada para a bebê e Seth examinou-a.

— Ela me parece feliz e contente.

— Estava tudo certo para irmos ao centro médico. Estava de mala pronta e tudo.

Seth ouviu o barulho de rodas no cascalho.

— Parece que a cavalaria chegou, então você vai fazer a viagem de qualquer jeito.

— Nem sei se valeria ir ao hospital agora.

— Vale sim. Vou avisar para o Chase encontrar você por lá. — Seth se levantou. — Sua filha já tem nome?

Com o olhar contente de uma nova mãe, Matilda segurou a bebê mais perto de si.

— Rose. Rose Felicity Adams. — Ela sorriu. — Felicity porque, se não fosse por Fliss, eu não teria superado essa.

Houve um silêncio tenso.

Ele encontrou o olhar de Fliss, que desviou rapidamente, como se soubesse que tudo estava acabado.

— Obrigada — disse ela. — Fico emocionada.

Sem se dar conta da bomba que havia lançado, Matilda sorriu.

— Nunca vi você tão emocionada. Agora é você que está com dificuldades em falar. — Esticou o braço e segurou a mão de Fliss. — Obrigada. Você pode tomar conta do Herói até o Chase chegar?

— Claro. Ele pode vir para casa comigo. Hoje ele fez valer o nome que tem. Se não fosse por ele, eu não teria vindo aqui ver você.

Não havia mais tempo para conversa pois, naquele instante, a equipe médica chegou e Matilda e a bebê foram colocadas na ambulância.

Seth esperou até que sumissem de vista e então foi atrás de Fliss.

Encontrou-a no andar de cima, no quarto, limpando tudo. Estava fazendo uma pilha com os lençóis e toalhas mesmo que nem metade deles tivesse chegado perto da bebê.

Deve ter ouvido os passos de Seth, mas não parou para olhá-lo.

— Vou deixar isso aqui na lavanderia. Amanhã dou um jeito. Preciso voltar para minha avó. Eu levo o Herói e você fecha tudo?

Era tudo o que ela ia dizer?

Seth pensou ver algo brilhar em suas bochechas. Ela estava chorando?

Aproximou-se para abraçá-la, mas Fliss escapou. Era possível que não tivesse visto a mão dele, mas era mais provável que tivesse escolhido não a aceitar.

Observou-a sair rapidamente do quarto, seguida por Herói.

Seth a queria tanto que chegava a doer. Queria tomá-la nos braços e forçá-la a dizer o que sentia, mas sabia que precisaria seguir o tempo de Fliss. Por isso, em vez de segurá-la, enfiou as mãos nos bolsos e se forçou a ir devagar.

Estava lidando com Fliss. Fliss, que escondia os sentimentos. Que nunca falava de suas coisas. Que lutava suas batalhas sozinha, de seu jeito.

Taciturno, desceu as escadas e a encontrou na lavanderia.

— Fliss…

— Estou cansada, Seth. Foi uma noite cansativa. — Ela permaneceu de costas. — Eu fecho tudo e levo o Herói para a casa da minha avó, assim você pode ir embora, se quiser.

Poderia apostar que era exatamente o que Fliss queria que ele fizesse.

O fato de ela ainda não conseguir encará-lo indicava quão mal se sentia. Isso e a emoção bruta em sua voz.

— Fale comigo.

Seth tentou a mesma aproximação que faria com um animal machucado, com delicadeza. Sem movimentos bruscos.

— Não tenho nenhum assunto a tratar. A bebê está bem. Matilda está bem. O que teríamos para conversar?

— Poderíamos começar por essa sua tremedeira. — Seth conseguia ver as linhas delicadas do perfil de Fliss. Viu que ela estava no limite e compreendia o porquê. — Poderíamos falar sobre o fato de que, se eu não estivesse aqui, você estaria chorando.

— Nunca fui muito de chorar. — Ela encheu a máquina de lavar. — Mas se derramei uma lagriminha de emoção, seria mais do que compreensível, não acha? Não é todo dia que um bebê nasce na minha frente e em menos tempo do que levo para comer um hambúrguer.

Ele examinou as expressões dela, tentando entender qual era a melhor forma de lidar com a situação. De forma direta? Não. Ela com certeza fugiria. Indiretamente, então. Com cautela.

— Não deve ter sido fácil.

— Não foi, mas ela arrasou.

— Estava falando de você.

— Fui só uma expectadora.

— Não foi a impressão que tive. E Matilda deu seu nome à filha. Ela claramente sentiu que seu papel foi importante.

— Ela escolheu dar o nome de Fliss à filha. Eu sou a Harriet.

Seth não sabia se sentia empatia ou pena.

— Sério mesmo que vamos entrar nessa?

Os ombros dela caíram.

— Está bem, você venceu. Eu sou a Fliss. Está feliz agora?

— Eu pareço feliz?

— Você está bravo que fingi ser a Harriet. Você se sente enganado.

— Não fui enganado. Soube desde quase o primeiro instante que você não era a Harriet.

— Sério? — Ela finalmente olhou para ele. — Só por curiosidade, o que me entregou?

— O fato de eu querer levar você para a praia, arrancar sua roupa e transar com você. Nunca senti isso por sua irmã.

Fliss ficou boquiaberta.

— Seth...

— Tem uma química entre nós que não consigo explicar. Não importa quantos vestidos você use ou quantos biscoitos incríveis você faça, eu ainda saberia com qual gêmea estou falando.

— Mas se sabia, por que não disse nada?

— Porque imaginei que você tivesse seus motivos para se esconder de mim. Tenho uma bela ideia de quais motivos eram, mas talvez seja o momento de você compartilhá-los. Eu contei a verdade. Agora seria muito bom se você retribuísse o favor e fizesse o mesmo.

Viu Fliss hesitar e pensou, por um breve momento, que pela primeira vez ela se abriria e o deixaria entrar em sua mente, mas então ela balançou a cabeça.

— Não tenho nada para compartilhar. Só me pareceu mais simples fingir que era Harriet. Você devia me agradecer. Estava livrando nós dois de uma situação constrangedora.

— Por que seria constrangedora? Porque a gente não se falava há dez anos? Porque, na última vez em que estávamos juntos, você fugiu de mim? Porque você se afastou sem contar o que sentia? Estou acostumado com isso, Fliss. É seu instinto de sobrevivência. Seu jeito de agir. A única forma de impedir você de fugir quando as coisas ficam feias é bloqueando a saída. É por isso que estou aqui, de pé, na porta.

— Se sabe disso, por gentileza, libere meu caminho.

Ela empurrou o peito de Seth e ele chegou para o lado. Não porque quisesse encerrar a conversa, mas porque estava preocupado com ela.

Tinha visto Fliss alterada antes, mas nunca daquele jeito.

— Fliss…

— Você foi ótimo agora há pouco. Fico feliz que tenha chegado. Agora, vá abrir um champanhe. Uma cerveja. O que quiser.

Virou-se para ir embora e, dessa vez, Seth fechou a mão sobre seu ombro.

— Você está triste.

— E é assim que lido com minha tristeza.

— Sei como você lida com sua tristeza. Sei melhor do que ninguém como você afasta as pessoas. Fale comigo.

— Você realmente escolhe o momento a dedo. — Uma faísca de raiva percorreu os olhos dela. Raiva e algo mais. Pânico? — Caramba, Seth. Como se eu não tivesse problemas o bastante no presente, você vai e decide trazer o passado à tona.

— Não consigo pensar em melhor momento para tocar no assunto do que quando seu passado está dando cabeçadas no presente.

— Bem, eu sim.

Ela passou por Seth, que a observou por um instante, tentando imaginar Harriet de short jeans e barriga de fora.

— Achou mesmo que eu não reconheceria você?

As palavras de Seth funcionaram como um breque. Fliss parou de andar e um silêncio súbito percorreu o ar.

Por um instante, Seth pensou que ela viraria para encará-lo.

— Você nunca me conheceu de verdade, Seth.

Que porcaria aquilo queria dizer?

Ele a conhecera melhor do que qualquer pessoa.

Abriu a boca para pedir explicações, mas Fliss já estava deixando a casa, seguida por Herói e Charlie.

Sentindo-se inútil, deixou-a partir.

Droga, o que estava acontecendo com ela?

Seu coração e cabeça estavam acelerados e seus pensamentos e emoções formavam uma rede confusa. Havia Matilda e a bebê. E Seth. Sempre Seth.

Tudo havia acabado dez anos antes, mas ele continuava na cabeça de Fliss. Ela nunca conseguiu tirá-lo de lá.

E agora que ele sabia quem ela era, não havia mais como fingir.

Logo teria que encará-lo, mas não precisava ser agora, quando estava para baixo. Se fossem ter a conversa que ele parecia querer, ela precisaria estar forte e, naquele momento, Fliss não se sentia assim.

Sentia-se fraca e vulnerável, o que detestava.

Ainda que em parte estivesse aliviada em vê-lo, outra parte dela desejava que Seth não tivesse aparecido.

Por que agora? Por que naquela noite? Poderia ter dado conta de uma coisa de cada vez, mas não todas juntas.

Seu estômago se remexeu. Sentia-se enjoada.

Devia ter voltado para casa, mas sabia que bastaria um olhar da avó para que começasse a fazer perguntas. Assim, foi direto à praia, seguida de Herói e Charlie.

Seth tinha razão quando disse que Fliss sempre fugia das próprias emoções. Naquele momento, infelizmente, não estava funcionando. Poderia caminhar ou correr, ir para a esquerda ou para a direita. Suas emoções viriam junto.

Havia uma bola de fogo presa em sua garganta e Fliss percebeu com horror que estava prestes a chorar.

Não conseguia lembrar a última vez que havia chorado.

Ela nunca chorava.

Não tinha experiência em segurar o choro pois não tinha que fazê-lo.

Tinha medo de que, se o deixasse sair, se engasgaria em lágrimas e não conseguiria mais contê-las. Iria se afogar ali mesmo, na praia, não afundada em água do mar, mas em sua própria tristeza.

Furiosa, esfregou os olhos e disse a si mesma que era a areia que estava marejando seus olhos. A areia.

Não tinha como voltar para a casa da avó assim.

Precisava se recompor.

Mas como?

Não esperava se sentir daquele jeito.

O que havia de *errado* com ela?

Se fosse Harriet, estaria babando pela bebê, admirando os dedinhos e o cabelinho escuro. Mas não era Harriet, não conseguia lidar com a situação. Não conseguia lidar com os sentimentos despertados ao segurar a filha de Matilda. Fliss tinha olhado para aquela boquinha, para os cílios longos e o cabelinho da bebê e sentido como se alguém tivesse lhe arrancado o coração.

Ouviu um som estranho e percebeu que viera de sua garganta.

Os soluços surgiram sem pedir licença. Protegida pelas dunas, Fliss se afundou na areia e chorou tanto que sentiu como se o peito estivesse se partindo em dois.

Lamentou por tudo o que poderia ter sido e não foi, pelo futuro que tanto quis e perdeu.

Afundada na própria tristeza, não sentiu Herói, preocupado, cutucá-la. Sentiu, porém, mãos fortes levantando-a.

Seth.

Ele a seguira. Bem, é claro que ele a havia seguido. Nunca sabia quando ficar longe.

Levantou-a como se não pesasse nada e trouxe-a junto ao peito.

Fliss ouviu o marulho ao fundo e o murmúrio tranquilizador e profundo da voz de Seth, enquanto ele acariciava o cabelo dela e a deixava chorar.

Ela queria arrastar-se para fora dali e se esconder, mas os braços de Seth eram como cintas fortes de segurança. A sensação era boa. Ele era quente, forte e reconfortante. Por isso, com as mãos cerradas à frente da camisa de Seth, os dois ficaram ali até que Fliss chorasse tudo.

Sentia uma dor chata na cabeça e seus olhos pareciam inchados. Ficou aliviada por estar quase escuro.

— Me desculpa.

Ele se mexeu, mas não a largou.

— Desculpa pelo quê?

— Por gritar com você.

— Não tem problema.

— Eu nunca choro. Não sei que porcaria aconteceu comigo.

— Sabe, sim. — Como Fliss não disse nada, Seth afastou o cabelo de seu rosto. — Sei que você esconde seus sentimentos do mundo, mas também está escondendo de si mesma?

— Foi só o estresse da situação toda, da bebê, da Matilda.

Houve uma longa pausa. Em seguida, Fliss sentiu os braços de Seth a envolverem.

— Nós dois sabemos que não tem nada a ver com a bebê da Matilda. — A voz dele soou suave na escuridão. — Tem a ver com o nosso. O nosso bebê.

Capítulo 11

FLISS SE LEVANTOU COMO SE tivesse se queimado.

Dessa vez ele não tentou impedi-la, ainda que de muito bom grado se acostumaria com a sensação dela junto ao peito. Por um instante, sentindo-a relaxar contra seu corpo, vislumbrou possibilidades irresistíveis, mas agora as barreiras erguiam-se novamente. Fliss colocou um muro entre ela e o mundo.

— Não acredito que você esteja trazendo isso à tona agora. Não quero conversar sobre o assunto.

— Eu sei. Você nunca quer, mas desta vez vai. — Permaneceu imóvel, determinado a não a deixar fugir. — Você me deve isto. Me deve esta conversa. — Fechou as mãos nos ombros de Fliss, ao que ela tentou evitá-lo.

— Faz dez anos que nos divorciamos. Não devo nada a você. Droga, Seth, isso é problema meu. Lido com ele da forma que quiser.

Seth se perguntou se ela nem sequer percebia que nunca lidava com assuntos difíceis. Ela os enterrava.

— Quer saber qual é o problema de verdade? O fato de você achar que é problema *seu*. Era meu bebê também. Você ter sofrido um aborto foi um problema *nosso*, Fliss. Mas você se recusou a dividir. Você me excluiu.

Ela pressionou as têmporas com os dedos.

— Bem, de quem quer que tenha sido o problema, ele ficou no passado. Não temos por que falar disso agora. Não consigo. Não me pressione.

Ele sabia que era o momento perfeito para pressioná-la. Se fosse esperar que Fliss se recompusesse, recobrasse forças, ela faria o mesmo de sempre. Recuaria, deixando-o do lado fora. Era um lugar frio e solitário, e Seth não ficaria exilado ali novamente de jeito nenhum.

— Se ficou no passado, por que você estava se acabando de chorar?

— Porque estou cansada.

— Esta é só a segunda vez que vi você chorar.

Refletiu se ela se recordava da primeira vez e viu, pelo rápido olhar que Fliss lhe lançou, que sim.

— Estou com a cabeça cheia agora. Preciso pensar. Ajuda se você não ficar tão perto.

— Eu tão perto incomoda você?

— Sim, me incomoda!

— Vou tomar isso como um bom sinal.

— Como isso pode ser um bom sinal? — Ela balançou a cabeça. — Me deixa em paz.

— Já fiz isto uma vez. Foi um erro. Todo mundo erra, mas costumo evitar o mesmo erro duas vezes.

E, com ela, ele cometera grandes erros. Enormes. Pensara que era tão maduro. Tão vivido. Mas na época não tinha experiência ou maturidade para lidar com uma mulher complexa como aquela.

Agora tinha.

Fliss enfiou as mãos nos bolsos do short.

— Não foi um erro. Você fez a coisa certa.

Ela tinha tirado os sapatos e estava descalça, mas aquilo não o surpreendeu. Fliss sempre passara metade do verão descalça, com areia nos dedos dos pés.

Tinha levado algum tempo até Seth perceber que, quando vinha aos Hamptons, Fliss não se livrava apenas dos sapatos: livrava-se da vida que tinha.

— Não, não fiz. Fiz o que você queria que eu fizesse. Não é a mesma coisa. Quando percebi meu erro, não podia mais me aproximar de você. Entre você e o rottweiler de seu irmão...

Viu um sinal de alarme brilhar nos olhos dela.

— Ele não sabe do bebê. Nunca contei.

— Percebi isso faz tempo. O que ainda não entendi é por que não contou para ele.

— Porque ele já estava bravo com você. Se soubesse que eu estava grávida...

— Eu teria dado conta. Saberia lidar com ele.

Ela balançou a cabeça.

— Daniel sempre foi protetor, mas naquela época...

— Eu entendo. É seu irmão mais velho. Era a função dele não deixar que ninguém machucasse você. Mas a partir do momento em que nos envolvemos, essa passou a ser minha função também. Eu teria protegido você.

— Eu não queria isso. Eu destruí sua vida, Seth. Você deveria me odiar.

Ele não poderia estar mais chocado.

— Este é o motivo para você me evitar? Acha que destruiu minha vida?

— Em partes.

— Eu pareço destruído para você?

O olhar dela encontrou o dele.

— Não.

— Porque não estou. Estou mais velho e mais sábio, assim espero. Mas não destruído.

Ele conseguia ouvir o ritmo acelerado da respiração de Fliss sobrepondo-se ao quebrar das ondas.

— De vez em quando você queria... — Ela parou, fazendo a sentença provocante, dita pela metade, pairar entre os dois. Seth se perguntou qual seria a outra metade.

Ele havia desejado milhares de coisas nos últimos dez anos. Desejado que o relacionamento dos dois não tivesse sido tão intenso, que tivessem se encontrado depois, quando os dois estivessem prontos, que tivesse pensado menos nas próprias dores e mais nas dela. Acima de tudo, desejara não ter deixado que Fliss saísse de sua vida.

O arrependimento doía forte no peito.

— Se de vez em quando eu queria...?

— Nada. Esquece. Preciso ir. Minha avó vai querer saber onde estou.

Ele podia ver o tracejado sutil de lágrimas nas bochechas e na curvatura da boca de Fliss.

Sabia a sensação daquela boca sob a sua. Seu gosto.

Mas não faria aquilo.

Ainda não.

Da última vez, fizeram tudo errado. A paixão tomara conta de tudo. Seth estava determinado a fazer tudo diferente na próxima vez.

E haveria uma próxima vez.

— Sua avó sabe que você é a Fliss?

— Você está de brincadeira? Quem você acha que fez os biscoitos?

Aliviado em ver o senso de humor dela voltar à vida, Seth sorriu na escuridão.

— Vou levar você para casa.

— Estou com um dobermann. Não preciso de segurança.

Seth a ignorou.

— Vou levar você para casa e não vou entrar com uma condição...

— Qual?

— Você vai jantar comigo e vamos conversar direito amanhã.

— A última vez que comi com você, terminei assando biscoitos.

— Não estou falando de jantar num restaurante. Estou falando em batizar minha nova cozinha.

— Você está de mudança?

Chegaram ao carro dele e Fliss se sentou no banco do passageiro.

— Vou dormir por lá hoje. No chão.

— Se não me falha a memória, tem uns dez quartos na casa dos seus pais. Você não precisa dormir no chão.

Naquele momento, Seth quase contou a Fliss. Quase contou como se sentia naquela casa, sabendo que seu pai nunca mais entraria pela porta.

Em vez disso, focou na direção, enveredando-se pelas estradas escuras que levavam à casa da avó de Fliss.

Encostou do lado de fora. Luzes brilhavam nas janelas do andar de baixo e fizeram Seth se lembrar de quantas vezes espreitara na entrada dos fundos da casa, esperando Fliss. Parecia que uma eternidade havia passado.

— Sete e meia é bom para você?

— Não vou cozinhar para você, Carlyle. Se dá valor a sua saúde, não vai insistir.

— Eu vou cozinhar.

— Tenho que ficar de babá da minha avó. — Havia uma nota de desespero na voz dela, como se soubesse que estavam acabando as desculpas.

— Por isso sugeri sete e meia. Dá tempo de fazer tudo.

— Ela pode precisar de mim.

— Você vai estar a uma ligação de distância.

Fliss soltou o cinto de segurança.

— Você não desiste nunca, não é?

Seth desistiu uma vez. Para nunca mais.

Dessa vez, não desistiria até conseguir o que queria.

E agora, depois de meses, talvez anos, refletindo, sabia o que era.

— Sete e meia. Eu cozinho.

O telefone a despertou. Tateando em busca dele, derrubou um livro no chão.

Um choramingo veio da cama, e Charlie levantou-se e lambeu o rosto dela.

Ele a tinha seguido até o quarto quando ela chegara em casa e ficado por ali, como que sentindo algo de diferente e com medo de deixá-la sozinha.

Fliss, por sua vez, descobrira que não queria ficar sozinha. Por isso, puxara Charlie para a cama e dormira com os braços envoltos em seu corpo robusto, reconfortada por seu calor e presença. Somente com animais Fliss se sentia capaz de abaixar a guarda de verdade. Herói dormira no chão, aparentemente determinado a fazer valer seu nome.

Ela acariciou o pelo sedoso de Charlie com uma mão e, com a outra, checou o celular para ver o identificador de chamadas.

Harriet.

— Que horas são essas?

— Seis da manhã. Acordei você? Você costuma estar acordada a essa hora.

— Está tudo bem? — Repentinamente preocupada com a irmã, Fliss esfregou os olhos. — Algum problema? — A cabeça latejava de chorar.

— Não comigo, mas eu soube das novidades! A Matilda me ligou. Você é uma heroína.

— Ela ligou para você? — Fliss tateou a mesa de cabeceira em busca de analgésicos. Se aquela era a sensação de ser heroína, não tinha pressa em repetir a experiência. — Como ela está?

— Está bem, graças a você.

— Eu não fiz nada.

— Não foi o que ela contou.

— Eu só estava no lugar e na hora certos.

Ou lugar e hora errados, dependendo do ponto de vista. Fliss engoliu as pílulas com um copo d'água.

— Ela disse que Seth também estava por lá. E que ela entregou sua identidade. Está se sentindo culpada e preocupada com você.

— Não tem por quê. — Colocou o copo de volta na mesinha. — No final das contas, o Seth sabia o tempo todo quem eu era.

— Sério? Então por que não disse nada?

— Estava esperando que eu revelasse.

— Vocês conversaram?

Não, eu chorei até me acabar no ombro dele.

— Trocamos algumas palavras.

— Só isso?

Fliss suspirou e se forçou a sair da cama. Ainda com o celular em mãos, foi ao banheiro e se encarou no espelho.

— Minha nossa. Não acredito que estou péssima assim sem ter bebido. O mundo é um lugar injusto. — Ainda tinha traços de rímel sob os olhos e o cabelo dava a impressão de que ela tinha mergulhado de cabeça num arbusto. — Estou pronta para o Halloween e ainda nem é julho.

— Você está fugindo da minha pergunta?

Fliss esfregou as manchas pretas sob os olhos.

— Nem lembro qual era sua pergunta. Estou mal nesse nível.

— Quero saber de Seth. E quero saber como você está. Deve ter sido difícil.

— Não.

Ela talvez teria conseguido convencer a irmã se Charlie não tivesse escolhido aquele momento para latir.

— Quem foi?

— O Charlie. Quem mais seria?

— O que ele está fazendo no quarto? Você quase não suporta o Charlie.

Fliss recordou a noite anterior, lembrando-se de como colocara o cachorro na cama e o mantivera no colo até que ele sossegasse.

— Estava difícil de me livrar dele e eu estava cansada demais para lutar.

— Não parece você falando. Está triste?

— Contanto que ele não lata, fico bem.

— Não estou falando do Charlie, estou falando da bebê. Deve ter sido duro. Você está bem? Fala comigo.

— Não tenho o que falar. A bebê está bem, eu estou bem, o Seth está bem. Todo mundo está bem.

Fliss encarou o espelho, aliviada de que a irmã não pudesse vê-la. Seu rosto continuava inchado.

Esta, pensou, *é a cara de uma mentirosa.*

— Sabe que estou aqui se precisar conversar.

— Valeu, mas não tenho nada para conversar.

A última coisa que queria era Harriet preocupada com ela. Por sorte, esconder os sentimentos era fácil. Ou vinha sendo, até a noite anterior.

Sentiu uma pontada de aborrecimento.

Por que Seth viera atrás dela? Por que não a deixara sozinha? Se sabia quão irritada Fliss estava — e ele, óbvio, sabia —, então por que não a deixar lidar com as emoções de sua forma?

Com um pouco mais de tempo, ela teria se recomposto e ninguém saberia de nada.

— Volto em dois minutos — disse a Charlie e entrou no banho.

Dois minutos de água quente e forte ajudaram um pouco. Não muito, mas o suficiente para encarar o dia.

Levou Charlie e Herói para um passeio rápido e, quando voltou, a avó já estava sentada à mesa, bebendo café.

— A senhora acordou cedo, vó. — Fliss deu comida aos dois cães.

— Você também. Especialmente depois de ter chegado tão tarde ontem.

— Você ficou me esperando? Estou um pouco velha para isso, não acha?

— Nunca se é velho demais para aproveitar o cuidado de alguém.

— Bom ponto. — A luz do sol entrava pelas janelas abertas e Fliss podia ouvir o suave marulho. O ar fresco ajudava mais com a dor de cabeça do que todo Tylenol na face da Terra. — Fui passear com os cães. Encontrei o Herói na praia e fui investigar o que era. — Colocou um pedaço de pão na torradeira e caminhou até a geladeira. — No final das contas, a Matilda deu à luz.

— Eu soube. Pensei que vinha daqui umas semanas.

— Era para ser, mas a natureza tinha outros planos.

Fliss pegou manteiga e um pote da geleia de ameixas caseira da avó. Até onde remontava sua memória, sempre havia um pote de geleia de ameixas da avó na bancada.

— A torrada está queimando — disse a avó em tom tranquilo, ao que Fliss atravessou a cozinha xingando.

— É uma torrada! Como consigo queimar?

— É que você está pensando em outras coisas.

Fliss não podia refutar aquilo. Estava pensando em Seth. Na bebê. Em Matilda. Na bebê. Em Seth. Na bebê. Seth.

Seth, Seth, Seth.

— Droga. — Pegou a torrada carbonizada. — Parece que foi cuspida por um vulcão.

— Abaixa a temperatura. Faz de novo. Cozinhar exige que você esteja no agora. Por isso é relaxante. Então você a levou até a clínica?

— Não tive tempo. — Em vez de jogar a torrada fora, Fliss raspou a camada de cima e passou manteiga e geleia de ameixa sobre ela. — Ela estava tendo a bebê naquela hora. A geleia está ótima. A senhora poderia vender e fazer uma fortuna.

Mastigou, saboreando a doçura e o sabor. O sabor a fazia voltar aos longos verões em que ela e Harriet enchiam até o topo cestas com ameixas e maçãs. Vez ou outra, Fliss as comia ali mesmo, sob o sol, fazendo o sumo escorrer pelo queixo.

Harriet preferia guardar as suas para cozinhar com a avó.

As duas passavam horas preparando a fruta, mexendo, testando e provando até finalmente colocar a geleia em potes que Harriet identificava com sua caligrafia elegante e cuidadosa.

Era típico de Harriet querer guardar cada pedaço dos momentos familiares e estocá-los, como um esquilo, para o inverno, quando voltavam a Nova York.

Fliss preferia passar seu tempo fora. Para ela, a praia dava sensação de liberdade.

Ao fazer aquilo, porém, perdia momentos que poderia passar com a avó.

Agora olhava para ela atentamente, notando como seus olhos eram azuis e como seu cabelo, agora branco, caía em lindas ondas em volta do rosto.

Havia visto fotos suficientes da avó jovem para saber que tinha sido uma gata.

— É minha imaginação ou o machucado melhorou um pouco?

— Melhorou. — A avó terminou o café. — Se gosta da geleia, pode levar alguns potes para a cidade quando voltar. E pode levar um para Matilda. Me conta mais sobre o que aconteceu.

Fliss terminou de comer a torrada e deu à avó uma versão bem editada dos eventos da noite passada. Ou seja: incluiu o máximo de fatos e deixou de fora as emoções.

— Você que fez o parto da bebê?

— Não. Ele se pariu, eu só o peguei. — E ainda conseguia senti-lo nas mãos. *Carne quente, vulnerável. Tão pequeno.* Afastou a lembrança e deu de ombros. — Finalmente usei todo aquele softball que aprendi na faculdade.

— O Chase não estava lá?

— Não. Perdeu o processo inteiro. Não é típico dos homens?

— A parteira chegou?

— A parteira e a ambulância, mas Seth chegou primeiro.

Fliss disso aquilo naturalmente, como se não fosse grande coisa, mas a avó encarou de maneira penetrante.

— O Seth? E ele ainda acha que você é a Harriet?

— Não mais. Matilda batizou a filha de Rose Felicity. — Colocou outra fatia de pão na torradeira e diminuiu um grau do botão de temperatura. — Até eu achei difícil de sair dessa. No final das contas, ele sabia o tempo todo. — Pairou em volta da torradeira, observando-a. Que tipo de pessoa não era capaz de fazer uma torrada? — Eu provavelmente não deveria ter alugado um carro naquele tom de vermelho. A Harriet teria escolhido um azul-claro.

— E agora?

De forma deliberada, Fliss entendeu a pergunta errado.

— Preciso ir até a loja comprar um presente para a bebê da Matilda. Uma ajuda cairia bem, porque escolher presente para bebê não está em minha lista de habilidades. — A tentativa de evasão infelizmente não surtiu efeito sobre a avó.

— Eu quis dizer e agora com Seth?

Era uma pergunta que se revirava na cabeça de Fliss desde que acordara.

Tinha ido até os Hamptons para escapar das emoções e encontrara mais delas ali do que em Manhattan.

Fliss ejetou a torrada.

— Acho que ele também vai comprar um presente para ela. — Captou o olhar da avó e suspirou. — O que você quer que eu diga? Agora não acontece nada. Está tudo no passado. Acabou. Ponto-final. É história.

— Querida, se estivesse tudo no passado, você não teria fugido de Manhattan e fingido ser sua irmã. Você talvez devesse parar de correr e ir conversar com ele.

— Você está falando que nem ele. — Fliss enfiou a colher na geleia. — Ele queria que eu fosse até a casa dele jantar hoje à noite.

— E você vai.

— Não decidi.

— Por que não iria?

— Porque estou aqui para tomar conta da senhora.

— Prometo não sair zanzando pelada pelo jardim nem arranjar problemas. Não me use como desculpa.

Com a torrada a meio caminho da boca, Fliss fez uma pausa.

— A senhora já saiu pelada pelo jardim? Isso aconteceu de verdade?

Os olhos da avó cintilaram.

— Talvez. Você talvez não tenha sido a única a gostar de nadar nua.

Fliss deu uma mordida na torrada.

— Que surpresa. Conte mais.

— Não até você contar do Seth. Confiança é uma via de mão dupla. Revelo meus segredos se você revelar os seus.

Fliss suspirou.

— O que a senhora quer saber? Seth foi um erro. Todo mundo comete erros. Eu era jovem. Agora conta sobre como nadava pelada. O vovô desafiava você?

— Não. Eu que desafiava ele. — A voz da avó soou enérgica. — Ele não sabia se ficava escandalizado ou impressionado.

— Está na cara que a senhora e o vovô tiveram um casamento interessante.

— Ah, nós não éramos casados. Não àquela altura. Antes daquela noite, ele nunca tinha me visto nua.

Fliss se engasgou de rir.

— A senhora é *danada*. Como eu nunca soube disso?

— Você não é a única capaz de quebrar algumas regras, Felicity. De qualquer forma, as regras pareciam um pouco sem sentido naquela época. Tinha uma guerra acontecendo. As pessoas estavam morrendo. Era como se o mundo tivesse enlouquecido. Nenhum de nós sabia o que o futuro reservava, então parecia certo aproveitar qualquer oportunidade de felicidade que encontrássemos. Hoje em dia, as pessoas estão tão ocupadas com o futuro e pensando no amanhã que esquecem quão precioso é o presente.

— Uau, vó, isto é bem profundo para as sete da manhã.

Fliss serviu outra xícara de café, reajustando a imagem que tinha da avó.

— Só estou dizendo que você deveria aproveitar a oportunidade de passar algum tempo com Seth.

Viver no presente e pensar apenas no momento eram os motivos para ter acabado grávida aos 18 anos. Mas disso a avó não sabia.

— É complicado…

— O amor sempre é. Isto não significa que você deva desistir dele.

— Quem falou de amor?

— O sexo, então.

Fliss se engasgou na torrada.

— Oi?

— Não fique tão chocada. Como você acha que sua mãe chegou a este planeta?

Fliss tentou deletar a imagem do cérebro. Pensar nos pais transando já era ruim o bastante, que dirá os avós.

— Hum... está bem, mas também não está em meus planos transar com o Seth. Não vai rolar.

A avó tirou os óculos.

— Quero perguntar uma coisa. Tratando-se de você, provavelmente vai tentar fugir, mas vou perguntar mesmo assim.

Com o coração afundado no peito, Fliss se remexeu.

— O quê?

— Já encontrou algum outro homem que fez você sentir o mesmo que sentiu por Seth?

Fliss demorou um instante para responder, pois a palavra parecia entalada na garganta.

— Não.

— E você não acha que isso quer dizer alguma coisa?

— Sim, quer dizer que eu era adolescente, com a cabeça nas nuvens, enxergando as coisas como queria que elas fossem. Interpretando artisticamente.

— Talvez. Ou talvez queira dizer outra coisa.

Fliss pensou na sensação de estar com Seth e afastou a recordação.

Não entraria naquela de novo. Nem com a descomunal ajuda de uma grande quantidade de química sexual no pacote.

— Isto me diz que sou prática com relacionamentos. Sou realista. Não sou como Harriet.

— E você acha pouco realista esperar encontrar alguém que você ame e corresponda?

— Acho que as chances são pequenas. Relacionamentos frequentemente são unilaterais, como você disse outro dia. Um parceiro invariavelmente sente mais que o outro. Com a mamãe foi assim e olha no que deu.

A avó ficou em silêncio por bastante tempo. Então tomou fôlego, como se fosse dizer algo.

Mas não disse.

Em vez disso, levantou-se.

Fliss percebeu quão cansada ela parecia e sentiu uma pontada de culpa.

— Por que a senhora acordou tão cedo? Devia ter dormido mais. O que posso fazer? Depois de passear com Charlie e o Herói, pensei em começar a cuidar do jardim. Vou chamar um arborista para dar um jeito na macieira.

— Ajudaria muito.

— E vou trocar seus lençóis.

— Obrigada.

Fliss mordiscou o lábio.

— Tem algo mais que eu possa fazer?

A avó parou junto à porta.

— Você pode ir jantar com Seth. Ouvir o que ele tem a dizer.

— Por quê? De que adianta revirar águas passadas? Não tem nada lá, vó. É tudo história antiga.

— Talvez. Mas se você não for, nunca vai saber. Vá lá jantar. Esclareça as coisas. Tenha a conversa que tanto evita. Diga o que sente.

Sem chances de Fliss dizer a Seth o que sentia. Não depois da noite passada.

Ele já a tinha encontrado num momento vulnerável. Fliss não ia se colocar na mesma situação de novo.

Mas, se não tivesse a conversa que ele tanto queria, Seth nunca a deixaria em paz.

Indo lá, poderia deixar ambos, a avó e Seth, felizes.

Tudo o que tinha a fazer era ouvir.

Deixaria que ele dissesse o que precisava dizer e então iria embora.

— Está bem. Vou lá jantar.

Jantar. Não transar. Não namorar. Duas pessoas esclarecendo as coisas. Deixando o passado para trás.

Isso e nada mais.

Capítulo 12

FLISS NÃO FOI A ÚNICA a passar a noite em claro.

Com Seth foi o mesmo.

Havia sido chamado para fazer uma operação cedinho. Um cão tinha sido atropelado por um carro. Era a "galera do verão" dirigindo rápido por estradas desconhecidas e com o espírito leve, seja por passar o verão na praia, seja por beber o que era servido nos quiosques. Mas aquilo não era responsabilidade de Seth.

Sua responsabilidade era pelo cão e seu dono, pois, quando havia animal envolvido, sempre eram dois pacientes.

Era um aspecto da parte sombria de seu trabalho, mas também da boa.

Achava que o animal tinha grandes chances de recuperação.

Quando terminou, tendo feito tudo o que podia, o sol já estava nascendo e não fazia muito sentido voltar para casa, por isso continuou no consultório na companhia de um café forte e tentou não pensar em Fliss. Em vez disso, enfrentou uma pilha de papelada, ponderando que dar conta dela agora lhe daria o tempo necessário para dedicar o fim de semana ao novo lar.

Lar.

A sensação ainda não era aquela, mas, se tudo desse certo, com o tempo seria.

Encarou os resultados de laboratório, porém, em vez de números, viu o rosto de Fliss coberto de lágrimas e sentiu os dedos dela agarrados à frente da camisa dele. Até aquele momento, ela tentara esconder as emoções, mas Seth as sentia, as compartilhava.

A porta se abriu, e Nancy, uma das assistentes veterinárias, apareceu.

— Você teve uma noite agitada.

— Tive. — Seth levantou-se e se espreguiçou. — Que horas são?

— Dez minutos para a próxima consulta, e vai ser uma daquelas.

— Valeu. Tudo o que eu precisava era café forte e boas notícias.

— Ei, você está requisitado. É uma boa notícia. Posso providenciar o café, se precisar.

— Obrigado, mas eu mesmo posso fazer.

Seth sempre fazia tudo por si mesmo, herança da época em que a primeira reação das pessoas era presumir que ele era rico e arrogante.

Riqueza era um privilégio, sabia disso. Era, também, uma lente, um filtro através do qual os outros o enxergavam.

Foi um dos motivos que o levaram a estudar medicina veterinária. Aqui, era julgado principalmente por sua capacidade em lidar com os animais. Quando um casal levava o animal da família machucado e sangrando, não estava nem aí para quem era o pai do veterinário.

E, como veterinário, aprendera que o que dava riqueza à vida eram as pequenas coisas do dia a dia que tantos não valorizavam. Tinha visto o rosto de uma criança enrugar de emoção ao ganhar seu primeiro animal de estimação. Tinha visto um milionário ruir diante da perda de um cachorro.

Por algum tempo, trabalhara com cachorros grandes, depois com animais com doenças graves e acabara ali, com a pequena clínica. Parte da comunidade.

Parecia o certo a se fazer.

— O Rufus parece ótimo, sra. Terry. — Examinou a ferida que havia suturado uma semana antes. — Está limpa e cicatriza bem. Não deve ter sido fácil tê-lo deixado longe da bagunça durante a semana. Bom trabalho.

— Estou tão aliviada. Nós o temos desde que ele tinha poucas semanas de idade. Billy o encontrou abandonado no acostamento da estrada. As crianças cresceram com ele. Não sei o que faríamos sem ele.

— Felizmente, não acho que você vai precisar se preocupar com isso hoje.

Seth entregou o cão de volta à dona.

Perder um animal de estimação era duro. Ele sabia disso. Também achava duro. Era a parte que detestava.

Passou o dia trabalhando na clínica, que estava movimentada, e parou numa loja no caminho de volta para casa. Pão crocante, tomates orgânicos, cogumelos… quase limpou as prateleiras da loja, acrescentando ainda, no último minuto, alguns cortes de carne.

A carne rendeu olhares curiosos enquanto Della, a dona da loja, empacotava os demais itens.

— Ou você e Lulu estão comendo bem ou você vai ter companhia para a noite.

— Sempre comemos bem, Della.

Entregou o cartão na esperança de que o assunto chegasse ao fim. Não ligava em ser assunto de conversas, mas não sabia ao certo se Fliss sentiria o mesmo.

— Você cozinha bem, dr. Carlyle, que nem sua mãe. Ela costumava vir aqui escolher tudo individualmente. Tinha olhar para o que havia de melhor. Sentimos a falta dela por aqui. Mande um beijo quando falar com ela e diga que estamos todos pensando nela.

Ela devolveu o cartão e Seth pegou as sacolas.

— Mando sim.

Della deu uma piscadinha.

— A pessoa que você vai alimentar hoje está com sorte.

Seth manteve o sorriso educado no rosto e deixou a loja e Della, com todas as suas perguntas, para trás.

Preparar e dividir as refeições havia sido parte importante de sua criação. Todos precisavam participar, e a grande cozinha de família da Vista Oceânica era o coração daquele lar. A comida era fresca, saudável e colorida. Pimentões com a pele queimada pela grelha, empilhados em montes coloridos, reluzindo em azeite de oliva. Azeitonas fartas, que sempre o lembravam da viagem que fizeram à Itália, explorando as raízes familiares. Cada refeição era uma obra de arte: as habilidades da mãe como designer de interiores se estendiam também ao empratamento da comida.

A conversa leve à mesa era a coisa de que mais tinha saudades desde a morte do pai. Agora, todos os encontros eram banhados por tristeza e pelo fato inegável de que faltava algo.

A mãe seguira em frente, tentando preencher com outras coisas o vazio que não poderia ser preenchido. Nada servia. Seth sabia que o buraco sempre estaria ali. A esperança era que, algum dia, se ajustariam a ele. A família tinha outro formato agora, restava se acostumar a ele.

Seth desempacotou a comida, enchendo as prateleiras da geladeira vazia. Não sabia se Fliss ia se juntar a ele, mas, se fosse, não queria ter que sair. Não queria correr o risco de que alguém tirasse a conversa dos eixos. Sabia que ela aproveitaria qualquer desculpa para não falar e estava decidido a não fornecer nenhuma.

Tendo guardado toda comida, pegou uma cerveja na geladeira.

Aquele lugar finalmente estava ganhando vida. Ainda não era um lar, mas, com sorte, logo seria.

Com Lulu a seu lado, levou a cerveja até a varanda.

Era um privilégio. Ter seu próprio canto, perto da água, com a natureza como vizinha mais próxima.

Mesmo assim perto do mar, continuava quente, como se o ar estivesse se recusando a levar o calor acumulado durante o dia.

A varanda envolvia a parte de trás da casa. A luz dançava pelas tábuas de madeira, criando sombra e proteção. Seth inclinou-se sobre a grade e encarou o oceano por trás das dunas. Os únicos sons eram os gritos das gaivotas, o suspirar do vento e o leve avançar das ondas sobre a areia. Daqui, podia apreciar a beleza da Baía de Peconic tendo por companhia somente cisnes e águias-pesqueiras.

E Lulu.

Seu latido eufórico anunciou a chegada de Fliss antes mesmo de Seth ouvir as rodas do carro no cascalho e então a batida da porta.

Momentos depois, ela apareceu ao lado da casa, e Lulu foi correr em volta de seus pés.

Ela parou para brincar com a cachorra, provocando-a, murmurando palavras que Seth não conseguia ouvir, mas que levaram Lulu, com o rabo balançando, ao êxtase.

Com um último afago, Fliss se endireitou e olhou para Seth.

Todos os sons sumiram. Era como se o mundo se reduzisse apenas aos dois.

Ele queria se aproximar e puxá-la para perto, mas forçou-se a manter a mão livre sobre a grade da varanda.

Tinha pensado que seria uma boa ideia convidá-la para sua casa, mas agora se perguntava se um restaurante cheio de gente não seria mais fácil. Mas provavelmente nada naquele encontro seria fácil.

Ele a observou subir os degraus até a varanda, onde a esperava.

Seu coração batia forte, mas vê-la de short sempre tinha esse efeito em Seth. Eles lhe roçavam as coxas e revelavam as longas e bronzeadas pernas.

Abaixou a garrafa que segurava, mesmo com a boca seca como areia.

— Achou a casa sem problemas?

— Peguei uma entrada errada, na verdade. Quase entrei com o carro num fosso. Você está escondido aqui. Conseguiu achar o único pedaço de terra que não está lotado com a galera do verão.

— A ideia era essa. O terreno faz limite com a reserva natural. Essa casa era propriedade de um artista. Ele transformou o andar de cima num estúdio incrível. Bate uma luz do norte ali. — Ele observou a forma como a luz do sol dançava sobre o cabelo de Fliss. Ela sempre teve o cabelo mais lindo de todos. Prateado em algumas luzes. Dourado em outras. Se o artista ex-dono da casa continuasse morando ali, pegaria na hora a tela e pincel. — Não sabia se você viria.

— Por que não viria?

— Você foi bem longe tentando me evitar.

Ela deu de ombros.

— Não foi a primeira vez que fingi ser minha irmã.

— Sei que você elevou o esconde-esconde a uma forma de arte, mas mesmo você não deve esperar que eu acredite que não foi para me evitar.

— Sério, eu não...

— Eu vi você, Fliss. Aquele dia, do lado de fora da clínica, es-preitando por lá, decidindo se ia ou não entrar. Eu estava prestes a sair para conversarmos quando vi você se jogando no chão. Ia ligar para a emergência, mas percebi que foi para me evitar.

— Eu perdi o equilíbrio.

Se não estivesse tão exasperado, Seth teria rido.

Em vez disso, pressionou o topo do nariz com os dedos e se forçou a respirar devagar.

— Fliss...

— *Está bem!* Eu não estava tão feliz assim com a possibilidade de ver você. E sim, aproveitei a oportunidade de fugir de Manhattan para não trombar com você, acabei trombando do mesmo jeito, o que prova que o carma é um desgraçado dos infernos.

Seth deixou a mão cair.

— Por que é um problema tão grande? Você podia ter simplesmente dito "Oi, Seth, como vão as coisas?".

— Se eu pudesse voltar no tempo, teria sido minha abordagem, mas na hora eu estava achando que tinha matado um cachorro, aí ouvi sua voz e você soou tão… — ela tentou pegar fôlego —… e vi você e você estava tão… Fiquei abalada.

Abalada era uma boa. Seth conseguia aceitar abalada.

O olhar de Fliss deslizou para o dele e Seth percebeu algo ali antes que ela o desviasse novamente.

— Aí você decidiu fingir que era a Harriet.

— Para ser honesta, não teve um grande planejamento por trás da estratégia. Foi mais por impulso. Uma resposta condicionada.

— Sua resposta condicionada foi me evitar?

Ele esperou, recusando-se a permitir que ela escapasse, e Fliss por fim o encarou com desconfiança.

— Não estava confortável em ver você. Acontece que sou péssima em normas de etiqueta com ex.

— Existe isso?

— Sei lá! Só sei que não soube lidar com a situação.

— Aí você fingiu ser Harriet, o que mudou toda a conversa.

— Era essa a ideia. Uma conversa diferente era tudo o que eu queria. Meta alcançada.

— Mas você está aqui agora. Sendo você mesma. E agora estamos tendo a conversa que *eu* quero.

— Sim. Então vamos acabar logo com isso. — A expressão no rosto dela sugeria que estava prestes a ser arrastada a uma sala de tortura. — Se você tem coisas a dizer, ainda que eu não consiga imaginar o quê, depois de tanto tempo, então você precisa dizer. Vai lá.

Você precisa dizer.

O que Seth queria de verdade era que *ela* falasse com *ele*, mas sabia que aquilo não aconteceria de uma hora para a outra. Não era possível mudar os hábitos de uma vida da noite para o dia, e *fazia* uma vida que Fliss mantinha as coisas para si. Ele precisava ser paciente. E persistente. Na última vez, tinha desistido e ido embora. Agora, não faria isso. Não até explorar o que poderia ter sido. Se a perda do pai havia lhe ensinado algo, era que a vida era preciosa demais para desperdiçar um momento que seja com coisas ou pessoas sem importância.

Fliss era importante para ele. Sempre tinha sido.

Seth sabia disso agora. O que não sabia era por que demorara tanto para ir atrás dela. Houve muitos motivos que fizeram a fuga parecer o mais correto. Eram jovens demais, tudo tinha acontecido rápido demais… a lista era longa e, no topo, estava o fato de Fliss nunca retornar suas ligações. Nada naquela lista explicava por que Seth não fora capaz de superá-la.

Cautelosa, Fliss pairava com o peso nos dedos dos pés. Fazia Seth pensar num cervo, alerta para os perigos, pronto para fugir a qualquer momento.

E ele não daria os motivos para a fuga.

— Quer um tour?

— Um tour? Pela casa? — Ela relaxou um pouco, como se tivesse recebido um indulto. — Parece uma ótima ideia.

— Você é minha primeira visita além do Chase, mas ele não conta muito, uma vez que vinha ver a casa toda semana desde o início do projeto.

— Você conversou com ele?

— Sim. Ele voltou voando assim que liguei, ontem à noite.

— Uma das vantagens de viajar de helicóptero.

— Ele está com Matilda no hospital, mas acho que ela volta hoje para casa.

— Foi o que pensei. Eu teria mandado uma mensagem, mas é claro que ela deixou o celular cair. E eu não queria atrapalhar aparecendo no hospital.

Seth refletiu se era só isso. A imagem do rosto dela quando entrou no quarto e a viu com a bebê estava presa em seu cérebro.

— Duvido que se importariam. — Pegou a garrafa vazia e caminhou até a cozinha. — Ele vai ligar para você. Dizer que ele está agradecido é pouco.

— Por que estaria grato? Eu não fiz nada.

— Você fez muito. Se não fosse você, Matilda teria ficado sozinha.

— O crédito por essa é do Herói. Ele que me achou na praia. Aquele cão é inteligentíssimo.

— Você ficou com Matilda o processo inteiro.

— Acredite, se tivesse alguém por perto, eu já estaria a quilômetros de distância dali.

Fliss fez soar como piada, mas Seth sabia que ela não estava rindo.

— Mas ficou. E deve ter sido difícil para você.

Ele provavelmente era o único que fazia ideia de quão difícil. Conseguia imaginar como aquilo tinha aberto feridas que Fliss fechara tão cuidadosamente e exposto sentimentos que mantivera escondidos.

— Não foi nada difícil.

Lembrou como ela soluçou sobre seu corpo na noite anterior e sentiu uma onda de frustração.

— Fliss...

— Óbvio que não sei nada de como fazer um parto, mas a Matilda deu conta dessa parte sozinha. Fiquei mais de animadora de torcida. Só precisei dizer "Isso! Vamos! Uau, um bebê!", coisas do tipo.

Era como tentar abrir caminho através de um muro de aço reforçado. Ela possuía defesas que fariam inveja a qualquer força de segurança no mundo.

Entender os motivos dela não tornavam a situação mais fácil.

— Então ontem à noite, enquanto você encharcava minha camisa com lágrimas, soluçando como se seu coração fosse quebrar... que parte da torcida foi essa?

— Testemunhar o início de uma nova vida é algo emocionante.

Na noite anterior, Seth vislumbrara os sentimentos que Fliss mantinha trancafiados no peito. E o que vira não era nada bom.

Queria perguntar se ela tinha conseguido dormir, se tinha chorado mais, mas a resposta era visível em suas olheiras. Seth percebeu que os eventos emocionantes da noite anterior roubaram o sono dela da mesma maneira que o dele.

Ela passeou pela cozinha, admirando, tocando, e soltou um leve murmúrio de aprovação.

— Lindo. — Passou a mão sobre a bancada e olhou para ele. — O Chase que fez?

Fliss parecia exausta, mas Seth concluiu que não fazia sentido fazer mais perguntas só para ela se esquivar.

— Não pessoalmente. Ele tem uma equipe ótima. — Seth abriu a geladeira, esforçando-se para manter a paciência. Foi a pressa que, da última vez, destruíra as raízes frágeis da relação deles. Seth não deixaria isto acontecer outra vez. — Bebida?

— Por favor. Algo gelado. Não alcoólico, pois estou dirigindo. Preciso ficar de olho caso algum cão se deite no meio da estrada. — Ela lançou um olhar afiado na direção de Lulu. — Como se treina

185

um cão para fingir de morto? Talvez possamos nos expandir para esse campo, adestramento de cães.

— Vocês querem expandir?

— Sim. Praticamente dominamos os serviços de passeio na parte leste de Manhattan. Decidi que precisamos fazer mais. Andei pensando em tosa e até mesmo em hospedagem.

— Vocês têm uma sede?

— Não. Esse é o lado negativo. — Ela deu de ombros. — Mas também o positivo, pois já estou cansada da papelada caindo pelo chão de nosso apartamento.

— Você mora com a Harriet?

— Sim, claro. Moramos em Manhattan. Conseguir morar num apartamento sozinha é coisa de sonho. Mas estamos ficando sem espaço. A Harriet odeia trabalho burocrático ou qualquer coisa que envolva contas, por isso empurra para um canto e finge que não está ali. Antes de trabalhar nele, eu primeiro preciso achá-lo.

— Você não consegue administrar pela internet?

— Bastante coisa está na internet, mas ainda tem papelada.

— Vocês precisam expandir? Por que não manter os negócios pequenos?

— Você está falando que nem a Harriet. Ela está feliz com as coisas do jeito que estão. Eu cuido das contas e clientes, e ela, dos animais e passeadores. Adestramento talvez seja o caminho. Deus sabe que temos clientes que poderiam fazer bom uso.

— Vocês podem se recusar a passear com algum cão?

— Em teoria sim, mas na prática nunca encontramos um de que Harriet não dá conta. Quando o assunto é bicho, ela é uma bruxa. Esse é outro motivo pelo qual provavelmente deveríamos oferecer adestramento.

— Mas a Harriet não poderia adestrar todos eles.

— Você está tentando destruir meu sonho?

— Não. Estou apresentando um contra-argumento forte. Se você não consegue me refutar, talvez não seja uma boa proposta de negócio.

— O ponto fraco é que precisamos de uma nova sede. Isso aumenta nossos custos fixos e risco.

— Você nunca teve medo dos riscos.

— Não, mas essa empresa significa muito para mim e não é só minha. É da Harriet também. Sei o quanto este trabalho significa para ela. — Fliss olhou para ele. — Ela começou estudando veterinária, que nem você.

— Eu não sabia disso.

— Acho que você a inspirou. Mas ela odiou a forma que certos donos tratavam os bichos. Depois de um cara falar que não ia gastar a grana dele sacrificando o cachorro quando este poderia morrer de graça sozinho, ela perdeu as estribeiras.

— A Harriet?

— Não acredita? — Os olhos de Fliss brilharam. — Quer ver o lado de ferro de minha irmã? Mexe com algum animal...

Ele pegou um refrigerante da geladeira.

— O que aconteceu?

— Ela desistiu. Provavelmente foi a melhor coisa que podia ter acontecido, ainda que ela não soubesse na hora. Eu tinha acabado de terminar a faculdade de administração e decidi que devíamos trabalhar juntas. Eu fazia tudo o que ela odiava... burocracia, telefonemas, reuniões com estranhos, esse tipo de coisa. Ela fazia aquilo em que era boa... lidar com animais manhosos, recrutar passeadores, convencer os clientes de que ninguém se importava com os bichos deles mais que a gente. E era verdade. Estávamos indo bem, melhorando, até que um ano atrás Daniel ouviu falar de uma startup. A Gênio Urbano. Três mulheres que oferecem serviços de *concierge*. Elas tinham uma demanda grande por passeadores e

Daniel nos recomendou. Desde então, temos quase mais serviço do que damos conta.

Fliss fundara uma empresa para proteger a irmã.

— E agora quer ter ainda mais trabalho?

— O que posso dizer? Fazer dinheiro, crescer, ter sucesso... Isso tudo me empolga. Fechar novos negócios é minha injeção de adrenalina. — Ela parou junto à bancada, encarando as fatias bem organizadas de vegetais. — Quando você disse que ia cuidar do jantar, eu não estava esperando isso. O que você faria se eu não tivesse vindo?

— Comeria sozinho. Guardaria na geladeira para amanhã. Convidaria os vizinhos, talvez. — Lidaria com a decepção e a tristeza. — Sou um Carlyle. Gostamos de socializar. — Entregou o refrigerante a Fliss. — Quer um copo?

— Não precisa, assim está bom. Obrigada. — Ela abriu a latinha e bebeu. — Você tem vizinhos? Não vi ninguém. A casa mais próxima é lá atrás na estrada.

— É a família Collins. Ele tem um negócio de barcos e ela é professora. Eles têm dois filhos, a Susan e o Marcus. E dois pôneis.

— Uau. Você é um dos pilares da comunidade, dr. Carlyle.

— Esse é o ponto de morar num lugar assim. Não precisar ser anônimo.

— Eu gosto de ser anônima.

— Por quê?

Ela tomou um gole do refrigerante e observou Seth cozinhar.

— É mais fácil quando as pessoas não sabem das suas coisas. Entro numa loja em Manhattan e ninguém sabe quem sou. Gosto disso. Talvez seja coisa minha. Prefiro manter minha vida privada longe de estranhos.

Ela preferia manter a vida privada longe de todos.

Incluindo ele.

— Às vezes, é bom ter conexões. E todos que não fazem parte da família são estranhos até você deixá-los entrar.

Ele cozinhava sem consultar qualquer receita, confiante o bastante para manter o foco nela.

— Como nós dois sabemos, não sou boa em deixar as pessoas entrarem. Não tenho problema com cães. Já humanos... aí já é outra questão.

Era a primeira vez que Seth a ouvia admitir aquilo.

— Nem todo mundo tem más intenções.

— Talvez não. — Ela observou a comida. — Essa comida toda é só para nós dois? Pois parece que você convidou os Hamptons inteiros.

— Pode ser que eu tenha exagerado. É um traço de família.

Um sorriso percorreu o rosto de Fliss.

— Lembro de estar na cozinha de sua casa com umas outras dezoito pessoas. Sua mãe nem sequer hesitava. Sua casa estava sempre cheia de gente e a comida não parava de sair.

— Culpa do sangue italiano. Comida sempre foi algo central na vida da minha família.

Ela encarou a comida na bancada.

— E você está dando continuidade à tradição. Eu não sabia que você gostava de cozinhar.

Havia muitas coisas que ela não sabia sobre Seth e muitas outras que ele não sabia sobre ela, mas dessa vez ele estava decidido que tudo seria diferente. Na última vez, os dois atropelaram as coisas pequenas e sutis que alimentam um relacionamento, fazendo-o crescer e se aprofundar. Ignoraram alguns aspectos na pressa de satisfazer a atração sexual bruta.

Era como chegar a um destino sem sequer aproveitar a viagem. Só agora Seth percebia quanto haviam perdido.

Se a tivesse compreendido melhor, os dois ainda estariam juntos?

— Minha mãe insistia que a gente se sentasse à mesa pelo menos uma vez por dia. O café da manhã podia ser comido em outro lugar, mas o jantar nunca. Não importava o que estivéssemos fazendo, tínhamos que estar lá. Fazer aquelas refeições, conversar à mesa, era algo que nos unia como família. Se não fosse isso, talvez não tivéssemos passado tanto tempo juntos. — Seth sentiu uma pontada instantânea de culpa porque, se sabia uma coisa, era que as refeições na casa de Fliss eram um evento incendiário. — Imagino que aconteça bastante em casas com interesses divergentes. Se pudesse escolher, a Bryony passaria todo o tempo dela nos estábulos, com os cavalos, e Vanessa com os amigos.

— Como vão suas irmãs?

— A Bryony está dando aula na primeira série e amando. A Vanessa está casada e empenhada em ver os demais no mesmo estado de graça.

Fliss sorriu.

— Vocês dois brigavam direto.

— Ainda brigamos. — Ele decidiu não elaborar mais sobre a grande causa da discórdia entre os dois. — Não somos tão próximos como você, Dan e Harriet.

— E sua mãe? — O olhar de Fliss cruzou até o dele. — Perder seu pai deve ter sido difícil para ela.

— Foi mesmo. Os dois estavam juntos havia mais de quarenta anos. Ela perdeu sua alma gêmea. Mas está melhor agora. Ter netos ajuda. — Ele viu a interrogação nos olhos de Fliss e percebeu quanto os dois perderam um da vida do outro. — A Vanessa tem dois filhos, um casal de 6 e 8 anos. Ela trabalha meio período como contadora e nossa mãe toma conta das crianças quando não estão na escola. Imagino que isso ajuda tanto minha irmã quanto minha mãe.

— Então você é o tio Seth. Aposto que é bom nisso. — Fliss inclinou-se na bancada. — Jogos de praia, esconde-esconde, deve ser daqueles tios que bota a mão na massa. De 6 e 8 anos... Imagino que gostem de esportes. Já está levando eles para surfar?

— Por acaso, sim.

— Aposto que adoram.

— A Tansy adora. Ela é a de 8 anos. É difícil tirá-la da água. O Cole prefere escavar a areia procurando dinossauros.

— Que você, por acaso, enterrou por ali?

— Isso mesmo. E sua família? Como vai a Harriet? — Seth se forçou a fazer a pergunta. Não que não ligasse para Harriet, mas queria descobrir o máximo que podia sobre Fliss. — Ela sabe que você anda a imitando por aí?

— Sim. — Ela caminhou pela cozinha e então virou para encará-lo. — Está bem, achei que eu queria evitar o assunto, mas não consigo, então vamos acabar com isso de uma vez por todas?

— Que parte? A parte em que nos atualizamos do que perdemos da vida do outro ou a parte em que aproveitamos o jantar?

— A parte em que você diz o que quer que sinta que precise dizer. Vai logo. Fale de uma vez. Deteste suspense e tensão. Gosto em filmes e livros, mas detesto na vida real, então vamos acabar logo com isso. Você está com raiva de mim. Dez anos é muito tempo para guardar raiva, então deixe sair para podermos seguir em frente.

— Fliss...

— Não fique constrangido. Você acha que eu não sei? Eu estraguei tudo, Seth. Estraguei tudo em grande estilo. Um megaestrago. E você sofreu por isso. Arruinei sua vida e sinto muito. — Ela pressionou a testa com os dedos e murmurou algo baixinho. — Não parece muito um pedido de desculpas, não é? Mas é. Cacete, sou péssima nisso. Você não vai falar nada?

— Você disse a mesma coisa na noite passada. — E ele não conseguira parar de pensar naquilo, apesar de não entender do que ela estava falando. — Por que você acha isso? Por que eu estaria com raiva de você?

— Quer uma lista?

Ela tinha uma lista?

— Sim, vamos dar uma olhada nela.

Ele queria acessar tudo o que se passava na cabeça dela. Ainda mais agora que tivera um vislumbre.

— Foi tudo culpa minha.

— Você ter engravidado? Eu também participei. — E recordava cada detalhe. Coisas pequenas. A suavidade da pele dela. O quebrar das ondas. Toques e sons. A sensação e o gosto dela. Nada em sua vida nunca pareceu tão certo. — Como pode ter sido culpa sua?

— Não teríamos transado se não fosse por mim.

Ela realmente acreditava naquilo?

— Fliss...

— Podemos parar de fingir e lembrar como a coisa toda aconteceu? Você tentou me impedir de tirar sua roupa. Tenho a lembrança nítida de ouvir sua voz dizendo que não era uma boa ideia, que era melhor não fazermos aquilo.

— Pois eu estava preocupado com você. Não comigo. Você estava triste naquela noite. Não tocava no assunto, mas eu sabia. Seu pai havia chegado do nada. Ele disse algo... que você não me contou. O que quer que tenha sido, fez você chorar.

— Ele não me fez chorar — disse ela em tom feroz. — Ele nunca me fez chorar.

— Você quer dizer que nunca o deixou vê-la chorar. Mas eu vi, Fliss. Vi o que ele fez com você. Como você ficava com as palavras dele.

Seth tivera vontade de entrar pela porta da frente da casa e confrontar o pai dela. Teria feito se tivesse certeza de que não seria ela quem sofreria as consequências.

Houve um longo silêncio. Em seguida, ela ergueu o queixo e olhou para ele.

— Tenho uma confissão a fazer. Algo que talvez devesse ter lhe contado há muito tempo.

Seth conseguia ouvir as ondas quebrarem através das portas.

— Sou todo ouvidos.

— Eu disse a você que me protegia. Que tomava pílula. — Fliss desviou o olhar para a comida. — Era mentira. Não tomava. Eu disse porque eu… eu tinha medo de que você parasse. E eu não queria, não queria *mesmo*, que você parasse.

Ele esperou.

— Esta é sua grande confissão?

— Eu menti para você, Seth.

— Eu sei. Eu sempre soube.

Choque percorreu os olhos dela.

— Como?

— Você engravidou. Foi fácil de descobrir. E se há culpa, ela também é minha. Eu devia ter usado camisinha.

— Você não achou que precisasse.

— Devia ter usado mesmo assim. O motivo para não ter usado foi o mesmo que o seu para mentir sobre a pílula. Nenhum de nós queria pensar nesse lado das coisas. Nossa relação sempre foi meio assim, não é? Era como tentar conter uma tempestade.

E Seth sabia instintivamente que aquela parte não tinha mudado, que, se a tocasse, inflamariam tão rápido quanto da primeira vez.

— Eu encurralei você.

— Não foi essa minha sensação.

— Ah, vai. — Fliss caminhou até a porta e, por um instante, Seth pensou que ela iria embora. Logo em seguida, ela parou. — Foi um verão de loucura, só isso. Sexo. Hormônios. Um momento de rebeldia adolescente.

— Sério? Você está fingindo que foi rebeldia adolescente?

Ele viu as bochechas de Fliss corarem.

— Não era para acabar do jeito que acabou. Nós nunca teríamos nos casado.

— Era o certo a se fazer.

— Você era mesmo todo certinho.

Ele deu uma risada áspera.

— Discordo. Eu engravidei você.

— Não foi culpa sua.

— Por que você está sempre tão empenhada em assumir a culpa de tudo?

— Porque foi culpa minha! Eu machuquei você. A Vanessa disse... — Fliss se calou, mas Seth congelou.

— Vanessa? Minha irmã conversou com você sobre o assunto?

Por que aquela possibilidade não lhe havia ocorrido? O que acontecera com sua faculdade de raciocínio?

Ela afastou o olhar do dele.

— Esquece.

— Me conta.

— Por quê? Ficou tudo no passado. Não vai ajudar em nada.

— Quero saber o que ela disse. — Seth permaneceu firme, tão obstinado e imóvel quanto Fliss.

— Nada que você não saiba. Que eu não era a pessoa certa para você. E algumas coisas mais.

Conhecendo Vanessa, conseguia imaginar que outras coisas podiam ter sido. Afastou a raiva e tomou nota de que, na próxima vez que conversasse com a irmã, não seria nada delicado.

— Meus relacionamentos não são da conta da minha irmã.

— Ela teve as melhores intenções em relação a você.

— Talvez, mas ainda assim não é da conta dela.

— Ela se preocupa com você e não queria vê-lo machucado. E eu o machuquei.

— Você também se machucou.

— Eu fiquei bem.

Algo nele se quebrou.

— Você ficou bem? Pois eu não fiquei. Eu não fiquei bem, Fliss! E aposto que você não ficou também.

— Seth...

— Entendo que você esconda seus sentimentos. Não quer ficar vulnerável. Tem medo de se machucar. Sei quanto seu pai machucou você. Ele praticamente treinou você a manter todo e qualquer sentimento guardado. Entendo isso. O que não entendo é por que esconder esses sentimentos de mim. Por que você não conversava comigo. E por que não conversa comigo agora.

Ela ficou pálida.

— Estou conversando. O que mais você quer que eu diga?

— Quero conversar sobre o que aconteceu. Para valer. Sem disfarçar as emoções. Ontem à noite você quase desmoronou e nem sequer admite isso.

Ele queria que Fliss fosse honesta. Queria que ela erguesse as camadas de proteção que o impediam de compreendê-la.

— Eu disse que foi um dia longo, que não sou parteira e que...

— Que droga, Fliss... — Ele atravessou a cozinha em dois passos. Fliss tentou passar por ele, mas Seth abriu os braços, impedindo-a de escapar. — *Não fuja.*

— Não sei o que você quer de mim.

— A verdade. Vamos lá, eu começo. Perder nosso bebê machucou. Machucou mais do que eu poderia imaginar. As pessoas falam de aborto como se não fosse nada, como se um bebê fosse substituível. Mas, para mim, não foi assim. Não foi para mim e imagino que para você também não tenha sido. Não tínhamos contado a ninguém que você estava grávida, então eu não tinha com quem conversar e compartilhar o que estava sentindo, a não ser você. E você estava decidida a não conversar. Eu não conseguia me aproximar. Nem sequer sei o que aconteceu no dia que você perdeu o bebê. Fui dormir, você estava na cama e, quando acordei, tinha ido embora. Daí recebi a ligação de Harriet dizendo que você estava no hospital.

Ela o encarou demoradamente e em seguida baixou os olhos até o peito de Seth.

— Acordei cedo e fui caminhar na praia. Estava com uma dor horrível e sabia que estava sangrando. Entrei em pânico e liguei para Harriet.

— Por que não ligou para mim?

— Ela é minha irmã.

— Era *nosso* filho, Fliss. Nós éramos casados! Você devia ter ligado para mim imediatamente.

— Eu tinha esperanças de não precisar.

— Como assim?

— Eu tinha esperanças de que eles pudessem fazer algo. — A voz dela falhou. — De que pudessem fazer um milagre. Alguma coisa, qualquer coisa que mantivesse nosso bebê. Foi o que me disseram para me consolar quando cheguei lá. Disseram que alguns bebês simplesmente não se mantinham e que nem sempre encontram explicação para isso. Talvez fosse verdade, mas para mim foi carma. Eu tinha colocado você naquela situação e agora estava sendo castigada. Minha sensação era que eu merecia aquilo por ter arruinado sua vida.

— Sério? Você achava isso?

— Sim.

— E não pensou em perguntar o que eu sentia a respeito disso tudo?

— Não precisei. Eu sabia que, sem o bebê, não sobraria nada.

Seth estava em tamanho estado de choque que levou um instante para processar o que Fliss acabara de dizer.

— Então você achou que o bebê era a parte central em nosso relacionamento? Que ao perdê-lo, perdíamos o que existia entre nós?

— Sim. — Ela ergueu o olhar ao dele. — Você quer honestidade, Seth, então sejamos francos. Se não fosse pelo bebê, nunca teríamos nos casado.

— Talvez não naquela época, mas...

— Não teríamos nos casado. — Seu tom era firme. — O que tínhamos acabaria como um caso apaixonado de verão. Eu voltaria a Manhattan. Você voltaria à faculdade. Seria isso. E talvez em algum verão futuro, nos encontraríamos na praia e transaríamos em memória dos velhos tempos, sei lá o que aconteceria, só sei que não seríamos felizes para sempre.

Do lado de fora, do outro lado do vidro, o sol se punha e lançava raios dourados pela cozinha. Pela primeira vez, Seth não estava nem aí para o pôr do sol.

— Não fazia ideia de que você achava isso. Nosso casamento foi de verdade, Fliss.

Ela deu uma risada engasgada.

— Nós nos casamos em Las Vegas.

— Foi de verdade.

— Seth...

— Você estava feliz naquele dia?

Ela pareceu surpresa com a pergunta:

— Eu... isso não...

— Estava?

— Sim. — A voz dela estava rouca. — Eu estava feliz. Foi divertido. Alugamos aquele vestido doido e teve aquele monte de turistas tirando foto da gente. A Harriet ficou morrendo de medo que nosso pai descobrisse e aparecesse do nada. Na maioria das fotos que tiramos, ela está espiando desconfiada a multidão.

Seth não contou que se preocupara com a mesma coisa. Não contou da firma de segurança que contratou para manter uma presença discreta ao fundo.

— Eu também estava feliz. E tive medo de que, se esperássemos para pedir permissão, seu pai acharia um jeito de nos impedir. Fiquei preocupado que ele descobrisse que você estava grávida.

E a fizesse sofrer.

— Você se casou para me proteger. A Vanessa sempre me dizia que você era um cavaleiro de armadura reluzente. Um cavalheiro.

Se a irmã tivesse acesso aos pensamentos dele naquele momento, seria forçada a repensar sua crença.

— Ela não pensaria isso se tivesse me visto arrancando suas roupas atrás das dunas.

Pensou na noite em que os dois transaram na praia e sabia que Fliss pensava no mesmo.

— Eu libertei seu lado mau. Eu encurralei você.

Ela achava mesmo aquilo? Aquilo explicava tanta coisa.

— Nunca imaginei que você tivesse me encurralado.

— Nós nos casamos porque eu estava grávida. Esta é a verdade. Ainda fico chocada que você me levou para Las Vegas. Sempre imaginei você se casando no Plaza Hotel em junho.

— Ai. — Ele tomou o rosto de Fliss nas mãos. — Sério que você sabe tão pouco sobre mim?

— Você quer me convencer de que sempre sonhou se casar em Las Vegas?

— Homens não costumam sonhar com casamento. Eu estava mais interessado na mulher do que no cenário.

E ainda estava interessado na mulher. Mais do que interessado.

— Nem todas as garotas sonham com casamento. Depois de ver o dos meus pais, não era algo que estava com pressa de copiar, mas aposto que você pensava em se casar algum dia. Com uma menina bonita. Véu e grinalda. Casamentão de família. Eu privei você disso.

— O casamento foi para nós, não para minha família. Só a gente importava. Na verdade, eu diria até que você *me livrou* de um casamento grande, cheio de pompa. Serei eternamente grato por isto. O casamento da Vanessa quase fez minha mãe ter um treco. Eu não fazia ideia de que escolher vestido e meia dúzia de flores podia ser tão estressante. Sempre pensei que o casamento era para ser uma ocasião alegre. — Ele hesitou. — O nosso foi. Apesar do que veio depois, aquele dia foi feliz.

— Sim. Daí contamos para as pessoas e de repente não foi tão alegre assim. — Ela parecia cansada e derrotada. — Sua mãe ficou arrasada quando contamos o que tínhamos feito, ainda que tenha escondido bem. Ela sempre foi tão boa comigo.

— Ela gosta muito de você. — Refletindo, Seth parou de falar, fazendo a si mesmo perguntas que nunca havia feito. — Era isso que você queria, um casamento no Plaza Hotel em junho?

— Não. — Ela negou com a cabeça. — Esse tipo de coisa não importa para mim.

— Lembro-me de Harriet desesperada tentando acrescentar alguns toques românticos ao nosso casamento. Foi ela quem conseguiu as flores…

— Ela fez aquilo para satisfazer a imagem que ela mesma tinha do casamento perfeito.

— Por que você não me procurou? — As emoções de Seth estavam à flor da pele demais para serem contidas. — Quando você perdeu o bebê, por que não veio me contar o que estava sentindo?

Fliss permaneceu em silêncio por algum tempo.

— Não pude. Estava muito abalada e exposta. Como se tivessem arrancado minhas entranhas. Foi a coisa mais aterrorizante que me aconteceu. Pela primeira vez na vida, não sabia o que fazer com o que estava sentindo, o que me deixou vulnerável. Conversar com você teria me deixado ainda mais vulnerável.

Seth sabia que Fliss realmente achava aquilo. E sabia que esta era a raiz dos problemas deles.

— Fico feliz que você pelo menos tenha conseguido conversar com Harriet. Pelo menos não ficou sozinha.

Houve uma longa pausa.

— Também não conversei com a Harriet. Não sobre esse assunto.

Era a última coisa que Seth esperava ouvir. Com aquela única frase, Fliss revelava mais do que nunca, o que o fez perceber que subestimara o nível em que ela se protegia.

— Mas ela foi buscar você no hospital…

— Ela sabia o que tinha acontecido, mas não os detalhes. Tentou conversar comigo, mas eu não consegui. Não tinha como.

— Eu achei… — Ele se interrompeu, processando a informação. — Eu pensei que vocês duas contavam tudo uma para a outra.

— Se eu a deixasse ver quão mal estava me sentindo, ela ficaria mal junto. Não queria que ela sentisse nem um milésimo do que eu estava sentindo.

— Coisa de gêmeas?

Fliss deu um sorriso leve.

— Não. Não é nenhuma dor bizarra ou sobrenatural que sentimos pela outra. Estou falando da sensação de ver alguém amado em agonia.

— Perder um bebê é uma experiência muito pesada.

— Não era só o bebê. Eu sabia, quando aconteceu, que também tinha perdido você.

E mesmo assim não conversara sobre aquilo com ninguém. Harriet sabia tanto quanto ele. Seth não sabia se aquilo o fazia se sentir melhor ou pior.

— Então você nunca falou desse assunto? Com ninguém?

— Não. Lidei com a situação do meu próprio jeito.

Ele suspeitava que ela não havia lidado com nada.

O olhar de Fliss desviou para a porta e Seth concluiu que, se a pressionasse mais um pouco, ela iria embora.

— Vamos comer.

Ele se afastou e pegou algumas travessas.

Ela lançou um olhar na direção dele.

— É isso? Já terminamos de conversar? Acabou? — A angústia na voz de Fliss fez o coração de Seth doer.

— Você fala como se fosse um procedimento odontológico.

A maioria das mulheres que ele conhecia adorava conversar. A Vanessa gostava. Naomi também.

Fliss fazia parecer que era algo tão convidativo quanto se reunir com um advogado tributarista.

— Acabou.

Por enquanto. Havia muito mais que Seth queria dizer, que precisava dizer, mas podia esperar.

— Não estou com tanta fome.

— Você vai ficar quando provar. É uma receita italiana que veio de minha bisavó. Caponata siciliana.

— Não faço ideia do que seja, mas com certeza é deliciosa.

Fliss parecia frágil por fora. Seu rosto era magro, os traços finos e delicados. Por fora, não havia pistas de que era forte como um colete à prova de balas.

Seth colocou os bifes na grelha enquanto ela levava o resto da comida para a mesa na varanda. Ele a havia posicionado de modo a aproveitar o pôr do sol ao máximo e planejava passar todas as tardes livres ali enquanto a temperatura permitisse. Contou a Fliss sobre a construção. O planejamento e trabalho que a transformação da casa exigiu.

— A vista é incrível.

— Eu adoro. Você está com saudades de Manhattan?

— Não, por mais estranho que pareça. É ótimo acordar com o som do mar em vez de buzinas e caminhões de lixo.

— Você sempre amou o mar. Nunca soube quanto disso era pelo tempo que passava longe do pai.

Ela não recuou.

— Esse era um dos fatores, mas era mais do que isso. Adorava a sensação de estar no limite da terra firme. — Comeu uma garfada da comida e soltou um gemido de prazer. — Está delicioso. Lembra aquela vez que jogamos vôlei de praia? Era uma galera, fomos todos para sua casa e sua mãe preparou aquele monte de comida. Era uma das coisas que eu mais invejava em sua família.

— A comida?

— Não exatamente a comida. Era mais o que a comida representava. As refeições em família. O momento de passar algum tempo juntos. Toda aquela gente rindo, se ajudando. "Me passa o sal." "Passa o açúcar." "Bryony, busca o presunto na geladeira?" Era como uma coreografia de família feliz. Sempre ficava pensando nisso quando voltava a Nova York.

Ela colocou mais comida no prato.

— Você achava isso? Que éramos uma família perfeita? Lembro de Bryony e Vanessa discutindo à mesa por qualquer motivo na maior parte dos dias e de minha mãe ficando cada vez mais frustrada com elas.

— Também me lembro disso, e era uma das coisas que mais me pareciam normais, de que eu mais tinha inveja. Nós nunca discutíamos nada à mesa — disse ela. — Nós nunca conversávamos.

Seth não conseguia se lembrar de outra ocasião em que Fliss tivesse dado detalhes da vida em família.

— Conversar era falta de educação?

— Não. — Ela pausou com o garfo na mão. — Conversar era arriscado. Não importa o que fosse dito, tinha uma chance de meu pai explodir. Nenhum de nós queria que isso acontecesse, então ficávamos em silêncio. Exceto minha mãe. Ela ficava puxando uma conversinha feliz de mentira, o que deixava meu pai louco. Sério, eu conseguia vê-lo fervendo de ódio. O rosto dele ia de branco a roxo antes que ela pudesse servir um pedaço de torta. Eu queria pedir a ela que parasse de falar, que o deixasse fervilhar sozinho no próprio mau humor, mas, como eu estava quase sempre na linha de tiro, não tinha como me colocar ali de propósito. Nunca consegui entender por que ela se esforçava tanto. Tipo, por que ela não ficava quieta como a gente?

— Talvez quisesse insistir.

— Foi minha conclusão. Ela o amava. E não importava quanto explicitasse isso e ele não correspondesse, ela não estava disposta a desistir. Independentemente do que ele fizesse, ela continuaria ao lado dele. Tranquila. Calma. Acho que algumas pessoas considerariam isso bom, mas não é meu caso. Assistir àquilo me deixava louca, não entendia onde ficava o orgulho dela. Era óbvio que ele não a amava. Por que ela simplesmente não aceitava aquilo em vez de tentar agradá-lo tanto?

Fliss nunca se abrira tanto, e Seth refletiu se não era por estar falando dos sentimentos da mãe, não dos próprios. Era o casamento da mãe, não a breve colisão que fora o relacionamento dos dois.

— Ela nunca cogitou ir embora?

— Na verdade, cogitou sim. — Fliss hesitou como se decidisse desenvolver ou não o raciocínio. — Daniel me contou que nosso pai ameaçou nos levar. O que, para ser honesta, me surpreendeu, porque pela forma de agir dele parecia que não queria nada com gente. Nossas refeições eram tão tensas que era mais fácil cortar o ar do que a comida. — Ela terminou a bebida. — Não podíamos deixar a mesa até que todos tivessem terminado. Nós três comíamos tão rápido que tínhamos indigestão. Mas não fazia diferença pois, enquanto meu pai não terminasse, nenhum de nós podia se mexer. Minha mãe ficava tão nervosa que vira e mexe deixava cair algo. Isso o tirava do sério. Teve… — Ela olhou para Seth. — Você diz que nunca converso sobre as coisas, mas agora deve estar querendo que eu termine logo.

Não era isto que ele estava querendo.

— Você nunca conversou assim antes.

— Eu não queria que as pessoas soubessem. Detestava a ideia de que as pessoas falassem da gente, ainda mais aqui, onde criávamos nosso mundinho todo verão.

— Fazia diferença?

— Quando as pessoas sabem onde fica seu ponto fraco, são capazes de machucá-lo, então sim, fazia diferença.

Seth queria dizer a ela que nem todo mundo era que nem o pai dela. Que havia muita gente no mundo que sentiria empatia e daria apoio. Que aquilo talvez até recuperasse um pouco a fé de Fliss na natureza humana.

Ela se recostou.

— Você é um ótimo cozinheiro. Sua mãe deve estar orgulhosa.

— Sua mãe também deve estar orgulhosa. Como ela está? Os dois continuam juntos?

— Não. Eles se divorciaram no ano que Harriet e eu saímos de casa. O Daniel a ajudou. Ela se mudou para cá para morar com minha avó. Fiquei preocupada com ela por algum tempo. Ela parecia apática. Acho que ficou tanto tempo com meu pai que foi difícil contemplar uma vida sem ele. Do nada, porém, ela pareceu florescer.

Era como ver uma pessoa completamente diferente: estava cheia de coisas para fazer e lugares para ver. Ela fez trabalho voluntário na África por algum tempo. No começo do ano, foi para a América do Sul com duas amigas que fez no grupo de apoio. Agora está na Antártica. É como se estivesse tentando compensar o tempo perdido. E sua mãe?

— Está um pouco melhor, levando tudo em conta, mas perdeu muito peso... — ele parou — ... e, principalmente, perdeu o sorriso do rosto. Ela estava sempre sorrindo, mas agora está na cara que está se esforçando só para nos agradar. É uma adaptação enorme. E foi um choque inesperado. Vai levar algum tempo até se sentir à vontade numa vida sem meu pai. É difícil para ela.

— E é difícil para você também.

Ela se inclinou e tomou a mão de Seth. O gesto foi espontâneo. Ele sabia que se ela tivesse pensado duas vezes provavelmente não o faria, pois revelava de forma clara que ainda sentia algo por ele. O calor no olhar de Fliss descongelou lugares dentro de Seth que pareciam congelados havia meses.

— Tem sido bem difícil.

— Você é o homem da casa.

— De certa forma. — Ele fechou os dedos sobre a mão dela, não querendo perder o contato. — E, falando na casa, estamos vendendo.

— Ah. — Os olhos dela turvaram em solidariedade. — Que difícil. Sei quanto você ama aquele lugar.

— Sim. Mas é o que minha mãe quer. Tem muitas lembranças naquele lugar.

— E para você isso é um consolo enquanto para ela é um transtorno?

Seth refletiu como Fliss conseguia enxergar tão claramente enquanto pessoas próximas a ele, como a irmã, por exemplo, não compreendiam.

— Ela está tentando criar lembranças positivas que não incluam meu pai. É a única forma de não enxergar o mundo como se algo faltasse nele. É por isso que a família não virá para cá este ano. Eles alugaram chalés perto de um lago em Vermont.

— Algo diferente. — Fliss acenou com a cabeça. — Você conversou com corretores sobre a venda da casa?

— Ainda não. Ia fazer isso essa semana, mas o Chase acha que tem um comprador interessado. Que quer pagar em dinheiro vivo.

Ela ergueu as sobrancelhas.

— Só o Chase para ter um círculo de amizades que inclua alguém capaz de comprar aquela casa em dinheiro vivo.

— Entendi que é mais um sócio do que amigo.

Fliss guardou silêncio por um instante.

— Meus sentimentos, Seth. Sinto muito por não ter entrado em contato quando aconteceu. Se eu soubesse…

— O quê? Teria fingido ser Harriet e me ligado?

— Talvez tivesse. Não sei. Não sei o que teria feito e, independentemente do que fosse, provavelmente teria estragado tudo do mesmo jeito. Em todo caso, eu sinto muito. Seu pai era um homem bom.

Ela afastou a mão da dele e Seth resistiu à tentação de pegá-la de volta.

— Tenho sorte de tê-lo tido como pai. Depois do que você passou com o seu, eu não deveria estar reclamando.

— É claro que deveria. Você perdeu alguém insubstituível. Algo especial e valioso de verdade.

— Você mantém contato com seu pai?

Com a expressão indecifrável, Fliss baixou o olhar.

— Não.

— Nesse caso, você também perdeu algo.

— Não é possível perder algo que nunca se teve. — Ela se levantou rapidamente. — Vou lavar tudo e depois é melhor eu ir.

— Espere... — Ele esticou o braço e segurou o pulso de Fliss antes que ela pudesse alcançar o prato. — Deixa aí. Está uma noite linda. Vamos caminhar.

— Agora? Está escuro.

— Isto não costumava impedir você. Na verdade, era nosso horário predileto para ir à praia.

O olhar que ela lhe lançou estava carregado de lembranças.

— Isso foi em outra época. Agora é diferente. Estamos os dois um pouco velhos demais para sair escondidos no escuro, pulando janela e nos encontrando nas dunas.

— Pensei em sair pela porta e ir até a praia. Hoje é lua cheia e podemos levar uma lanterna. Desde quando o escuro incomoda você?

Ela riu.

— Não me incomoda, não.

— Se não é isso que incomoda, então o que é?

— Você. Você me incomoda, Seth.

— Prefiro você incomodada a indiferente. Significa que ainda sente algo.

— Talvez signifique que você é irritante. Você sempre foi teimoso assim?

— Sempre. Mas costumava esconder melhor. — Ele ofereceu a mão. — Para você não tropeçar no escuro.

— Não sou a Matilda. — Fliss hesitou e a segurou.

Com a cachorra os seguindo, caminharam pela areia.

Quase nas dunas, Fliss se inclinou para tirar os sapatos. Era algo nela que não havia mudado em nada. Fazia sem nem pensar, mas dessa vez Seth a deteve.

— Não. Talvez tenha vidro ou sujeira na areia.

— Mais velho e mais sábio. — Pela primeira vez, manteve os sapatos e continuou caminhando. Parou junto à água e inclinou a cabeça para trás. — Tinha me esquecido de como era este lugar à noite. Olhe essas estrelas.

Seth olhou para o cintilar de luz contra o veludo negro do céu. E depois olhou para Fliss.

Estava tentado a jogar seu autocontrole no mar e beijá-la. Aquilo, porém, foi o que tinha feito na última vez, e lidar com as consequências não tinha sido nada fácil.

Dessa vez, estava decidido a pegar outro caminho para o mesmo destino.

Dessa vez, iriam devagar.

— Vou fazer uma pergunta. E você vai responder.

— Vou? E se eu não gostar da pergunta?

— Vai responder mesmo assim.

Ela deu um murmúrio de irritação.

— Você se faz todo de calmo e civilizado, Carlyle, mas não passa de um truque. Interrogatório disfarçado.

— Algumas pessoas chamam isso de conversa.

— Quando se inicia com um alerta, vira interrogatório. Pensei que estivéssemos conversados. Achei que a parte difícil tinha acabado. — Ela suspirou. — Vai então, pergunta.

— O que você acha que teria acontecido se não tivéssemos perdido o bebê?

Fliss permaneceu imóvel, com as madeixas balançando ao vento.

— Não sei.

— Eu sei. Ainda estaríamos juntos.

Ela permaneceu em silêncio.

— Você não tem como saber.

— Tenho sim. Eu não teria desistido de nós.

— Então por que desistiu? — Ela ancorou as madeixas com os dedos. — Se você se importava tanto, por que não veio atrás de mim?

— Eu liguei para você. Deixei milhares de mensagens. Você escolheu não responder nenhuma delas.

E aquilo, para ele, tinha sido quase a pior parte. Não só Fliss não conversar com ele, mas também não pensar ou se importar com o fato de ele estar machucado.

— Não é verdade. — Intrigada, ela balançou a cabeça. — Não recebi ligação nenhuma.

— Bem, tenho certeza de que liguei no número certo.

Ela ficou em silêncio por um instante, pensativa.

— Não fiquei muito bem nas primeiras semanas depois de deixar o hospital.

Aquilo não havia lhe ocorrido.

— Fisicamente? Houve complicações?

— Sim. Tive uma infecção. Minha temperatura estava nas alturas. Fiquei fora de mim por algum tempo.

— Você teve que contar a sua família que perdeu o bebê?

— Não. O médico que me tratou manteve tudo confidencial. Mas eu estava no fundo do poço. Tinha perdido você. O bebê. E, além de tudo isso, meu pai ainda usava o fato de termos terminado para lembrar quão inútil eu era e que ninguém são ia me querer. Disse que você finalmente tinha caído na real.

Seth sentiu a raiva percorrer o corpo.

— Mas você não checou as mensagens quando se recuperou?

— Sim, mas não tinha mensagem nenhuma.

Seth xingou baixinho.

— Ele deve ter deletado tudo.

Por que esta possibilidade não lhe ocorrera antes? A resposta, um tanto simples, era que sua própria experiência havia sido tão diferente que nunca cogitaria algo do tipo.

— Ele nunca contou que você ligou e interpretei isso como confirmação daquilo em que eu já acreditava. Que nosso casamento havia sido um erro.

E, nos bastidores, estava o pai endossando a ideia. Havia uma lógica terrível naquilo tudo.

— Eu estava magoado por você não falar comigo. Por me manter à distância. Confiança, proximidade… são coisas fundamentais num casamento. Você não falar comigo me dizia que não confiava em mim. Que não se sentia próxima o bastante para partilhar seus momentos difíceis comigo.

Seth deixou seu próprio orgulho teimoso e dor o impedirem de pensar com clareza. Deixou as pessoas convencerem-no de que o melhor a fazer era seguir adiante. Deixou que outras pessoas influenciassem suas decisões.

— Mesmo se tivéssemos conversado, a verdade é que eu não sabia como me abrir. E, mesmo que soubesse, não teria me arriscado.

— Se você não confiava, a culpa era minha.

— Não, era minha. — Ela soou cansada. — Não sei como ter o tipo de relacionamento que você acabou de descrever. Você aprendeu sobre confiança e amor observando seus pais. Quer saber o que aprendi observando os meus? Como me proteger. Como garantir que eu nunca me expusesse. Aprendi que, se mantivesse o que eu sentia em segredo, ninguém poderia usar isso contra mim. Aprendi que emoções deixam você vulnerável e que expressá-las piora ainda mais as coisas. Não aprendi como não me machucar, mas aprendi como esconder isso. — Fez uma pausa. — Você tinha razão naquela noite na praia, quando transamos. Eu estava triste.

— Porque seu pai tinha aparecido do nada.

— Ele disse umas coisas bem horríveis e eu saí correndo de casa.

— Você está dizendo que eu fui um curativo? Que nunca teríamos transado se você não estivesse triste?

— Não, mas você é um homem nobre, Seth. Sempre foi. Quando contei do bebê e você disse que nos casarmos era a única solução, tirei vantagem de sua nobreza. Eu deveria ter recusado.

— Você acha que eu estava sendo nobre. Talvez estivesse sendo egoísta. Talvez — disse ele devagar — eu não quisesse perder você, e o bebê serviu convenientemente de desculpa.

Ela o encarou longamente, como se aquela possibilidade nunca lhe tivesse ocorrido.

— De um jeito ou de outro, agora é passado.

Não para ele.

— Você sentiu saudade de mim? Você pensou em mim nestes últimos dez anos?

Seth a encurralou. Colocou-a contra a parede, viu o breve cintilar de pânico nos olhos e ouviu o ritmo desigual da respiração dela.

— Dez anos é muito tempo. Quase não pensei em você.

— Você se acha especialista em esconder o que sente, mas não é tão boa quanto pensa, Felicity Knight.

Ou talvez ele a conhecesse melhor do que os dois pensavam. Seth teve a sensação de que ela poderia achar essa conclusão mais aterrorizante do que a própria pergunta.

— Não vejo por que revirar o passado.

— Concordo. É por isso que vamos nos concentrar no presente.

Ela relaxou um pouco.

— Ótimo plano.

Concluindo que havia passado tempo demais de sua vida dando espaço a ela, puxou-a contra si e tomou seu rosto nas mãos de modo a encará-la nos olhos.

Os olhos dela, descobriu, eram sua única chance de compreender o que Fliss pensava e, naquele momento, estavam arregalados e chocados.

— O que você está fazendo?

— Estou me concentrando no presente. — *Passo a passo*, disse ele a si mesmo. Devagar e com calma. — Vamos velejar juntos amanhã, Fliss. Só nós dois. Como antigamente.

— Não posso.

— Por que não?

— Porque… — ela deu de ombros em desespero — … primeiro você diz que quer se concentrar no presente e agora quer voltar no tempo.

— Não. Não quero recriar o que tivemos naquela época. Quero descobrir o que temos agora. — Ele viu a angústia nos olhos de Fliss se transformar em pânico.

— Não temos nada agora. O que tivemos é passado!

— É mesmo? Você teve um relacionamento sério com alguém desde então?

— O quê? — Ficou boquiaberta. — Bem, eu… é… eu não…

— Eu também não. Ninguém.

— Está dizendo que não saiu com ninguém em dez anos? Porque eu não vou acreditar nisso.

— Saí com algumas pessoas.

— Eu também. Saí com várias pessoas desde que terminamos. Moro em Manhattan! Parte da cidade mais emocionante do mundo. Nova York tem mais gostosões do que dá para botar na coleira.

O atrevimento de Fliss estava de volta. Seth segurou o sorriso.

Como estava cada vez mais difícil não a beijar, deixou as mãos caírem. Baixou-as até os ombros de Fliss, mas aquilo não foi o suficiente para aliviar a vontade, por isso a soltou.

— Você deve estar confundindo os caras com os cachorros. Está dizendo que saiu com todos os caras de Nova York?

— Não *todos* os caras. Deve ter tido um ou outro no Brooklyn que não teve muita sorte.

— E ainda assim você está… solteira.

Ela o encarou com desconfiança.

— O que está sugerindo? Acha que eu ser solteira tem algo a ver com você?

— Tem? — Seth teve a satisfação de vê-la corar.

A boca de Fliss, aquela boca que não saía da cabeça de Seth, se abriu e fechou.

— Com certeza não. Casamento não está em minha lista de desejos. Esse negócio de "olha, sou veterinário" está subindo a sua cabeça.

— Quem falou em casamento? Também estou solteiro.

— Está me culpando por isto? Está dizendo que estraguei sua vida?

— Estragar, não. Mas, depois de ter algo bom, é difícil se acostumar com menos.

O som da respiração de Fliss mesclava-se ao som do oceano.

— O que tivemos foi dor.

— O que tivemos foi bom. Mas deixamos as circunstâncias e as pessoas destruírem isso. Você fala de culpa, mas eu que me culpo por tudo.

— Você está me deixando louca. Para de olhar para mim desse jeito. — Com as mãos erguidas, ela recuou. — Sou encrenca, Seth.

Com isso, Fliss virou-se e foi caminhando pela praia em direção à casa.

Sou encrenca.

Ele se perguntou quem teria dito isso a ela. O pai dela ou a irmã de Seth? Vanessa, com sua falta de tato e mania de interferir, cutucara feridas abertas?

Alcançou-a perto do carro.

— Se você é encrenca, então é meu tipo de encrenca. — Colocou os braços contra a porta de forma que ela não pudesse escapar até que ele se movesse. — Tenho a tarde livre amanhã. Vou buscar você. Vamos fazer um piquenique.

— Isso é ridículo. Eu...

— Duas da tarde é bom para você? Devo estar livre a esse horário. O vento e a corrente vão estar perfeitos.

— Não importa! Não vou…

— Vista algo casual. Você sabe o quê.

— Cacete, Seth! A gente não pode… isso é ridículo… — A voz dela saiu gaguejada. — A vovó vai receber amigas para o almoço.

— Então não vai precisar de você por lá.

— Prometi passear com o Charlie.

— Tenho consulta pela manhã, você vai ter tempo antes de eu chegar. — Ele estendeu a mão. — Me dê seu celular.

Ela suspirou e o entregou.

Seth digitou os dados nos contatos.

— Mande uma mensagem quando terminar o que tiver que fazer para sua avó. Vou trabalhar na casa até ter notícias suas.

— Se eu viesse… e provavelmente não virei, pois estarei ocupada… aonde iríamos?

— Vamos velejar na Baía de Gardiner, como sempre fazíamos.

E ela viria, Seth tinha certeza. Fliss amava demais a água para dizer não. A primeira vez que levara Fliss e a irmã para velejar foi a única vez que a viu sem palavras.

Uma reprise daquilo, Seth esperava, seria o bastante para tentá-la.

Sem lhe dar mais tempo de inventar desculpas, assobiou para Lulu e caminhou de volta para a casa.

Seth não era de marcar o placar, mas, se fosse, com certeza teria vencido aquele *round*.

Capítulo 13

Rose Felicity Adams dormia nos braços de Matilda. Herói estava deitado em frente à porta com a cabeça pousada nas patas.

— Ele não tira os olhos da gente — disse Matilda. — Chase tem medo de que eu tropece nele.

Fliss caminhava pelo quarto observando a amiga. Nunca vira alguém tão contente. Era difícil acreditar que o drama de algumas noites atrás tinha acontecido. Era verdade que ela parecia cansada, mas havia luz em seus olhos e um sorriso de pura alegria pairava sobre sua boca. Fliss queria poder sentir ao menos metade daquela tranquilidade. Em vez disso, sentia-se inquieta e desconcertada.

E não era por ver a bebê. Por algum motivo que não compreendia inteiramente, os sentimentos vívidos de perda e tristeza despejados sobre ela na noite do nascimento não haviam retornado. De alguma forma, tinham diminuído, como se as pontas afiadas tivessem sido gastas pelo fluxo das emoções. Erosão emocional.

Não, não era a neném Rose a causa de seus sentimentos naquele momento.

Era Seth.

Quero descobrir o que temos agora.

O que ele queria dizer com aquilo? Não tinham nada agora. Exceto confusão e um punhado de novos estresses. Fliss imaginou que a conversa poria fim a algo. Em vez disso, parecera o início. Mas o início de quê?

A vida seria tão mais simples se ela tivesse permanecido em Manhattan. Ou se Seth tivesse permanecido em Manhattan. Ou se ele tivesse nascido menos atraente. Logo depois de pensar isto, afastou a ideia. Não era a aparência dele, mas seu jeito de *ser*. Persistente e teimoso para caramba. *Decente e cuidadoso.*

E teimoso.

As outras pessoas respeitavam suas fronteiras. Seth parecia decidido a invadi-las. Herança de família? Sua família sempre foi aberta e comunicativa. Eram comunicativos mesmo quando gritavam. Na casa dos Carlyle, não era apenas a comida que era dividida, mas também os sentimentos. Os sentimentos ficavam sobre a mesa junto aos tomates brilhantes e ao queijo de cabra bem maturado. Para Fliss, tudo aquilo parecera estranho e pouco familiar. Quando tentavam inclui-la, respondia da maneira mais curta possível, com um sorriso forçado e duro. Não era capaz de desligar seu lado que perguntava sem cessar: *Por que querem saber isso e como vão usar contra mim?*

Queria desesperadamente fazer parte do grupo, encaixar-se, mas nada em seu passado a treinara para aquilo. A infância lhe ensinara a não participar. A desviar de qualquer possível intrusão aos seus sentimentos. Mas Seth nunca desistira diante dessas barreiras. E parecia que nada havia mudado.

O fato de ele querer vê-la novamente a deixou nervosa. Desconfortável. Exposta. Era como ativar o alarme da casa, sabendo que a pessoa espiando de fora tinha a chave e a senha e podia entrar quando quisesse.

Fliss não deveria ter ido jantar na casa dele. Tinha sido uma má ideia. Se simplesmente tivesse conversado naquele dia, no acostamento da estrada, em vez de fingir ser Harriet, não estaria naquela situação. Não havia muito de intimidante numa conversa no calor escaldante, com carros passando rápido ao fundo e lançando poeira ao ar. Suados, falariam o que tinham que falar e cada um seguiria seu rumo. Fim da situação constrangedora.

Em vez disso, acontecera na intimidade da casa dele. Só os dois e milhares de lembranças intensas cuja companhia Fliss dispensava. E, como se não fosse tortura o bastante, a conversa tinha sido seguida pela caminhada na praia, algo que costumavam fazer juntos.

O luar sobre o oceano.

Por que concordara com *aquilo*?

Seth não a tocara e, ainda assim, Fliss quis que ele o fizesse. Outra coisa que não fazia sentido. Era para os sentimentos terem sumido àquela altura, mas, no lugar disso, continuavam palpitando, implacáveis, à flor da pele.

Decepcionada com tudo que lhe fugia do controle e não compreendia, Fliss olhou pela janela e deu um pulo quando Matilda limpou a garganta.

— Está tudo bem?

— Claro. Tudo perfeito.

Caso ignorasse o fato de não dormir bem desde a volta de Seth a sua vida. O estresse começava a envelhecê-la.

— Você parece tensa.

— Está na cara? Estou ficando grisalha? — Pegou um punhado de cabelo e o examinou. — Vou ficar velha e esgotada antes do tempo.

— Você está longe de ficar velha e esgotada. É o Seth. — Matilda pareceu preocupada. — É minha culpa por ter revelado sem querer que você não é Harriet? Estou me sentindo péssima por aquele dia.

— Não se sinta. Eu estava planejando confessar de qualquer jeito.

— Talvez. Ou talvez tivesse levado a mentira de volta a Manhattan. Se tivesse feito aquilo, Seth a teria seguido? Ela iria querer que ele assim fizesse? Os pensamentos vagavam a esmo, como folhas num pé de vento. Fliss nunca sabia ao certo onde iam cair. — E achei bem legal ter uma bebê com meu nome.

— Estraguei seu disfarce. E agora Seth sabe.

Outra pessoa teria contado que Seth já sabia. Teriam provavelmente rido do assunto, um riso matizado de constrangimento. Mas Fliss não era aquela pessoa.

— Eu devia ter feito isto muito tempo atrás, mas estava tão enrolada em minhas próprias mentiras que não sabia como colocar para fora.

— Foi muito constrangedor? Quero detalhes.

Fliss não era de dar detalhes.

— Nós conversamos.

E, enquanto ele falava, ela estava preocupada com o formato de sua boca e a grossura de seus cílios.

Como era possível que um homem fosse tão atraente? O mundo era um lugar injusto. Se fosse justo, Fliss conseguiria passar uma noite com Seth sem a sensação de ter os sentimentos colocados numa coqueteleira e tratados sem um pingo de piedade.

Ela não sabia se eram os olhos ou o sorriso, mas algo nele a virava do avesso.

Talvez fosse aquela confiança. Ela sempre invejou aquela confiança. O fato de ele ser tão *seguro*. Imaginava que vinha dos pais, que tanto o encorajaram e acreditaram nele. Pais orgulhosos.

Ela, por outro lado, era um bololô de insegurança em banho-maria. Detestava se sentir assim. Já devia ter se livrado disso àquela altura.

E daí que ninguém em sua família sentia orgulho dela? Tinha uma empresa e um apartamento, ainda que pequeno e compartilhado com a irmã. E pagava todos os boletos sozinha. O pai não lhe dera um centavo sequer. *Fliss* tinha orgulho de si mesma. Só aquilo deveria importar.

— Preciso que você traduza algo para mim. — As palavras lhe escaparam da boca, surpreendendo-a.

— Nunca fui boa com idiomas.

A brisa fluía através da janela, amenizando o calor.

— Estou falando de homens. Você entende os homens.

Matilda explodiu em riso.

— Homens de ficção. Entendo meus personagens, mas porque eu os criei. E espero que entenda do Chase, pelo menos na maior parte do tempo.

Fora Chase quem levara Fliss até a casa para ver Matilda. Ele ficou de um lado para o outro em volta de Matilda e a bebê até ela delicadamente despachá-lo para o trabalho. O olhar que os dois trocaram deixou claro para Fliss que haviam esquecido de sua presença no quarto.

Ela se via, outra vez, invejando a conexão íntima dos dois.

— Você conta tudo ao Chase?

— Sim. É o que torna as coisas tão boas. Não tenho que esconder dele quem sou, ele me conhece e me ama de qualquer maneira. — Matilda aconchegou a bebê. — O que você precisa que eu traduza? A linguagem corporal ou a situação?

— Você me disse outro dia que busca os motivos para as pessoas agirem como agem. É isso que quero saber. Os motivos. — Passara a noite pensando naquilo. Seu cérebro dera voltas e voltas até ficar tonta. Ainda assim, Fliss não conseguia entender. Tinha passado uma década achando que as coisas eram de uma certa forma e, agora que eram diferentes, não reconhecia o que via. — Preciso entender por que Seth está agindo desse jeito.

— Vou precisar de mais um pouco de informação.

— É a primeira vez que o vejo em dez anos...

— Sendo você mesma.

— Oi?

— Você o havia visto como Harriet.

Fliss lançou um olhar à amiga.

— Você vai ficar me interrompendo?

— Foi mal.

— Ele me convidou para jantar. Por que isso? Por que inventar mais esse problema para o provável reencontro mais constrangedor da década?

— Ah, é por *isso* que você está tão distraída. — Matilda balançou a cabeça, como se Fliss tivesse acabado de compartilhar algo histórico. — Imagino que foi porque ele não queria apressar as coisas. Um jantar dá o tempo necessário para dizer o que precisa ser dito. Ele levou você a um restaurante? Que tipo de restaurante? Terreno romântico ou neutro?

— Não foi num restaurante. Ele me convidou para a casa dele. Ele cozinhou.

— Adoro homens que sabem cozinhar. — Matilda ajeitou o cobertor em volta da bebê. — Cozinhar para você é mais pessoal do que ir a um restaurante. É íntimo.

— Não faz sentido. Por que ele ia querer que fosse pessoal e íntimo?

— Talvez porque imaginou que faria melhor ao relacionamento de vocês passar um tempo juntos sem pessoas ao redor.

— Que relacionamento? É *por isso* que estou confusa. Nosso relacionamento acabou faz dez anos e, mesmo quando estava a todo vapor, não éramos do tipo de casal que tem encontros para jantar.

Mas faziam caminhadas românticas na praia, sob o luar. Faziam outras coisas também. Coisas em que não conseguia parar de pensar.

— O que vocês faziam naquela época? Como passavam o tempo juntos?

Fliss olhou para a bebê.

— Ela é nova demais para ouvir.

— Está certo. — Matilda deu risada. — Entendi. Era mais uma coisa de hormônios do que cabeça ou coração.

Havia coração, pensou Fliss. Ao menos da parte dela. Havia tanto coração que tinha sido difícil se recompor depois. Mas aquilo não era algo que dividia com outras pessoas.

— Ontem à noite, ele cozinhou, depois caminhamos pela praia e conversamos.

— Me parece tranquilo. Que parte você precisa que eu decifre?

— Ele disse coisas que eu não esperava que dissesse.

Matilda a encarou.

— Se quer minha ajuda, vai precisar me dar mais informação.

— Achei que ele estivesse bravo comigo. Quer dizer, ele deveria estar bravo comigo.

— Por quê? O que você fez?

Fliss encarou através da janela, permitindo que a mente deslizasse ao passado.

— Não importa. Você só precisa saber que ele não estava bravo. E… ele me surpreendeu, é isso. — E Fliss se surpreendeu com que ela mesma revelou. — Achei que ele fosse dizer o que queria e eu iria embora. Pensei que seria isso e, toda vez que o visse depois, eu só acenaria e diria "Oi, Seth".

— Mas…?

— Ele quer me ver outra vez. — Fliss deixou o ar sair. — Não esperava por isso. Era para ele ficar longe de mim.

— Não me parece que ele queira isso.

— E o que isso *significa*? Ele disse que quer passar mais tempo comigo. É um tempo como amigo ou mais do que isso?

— Você sempre pensa tanto assim sobre relacionamentos?

— Sim, mas não é esse o ponto. O ponto é que eu não quero ter um relacionamento com Seth.

— Mas está na cara que ele quer.

— *Por quê?* Aonde tudo isso está nos levando?

— Não sei. Talvez ele queira uma amizade. Ou talvez não saiba também. Talvez queira passar um tempo com você e ver o que rola.

E *o que* poderia rolar?

— Achei que o objetivo da conversa de ontem à noite era esclarecer as coisas para seguirmos adiante. Mas agora ele quer voltar no tempo. É confuso e não quero me sentir assim. É estressante.

Matilda sorriu.

— Você sempre quebra a cabeça assim com tudo?

— Às vezes.

Com algo que poderia machucá-la? Sempre.

De olhos fechados, a bebê parecia tão tranquila.

Fliss invejou a simplicidade de sua vida. Naquele momento, trocaria de lugar com ela.

Matilda se remexeu.

— Você pode segurá-la um pouquinho enquanto vou ao banheiro?

Fliss pensou na sensação que teria com a bebê em seus braços.

— Não quer colocá-la no berço? Ela está dormindo. Seria uma pena acordá-la.

— Exatamente. Sempre que a coloco no berço, ela acorda e não quero que isso aconteça. Além disso, é uma desculpa para você ninar alguém com seu nome.

Fliss estava em busca de desculpas para *não* ter que ninar a bebê, mas, levando em conta que aquilo demandaria explicações que não queria dar, pegou a neném com cuidado, torcendo para que o coração ferido se provasse mais forte do que da última vez que segurara a pequena Rose.

— Espero que eu não a acorde. Não tenho muita experiência com bebês.

Havia uma dor dentro dela. Pesar? Saudades?

Se você não tivesse perdido o bebê, ainda estaríamos juntos.

Era verdade?

A ideia lhe dava náuseas. Trazia à tona todos os "e se" que tentava afastar da mente.

— Vai dar tudo certo.

Matilda sumiu do quarto, passando por cima de Herói, que não tirou os olhos de Fliss e da bebê. Estava na cara que Rose agora era sua prioridade.

— Você acha fácil? — Fliss ficou imóvel, desesperada em não acordar a bebê. — Coloca sua pata num espinho e pressiona com força, para você ver. Essa é a sensação. — Herói bocejou. — Eu esperava um pouco mais de empatia depois dos passeios incríveis que tivemos. Você me deve isso.

Ainda a observando, Herói ajeitou o focinho nas patas, como um guarda-costas bondoso.

Matilda reapareceu e tomou a bebê dos braços de Fliss.

— E aí, aonde ele vai levar você?

— Para velejar.

— Ah, que sortuda. — Encaixou Rose no ombro com a naturalidade de quem fazia aquilo desde sempre. — Chase adora velejar com o Seth.

Fliss também adorava.

— Que doideira, não é?

— Não. Ele é um exímio velejador. Ele e Chase já tiveram dificuldades uma vez na baía e o Seth os salvou.

— Eu não estava falando de velejar. Eu quis dizer que é uma doideira fazer algo pela segunda vez quando deu tão errado na primeira.

— Você está preocupada com ele ou consigo mesma?

— Com os dois.

As coisas haviam mudado tanto só em vinte e quatro horas.

Descobrir que ele havia tentado falar com ela e que ninguém lhe contara sobre isso era outra peça do quebra-cabeça que explicava eventos do passado.

— Eu deveria tê-lo convidado para almoçar com minha avó e as amigas dela. Isso o espantaria.

Matilda transferiu o bebê para o outro ombro.

— O Seth não me parece o tipo de homem que se espanta fácil. Você, por outro lado…

— O quê? O que tem eu?

Matilda hesitou.

— Você não fala como se estivesse planejando um encontro. Fala como se estivesse preparando as defesas para um ataque. Não está explorando as possibilidades de relacionamento, está bolando um plano de combate.

Um plano de combate?

Fliss pensou naquilo enquanto passeava com Herói na praia em frente à casa de Matilda e ainda estava pensando naquilo quando voltou à casa da avó.

A avó estava na cozinha com quatro mulheres que Fliss lembrava vagamente dos verões que passara ali quando criança.

— Desculpa atrapalhar. Vim passear com o Charlie. Está tudo bem, vó?

— Tudo bem, obrigada. Você lembra da Martha? Ela é dona da padaria na rua principal, ainda que a filha fique mais tempo por lá agora. E a Dora, que você deve lembrar do consultório do médico, e a Jane e a Rita, que viviam aqui, mas se mudaram para a parte leste dos Hamptons. Vocês todas conhecem minha neta.

Ela lançou um olhar a Fliss indicando que havia preservado sua identidade, ao que Fliss respondeu com um sorriso leve.

Desistira da identidade falsa.

— Eu sou a Fliss — disse ela. — Olá, senhoras. — Ela murmurou alguma saudação genérica, na esperança de que Dora tivesse esquecido a vez que fora ao consultório com alergia de carvalho-venenoso, depois de ter roçado nas folhas no caminho para encontrar Seth. — Vocês parecem estar se divertindo. Esses biscoitos são da Cookies and Cream?

— Claro. São os melhores. Depois dos da sua irmã, é claro. Só nos encontramos duas vezes por mês, por isso temos direito a um docinho.

— Duas vezes por mês? Então é algo regular?

— Nós nos encontramos uma vez para jogar pôquer e outra para nosso grupo de leitura. Preferimos a hora do almoço pois vamos cedo para a cama.

Fliss encarou as cartas sobre a mesa.

— Pôquer?

— Somos as Princesas do Pôquer, não sabia?

Fliss torceu para que a boca não estivesse aberta.

— Não — disse. — Eu não sabia.

— Por que está tão surpresa? — A avó a estudou por cima do copo. — Você acha que pôquer é um negócio para homens borbulhando de testosterona em uma sala enfumaçada, é isso?

— Eu não responderia que não... — murmurou Jane, ao que Fliss sorriu.

— Devo admitir que vocês não se enquadram exatamente na visão que eu tinha.

— Pôquer mantém nossos cérebros afiados e é divertido, ainda que a Rita costume vencer todas.

Dora soltou uma exclamação.

— Ninguém consegue ler as expressões dela.

— É por causa do Botox — disse Rita, bem-humorada. — E homens borbulhando de testosterona me soa ótimo. Podemos convidar alguns para nossa próxima sessão?

Fliss deu risada.

— Vocês estão apostando os biscoitos?

— Pelo amor de Deus, não. É dinheiro mesmo. — Havia um brilho no olhar da avó. — Que sentido faria?

Fliss concluiu que ainda havia muito a aprender sobre a avó.

— Vou levar o Charlie para passear e deixá-las com a jogatina de vocês.

— Obrigada, querida. — A avó colocou as cartas sobre a mesa. — Ela tem passeado com o Herói para Matilda e o Charlie para mim duas vezes por dia. Tem feito bem a ele. Perdeu um pouco de peso e anda mais calmo. Está se comportando bem melhor. Ela o leva à praia e o deixa correr.

Dora ergueu o olhar.

— Pensei que a Harriet fosse vir ficar com você até estar recuperada.

— No final das contas foi a Fliss. — A voz da avó soou calma. — Sorte a minha. Ela resolveu todas as minhas burocracias e finanças, que estavam uma lástima. E é ótima com o Charlie.

Rita pareceu confusa.

— Pensei que Harriet levasse jeito com os animais.

— Fliss também leva jeito e não é boazinha que nem a Harriet. Eles sabem que não podem mexer com ela, o que é bom. A minha Fliss tem uma cabeça ótima para os negócios. Ela abriu uma empresa de sucesso do zero, e em Nova York, onde milhares de negócios quebram todos os dias.

Fliss sentiu um rompante de gratidão. Não estava acostumada a ver os outros a defenderem. Era ela quem costumava defender os outros.

— Se vamos falar disso, vou precisar de mais chá. — Jane se serviu uma xícara. — Quando sua avó começa, é impossível parar. Se deixar, ela fica se vangloriando de você durante nossa sessão de pôquer inteira.

Fliss sorriu.

— Da Harriet, a senhora quis dizer.

— Não, querida, de você. — Jane mexeu o chá. — Ela fala de você o tempo todo. Às vezes tanto que precisamos avisar. Todas nós nos vangloriamos de nossos netos, mas ela é a que fala mais e mais alto.

Fliss se sentiu confusa.

— Ela fala de mim?

— É claro. Ela tem muito orgulho de você.

— *Você nunca vai conhecer mulher mais forte, corajosa e determinada do que minha Felicity.* — Rita e Dora disseram as palavras ao mesmo tempo e caíram na risada.

A avó de Fliss lhes lançou um olhar frio.

— E eu teria motivo para não me vangloriar de minha neta?

A avó falava dela às amigas? Se vangloriava dela? *Tinha orgulho?* Para seu próprio horror, Fliss sentiu a garganta embargar.

— É melhor eu levar o Charlie. Ele está esperando na porta.

Dora tomou um gole do chá.

— Você tem sorte, Eugenia. Eu queria alguém que me ajudasse passeando com meu Darcy. As caminhadas dele diminuíram muito desde que minha artrite atacou. Ele tem tanta saudade da praia.

Fliss ficou aliviada com a mudança de assunto. O nó na garganta se dissolveu sem causar outros problemas.

— Eu poderia passear com ele para a senhora.

Dora abaixou a xícara.

— Mesmo?

— Por que não? Estou aqui, tenho tempo disponível e já estou passeando com Herói e Charlie.

— Se ela for passear, você vai ter que pagar — disse a avó. — E vai pagar o valor dela.

— Estou entendendo por que você nunca vendeu isso aqui para as pessoas que vinham bater à porta — disse Rita. — Você é difícil na negociação.

— Minha casa nunca esteve à venda. Nem minhas amizades. E você pode rir quanto quiser, mas minha neta não está fazendo obra de caridade. Ela tem o negócio dela, você sabe, em Manhattan.

— A Guardiões do Latido — disseram as quatro em uníssono.

Dessa vez, Fliss sorriu.

— Vocês sabem da gente?

— Detalhe por detalhe. Nós comemoramos cada conquista junto com vocês — disse Dora. — Ficarei feliz em pagar. Não esperava menos que isso. Você faria isso por mim, querida? Darcy é bem sociável, mas não anda saindo o suficiente.

Fliss pegou a coleira de Charlie do armário junto à porta.

— Claro. De que raça ele é?

— É um labrador. Grande e bobão. Duas vezes por dia seria ótimo, se puder encaixar. Ele come o que vê pela frente, então você precisaria ficar de olho. Sua avó tem razão. Você é uma boa menina.

Não, pensou Fliss. Ela não era uma boa menina. Mas gostava de passear com cachorros.

— Sem problemas. Vou dar nosso questionário para a senhora, vou conhecer o Darcy e traçamos um plano. Posso começar amanhã, se a senhora quiser.

— Obrigada. Imagino que esse físico seja por causa desses passeios todos.

Mais à vontade entre elas, Fliss se inclinou para a frente e pegou um biscoito do prato sobre a mesa.

— Que livro vocês estão lendo para o clube de leitura?

— O último da Matilda.

Recordando as páginas que havia lido, Fliss levantou as sobrancelhas.

— Eles são bem picantes.

— É por isso que os lemos. Tinha uma época em que buscávamos aventura entre os lençóis, mas agora é entre as páginas. Falando em aventura... — a avó estudou o rosto da neta por sobre a xícara — ... não ouvi você chegar em casa ontem à noite. Como foi o encontro?

— Ela teve um encontro?

De repente, cinco pares de olhos fixaram-se com interesse nela, e Fliss parou com o biscoito a meio caminho da boca, desejando ter ido embora quando teve chance.

— Não tive um encontro.

— Ele a convidou para jantar em casa. — A avó olhou para as amigas. — Na minha época, isso se chamava encontro.

— Vó...

— Deve ter sido um encontro — disse Dora —, porque ela não quer comentar sobre. Quando não se quer comentar sobre um homem, é sinal de que está interessada.

— Quem era o homem? — A pergunta veio de Rita.

Fliss começou a recuar em direção à porta, sentindo o pânico aumentar junto com a cor de suas bochechas.

— Não era ninguém...

— Seth Carlyle. — A avó pegou as cartas e as examinou. — Nosso veterinário gostosão.

— O melhor partido dos Hamptons — disse Dora. — Já estava na hora de alguém fisgá-lo.

— Ela já o fisgou uma vez — murmurou Jane. — Sua memória está ruim, Dora.

Fliss se contorceu.

— Não estou fisgando ninguém, Rita. Não estou fazendo nada com ele.

— Uma pena. Não vão sair de novo?

Fliss passou o dia refletindo sobre o convite e decidiu que seria estúpido vê-lo outra vez. Um encontro casual era diferente de velejar. Tinha planos de lhe enviar uma mensagem avisando que não iria.

— Foi algo casual, só isso.

Fliss tentou esquecer a forma que Seth olhara para ela quando estavam lado a lado na praia.

Jane pareceu interessada.

— Então você viu a casa nova dele?

Fliss abriu a boca, mas a avó falou primeiro.

— Estou feliz que ele tenha a própria casa. A Vista Oceânica é linda, mas não deve ser fácil perambular numa casa grande e antiga daquelas sem o pai.

— Concordo. — Dora concordou com a cabeça. — O menino precisa vender aquela casa.

Mas ele não queria, pensou Fliss. Vendê-la machucaria seu coração. Para ele, era como jogar fora todas aquelas lembranças.

— Menino? — Martha ergueu uma sobrancelha. — Talvez minha visão esteja melhor que a sua, pois não vejo nenhum menino. Nosso veterinário é um homenzão. Que ombros!

— E braços.

— Eu gosto é daqueles cílios escuros e da barba por fazer — murmurou Rita. — Aquele homem tem um *sex appeal* que eu nem saberia o que fazer com ele.

Fliss abriu a boca e a fechou em seguida. Ela soubera exatamente o que fazer com ele.

Ainda sabia, motivo pelo qual mantinha a distância.

— É o sangue italiano. *Mamma mia.* Ele é um homem forte, mas tão delicado com os animais. Às vezes, se pego meus binóculos e fico de pé numa cadeira, consigo vê-lo correndo na praia — confessou Jane.

Dora deu um sorrisinho afetado.

— Eu o vejo regularmente desde que a artrite do Darcy *também* piorou.

Rita tossiu de leve.

— Outro dia, ouvi de rabo de ouvido a sra. Ewell, da biblioteca, confessando que metade das mulheres da cidade levam os bichos lá não porque estão doentes de verdade, mas para poderem conversar com o Seth. Ele tem um jeito tão sereno com eles. Aquele homem é um porto seguro nas crises.

Fliss olhou para elas.

— A senhora está dizendo que as pessoas levam animais que não estão doentes de verdade para o veterinário?

As mulheres trocaram olhares.

— É fato sabido — disse Jane, limpando os óculos.

— Eu invejo a mulher que ficar com ele.

— Eu também. — Jane ajeitou os óculos sobre o nariz e olhou para Fliss. — Ele beija bem, querida?

— Jane Richards! — interviu a avó. — Ela não o beija desde os 18 anos. Não vai lembrar como é.

Fliss lembrava. Lembrava a sensação das mãos e da boca de Seth. O irromper de sensações. O calor líquido sobre seu umbigo.

— Não lembro. — Sua voz soou estrangulada. — Não tenho recordação.

— Ah. — Jane pareceu cabisbaixa. — Quando ele beijar você de novo, vamos querer saber. E não olhe para mim desse jeito. Não tem nada de errado com uma conversinha sobre sexo. Especialmente quando falar é a única coisa que nos resta. Livros, filmes, conversas. Só isso.

— Verdade — concordou Dora. — Mas estamos deixando Fliss com vergonha. Acho que é hora de cuidarmos de nossa vida.

— Desde quando a senhora cuida de sua própria vida, Dora Sanders?

— Desde nunca, talvez, mas tenho medo de chatear Fliss e ela não querer passear com o Darcy.

— Não vejo a hora de passear com ele. — Não via a hora de escapar dali, isso sim. Fliss pegou Charlie pela coleira e foi em direção à porta. — Foi um prazer conhecê-las.

— Depois de passear com o Charlie, junte-se a nós. Quando terminarmos de jogar, vamos pedir comida chinesa do Jardim de Jade e assistir a *Sex and the City*.

— Você pode nos dar sua opinião de jovem.

Fliss pestanejou.

— Muito gentil de sua parte, mas tenho compromisso hoje à tarde.

Cinco pares de olhos fixaram-se no rosto dela.

— Você vai sair com o Seth?

— Na verdade, sim. Vamos velejar.

Que mal faria? A tarde estava perfeita para velejar. Se a outra alternativa era ficar jogando pôquer e conversando sobre sexo, Fliss preferia pular fora.

Dos males, pensou ela, Seth era o menor.

Houve um murmúrio de aprovação por parte das mulheres à mesa.

— Não é tão casual assim então… — murmurou Jane.

— Não tenha pressa em voltar — disse a avó. — Quando terminarmos aqui, irei cedo para a cama. Não serei boa companhia.

Elas estavam sugerindo que Fliss passasse a noite com Seth?

— Não vou…

— Viva enquanto é jovem — incitou Dora, ao que Jane confirmou com a cabeça.

— Antes que seu quadril comece a estalar.

— Vá pegá-lo, querida — disse Rita, dando um soco leve no ar.

Fliss fugiu.

Dora esperou até a porta bater.

— Sucesso.

— Você acha? — Martha pareceu ter dúvidas. — Longe de mim dizer como lidar com sua neta, Eugenia, mas acho que você quase exagerou uma hora. Especialmente na parte em que tentou convencê-la a passar a noite com ele.

Jane concordou.

— É melhor não se meter. Nunca funciona.

Eugenia bateu com as cartas na mesa.

— Com minha filha, eu nunca me metia o bastante. E devia. Se tem uma coisa na vida de que me arrependo, é isso.

Dora também abaixou as cartas.

— Você é dura demais consigo mesma. O que poderia ter feito?

— Não sei, mas devia ter feito *alguma coisa*. Só isso. Eu sabia que aquele casamento não ia dar certo, fiquei na minha e deixei acontecer.

— Não é como eu lembro. Ela tomou as próprias decisões, Eugenia. Fez o que achou que era certo para si mesma. E desde quando os filhos ouvem os pais? Mesmo os adultos. Ela provavelmente não teria dado ouvidos a você.

— Talvez não, mas eu queria ter tentado. — Eugenia olhou para a porta por onde Fliss acabara de sair. — Quando um casamento dá errado, não afeta só uma pessoa. Isso reverbera. É como um terremoto. Destrói algumas estruturas, enfraquece outras.

— Fliss não parece enfraquecida. É uma menina forte. A infância dela pelo menos a ensinou como se proteger.

— É isso que me preocupa. — Eugenia tirou os óculos e esfregou os olhos. Sentia-se cansada desde que caíra. Cansada como havia tempos não se sentia. Teve sua sensação de segurança abalada, temia o momento em que dependesse da ajuda de alguém. — Ela se protege um pouco demais. Não deixa ninguém se aproximar dela. Ela guarda os sentimentos no peito porque aquele desgraçado que se casou com minha filha a fez se sentir uma inútil.

Jane ofegou.

— Eugenia! Papo de sexo e pôquer não bastam para você? Tem que usar esse linguajar também?

— Se eu pudesse pensar em palavra mais adequada, eu a teria usado.

— Você fez o que pôde. Enxotou-o de sua casa.

— Mas ela voltou para ele. Ela sempre voltava para ele.

— O amor é um negócio complicado.

— Principalmente quando não é correspondido. — Eugenia passou os dedos sobre a testa. — Eu devia ter vendido isso aqui e dado o dinheiro para ela se divorciar.

— Você ofereceu. Ela que não quis.

— Se eu tivesse vendido sem avisar, ela não teria opção.

— Mas ela perderia o refúgio dela. E das crianças. Ela as trazia todo verão.

— Mas no final de cada verão, eles voltavam. Para o inferno.

— Ele abandonou a família há uma década, Eugenia. Por que você está falando disso agora?

— Porque o legado dele continua vivo. Vejo isso na forma de Fliss viver a vida.

— Talvez nosso veterinário bonitão vá mudar essa situação.

— Talvez. — Eugenia tomou uma decisão. Parecia tão claro, tão óbvio, que ela se perguntou por que não o tinha feito antes.

Endireitou-se na cadeira. — E talvez ele precise de uma ajudinha. Vou dar essa ajuda a ele, mesmo que para isso eu tenha que tirar alguns esqueletos do armário.

— Alguns? Quantos esqueletos você mantém ali?

Jane franziu o cenho.

— Se você está falando o que estou pensando, então são os segredos de sua filha, Eugenia. Não os seus. Se tem algo que ela escolheu não contar a Fliss, não cabe a você fazer isso. Não é assunto seu.

— É aí que discordo. Quando os segredos dela afetam a filha, minha neta, vira assunto meu. Fliss acredita em coisas que estão erradas. Na minha opinião, minha filha devia ter passado as coisas a limpo há muito tempo. Tem coisas que ela devia ter dito e que nunca disse. Não é bom para as crianças crescerem acreditando que algo é verdade quando não é.

— Ele deve ter tido seus motivos para ficar quieta.

— Teve sim. Da mesma forma que eu tenho meus motivos para abrir o jogo. — Ela pegou as cartas. — Vamos jogar. Quero arrasar hoje.

— Nossos dias de pôquer são sempre tão empolgantes — disse Martha. — Mesmo que nem sempre terminemos o jogo.

Jane ergueu o olhar.

— Vamos mesmo assistir a *Sex and the City*?

— Claro que não.

— Então por que você disse que iríamos?

— Foi a única coisa que me ocorreu capaz de fazer a opção de sair de casa ser mais atraente para ela do que ficar.

— Você viu a cara dela? Por que os jovens acham que sexo é um negócio só para eles? Como eles acham que vieram parar aqui?

— Acho que deveríamos assistir. — Jane parecia esperançosa. — Só para o caso de ela voltar mais cedo e não achar que estávamos blefando.

Capítulo 14

— Pôquer e conversinha sobre sexo? Elas usaram essas palavras mesmo? — Seth dirigiu pelas estradas estreitas que levavam ao mar.

Seth ficou surpreso quando recebeu a mensagem de Fliss perguntando se podiam se encontrar mais cedo.

Ela pulou para dentro do carro e murmurou "Dirija" sem dar maiores explicações, até aquele momento.

Seth achou graça na ironia do destino. Havia anos que Fliss o evitava e agora o estava tratando como se fosse seu veículo de fuga.

— Sim. Ouvi muito bem as palavras antes de entrar em choque. Tipo, a idade delas somada deve dar uns 400 anos.

— Então devem ter muita experiência.

— Eu sei. E não sei quão fundo quero pensar nisso. — Ela olhou por cima do ombro. — Elas devem estar agora mesmo com o nariz grudado na janela, observando a gente com binóculos.

— Isto incomodaria você?

Seth não se importava que os moradores locais se interessassem por sua vida, contanto que não tentassem influenciá-la da maneira que Vanessa fazia.

Ele conversara com a irmã na noite anterior, imediatamente depois de Fliss ir embora. Foi a conversa mais dura que já tivera com ela. Pensando agora, talvez devesse ter esperado até a fervura da raiva baixar, mas a ideia de que Vanessa pudesse ter contribuído de alguma maneira para o término de sua relação com Fliss o tirava do sério.

Lembrando a conversa, apertou mais forte o volante.

Fliss o encarou.

— Algo de errado? Você parece bravo.

— Não estou bravo. — Seth se forçou a relaxar.

— Ótimo. Por um instante, achei que você pudesse ter ouvido a conversa delas. Elas falaram sobre você com riqueza de detalhes. Não é assustador?

— Você está esquecendo que moro aqui há algum tempo. Estou acostumado com elas. Além disso, não sou de me assustar facilmente.

— Nesse sentido, você é mais forte do que eu. Fiquei em pânico. Não estou acostumada a falar de assuntos pessoais, especialmente com cinco mulheres com idade superior a 80 anos. — Fliss ajeitou os óculos de sol sobre o nariz. — Você ainda veleja bastante?

— Sempre que podemos.

Seth olhou pelo retrovisor e viu Lulu, leal e dedicada, retribuindo o olhar. Esperava que a cachorra fizesse bem seu trabalho e ajudasse Fliss a relaxar.

Por sorte, ela parecia bem relaxada naquele momento.

— Matilda disse que você e Chase velejam juntos.

— Às vezes. E às vezes eu velejo com o Brett, o irmão dele. Às vezes, levo só a Lulu.

Ele estacionou junto à bela orla da praia e Fliss soltou um suspiro.

— Amo este lugar. Eles têm a queima de fogos do feriado mais incrível daqui. Minha avó costumava nos trazer.

— Vi vocês algumas vezes. — E ele a observara, vendo seu rosto acender enquanto assistia ao céu noturno brilhar, iluminado pela explosão cintilante de estrelas. — A gente também vinha para cá. Meu pai era membro do iate clube.

Ela se virou para olhá-lo.

— Você deve ter saudades de velejar com seu pai. Sei que adorava. Eu ficava sentada na praia vendo vocês dois.

A dor veio repentina e aguda, como um chute no estômago.

— Sim. Era nosso momento de relaxar. Foi ele quem me ensinou a velejar. Me levou para água antes que eu aprendesse a andar. Era um especialista nas águas da Baía de Gardiner e da Ilha de Shelter.

— E ele passou isso para você.

— Às vezes, ele levava a Vanessa, o que eu detestava, pois era uma coisa que eu fazia com ele. Era algo nosso. Não queria dividir aquele momento com minha irmã. Eu morria de ciúmes. — Ele a encarou. — Imagino que você não entenda o que é isso. Você dividia tudo com sua irmã.

— E nada com meu pai. Cada família é diferente.

— Acho que sim. — Ele estacionou e permaneceu sentado por um minuto, lutando contra lembranças que vinham e rodopiavam em torno dele. — Participávamos da corrida de iate uma vez por ano. Meu pai era tão competitivo. — Lembrar aquilo fez Seth sorrir. — Às vezes, íamos até o mar e ficávamos só de bobeira no cais.

— É pior velejar sem ele ou ajuda?

— Ajuda. Com certeza ajuda.

— Então vamos velejar. Bora lá.

Ela deu um apertão na mão de Seth e abriu a porta do carro.

Balançando o rabo em aprovação, Lulu saiu correndo. Ela topava qualquer coisa.

Assim como Fliss. Era uma das coisas que Seth sempre amou nela, como, independentemente de qual fosse a sugestão, a resposta seria sempre sim.

Observou-a brincar e conversar com Lulu, dizendo-lhe como era uma menina linda e esperta.

Grato por aqueles momentos a mais, afastou a nuvem sombria sobre a cabeça, saiu do carro e retirou o isopor e uma grande mala do porta-malas.

— Espero que esteja com fome.

— No caso, estou sim, o que vem a calhar, pois parece que errar na quantidade de comida é um costume seu. Você herdou o gene hospitaleiro de sua mãe. — Fliss se endireitou. — Não sabia que você deixava seu barco no iate clube. E sua doca privativa?

— Talvez eu o leve para lá em algum momento, mas por enquanto é mais conveniente deixar aqui.

Com o rabo balançando, Lulu corria em círculos.

— Alguém está feliz. — Fliss se agachou para brincar novamente com a cachorra. — Há quanto tempo vocês estão juntos?

— Você está falando do barco ou da cachorra?

Fliss deu risada.

— A Lulu.

— Faz seis anos. — Seth bateu a porta do carro e levou o equipamento até o barco. — Ela estrelou uma série de televisão por muitos anos. Se machucou filmando uma acrobacia e a levaram ao meu consultório.

— Foi quando você trabalhava na Califórnia?

— Sim. Caímos na conversa de que ela teria que se aposentar e de como seria difícil encontrar uma casa para ela. Ela virou para mim com uns olhões, toda triste. Amoleci na hora. Só descobri depois que se fazer de triste era um dos truques dela.

— Aí você ficou com ela. Cachorra de sorte.

Seth olhou para Lulu, que era capaz de iluminar seu dia com apenas um balançar de rabo.

— Eu que tive sorte. Ela é uma figura. Como teve que fazer muitas coisas enquanto trabalhava em filmes, ela topa qualquer coisa. É tão corajosa. — Outra coisa que tinha em comum com Fliss.

— Ela não é labradora de sangue puro?

— É mistura de labrador com retriever.

Lulu saltou para dentro do barco com um movimento alegre. Do deque, Fliss examinou o barco de proa a popa.

— Este não é o barco em que você costumava velejar.

— Tenho este há uns seis anos.

— Você tinha uma chalupa. Um barco de madeira clássico que seu pai passava os finais de semana reformando. Ele estava sempre atrás de algum tipo de madeira ou tecido para a vela. Sempre me impressionou como um advogado podia saber tanto de construção de barcos.

— Era um passatempo. Ele era um artesão incrível. O barco era o que o relaxava. O jeito dele de deixar a cidade e o trabalho para trás.

— O que aconteceu com a chalupa?

— Ele vendeu. A vida ficou muito cheia e não tínhamos tempo para fazer a manutenção de que ela precisava. — Seth tinha saudades daqueles dias. Aqueles fins de semanas longos e preguiçosos cujos únicos sons eram o tilintar de mastros e o leve tapa da água contra o casco do barco. — Este aqui é mais fácil de velejar. E é rápido.

— Quão rápido? — Os olhos de Fliss brilharam. — O bastante para a gente tomar multa?

— É claro que você gostaria disso.

— Seria uma aventura. Faz tempo que não subo num barco. Isso é um problema? Vou precisar de ajuda?

— Posso guiá-la com uma só mão se preciso. Ela tem a bujarrona autonivelada e cevadeira automática.

— Não faço ideia do que sejam, prova de que esqueci tudo o que você me ensinou.

— Você não precisa saber nada. Vou explicar o que tem que fazer. Você só precisa seguir minhas ordens. — Ele entrou no barco e guardou o isopor. — Acha que consegue?

— Se a outra alternativa for dar um mergulho não planejado no oceano, então sim. Você sabe como motivar uma garota.

Fliss parou e dirigiu a Seth um olhar tristonho. O olhar o fez pausar.

— O que foi? Agora você está com medo de se afogar? Não precisa. Sou um bom marinheiro e você pode usar colete salva-vidas.

— Não é isso.

— Então o que foi?

Ela deu de ombros.

— A sensação… Isso aqui era uma das coisas de que eu mais gostava.

Aquilo era o mais próximo que Fliss conseguia chegar de falar do relacionamento deles. Seth parou o que estava fazendo e a escutou.

Os ventos e a corrente podiam esperar. Se Fliss estava falando, ele ia deixá-la falar.

— Velejar?

— Você nos levou algumas vezes para andar de barco. Eu amei. Costumava desejar que fosse só eu e você. — Ela balançou a cabeça. — Isso aqui é um encontro ou estou só participando do esporte que você ama?

— Chame do que quiser. Qualquer nome que faça você sentar sua bunda nesse barco. — Ele aliviou o clima e viu Fliss sorrir. Seth adorava aquele sorriso, a curvatura de sua boca e a maneira que seus olhos brilhavam de expectativa. — Espero que você entre no barco antes do sol se pôr. Claro, se você não quiser, tem pôquer e sexo na casa de sua avó. A escolha é sua.

— A escolha tinha que ser entre o diabo e o mar azul. As duas opções não deviam ser a mesma.

— Nesse caso, eu que sou o diabo? Estou deixando você nervosa? — Seth sentiu que era ele, não o barco.

— É que eu não sei as regras. Não sei o que está rolando aqui. Não sei nem o que estou fazendo aqui. Ah, que se dane… — Ela afastou uma mecha de cabelo dos olhos e pulou no barco, ágil como um gato. — Escolho o diabo *e* o mar azul.

— Não sou o diabo e espero que você esteja aqui por vontade própria. — Ele colocou a mão sobre o ombro dela e viu o sorriso de Fliss vacilar. — Vamos fazer algumas das coisas que nunca fizemos, só isso. Não tem regras.

O sorriso voltou quando os olhares se encontraram.

— Vou ficar mareada?

— Espero que não, porque o isopor está cheio de comida. — Ele baixou a mão, afastou o cabelo do rosto de Fliss e ajeitou os óculos sobre o nariz dela.

— É claro que está. Seu sobrenome é Carlyle. Então vai ser só duas pessoas curtindo uma linda tarde no mar. Me parece ótimo. Com certeza mais atraente do que uma noite de pôquer com reprise de *Sex and the City*.

Ele guiou o barco para fora da marina e baía adentro. A oeste, havia as duas pontas em que Long Island se bifurcava; a leste, o mar aberto com a silhueta da Ilha de Gardiner ao longe.

Fliss permaneceu ao lado de Seth com os pés separados, firmando-se contra o suave sobe e desce do barco.

— Eu sonhava com aquela primeira vez que você me levou para o mar. Não faz ideia de quanto eu invejava você. Invejava também o amor que sua família tinha, é claro, mas invejava seu barco. Estar no mar, para mim, era a liberdade. Era possível sair velejando por aí e nunca mais voltar.

Era um pensamento que nunca ocorreria a Seth, mas claramente havia ocorrido a Fliss.

Para ele, o verão era uma fuga da vida da cidade. Para ela, era uma fuga da vida com o pai.

— Eu via você me assistindo. Você sempre se sentava no mesmo lugar. Na areia, enfiada entre as dunas.

Ela se virou.

— Você me via?

— Todos nós víamos. — Seth examinou o vento e ajustou as velas. — Mas admito que eu provavelmente prestava mais atenção do que os outros.

— Sério?

— Claro. Você tinha belas pernas. Sou superficial nesse nível.

— Era só isso?

— Sua bunda também era linda.

Ela deu um soco no braço dele.

— Como você sabia que não era Harriet? Daquela distância, não daria para diferenciar.

— Eu sabia. Você nunca usava sapatos. Aonde quer que fosse, ia descalça.

— Eu gostava disso. Sempre gostei. Me dá uma sensação de liberdade. Me faz pensar na praia. Faço isso em casa também. A Harriet fica louca, tropeça direto em meus sapatos. — Fez uma pausa. — Não sabia que você reparava em mim. Pensei que eu era só mais uma na multidão. A irmã do Daniel. Você estava sempre cercado de meninas. Meninas mais velhas que eu. Elas eram confiantes, tinham franjinha e nenhuma falha de personalidade.

— Eu sabia que você existia. — Ele manteve os olhos no horizonte, na esperança de que, se mantivesse a discrição, ela continuaria falando. — Você acha mesmo que a primeira vez que notei você foi no dia de seu aniversário de 18 anos?

— Até aquela noite, estávamos sempre em grupo.

— Em um grupo, às vezes, tem uma pessoa que salta aos demais. Você era essa pessoa para mim.

— Por causa das minhas pernas e da minha bunda?

— Não. Não por causa disso.

Ela ficou em silêncio. Subitamente, Seth se arrependeu de a ter chamado para velejar. Velejar exige concentração, mas ele queria se concentrar nela. Não queria estar com as mãos no barco. Queria estar com as mãos na mulher.

Mas seria errado. Rápido demais, intenso demais, com o risco de estragar o que tinha construído até ali.

— Eu não sabia.

— Seu irmão sabia. Ele me disse para ficar longe de você. Disse que você já tinha se machucado o bastante.

— Ele falou com você sobre nossa vida em casa? O Daniel? — Ela pareceu surpresa, como se aquela possibilidade nunca tivesse lhe ocorrido.

— Algumas vezes. Se ele tivesse bebido uma cerveja ou outra e tivesse acontecido algo em sua casa. Pelo que Daniel me contou, seu pai preferia repreender vocês do que jantar.

E Seth escutava, partilhando da tristeza do amigo, com os punhos fechados, imaginando que tipo de cara se divertia atormentando a filha.

— O Daniel tentava me acalmar, mas não conseguia. Se eu ficasse em silêncio, provavelmente acabaria mais rápido, mas eu não conseguia ficar de boca fechada. A Harriet se escondia embaixo da mesa tapando os ouvidos. Eu discutia. Quanto mais discutia, mais bravo ele ficava. Meu pai sempre tinha que vencer as brigas. Tinha que ter a última palavra. Ele queria me ver chorando, mas eu me recusava. — Ela soltou uma risadinha leve. — Certos dias, eu achava que ia explodir guardando aquilo tudo, mas preferia isso a permitir que ele me visse triste. Sou teimosa nesse nível.

— Eu sabia que as coisas eram difíceis para você, mas não os detalhes.

Seth detestava ouvir sobre o assunto, mas detestava ainda mais não ouvir. Queria saber tudo. De certa maneira, lidar com Fliss era como cuidar de um animal doente. Eles não dizem o que havia de errado. Era preciso procurar pistas. Era um quebra-cabeça e, até agora, ele só tivera peças avulsas.

— Era do jeito que era. Eu me sentia tão triste por minha mãe. Ela o amava *tanto*. Se empenhava tanto em agradá-lo e ele não retribuía com um pingo de amor sequer. Para mim, essa era a pior parte. Me fez perceber que o amor sozinho não bastava. Tem que ser recíproco, e ninguém consegue forçar alguém a amar. Querer não basta. Eu não sabia que o Daniel tinha contado para você.

— E por que não teria contado? Nós éramos bons amigos.

— Antes que eu aparecesse para arruinar sua vida.

— Ele protegia você e não o culpo por isso. Ele tinha medo que eu machucasse você.

E Seth, *de fato*, a machucara.

Não tinha sido intencional, mas ainda assim a machucara.

O vento os impulsionou e Seth manteve os olhos no horizonte. Outros barcos pontilhavam o horizonte, dois ou três, lado a lado, conforme o deles pulava sobre as ondas. Eram iates compactos, os puros-sangues da náutica, que não seriam vistos depois que o verão terminasse. Quando o tempo esfriasse e o vento açoitasse a água, os barcos seriam substituídos por pesqueiros carregados de redes e caixas de gelo.

Fliss emitiu um som de irritação.

— Eu não precisava dele policiando meus relacionamentos. Mas me senti mal por destruir a amizade de vocês.

— Eu fui responsável por isso. — Com o barco acelerando ao toque de Seth, eles deslizavam sobre as ondas em silêncio. — E ele também, ao não me ouvir quando tentei conversar. Quando o assunto era você, ele tinha um instinto protetor do tamanho do Atlântico.

— Eu sei. Ainda tem. Sabia que ele vai se casar? Ainda não definiram a data, mas é para valer.

— A mulher se chama Molly? Eu a conheci quando levaram o dálmata dela no consultório.

— Isso mesmo. Ela tem feito bem ao Daniel. Nunca o vi assim. Ela traz o melhor dele à tona.

— É assim que tem que ser. — Ele guiou o barco para a ilha, virou a proa ao vento e lançou a âncora. — Pegue o isopor. Fiz a limpa na rotisseria voltando da clínica. Tem um frango frio, salada fresca e pão de fermento natural.

— Vamos desembarcar?

— Não. Vamos comer no barco mesmo.

— E nadar? — Os olhos dela brilharam. — Nós vamos nadar?

— Você trouxe biquíni?

— Por acaso, vim com um por baixo da roupa. Prometi à Harriet que não nadaria pelada.

— Droga. — Ele entregou um prato a Fliss. — Se eu soubesse disso, teria convidado outra mulher. Você é careta.

— Esse é meu jeito. Séria e racional. — Ela mexeu no isopor. — Parece delicioso.

— O que sua avó vai comer hoje à noite?

— Nada feito por mim, pode ficar tranquilo. As amigas dela levaram o jantar. A Dora preparou tanta comida que dá para alimentar os Hamptons inteiros. Decidi que é aquilo que eu quero quando tiver 90 anos. — Ela se sentou e esticou as pernas, inclinando o rosto na direção do sol. — Um monte de amigas com as quais eu possa falar de tudo, incluindo sexo, e que me alimentem. Eu ficava tentando imaginar por que minha avó nunca se mudou daqui, mas estou começando a entender o porquê.

— Dora? — Ele dividiu a comida entre os dois pratos. — A que tem um labrador marrom chamado Darcy?

— Você a conhece? — Ela deu uma mordida no frango e ronronou como um gatinho feliz. — Está delicioso.

— Sou o veterinário da cidade. Conheço todo mundo. Darcy é meu paciente. Tem uma boa personalidade.

— Bom saber, pois vou começar a passear com ele amanhã.

— Sério? Já são três cachorros. Você talvez devesse estender os negócios para cobrir os Hamptons.

Fliss engoliu e encarou Seth.

— Já tem várias empresas de passeadores por aqui.

— Empresas de luxo que oferecem spa e voo de helicóptero até Manhattan. Aposto que muita gente se beneficiaria de uma marca de qualidade e confiável como a Guardiões do Latido. E vocês poderiam oferecer serviço contínuo para quem fica entre os Hamptons e Manhattan.

Fliss pegou mais frango.

— É uma ideia interessante. Não me ocorreu formalizar o serviço. Quer dizer, elas vão me pagar, é claro, mas não pensei num acordo permanente. — Ela lambeu os dedos e franziu o cenho de leve. — Não tem como. Não sei quanto tempo vou ficar, mas não vai passar de algumas poucas semanas.

— Você não passeia com todos sozinha em Manhattan, não é? Poderia recrutar colaboradores.

— Sim, e essa parte é difícil, porque precisamos de passeadores de confiança. Você conhece alguém que teria interesse?

— Tenho certeza de que minha assistente veterinária teria interesse. Ela ama cães e adoraria uma renda extra. E tem umas amigas que trabalham meio período. Posso perguntar, se você quiser.

— Obrigada. Eu tinha pensado em expandir os negócios, mas essa opção não havia me ocorrido. — Fliss terminou o frango e arrancou um pedaço do pão. — Você acha que eu conseguiria recrutar um número suficiente de passeadores aqui para tocar os negócios de Manhattan?

— Por que não? Você não toca tudo sozinha em Manhattan, toca?

— Não. Mas demoramos para montar uma equipe de confiança.

— Comece com pouca gente. Cresça devagar. Veja como anda. Se não der certo, não deu certo.

Os dois continuaram conversando sobre o assunto durante o piquenique.

— Preciso fazer umas contas. — Ela limpou os dedos, pegou o celular na bolsa e tomou notas. — Preciso entender quantos passeadores tem aqui e quanta gente contrataria os serviços de um passeador de confiança.

— Tem muitos cães por aqui. Se você passar no consultório amanhã, posso dar um número. Não somos a única clínica veterinária da região, é claro, mas daria uma ideia.

— Eu poderia colocar uma propaganda em seu mural?

— Claro.

— Eu talvez consiga expandir os negócios apenas passeando com os cachorros das amigas de minha avó.

— Se você for passear com o Darcy, talvez precise checar se ele não está com uma escuta.

Ela sorriu.

— Você acha que ela vai grampear o cachorro para espiar minha vida amorosa? Que ideia interessante.

— Nunca subestime quão longe os moradores daqui podem ir para descobrir o que querem. A Dora não interrogou você?

— Até eu cantar como um passarinho. Elas queriam saber tudo sobre você.

Conhecendo bem Fliss, duvidava que tivessem obtido muita informação dela.

— E o que você contou a elas?

— Contei que não tem nada acontecendo entre nós. Porque não tem. — O olhar dela perpassou o dele e desviou logo em seguida. — Aliás, elas acham você gostoso.

Seth quase caiu do barco.

— Oi?

— Segundo elas, você é o melhor partido nos Hamptons, e olha que a competição é acirrada. — Ela olhou para Seth. — A Martha adora seus ombros. A Dora gosta dos seus braços. E Rita, seus cílios.

— Meus cílios?

— Não espere que eu explique. Não sei o que elas veem em você. Pessoalmente, não acho você nada atraente. — Colocou uma mecha de cabelo atrás da orelha. — Nunca achei.

Ele adorava seu senso de humor. O fato de ele ressurgir naquele momento significava que Fliss estava relaxando.

— Certo. Então todas aquelas transas...

— Não me lembro de ter transado com você. Você deve estar pensando em outra pessoa.

— Talvez. Era uma loira linda que costumava pular pela janela da cozinha porque a porta rangia.

— Ah, é? Parece encrenca. Você deveria ter ficado longe dela.

— Não éramos muito bons em manter distância.

Por ironia, quando tudo veio abaixo mais tarde, eles mantiveram distância quando deveriam ter se aproximado.

Tinham feito tudo errado, percebeu Seth.

Ele se levantou, limpou os restos do piquenique e Fliss o ajudou.

— Eu culpo nossos hormônios.

— Nossos hormônios? — Seth colocou o resto da comida no isopor. — Você está dizendo que teria feito as mesmas coisas com qualquer pessoa?

— Sim, isso mesmo. Nós, pegadoras, não ligamos muito para quem pegamos.

— Então eu estava no lugar certo, na hora certa.

— Isso com uma dose de curiosidade adolescente. Eu fui uma má influência para você.

Seth decidiu que não era o momento de contestar aquilo. Abaixou-se e puxou a corda antes que Fliss tropeçasse.

— É melhor voltarmos antes que fique tarde.

— Se eu voltar para casa agora, elas ainda vão estar lá e vou ter que enfrentar a inquisição. Não sei se tenho forças para isso.

Ele ergueu a âncora.

— Depois do que me disse, não sei se vou conseguir vê-las do mesmo jeito.

— Elas não vão perceber, porque não estarão olhando para os seus olhos. Fora a Rita, que é obcecada com seus cílios.

— Para. Você está me deixando nervoso.

Ele tentou focar na condução do barco até a marina.

— Agora você sabe como me senti. — Ela ajeitou o boné na cabeça. — Elas estão lendo um dos livros da Matilda no grupo de leitura.

— Que ótimo. Apoiando uma conhecida.

— Você já leu os livros dela?

— Não posso dizer que sim. — As ondas batiam suavemente contra a lateral do barco conforme o guiava pela baía. Era uma tarde perfeita e havia muitos outros barcos na água. — Prefiro suspense a romance.

— Eles são superpicantes.

— Pelo visto, você aprendeu algo novo sobre sua avó hoje.

— Aprendi algumas coisas e uma delas foi que não conheço minha avó tão bem quanto achava.

— O que surpreendeu mais você? Elas lerem os livros da Matilda ou o fato de jogarem pôquer valendo dinheiro?

Fliss permaneceu em silêncio por um instante.

— A maior surpresa foi ela ter orgulho de mim. — Ela se inclinou sobre a grade do barco e encarou a água. — Nunca soube disso.

Seth olhou para ela, mas tudo o que conseguia ver era seu perfil.

— Você não sabia que sua avó tinha orgulho de você?

— Não. Nunca, até aquele momento, isso tinha me ocorrido. Por que teria?

A pergunta soava estranha para ele.

— Ela é sua avó. É normal. — Viu a expressão dela e recordou que o normal dela era muito diferente do dele. Aquilo era parte do problema. Lidar com Fliss era como desembarcar em um país diferente sem mapa ou guia de frases. — Sinto muito. Vou ali enterrar minha cabeça num buraco e já volto.

— Está tudo bem. Não precisa pisar em ovos comigo. Não quero isso. A verdade é que não dei motivos para que ela se orgulhasse.

O comentário de Fliss fez o coração de Seth apertar no peito.

Ela realmente achava aquilo?

— Tenho certeza de que você deu a ela muitos motivos.

— Não. Sempre causei problemas.

Seth refletiu sobre quanto dizer. Quanto forçar.

— Você fazia isso para tirar a atenção de sua irmã.

Ela virou a cabeça e encontrou o olhar dele.

— Oi?

— Você atraía a atenção de seu pai para ele não implicar com Harriet.

— O Daniel que disse isso?

— Pode ser que tenha mencionado, mas não era difícil de perceber. Você sempre se colocava diante da Harriet. Fisicamente, quando necessário, mas, com seu pai, acho que tinha outra estratégia. Era como um sinalizador, tentando desviar o míssil de seu curso.

Seth esperou que Fliss negasse. Que o cortasse e encerrasse o assunto, como de costume.

Em vez disso, ela deu uma risada leve.

— Você tem razão. É o que eu fazia. E funcionava.

— Agora que esclarecemos esse ponto, podemos ir para o outro? Você pode parar de se chamar de "a gêmea má"? Odeio isso. Você não é. E com certeza não é a forma como eu vejo você.

— São palavras dele, não minhas.

Seth manteve as mãos firmes no volante e os olhos fixos no horizonte.

— Ele não sabia do que estava falando.

— Sabia, sim. Sabia como machucar. E, depois de machucar, sabia como fazer doer como um inferno. Cresci aceitando que nunca conseguiria agradá-lo e, em algum lugar no meio do caminho, parei de tentar. Contanto que deixasse Harriet em paz, estava bem por mim.

— E você ainda se pergunta por que sua avó tem orgulho de você? O que ela disse exatamente? Ela que tocou no assunto?

— Não. Foram as amigas, na verdade. Elas começaram a provocá-la. Repetiam o que ela dizia em uníssono, como se a tivessem ouvido dizer a mesma coisa várias vezes. Pensei que estivessem falando de Harriet. Sempre que elogiavam alguém, costumava ser a Harriet. O que não me incomodava — acrescentou rapidamente —, porque ela merecia.

— Você também, por milhões de motivos. Um deles é por entrar na frente dela para defendê-la.

— Eu não fazia isso para ser elogiada. Fazia porque amava minha irmã e detestava vê-la sofrer. Ela tinha uma gagueira horrível quando criança. Quanto mais meu pai gritava, pior ficava a gagueira e, quanto mais ela gaguejava, mais a confiança dela diminuía. Era um círculo vicioso.

Era evidente que relembrar aquela época a angustiava.

— E agora?

— Há anos que ela não gagueja. — Havia um calor em seu tom de voz. — Temos um grupo de amigos ótimo, um apartamento legal, mesmo que pequeno, e ela adora o emprego que tem.

— Ela tem esse emprego por sua causa. — E o apartamento também, suspeitava Seth. — Você é a força motriz.

— Formamos uma boa equipe. E Harriet é mais durona do que aparenta. Talvez não tivesse criado a empresa sozinha, mas é tão essencial aos negócios quanto eu. Ela está tão feliz de trabalhar com animais. Os clientes, tanto humanos quanto caninos, a amam.

Seth refletiu se Fliss percebia o quanto priorizava a irmã. Ao primeiro sinal de ameaça ou perigo, entrava na frente dela. Parecia algo instintivo, que fazia sem pensar ou perceber.

— Você imagina como seria a relação com seu pai se você não tivesse protegido sempre Harriet?

— Teria sido exatamente a mesma coisa. — Ela se deteve. — Cheguei à conclusão de que não éramos nós, era ele. Algo nele o deixava raivoso. Não esperava que ele tivesse orgulho de mim. Nunca esperei isso de ninguém, e foi por isso que, hoje à tarde, quando minha avó disse aquilo... senti como se alguém tivesse enfiado uma bola de tênis em minha garganta. Não conseguia respirar. Não conseguia engolir. — Ela franziu a testa. — Desde que cheguei aqui, comecei a perceber que tem tanta coisa que não sabia sobre minha avó. Coisas que adoraria perguntar a ela.

Ele se inclinou contra a grade do barco, observando os raios evanescentes do sol brilharem no rosto e cabelo de Fliss.

— Tipo o quê?

— Gostaria de perguntar sobre minha mãe. Tentar entender por que ela se empenhou tanto num casamento que não funcionava. Quero entender por que meu pai, que não a amava, não abria mão dela. Ele a chantageava para ficar, mas por quê, se ele mesmo não queria? Por que simplesmente não se divorciava, para que os dois pudessem reconstruir a vida? Ele poderia encontrar alguém. Ela também.

— Você nunca conversou com sua mãe sobre isso?

— Harriet tentou algumas vezes. Minha mãe não falava sobre o assunto. Dizia que queria pensar no futuro, não no passado, e talvez tivesse razão. O melhor é focar no presente. — Fliss lançou um sorriso a Seth. — Falando no presente, como faço para lidar com a inquisição chegando em casa?

— Elas talvez não queiram saber dos detalhes.

— Você está brincando? Elas queriam saber como você beija.

Seth não sabia se achava aquilo engraçado ou aterrorizante.

— E o que você respondeu?

— Disse que não lembrava.

Ele se aproximou e a puxou junto a si, tirando-lhe o equilíbrio. Com um baque e um suspiro, Fliss pousou contra o peitoral de Seth. Por um instante, ele pôde sentir o aroma do cabelo e da pele dela. O último pensamento racional que lhe ocorreu foi que, se o plano era manter distância, aquela era a ideia mais estúpida que tivera na vida. Em seguida, ele a beijou, ou talvez ela o tenha beijado. Era uma confusão de mãos, lábios e desejo, dela e dele, igualmente combinados, como sempre. Tudo era urgente. Era um rompante voraz, um desejo incendiário, e, perpassando tudo aquilo, havia a deliciosa adrenalina de beijá-la mais uma vez. Somente com Fliss se sentia assim. Tudo era exagerado e mais intenso. Seth sentiu a leve curvatura dos seios dela e o bater de seu coração sob as mãos. Não bastava. Ele queria mais. Puxou sua camisa e sentiu as mãos dela puxarem a dele. As curvas de Fliss eram elegantes e delicadas, sua pele era macia e quente. Ele saboreou a doçura e o desespero daqueles lábios e sentiu o desejo percorrer seu corpo como chamas numa floresta seca, até só querer despi-la, possuí-la ali mesmo, mandando as consequências às favas.

Os dois, porém, haviam mandado as consequências às favas na última vez e passaram uma década se arrependendo. Se ele continuasse, voltariam ao ponto inicial, fariam o mesmo que antes. E o que tinham tido antes não bastava para ele. Desta vez, se importava com as consequências.

Seth afastou a boca da de Fliss, abaixou a blusa dela e a soltou, voltando a atenção novamente ao barco.

Levou um instante até que voltasse a si, até lembrar como diabo se guiava um barco.

Estava na cara que Fliss sentia o mesmo, pois segurou-se ao volante para recuperar o equilíbrio. Com o olhar atordoado e mechas de cabelo sobre os olhos, ela se virou para ele.

— O que você está fazendo? Por que diabo fez isso?

Era uma boa pergunta.

Seth teve que se esforçar para bolar uma resposta que não a fizesse correr de medo.

— Achei que, fazendo você se lembrar do meu beijo, você saberia responder à pergunta delas na próxima vez.

Ah, tá.

— Eu não precisava disso! Não foi justo de sua parte.

Ela tocou os lábios com os dedos, como se ainda sentisse o beijo neles.

Ele sentia o mesmo. Sentia nos lábios, nos ossos, no coração.

— Talvez eu não queira jogar limpo. — Ele a encarou por um instante e então voltou a atenção para o porto à distância. — Talvez eu não seja o bom rapaz que você sempre imaginou que eu fosse.

— O que você está dizendo? Que você quer ter outro relacionamento selvagem? Outro verão quente e escaldante nos Hamptons, é isso? Viva o presente.

Ele ajustou a trajetória do barco.

— Não. Não é o que eu quero. — Dessa vez, queria mais que o presente. Queria um futuro. — O sexo muda tudo. Foi o que fizemos na última vez. Não quero que isso aqui seja como na última vez.

— Isso aqui? Não tem *isso aqui*, Seth. Não tem nada *aqui*.

— Não? — Com uma mão no volante, usou a outra para puxá-la para perto. Olho no olho, boca com boca, segurou-a por um instante. — Vamos deixar uma coisa bem clara. Não parei porque tive medo de me machucar outra vez. Parei porque, desta vez, não quero que o principal seja o sexo.

Soltou-a rapidamente e se concentrou no barco, mantendo-se cuidadosamente dentro do canal de águas profundas a oeste de Cedar Point.

Sag Harbor estava lotado e ele precisava de toda concentração para navegar de volta ao iate clube.

Seth desejou não ter iniciado uma conversa que não podia terminar.

Seu timing, como sempre, não foi nada perfeito.

Ou talvez, com Fliss, nunca houvesse timing perfeito. Se esperasse outra ocasião, ele talvez pusesse tudo a perder.

Seth a perdera uma vez. Não tinha intenção de perdê-la de novo.

Concentrado no vento e na correnteza, guiou pelo iate clube, ajeitou as cordas e o para-lamas para atracar e deslizou para a vaga.

Fliss ainda não pronunciara uma palavra.

Com o rabo balançando, Lulu pulou pelo barco e esperou ansiosamente.

Fliss ainda não se mexia.

— O que você quis dizer... — disse com a voz entrecortada, como se estivesse se recuperando de uma gripe — ... com não querer que o sexo seja o principal?

— Ainda sinto alguma coisa por você, Fliss. Quero descobrir o que é essa coisa.

Seth não tivera intenção de confessar aquilo. O iate clube estava cheio e, não apenas estavam em público, como era muito cedo, cedo demais, para dizer o que queria. Mas as palavras haviam sido ditas e não era possível voltar atrás.

Como Fliss abriu a boca e a fechou de novo, Seth achou que seria melhor continuar falando.

— O sexo sempre foi uma parte boa, mas complicava o resto. Impediu que nos aproximássemos.

— Nós éramos...

— Não quero dizer próximos neste sentido. Quero dizer em outros sentidos. Em sentidos que mantêm um casal unido e o mantêm assim quando algo tenta separá-los. Conversar é uma parte importante. Confidenciar um ao outro. Você nunca foi muito disso. Num dia bom, você me dava acesso a talvez dez por cento do que se passava em sua cabeça. Desta vez, quero uns noventa por cento e você pode ficar com os outros dez.

Ele viu o pescoço dela se mexer ao engolir em seco.

— Isto é loucura. A gente se envolver depois de tudo o que aconteceu? É loucura.

Não se envolver era o que enlouquecia Seth.

— Por que é loucura?

— Porque... — Ela balançou a cabeça. — É tarde demais, Seth.

— Tarde demais para o que tínhamos antes, mas não quero o mesmo.

Um brilho de pânico percorreu os olhos de Fliss.

— O que você *quer*?

Mais. Tudo. *Absolutamente tudo.*

— Quero passar um tempo com você e, dessa vez, vamos ficar vestidos.

— Não sou a mesma pessoa de dez anos atrás.

— Nem eu. Em primeiro lugar, estou mais velho e mais sábio. Ela passou a língua nos lábios.

— Você não me conhece, Seth.

— Aprendi mais sobre você nesta semana do que em todos aqueles verões longos e quentes.

— Eu fingi ser Harriet metade do tempo que passei com você.

— O que me disse algo. Me disse que você ainda se esconde quando tem medo. — Ele se deteve. — E me disse que não sou o único que ainda sente alguma coisa. Você também sente.

— É claro que sinto! Estou irritada, confusa...

— Por mim. Você sente alguma coisa por mim. — Aquilo a silenciou. — Se não sentisse, não teria ido tão longe para esconder.

— Eu me senti culpada. Nem mesmo tinha certeza de que você quisesse me ver. De certa maneira, eu estava protegendo você.

— E também se protegendo.

Fliss tomou fôlego.

— E por que não me protegeria? Nós nos *machucamos*, Seth. Parte disso talvez tenha sido um mal-entendido, timing ruim, não sei... mas foi ruim.

Naquele curto momento, Seth conseguiu um vislumbre de quão ruim.

— Então sabemos o que não fazer na próxima vez.

— Não tem próxima vez. Não tem presente nem futuro. Só o passado.

Ela pegou seus pertences, quase tropeçando na pressa de sair do barco.

— Fliss...

— Não vou repetir. Não consigo.

Com os tênis firmes sobre as tábuas de madeira, bateu em retirada.

Olhe para trás, pensou Seth ao ver Fliss correr. *Olhe para trás.*

Mas ela não olhou. Continuou correndo, trombando com as pessoas na pressa de se afastar dele.

Lulu olhou para Seth e latiu.

— Eu sei. Ela foi embora. Não consegui fazer a pergunta seguinte, se ela queria dividir uma garrafa de champanhe na praia, assistindo ao sol se pôr. A coisa não saiu como planejei.

Seth não tivera a intenção de beijá-la, não naquele momento.

Ela provavelmente voltaria a se esconder pelos cantos quando o visse. Talvez até voltasse para Manhattan.

Com um suspiro, ele saiu do barco.

Solidária, Lulu lambeu a mão dele.

Ele ergueu o olhar outra vez e viu Fliss se deter junto à entrada do porto. Então ela olhou para trás, um vislumbre rápido por sobre o ombros.

Os olhares se encontraram e, por um instante, ela se deteve. Em seguida, virou-se com um volteio dourado de cabelo e sumiu.

— Ou talvez eu não tenha estragado tudo — murmurou Seth.

Talvez aquele tenha sido o primeiro passo necessário.

Capítulo 15

ELE A BEIJARA. POR QUE ele a beijara?

A raiva queimava em Fliss com um calor escaldante, furioso. Estava tão brava com Seth, e sob a raiva, ainda havia confusão e medo.

Ele esperava que se envolvessem novamente? Depois da última vez? Ele fazia ideia de como ela sofrera com tudo aquilo? Achava mesmo que ela se colocaria na mesma situação de novo?

Inútil, estúpida... Ela seria as duas coisas se voltasse aos trilhos do trem que a atropelou da última vez.

Seus pés batiam forte enquanto fugia, de cara feia.

Podia ter chamado um táxi, mas estava com raiva demais.

Um relacionamento? Ele queria um relacionamento? Queria começar de novo? Como se, dez anos antes, tivessem dado um tchauzinho amigável e decretado férias sabáticas. Como se seu coração não tivesse doído cada segundo de cada minuto de cada ano.

A ideia de se colocar naquela situação outra vez...

Agora, ela não queria relacionamento nenhum.

Agora, ela queria empurrá-lo na água e afogá-lo.

Teria ele feito de propósito? É claro. Seth sabia que, sempre que se beijavam, a cabeça de Fliss se embaralhava. Era como um caso de atropelamento e fuga. Ele a beijava e a abandonava fervilhando no calor feroz de seus próprios hormônios.

Era golpe baixo.

Ruminando, furiosa, abriu a porta da casa da avó.

Será que as outras Princesas do Pôquer tinham ido embora? Esperava que sim, pois não estava no clima de passar o relatório do encontro com Seth.

E não sabia ao certo se não tinha ELE ME BEIJOU escrito na testa.

Ouviu sons vindos da cozinha, mas como não parecia serem de uma conversa, Fliss foi até lá e encontrou a avó com a cabeça apoiada nas mãos.

— Vó? — Esquecendo os próprios problemas, largou a bolsa e correu em direção dela. — O que aconteceu? Cadê todo mundo?

A avó ergueu a cabeça.

— Foram embora agora há pouco. Nós nos divertimos um monte, mas não tive forças para voltar até a sala de estar. Não se preocupe comigo.

— Eu me preocupo, *sim*.

— Disseram que é normal se sentir cansada depois de bater a cabeça.

— Também disseram para a senhora descansar. Me deixe ajudá-la a voltar para a cama.

— Não preciso ir para a cama. Não estou inválida.

— Então vamos para o sofá. A senhora pode olhar um pouco para o mar ou podemos conversar. — Fliss ficou surpresa com quão atraente a ideia lhe pareceu. — A senhora pode me mostrar fotos da mamãe pequena. — Fliss a ajudou a se levantar e as duas caminharam até a sala. — Coloque os pés para cima. Vou arrumar a cozinha e trazer um chá. Faço algo para a senhora comer?

— Não, querida. Comi o prato que a Dora trouxe até dizer "chega", estou satisfeita para os próximos dias.

— Está bem, então. Volto quando tiver terminado de limpar tudo.

— Não precisa limpar minha bagunça.

— Sou ótima limpando a bagunça dos outros. O problema é minha própria bagunça.

Deixou a avó com o controle da televisão e voltou à cozinha.

Faxinar a ajudou a se livrar da raiva e da confusão.

Bateu panelas, encheu a lava-louças, esvaziou o lixo, tudo enquanto pensava em Seth.

Limpou o fogão até que brilhasse e levou chá gelado para a avó.

— Arrumei sua cozinha.

— Agradeço o esclarecimento porque, por um instante, fiquei preocupada que a estivesse demolindo. — A avó pegou o copo. — Você sai de casa sorrindo, para ter um encontro com Seth, depois volta e começa a quebrar tudo. Tem algo sobre que queira conversar?

— Não quebrei nada. — Mas seu coração corria esse risco se ela se deixasse apaixonar como na primeira vez. — E não tenho nada a dizer.

Sentou-se de frente para a avó, mas as emoções estavam à flor da pele demais para ficar sentada, por isso levantou-se outra vez e começou a organizar as revistas. A avó assinava duas revistas de artesanato e uma de jardinagem, de modo que havia muito com que se ocupar.

— Algo que ele disse ou fez a abalou e deixou com raiva. — A avó tomou um gole do chá. — Além disso, o Seth veio buscá-la, mas não a deixou em casa depois de passarem o dia juntos. Ele é cavalheiro demais para deixá-la voltar sozinha, então a decisão deve ter sido sua.

— Ele não é tão cavalheiro assim.

— Posso ser velha, mas você vai descobrir que a idade traz sabedoria, o que pode ser uma vantagem. Além disso, tem o bônus de você não precisar me proteger e poder confiar em mim. Espero que saiba disso.

Fliss descobriu que sabia disso.

— Ele quer que a gente volte. Mas, se não deu certo da primeira vez, por que daria agora?

A avó abaixou o copo devagar.

— Então não é que você não tenha interesse, é que está com medo.

— E você pode me culpar?

— Não. O amor pode ser assustador. Colocamos nosso coração nas mãos de outra pessoa. Isso demanda confiança. A outra opção, porém, é atravessar a vida sem amor, o que não é lá grande coisa.

— Eu sei. Vi minha mãe passar por isso. Vi como era para ela amar um homem que não a correspondia. Meu pai era o único para ela. Acho que é por isso que nunca desistiu. — Algo no olhar da avó a fez se sentir desconfortável. — Eu disse alguma coisa errada? A situação dela era igual à minha. Estava apaixonada por meu pai, engravidou... — As palavras saíram antes que pudesse impedi-las. Horrorizada, Fliss encarou a avó, imaginando se conseguia retirar o que disse. — Quer dizer, essa última parte não foi igual, é claro...

— Você acha que eu não sei que você engravidou? — A avó a examinou por cima do copo. — Nunca acreditei naquela história de romance expresso. Nem um pouco.

Paralisada com o choque, Fliss a encarou.

Havia guardado o segredo por tanto tempo. Na época, ficara preocupada que alguém talvez descobrisse que estava grávida, ou pelo menos cogitasse a possibilidade, mas ela logo em seguida perdera o bebê, e tudo deixou de importar.

O fato de a avó saber a deixou em pânico, exposta.

— Eu...

— Não precisa se revirar aí pensando no que me dizer. Você não me deve uma explicação, nem a ninguém. Você ficou grávida, mas vocês se amavam. Por que não se casar?

A avó fez tudo soar tão simples. Tão lógico.

O sentimento de pânico recuou.

— Eu realmente sentia algo por ele, é verdade. — A intensidade desse algo era o que Fliss mantinha para si. — E Seth Carlyle é um cara bom e decente.

— Você acha que foi por isso que ele se casou com você? Porque é um cara decente?

— Dificilmente ele o faria em outra situação.

— Você parece ter tanta certeza disso. — A avó bebeu outro gole do chá. — Não ocorreu a você que ele possa ter se casado por outro motivo?

— Não teve outro motivo. Foi exatamente a mesma situação da minha mãe.

E, por causa disso, nunca tivera a chance de descobrir se, com o tempo, Seth teria se apaixonado por ela.

A avó entregou o copo vazio a Fliss.

— Leve isto para a cozinha, querida. Depois, passe no meu quarto. Debaixo da minha cama tem uma caixa. Traga para mim.

— O que tem na caixa?

— Você vai descobrir.

— A senhora deveria estar descansando.

— Eu estou descansando. Vai lá. Tem uma coisa na caixa que quero mostrar a você.

Fliss ficou intrigada o bastante para não fazer mais perguntas e feliz em ter uma desculpa para deixar a sala. Não acreditava que a avó sabia da gravidez. As duas únicas pessoas que sabiam do assunto eram Seth e Harriet.

Achou uma caixa debaixo da cama em meio a tufos de poeira. Aquilo a fez sorrir. A avó sempre priorizou viver a limpar a casa. Nadara todos os dias até os 70 anos. Algumas vezes nua, aparentemente. Quem imaginaria?

Fliss tirou a poeira da caixa e desceu com ela.

— Estava coberta de teias. Estraguei o jantar de pelo menos umas cinco aranhas. Há quanto tempo está lá?

— Faz muito tempo. — A avó pegou a caixa e a colocou diante de si. — Sua mãe disse que nunca mais queria vê-la. Ela a fazia pensar em coisas nas quais não queria mais pensar.

Fliss, que até então estava um pouco intrigada, ficou definitivamente curiosa. No que a mãe não queria mais pensar? Devia ser algo importante para guardar as lembranças numa caixa.

— Mas a senhora guardou?

— Eu compreendia por que ela queria que eu a jogasse fora. Tinha medo de que seu pai a encontrasse, mas certas coisas são importantes demais para serem descartadas. Por sorte, seu pai nunca teve a cara de pau de entrar no meu quarto nas raras ocasiões em que apareceu aqui. Está lá há mais de três décadas. Nunca a abri, mas imagino que o conteúdo esteja intacto.

— Minha mãe sabe que você a guarda?

— Contei quando ela finalmente deixou seu pai. Ela não quis de volta. Para ela, o passado era passado. Só estava interessada em construir um futuro.

Fliss não sabia ao certo se queria ver algo que a mãe não queria que ela visse, mas a avó já estava abrindo a caixa, revelando uma pilha de cartas e fotos.

— O que é isso?

Fliss esticou o braço e pegou a carta do topo da pilha.

— São cartas para sua mãe, do homem que ela amava.

Ela examinou a caligrafia bonita e arredondada.

— Nunca diria que meu pai fosse de escrever cartas.

— As cartas não são de seu pai.

— De quem são?

Confusa, Fliss pegou uma das fotos e, sem entender, a inspecionou.

Estava um pouco apagada e desgastada nos cantos, mas a imagem continuava perfeitamente visível.

Tinha em mãos uma foto da mãe rindo com um homem. Era evidente pela maneira como se olhavam que estavam apaixonados. Até aí, nada de errado, pensou Fliss vagamente. A única coisa errada com a foto era que o homem para quem a mãe estava sorrindo não era seu pai.

—⚎—

Seth estava examinando o último paciente da manhã quando Nancy, a assistente veterinária, entrou na sala.

— Tem alguém que quer vê-lo.

— Estou quase terminando aqui. — Ele voltou a atenção ao paciente, um buldogue francês com problemas respiratórios. — O formato da cabeça dele e o rosto achatado, cujo termo técnico é braquicefalia, não são naturais. É uma aparência que se desenvolveu pelo cruzamento de raça e costuma causar problemas de saúde nos cães.

— Eu não sabia disso. — Mary Danton pareceu triste. — São cães tão elegantes, achei o Maximus uma graça. É por isso que a respiração dele é tão barulhenta e ele fica tão cansado quando passeia?

— Sim. Ele tem o palato mole alongado e narinas menores. Tem dificuldades de respiração.

— Achei que os barulhos eram normais na raça dele.

— Muitos donos acham normal. Alguns veterinários também — acrescentou, pensando numa colega com quem teve conflitos na Califórnia.

— Tem algo que você possa fazer por ele?

— Posso remover parte do tecido obstruindo as vias aéreas e alargar as narinas dele. — Seth pegou papel e caneta e fez um desenho rápido para explicar a Mary.

Ela examinou o desenho.

— Tipo cirurgia? Ajudaria?

Ele passou mais dez minutos repassando as opções e em seguida levou Mary e Maximus à recepção para marcar outra consulta.

Fliss estava esperando com Herói.

Seth tinha esperanças de que ela viria. Forçou-se a esperar, mas, se ela tivesse demorado mais um dia, ele que teria ido até ela.

Virou-se para Mary outra vez.

— Traga-o amanhã. Vamos resolver rapidinho. — Em seguida, agachou-se para fazer carinho no cão. — Pronto, meu chapa. — Acariciou a cabeça do animal e sentiu as dobras moles de pele ao redor do rosto dele. — A gente vai resolver isso para você, eu prometo.

Deixou Mary e Maximus sob os cuidados competentes da recepcionista e gesticulou para Fliss.

— Entre.

Ela o seguiu até o consultório.

— O Maximus é um fofo. E ele adora você.

— Ele é um ótimo cachorro. Detesto vê-lo sofrer.

— Ele tem problemas respiratórios? — Fliss se deteve em frente a um pôster com pessoas levando os cães para vacinar. — Muitos de nossos clientes têm cães com braquicefalia. Temos que planejar caminhadas personalizadas, pois eles ficam cansados e não têm fôlego para irem longe demais. Você vai operá-lo?

Seth explicou a situação e ficou surpreso com o quanto Fliss sabia do assunto. Ficou ainda mais surpreso em conseguir se concentrar o bastante para concatenar as palavras.

Ela estava usando o short jeans outra vez, o mesmo que fazia suas pernas parecerem intermináveis. Os braços estavam nus.

— Você está ocupado. Vim em má hora.

Seth não ligava para a hora, contanto que ela estivesse ali.

— Não é má hora. Terminei as consultas da manhã.

— A julgar pela sua cara, foi movimentada.

— Comecei o dia tirando um metro de barbante do intestino de um gato e daí em diante foi só ladeira abaixo. — Estava mais interessado em saber dela. Sentia que havia algo errado. — O que posso fazer por você? Imagino que não precise de serviços veterinários. — Ele se agachou para fazer carinho no Herói.

— Fiquei pensando no que você disse, só isso.

Ele se endireitou devagar:

— Pensou, é?

— Sim. Vou explorar as possibilidades de estender nossos negócios aos Hamptons.

Os negócios?

Seth refletiu se ela havia pensado nas outras coisas que ele havia dito.

— Tinha entendido que sua estadia aqui era temporária.

— Achei que podia ficar um pouco mais. Analisar se é viável. E ficar mais um tempo de olho em minha avó.

— Você vai ficar para ficar de olho em sua avó?

Ela voltou a atenção ao pôster.

— É o certo a fazer. Não que ela precise de mim para valer. Na maior parte do tempo, a casa está cheia de gente.

— Sua avó tem muitos amigos. Então você não vai ficar por outro motivo?

— Que outro motivo teria? — disse Fliss, em tom casual. Em seguida, porém, virou-se, olhou por cima do ombro e deu um sorriso malicioso. — Você talvez tenha algo a ver com isso. Mas só uma parcela pequena, minúscula, então não vá tendo ideias.

Ele já estava tendo vários ideias.

— Só para saber, o que a fez mudar de ideia? Minha comida, meu barco, meus ombros ou meus cílios?

O sorriso de Fliss se alargou.

— Todos, mas principalmente sua cachorra. Sou louca pela Lulu.

— A Harriet não precisa de você em Manhattan?

— Por ora está tranquilo. Muita gente deixou a cidade para fugir do calor e dos turistas. Posso cuidar da papelada, faturamentos e burocracias daqui. Ajeitei nosso antigo quarto. Preciso divulgar meus serviços. Posso colocar um cartão em seu mural na sala de espera?

— Claro. Precisa de papel e caneta?

— Não preciso. Já mandei imprimir alguns.

Ela tirou alguns cartões da bolsa e ofereceu um a Seth.

Ele olhou para o cartão na mão. Era bonito. Profissional.

Guardiões do Latido. Passeadores de cão profissionais, serviços de cuidado personalizados.

— Você mandou imprimir depois que fomos velejar. Faz poucos dias.

— Eu já tinha a arte. Só precisei adaptar. Fui à gráfica em Ocean Road. O dono é bom. E me ofereceu uns biscoitos enquanto eu esperava, então foi um bom negócio.

— Onde mais planeja colocar?

— Coloquei um na Country Stores e estou querendo deixar mais alguns por lá depois de devolver o Herói para a Matilda.

Ele a viu caminhar para o outro lado do consultório. Parecia nervosa.

Algo estava errado.

— Você pode deixar mais alguns comigo. Posso levar nas consultas externas.

— Você está livre para o almoço? Pensei que podíamos pegar algo e ir comer na praia. A Lulu podia vir junto. Podemos conversar.

Ela queria conversar?

— Sobre algum assunto em especial?

— Não, na verdade. — Ela desviou o olhar. — Estou treinando dizer mais o que me passa na cabeça, só isso.

— O que está passando em sua cabeça?

— Nada em especial.

Seth não acreditou nem um pouco.

— Não estou muito ocupado. Comer algo na praia me parece ótimo. — Pegou as chaves antes que ela pudesse mudar de ideia, trocou algumas palavras com a recepcionista e foi em direção ao carro. — Você visitou a Matilda?

Ela entrou no carro ao lado dele.

— Sim. Ela parece estar levando a maternidade numa boa.

Ele olhou para o rosto dela, refletindo se aquele era o problema.

— E ver o bebê machuca, querida?

— Não. Nem um pouco. Chorei tudo o que tinha que chorar naquela noite na praia. Adoro a Rosezinha. Ela é uma fofa.

— Então o que foi? E não diga que não é nada, porque eu sei que tem algo.

— Nada de importante. Estou ótima.

Se Seth ganhasse um dólar para cada vez que Fliss lhe disse estar "bem" ou "ótima", ele podia ter comprado todas as mansões nos Hamptons.

Deu partida no carro.

— Tem razão, você precisa treinar mais. Normalmente, quando as pessoas contam seus problemas, costumam descrevê-los. É o primeiro passo.

Ela esfregou as mãos nas pernas.

— Minha avó me contou umas coisas, só isso. Não é tão importante.

Importante o bastante para levá-la à clínica no meio do expediente de Seth.

— Está tudo certo com ela?

— Sim. Ela foi ao médico ontem e ele está satisfeito com a recuperação dela. O hematoma está sumindo. Ela fica bastante cansada, mas disseram que é normal. Parece estar recuperando a confiança e nós andamos cozinhando bastante.

— Nós? — Ele encontrou uma vaga na rua principal, entre um carro cheio da galera do verão e uma picape amassada carregada de equipamentos de pesca. — Você cozinhou?

— Você ficará feliz em saber que minhas habilidades estão melhorando.

— Espere aqui. Volto em um minuto com a comida. Podemos comer na praia.

Foi em direção ao prédio de telhas desgastado que abrigava a Ocean Deli e voltou cinco minutos depois. Umas das vantagens de ser o veterinário da cidade era poder furar a fila.

Fliss estava sentada no mesmo lugar onde a deixara, o olhar vago.

O que quer que a avó lhe contara, com certeza a deixou impressionada.

— Fliss?

— O quê? Ah… — Ela pestanejou, pegou a embalagem de comida e a colocou sobre o colo. — Foi mal. Eu estava em outro planeta.

Ele dirigiu de volta à casa, estacionou e os dois caminharam com a comida até a praia na parte de trás. Sentaram-se nos degraus que davam para a areia e ele entregou o sanduíche a ela.

— É de peito de peru, alface, tomate e bacon. Agora conta.

Ela se deteve.

— Talvez eu deva...

— Conta senão arranco sua roupa e jogo você pelada no mar. Que, aliás, está congelando. — Ele deu uma mordida no sanduíche.

— Independentemente do que for, só diga, Fliss. Talvez não vá ser tão difícil quanto você pensa.

— Minha avó me contou umas coisas, só isso.

— Coisas?

— Sobre minha mãe. Coisas que eu não sabia. Sempre achei que...

Ele esperou, forçando-se a ser paciente, recordando a si mesmo que, para algumas pessoas, conversar era como patinar no gelo. Algo que precisava ser aprendido a custo de algumas quedas pelo caminho.

— O que você achava?

— Ela estava grávida quando se casou. Eu sempre soube disso. Achei que ela tinha se casado porque estava apaixonada e achava que seria o bastante. Esperava que um dia ele corresponderia seu amor. Simples assim. — Fliss ainda não havia tocado no sanduíche.

— Acontece que não foi o que aconteceu.

— Ela não estava grávida quando se casou?

— Sim, ela estava. Mas não era meu pai que não a amava. O problema era que *ela* não o amava. — Fliss encarou o mar com o sanduíche intocado nas mãos. — Minha mãe nunca amou meu pai.

— Certeza?

— Sim. Quando meu pai conheceu minha mãe, ela estava apaixonada por outra pessoa, mas eles não tinham como ficar juntos. Ele era casado e tinha filhos — acrescentou em resposta à pergunta não formulada de Seth. — Minha avó contou que ela ficou muito mal quando ele foi embora. E então conheceu meu pai.

— Num momento de vulnerabilidade.

— Sim. E meu pai era louco por ela. *Ele* que estava apaixonado. Nunca suspeitei disso. Nem por um instante. Como pude me enganar tanto?

— Não que eu tenha passado muito tempo com eles, mas seu pai não agia como um homem apaixonado.

Seth pensou na relação dos próprios pais. Os sorrisos, risadas e até brigas que compartilhavam eram cheias de amor e respeito. Do que soube por Daniel, nenhuma dessas qualidades fazia parte do lar dos Knight.

— Quando cheguei aqui, minha avó fez um comentário... Ela disse que era difícil ver a filha amar o homem errado. Achei que estava falando de meu pai, mas não. Eu talvez não devesse estar contando isso a você. Nem *eu* deveria saber disso.

— Por que não devia saber?

— Porque é um segredo de minha mãe.

— Ela nunca conversou sobre isso com você?

— Não. Quisera eu. Teria me ajudado a entender algumas coisas. Minha avó disse que, quando minha mãe tinha 18 anos, ela se apaixonou.

A mesma idade que Fliss tinha quando o relacionamento dos dois ficou sério.

— Ela falou sobre ele?

— Ele era um artista. Mudou-se para cá por seis meses para pintar. Era casado, mas minha mãe não sabia disso no começo. Ele fazia todas as refeições no café em que ela trabalhava. Ela adorava pintar, então ele a ajudou. Deu conselhos. Até chegou a comprar uma das pinturas dela.

— Eu não sabia que sua mãe pintava.

— Eu sabia, mas não tinha noção de que levava tão a sério. Enfim, ele ficou até janeiro e daí confessou que tinha esposa e família em Connecticut. Ele e a esposa estavam afastados, dando um tempo, mas o casamento ainda era para valer. Minha avó contou que pensou que minha mãe não ia aguentar. Era o primeiro amor dela. Em seu coração, ela já havia pintado um retrato do futuro deles juntos.

Seth não disse nada.

Ele sabia tudo sobre pintar retratos do futuro.

Inclinou-se e tirou o sanduíche dos dedos de Fliss antes que ela o deixasse cair.

— Então ele foi embora. E depois?

— Minha mãe ficou arrasada. Ela parou de pintar. Minha avó ficou morta de preocupação por ela. Até que um dia meu pai entrou no café e foi isso. Tinha vindo aos Hamptons com uns amigos para passar o fim de semana. Viu minha mãe e ficou em cima dela. Ela o rejeitou. Ainda não tinha se recuperado do último relacionamento. Estava vulnerável. Meu pai era bem-sucedido, carismático e persistente. Mais velho que ela. Recusou-se a desistir. Era um dos traços do caráter dele, ele nunca desistia. — Fliss passou as mãos nas panturrilhas num gesto de nervosismo. — Lembro-me das refeições em Manhattan. Ele começava a discutir e não parava até que o jantar tivesse terminado. A gente brigava tão feio que tinha vezes que eu queria me esconder debaixo da mesa com a Harriet.

— Mas não se escondia. — Ele sabia que Fliss se forçava a permanecer firme, absorvendo o que fosse preciso para desviar a atenção do pai da irmã mais vulnerável. — Então seu pai convenceu sua mãe a sair com ele?

— Saíram para tomar um vinho, depois para jantar e, num momento de fraqueza, ela dormiu com ele. E engravidou. Meu pai ficou nos céus. Não porque quisesse filhos, mas porque a amava tanto que faria qualquer coisa para mantê-la. — Fliss soou triste. — Sempre soube que a vida dela tinha sido difícil, mas entendi tão errado os detalhes.

— Sua avó tentou interferir?

— Sim. Tentou convencê-la a não se casar. Disse a ela que meu pai poderia fazer parte da vida das crianças sem ter que se casar, mas minha mãe não queria. Ela achava que devia isso ao bebê... o

274

Daniel... que devia a ele uma família de verdade. Minha avó lhe perguntava se ela amava meu pai, e minha mãe respondia apenas que era um homem bom. — Fliss franziu a testa. — E isso me pareceu estranho. Eu queria saber como ele era naquela época. Era impaciente do mesmo jeito? Era raivoso? Minha avó diz que havia indícios de que as coisas não iam bem. A maneira como ele insistia. Não pensava no que era melhor para ela, só no que era melhor para ele. Minha avó acha que ele acreditava mesmo que, com o tempo, ela se apaixonaria por ele.

— O que não aconteceu.

— Não. E ele foi ficando cada vez mais frustrado. Mais amargo.

— Por que eles não se divorciaram antes? Ela comentou sobre isso?

— Ele não quis. Ele sabia que ela tinha se casado por causa do Daniel, depois viemos Harriet e eu, e ele usou os três como arma. Disse que, caso se divorciasse, ela não ficaria com a gente. Essa parte eu já conhecia, mas vejo agora que era outra maneira de segurá-la. Não tinha como conseguir o amor dela, então usava outros meios que tinha à disposição. Daniel sempre disse que era porque nossa mãe não tinha como pagar o advogado, mas minha avó contou que, se a questão fosse o dinheiro, ela teria vendido a casa da praia num piscar de olhos. No final das contas, ela esperou até irmos para a faculdade.

— E Daniel a ajudou a encontrar um advogado.

— Depois. Muito depois. — Ela encarava o oceano. — Talvez fosse por isso que meu pai estava tão bravo o tempo todo. Ele sabia que minha mãe não o amava. Não que eu esteja procurando desculpas para ele, pois não tem como, mas ajuda um pouco a entender. Não acredito que eu esteja dizendo isso, mas quase que sinto pena dele. Até agora, eu tinha pensado nos meus pais tendo a mim mesma como ponto de referência. Eu os via como meus pais, não como indivíduos com esperanças e sonhos próprios.

— Eu diria que é muito comum. Além disso, os pais costumam esconder coisas dos filhos.

— Às vezes, escondem as coisas erradas. Eu queria que ela tivesse me contado.

— Por que você acha que sua avó contou isso agora?

— Porque eu estava comparando o que aconteceu com a gente ao que aconteceu com minha mãe. Achei que ela tinha engravidado e se casado com um homem que não a amava.

Demorou algum tempo até as palavras de Fliss assentarem e, quando finalmente desceram, Seth sentiu uma pontada no coração.

— Você acha que eu não te amava?

Ela se levantou na hora.

— Eu não deveria ter falado assim. Não sei por que disse isso. Esqueça.

Fliss desceu apressada os degraus para a praia e estava a meio caminho da água quando Seth a alcançou.

— Espera! — Ele a segurou pelo ombro. — Tenho a impressão de que não foi só o relacionamento dos seus pais que você entendeu errado. Você não entendeu o nosso.

— Seth...

— É a minha vez de falar. Se você fugir agora, vou segui-la, então nem gaste energia. Não me casei com você porque estava grávida. Você estar grávida só influenciou o momento e o lugar.

— Mas...

— A verdade é que nunca superei você. Tentei. Acredite, eu tentei. Mulheres passaram pela minha vida ao longo dos anos, não nego, mas nenhuma delas levou a lugar nenhum. Sabe por quê? Porque nenhuma delas era você. Não me casei com você porque você estava grávida, Fliss. Eu me casei porque te amava. — Ele apertou a mão sobre os ombros dela, forçando Fliss a olhar para ele. — Eu te amava.

Capítulo 16

MUDA, FLISS O ENCAROU. ELE a *amara*?

Não, não era possível.

Lembrou-se de algo que ele disse na noite em que Fliss foi à casa dele.

Talvez eu não quisesse perder você, e o bebê serviu convenientemente de desculpa.

— Não é verdade. Não pode ser verdade.

— Eu disse a você. Eu disse essas palavras a você. — Havia uma nota de frustração na voz de Seth. — Você sabe que sim.

— Você disse quando soube que eu estava grávida. Antes disso, não.

Ele xingou baixinho.

— Escolhi um momento ruim, mas as palavras não foram menos verdadeiras.

— Mas você entende como pode ter soado para mim? Eu digo que estou grávida, daí você diz que me ama e que a gente deveria se casar...

Ele ficou em silêncio.

— Sim — disse, finalmente. — Eu entendo.

— Achei que estivesse dizendo aquilo para que eu me sentisse melhor por ter encurralado você.

Ele apertou os lábios.

— Não acho que a comunicação tenha sido o trunfo de nosso relacionamento, mas nós vamos mudar isso.

Ela sentiu a garganta apertar e os olhos pinicarem.

Ele a tinha amado? Aquelas palavras eram para valer?

Ah, meu Deus, se era mesmo verdade, Fliss tinha jogado tudo fora. Tivera o que mais queria em mãos e destruíra tudo sem sequer saber que o tinha.

Ela fungou e deu um empurrãozinho em Seth.

— Seu timing foi horrível, dr. Carlyle.

— Foi mesmo. Realmente. Mas ele melhorou com a idade.

— É tarde demais. Independente de qual tenha sido a verdade naquela época, agora é passado. Não sou boa com relacionamentos, Seth. Toda essa abertura e confiança… isso não é comigo. Eu quero, mas não consigo.

— Consegue, sim. Só precisa confiar em mim. Dessa vez, vou provar que você consegue. Vou provar que não sou seu pai. Eu não passei tempo o suficiente abordando essas questões. Não entendia quão profundamente tudo o que ele disse afetou você. Julguei suas ações baseando-me em minha própria experiência familiar, não na sua.

Ela sentiu o calor da mão de Seth acariciar suas costas.

— Você fala como se fosse fácil, mas não é. — A voz de Fliss saiu abafada pela camisa dele. — Eu não levo jeito para dizer o que estou sentindo.

— Porque você tem medo de que alguém vá sair pisando nos seus sentimentos. — Ele acariciou o cabelo dela. — Eu entendo. E vamos trabalhar nisso.

— Como?

Seth afrouxou o abraço.

— Da mesma forma que se fica bom em algo. Treinando.

— Você quer que eu treine contar a você coisas sobre mim? Tenho um metro e sessenta e dois de altura, sou faixa preta em caratê e puxo cinquenta quilos no supino.

— Você está falando de fatos. Eu quero sentimentos. Diga o que está sentindo agora.

— Um pouco enjoada? Bastante aterrorizada?

— Porque está com medo de acabar se machucando como da última vez, mas isso não vai acontecer.

— Não tem como você saber isso.

— Naquela ocasião, contei o que sentia por você. Talvez seja sua vez de contar como se sentiu.

Até aquele momento, Fliss não revelara a ninguém a intensidade de seus sentimentos por Seth.

A avó provavelmente suspeitava, mas aquilo não queria dizer que estava pronta para dividir com outra pessoa o que sentiu. Principalmente com Seth.

Ele a puxou mais para perto.

— Está bem, vamos tentar de outra forma. Nos dez anos que se seguiram ao término, você ficou sério com outra pessoa?

— De que importa? Isso não vai dar em nada, Seth. O que tínhamos acabou.

O palpitar do coração e a dor por trás das costelas diziam a Fliss que era mentira, mas não estava pronta a confessar aquilo a Seth. Talvez nunca estaria.

Uma coisa era compartilhar; outra era se expor. Havia uma diferença.

Admitir que ainda sentia algo por ele, alguma coisa forte, seria se expor. Seu instinto de preservação era mais forte do que o desejo de compartilhar.

— Você já me contou mais do que nunca. Por exemplo, eu não sabia que sua mãe estava grávida quando se casou. Isso explica algumas coisas sobre seu jeito de agir na época. O motivo para você ter tirado as conclusões precipitadas que tirou. E mostra o quanto eu não compreendia. Dessa vez, vai ser diferente.

Dessa vez?

Relutante, ela recuou.

— Por que você se meteria nessa outra vez? Eu sou encrenca, Seth.

— Eu sei. — Ele soltou um riso leve. — É uma das coisas que mais gosto em você.

— Meu pai...

— Não. — Seth ficou sério e cobriu os lábios de Fliss com os dedos. — O que seu pai acha das coisas não tem importância para a gente. Nunca vai ter.

— Não é só meu pai. Sua irmã alertou você sobre mim.

— Ainda bem que nunca escuto minha irmã. — Tomou o rosto dela nas mãos, forçando-a a encará-lo. — As duas únicas pessoas que importam são as envolvidas neste relacionamento. Somos nós. Posso ser paciente. Posso esperar até você acreditar que serei cuidadoso com seus sentimentos. Mas nunca deixe outra pessoa influenciar o que você sente sobre nós. Ninguém mais importa.

Ninguém mais.

Ele estava falando sério. Ele estava falando muito, muito sério.

E Fliss ficou tentada. Muito tentada.

Quantas vezes não havia se deitado na cama, sob a cortina protetora da escuridão, imaginando o que teria acontecido se não tivesse engravidado naquela noite? Quantas vezes não havia desejado uma oportunidade para descobrir?

Seth estava lhe dando essa oportunidade.

Fliss pensou em como se machucou na última vez. Se desse tudo errado agora, ela sobreviveria?

—Tenho algo para contar.

Fliss estava em sua cama, deitada no sótão, ouvindo o marulho através da janela aberta, enquanto conversava com Harriet pelo celular.

— Agora fiquei nervosa. Você quase não mandou notícias nas duas últimas semanas e, quando não tenho notícias suas, tenho um mau pressentimento. Costuma significar que você está escondendo algo. A vovó está bem?

— Ela está bem. As amigas dela estão direto aqui. A casa está que nem a Times Square em julho.

— Ela disse que você também tem andado ocupada.

— Sim, passeando com cachorros.

E vendo o Seth.

Na véspera, os dois foram surfar. Dois dias antes, foram ao quiosque da praia à tarde e comeram lagosta ensopada em manteiga.

Só os dois. Sozinhos. Fliss oscilava entre o terror e uma alegria deliciosa.

— E aí, o que você gostaria de me contar?

— Lembra que falei de expandir os negócios? O que você acha de estender até os Hamptons? Metade dos nossos clientes vem para cá nos meses de verão.

— Mas eles já têm serviços de passeio por aí.

— Não todos. Lembro que a Claudia Richards comentou que queria uma empresa como a nossa na região.

— Ela é uma pessoa.

— Já estou passeando com cinco cachorros.

— Um deles é o Charlie. Não me diga que está cobrando a vovó pelos passeios.

— Ela insistiu em pagar.

— Fliss! Você não pode tirar dinheiro da nossa avó!

— Tente falar isso para ela. Ela é mais teimosa do que eu. Quando coloca uma coisa na cabeça, não arreda o pé. — Fliss não conseguia acreditar em como ficara próxima da avó nas últimas semanas. — Ela diz que estou perdendo trabalho para ficar com ela e que pelo menos vai me pagar pelos passeios. As amigas dela também estão me pagando. Nesse ritmo, vou passear com metade dos cachorros da parte sul dos Hamptons.

— Não consigo imaginar você cuidando de cachorros mimados. Está cobrando o dobro?

Ficou aliviada em ouvir a irmã rir.

— Não. E não estou passeando com nenhum cão mimado. Todos são pé no chão, de verdade.

— Está pensando em tornar o serviço permanente?

— Por que não? Fiz as contas e acho que temos o suficiente para expandir. Se você estiver de acordo, podemos oficializar.

— Mas como funcionaria? — Harriet pareceu preocupada. — Você vai ter que voltar em breve. Como administraria as coisas?

Fliss fez uma pausa. Havia passado horas imaginando a melhor forma de comunicar isso:

— Eu estava pensando em ficar um pouco mais.

— Você disse que a vovó está bem.

— Ela está.

— Então por que ficar? Se você ficar, vai ficar encontrando o Seth.

Fliss encarou a parede.

— Na verdade, tenho me encontrado bastante com ele.

— Ah. Deve ser desconfortável para você.

— Não tanto. Na verdade, é de propósito na maioria das vezes.

Houve um silêncio no outro lado da linha.

— Você está dizendo que anda vendo o Seth?

— Bem, eu não diria que… — Fliss transferiu o celular para a outra mão. — Sim, eu tenho visto o Seth.

— Tipo quanto?

— Até agora, ele esteve vestido o tempo todo, então não muito.

— Eu perguntei no sentido de *com que frequência*?

— Isso prova que, embora idênticas por fora, nossas mentes são completamente diferentes. Pensei que estivesse perguntando quanto da pele dele eu tenho visto. — A resposta era "não o suficiente". Fora o breve momento no barco, ele não a beijara mais, o que estava deixando Fliss louca. — A gente tem se visto todos os dias. Duas vezes, alguns dias. — Houve outro silêncio prolongado, ao que Fliss franziu a testa e conferiu o celular para ver se a ligação não tinha caído. — Você ainda está aí?

— Estou aqui. — A voz da irmã soou estranha. — Por que você não me contou?

— Não tinha nada para contar. Fui jantar na casa dele na noite seguinte ao nascimento da filha da Matilda. Ele disse que queria esclarecer as coisas. Daí me levou para velejar. Nós conversamos. — Fliss cogitou contar à irmã o que a avó revelara sobre a mãe, mas decidiu que era melhor esperar até se encontrarem pessoalmente. — Eu o vi algumas vezes de lá para cá. Almoçamos. Jantamos. Fomos andar de caiaque. Foi divertido.

— Você está *saindo* com ele? É algo sério?

Sério? Um alarme se acendeu em Fliss.

— Não! Somos só amigos. Estamos curtindo.

— Amizade colorida.

— Não tem nada colorido. Pelo menos não da cor que você está falando. O Seth acha que a gente tem que se concentrar em outras coisas por um tempo.

E Fliss começava a se perguntar quanto tempo esse "por um tempo" duraria.

— Tem certeza de que é uma boa ideia? Agora estou preocupada.

— Não fique.

— Ele *machucou* você. Não quero ver isto acontecer de novo.

— Você entendeu errado. Olha, já faz dez anos. Ficou tudo para trás.

— Se ficou tudo para trás, por que você fingiu ser eu e fugiu de Manhattan?

— É que eu sou dramática.

— Você conversou com ele sobre isso? Não, claro que não. Você nunca se abre, nem comigo.

Fliss franziu a testa. Se Harriet tivesse ideia do tanto de emoções de que a protegera, ficaria aliviada.

— Eu conversei um pouco. O ruim de guardar tudo para si é que acontecem mal-entendidos com mais frequência.

Se não guardasse tudo para si, talvez teria acreditado no amor de Seth.

Se a mãe não tivesse guardado tudo para si, Fliss talvez tivesse compreendido mais sobre por que o casamento dela fora tão complicado.

A mãe mentiu para proteger os filhos ou a si mesma? Era algo em que Fliss andava pensando muito.

— Então você conversou com ele? — Havia algo no tom de voz de Harriet que Fliss não recordava já ter escutado.

— Um pouco. Estou trabalhando nisso.

— Que ótimo. — Seu tom de voz sugeria o contrário.

Ponderou se Harriet estava preocupada por ela estar revelando demais a Seth.

Fliss também estava um pouco desconfortável com isso. Falar sem empecilhos era algo absolutamente novo para ela. Parte dela queria confidenciar a Harriet, mas não queria deixar a irmã mais preocupada do que já estava.

— Mas me conta de você.

— Primeiro você me conta do Seth.

— Não tenho nada para contar — disse Fliss, e sentiu a mentira grudar na garganta.

Seth decidiu que passaria o máximo de tempo possível com Fliss. Mesmo nos dias em que a jornada na clínica era longa, ele a encontrava, mesmo que por poucas horas. Depois de refletir sobre o assunto, tinha concluído que confiança vinha com intimidade e que intimidade vinha com contato. Muito contato. O que estava ótimo para ele. Chegou até a visitá-la na casa da avó, onde as duas trabalharam lado a lado na cozinha, que ficou tomada de um cheiro divino.

Ele tinha aceitado um café e sentado à mesa enquanto Fliss misturava manteiga e farinha com um olhar de concentração absoluta no rosto.

Quando ela tirara a assadeira cheia de biscoitos do forno, a concentração cedeu espaço ao orgulho.

A avó de Fliss quebrara um deles ao meio para conferir a textura e os declarara perfeitos.

Seth comera quatro. Pouco lhe importava se Fliss cozinhava bem ou não. Gostava, isso sim, do fato de ela estar se aproximando da avó. Para ele, abertura demandava treino e, contanto que treinasse com pessoas de sua confiança, só poderia ser positivo.

— Vi você e a Fliss juntos na praia outra vez. — Jed Black tirou o gato da filha da caixa e colocou-o sobre a mesa de exame. — Ela é bonita.

— É mesmo.

Se sair com Fliss implicava provocações dos moradores locais, bem, Seth estava disposto a conviver com isso. Na verdade, diria que fazia parte da vida em comunidade, e ele gostava de viver em comunidade. Gostava de ver as mesmas famílias, de cuidar dos mesmos animais ao longo da vida. Gostava de trabalhar com o abrigo local e admirava como os moradores se dispunham a adotar os animais abandonados.

— Aqueles olhões azuis e pernonas já bastam para tirar a concentração de um homem.

— Minha concentração vai muito bem, Jed. O que o gatinho tem? Ele me parece saudável.

Ele acariciou o animal, sentindo-o tremer sob sua mão. Se Fliss soubesse quanto as pessoas da região estavam interessadas na relação florescente deles, voltaria a Manhattan?

Seth esperava que não.

Concentrou-se no gato da família Black e, um a um, atendeu aos bichos que esperavam na recepção. Havia muitos gatos, um cachorro que mancava e um coelho com problemas odontológicos.

Seu último paciente do dia foi outro gato, mas este rosnava e cuspia enquanto a dona tentava colocá-lo sobre a mesa de exame.

Nancy veio em seu auxílio, usando uma toalha como proteção.

— Adotei-o do abrigo — disse Betsy Miller. — Me disseram que ninguém dá uma segunda chance a ele porque é feio e tem o temperamento forte.

— Você queria um bicho com essas características? — Seth examinou a garganta, orelhas e abdômen enquanto o bicho se contorcia e batia nele com as patas. — Eu sei, meu chapa. Você não gosta daqui. Eu entendo, de verdade. Tem dias que sinto o mesmo.

— Eu estava atrás de um bicho que precisasse de mim e me pareceu que esse aqui precisava bastante. Que precisava de alguém que pudesse deixar de lado seu mau comportamento e enxergar o que estava por trás dele.

— Se todo mundo fosse como você, o mundo seria um lugar melhor. — Seth tomou o pulso do gato. — Está batendo. Até aí, nenhuma surpresa.

Por algum motivo, o bicho o fazia se lembrar de Fliss. Arranhava quando alguém a assustava. Rosnava para deixar as pessoas à distância.

Aos poucos, o gato foi relaxando, finalmente complacente no final da consulta.

— Ele gosta de você — disse Betsy, ao que Nancy concordou com a cabeça.

— Os animais gostam dele. É porque ele tem paciência. Ele vai devagar e não faz movimentos bruscos. Isso é bom.

Nem sempre.

Com Fliss, havia se movimentado devagar demais. Havia esperado demais.

E estava prestes a consertar aquilo.

Capítulo 17

— UMA COISA — DISSE Seth enquanto os dois se deitavam na areia.

Dessa vez, tinham ancorado perto da ilha e nadado até a praia. Fliss ofegava com o frio da água.

Ela rolou para ficar de bruços e sorriu.

Uma coisa.

Era um jogo que tinham criado em que contavam algo que o outro ainda não soubesse.

Graças a ele, Fliss descobriu que Seth havia se mudado para a Califórnia para se distanciar de tudo, mas que ficou lá apenas dois anos. Descobriu que ele ainda não queria vender a Vista Oceânica e que sua relação com o pai tinha sido mais próxima do que ela imaginara.

Fliss sofria com ele.

— Quando eu tinha 8 anos, quis saber como era beijar, então encurralei o Ricky Carter atrás do bicicletário.

— Essa não conta. Não é pessoal o bastante.

— Você não viu como foi o beijo.

Ele a agarrou e a rolou de costas na areia.

— Quem é esse Ricky Carter? Quero o telefone e o endereço dele.

— A última vez que tive notícias, estava em algum canto na Flórida.

— Ótimo. Agora me conte algo pessoal. Faça valer.

— Quando você me beija, não tem nada a ver com o Ricky Carter.

— Quando beijo você tipo assim?

Ele abaixou a cabeça junto à de Fliss, que sentiu o estômago pular e o coração acelerar. Seth a beijava com frequência, e cada vez parecia mais excitante do que a última. Era como se estivesse construindo lentamente a tensão sexual, esticando-a centímetro por centímetro até Fliss ficar a ponto de explodir.

Ela tinha parado de achar que precisava lutar contra os sentimentos, parado de listar os motivos por que aquilo provavelmente era errado.

Lentamente, Seth ergueu a cabeça.

— É melhor que Ricky não a tenha beijado assim, senão vou atrás dele. — A voz de Seth era baixa e lenta. Seu olhar fazia Fliss contorcer-se de expectativa.

Ela sabia que ele estava se contendo e não conseguia deixar de se perguntar quanto mais aquilo duraria. *O sexo complica as coisas*, Seth dissera, mas Fliss não conseguia deixar de pensar que a falta de sexo também complicava. Impedia-a de raciocinar direito. Rompia todas as amarras que sustentavam suas defesas.

— Foi como eu imaginava um afogamento. Precisei de colete salva-vidas.

Ele sorriu.

— Parece que tenho um rival de peso.

Seth nunca teve um rival. Aquele era o problema.

Ela gemeu quando sentiu a boca dele no pescoço e o leve arranhar de barba por fazer contra a pele dela.

— Sua vez.

Seth ergueu a cabeça somente o necessário para falar.

— Odeio pizza com cogumelos.

— Essa não conta.

— Se sou eu comendo a pizza, conta sim. Posso comer cogumelos em qualquer outro prato, mas eles não podem chegar nem perto da pizza.

— Ok, entendi. — Fliss sentia a pressão do corpo de Seth contra o dela. — Pizza sem cogumelos. Agora me conte algo pessoal.

Ele abaixou a cabeça e continuou a exploração até a clavícula dela.

— Sou persistente. — Demorou-se com a boca ali. — Quando quero algo, não desisto até conseguir.

Estava falando da relação deles? Ou de outra coisa? As coisas que estava fazendo com a boca atrapalhavam a concentração de Fliss.

— Você queria ser veterinário e deu no que deu.

Ele fez uma pausa e ergueu a cabeça, encarando-a por debaixo daqueles longos cílios que o tornavam o assunto da cidade.

— Esse é um exemplo. Há outros.

Fliss queria saber todos. Queria saber tudo.

Nas últimas semanas, aprendera tanto sobre Seth. Sabia, por exemplo, como toda a comunidade o respeitava. Aonde quer que fosse era "Dr. Carlyle isso", "Dr. Carlyle aquilo". Em certos bairros, o respeito beirava a idolatria. Os detalhes que não ouvia de canto de ouvido enquanto fazia compras no mercado eram complementados pelas amigas da avó.

Foi por meio delas que descobriu que Seth tinha um programa de assistência no abrigo de animais da região e que encorajava ativamente os moradores locais a adotar em vez de procurar criadouros.

Descobriu por meio delas que ele havia arriscado a vida para tirar quatro cavalos de dentro de um estábulo em chamas e que fizera duas consultas domiciliares para conversar com uma adolescente cujo gato havia morrido.

Seth não lhe contara nenhuma dessas coisas, nem mesmo nas brincadeiras de "uma coisa", mas aquilo não a surpreendia. Ele era o tipo de homem que fazia o necessário pois acreditava nisso, não porque queria impressionar.

Ele adorava animais e, se houvesse algo que pudesse fazer para melhorar a vida deles, Seth o faria.

— Que idade você tinha quando decidiu virar veterinário?

— Oito anos. Estava fazendo trilha com meu pai quando encontramos um cão amarrado a um poste num quintal. Os donos dele haviam se mudado e não o levaram junto. Estava só pele e osso. Não parecia interessado em ser resgatado, mas meu pai o fez mesmo assim e o levou a um abrigo. Eu ia visitá-lo todos os dias e cuidava dele. Vi o excelente trabalho que faziam lá, como convenceram aquele bicho aterrorizado a confiar neles. Para mim, pareceu mágica. Quis aprender como fazia. — Afastou o cabelo de Fliss do rosto. — Nunca me esqueci daquele cachorro, pois me ensinou algo importante.

— Que foi...

— Que é importante enxergar para além da superfície. Que a maioria dos comportamentos tem um motivo.

Dessa vez, Fliss sabia que ele não estava falando apenas do cachorro.

Seu coração acelerou um pouco.

— Qual era o motivo dele?

— Aquele cão era violento e raivoso, mas, quando percebeu que ninguém queria machucá-lo, parou de ter raiva e se mostrou o bichinho mais dócil e amoroso que já vi.

— Ele conseguiu um bom lar?

— Sim, gosto de pensar que sim. — Seth se deitou na areia e protegeu os olhos do sol com o braço. — Ele viveu com a gente por catorze anos. Foi o melhor cachorro que tivemos. Ainda sinto saudades dele.

Fliss o observou, pensando que nenhum outro homem a afetava da mesma maneira que Seth. Ele destruía o autocontrole dela com aquele rosto lindo e sorriso sexy e driblava suas defesas com sua bondade paciente.

Força, para Seth, não era sobre gritar mais alto ou agir maldosamente. Não era sobre socos e briga, ainda que ela não duvidasse que ele pudesse se defender, caso tivesse necessidade.

Não, força era fazer o certo a qualquer custo.

Às vezes, ela ficava imaginando se não se sentira atraída por Seth, pelo menos no começo, por ele representar o completo oposto do pai dela.

Ele manteve a conversa fluindo, contando-lhe histórias sobre a mãe, sobre Vanessa, sobre a vez que Bryony caiu do cavalo e quebrou o braço. Ela contou mais da época da faculdade, das aventuras que a mãe vinha tendo e da relação de Daniel com Molly. Quase contou da visita que fez ao pai naquela noite chuvosa, mas não estava pronta para compartilhar aquela história com ninguém, nem mesmo com um bom ouvinte como Seth.

E ele era um bom ouvinte. Prestava atenção, não apenas ao que ela dizia, mas também ao que não dizia. Havia, sob a aparência de uma conversa aparentemente leve, uma constante atração, uma química intensa e uma tensão sexual que vibrava entre os dois.

Parecia mais fácil conversar agora com ele do que na primeira vez, e Fliss não sabia por quê.

Percebendo que estava ficando tarde, sentou-se e tirou a areia dos braços.

— Uma coisa. Última rodada. Você começa.

— Ei, acabei de contar umas cinquenta coisas. É sua vez.

— É sua vez, com certeza. Você está meio confuso.

— Deve ser culpa desse biquíni que você está usando. A visão de seios seminus tem um efeito estranho sobre meu cérebro.

Seth se inclinou em sua direção e Fliss lhe deu um empurrão.

— Uma coisa. É sua vez.

Ele fez uma pausa e desviou o olhar para a boca dela.

— Fico feliz que você tenha escolhido se esconder de mim nos Hamptons.

— Não fiz um bom trabalho.

— Fico feliz por isso também.

Descobrir que sentia o mesmo fez o coração de Fliss pular uma batida.

Não fazia ideia aonde aquilo estava indo. Não fazia ideia do que faria quando chegasse lá.

Mas, por enquanto, estava aproveitando a viagem.

—∿∿—

Seth passou o dia seguinte inteiro em cirurgia, depois voltou para casa para tomar banho e trocar de roupa antes de cumprir uma obrigação que vinha lhe causando temor. Quase desejava que surgisse uma emergência para ter alguma desculpa para não aparecer.

Conseguiu deixar o assunto de lado enquanto operava, mas, agora que havia terminado, descobriu que não tinha autodisciplina o bastante para impedir os pensamentos. Conhecia bem os estágios do luto e vivenciara cada um deles. Choque, negação, raiva… havia percorrido a montanha-russa de emoções depois da morte do pai.

E agora tinha que vender a Vista Oceânica, que parecia ser sua última conexão com ele.

Prestes a estacionar do lado de fora da casa, ficou surpreso ao ver o carro de Fliss.

Seu humor melhorou, mas em seguida percebeu num estalo que, o que quer que ela tivesse planejado, ele não poderia acompanhá-la.

O plano de Seth era fazer o que tinha que ser feito, depois se sentar na varanda e compartilhar sua tristeza com o pôr do sol. Talvez abrisse uma cerveja.

Saiu do carro desejando que pudesse simplesmente arrastá-la para o quarto, sem arredar o pé de lá por pelo menos uma semana. Seth, porém, nunca trataria Fliss como uma distração. Ou uma cura.

— Não esperava vê-la aqui.

— *Uma coisa…* — Ela ergueu um dedo, jogando o jogo que tinha virado rotina. — Adoro fazer o inesperado. Quis surpreendê-lo. Sua vez. E conte uma boa. Algo bem sombrio e safado. — Com um brilho de humor e insinuação nos olhos, Fliss se inclinou contra o carro, até que viu algo no rosto de Seth. O senso de humor se transformou rapidamente em preocupação. — O que aconteceu? Você perdeu um paciente? Ouvi dizer que o cão dos Jenkins foi atropelado.

— O cão deles está bem, ainda que tenha ficado duas horas em cirurgia.

Seth passara a mesma quantidade de tempo reconfortando e acalmando Lily e Doug Jenkins, que ficaram perturbados com a possibilidade de perder um bicho tão querido.

Talvez a pressão tivesse lhe deixado com aquela dor de cabeça latejante, não a perspectiva de vender as lembranças do pai à melhor proposta de compra.

— Você é um herói e tanto, dr. Carlyle. Devia estar comemorando.

Nunca sentira tão pouca vontade de comemorar.

— Hoje não. Preciso ir a um lugar. — E Fliss não precisava fazer parte daquilo.

Ela se afastou do carro e caminhou em direção a ele.

— Sou nova nesse jogo, mas tenho certeza de que agora é o momento de você me contar o que está incomodando.

— Vou me encontrar com o Chase na casa dos meus pais. Sabe aquele amigo que contei que talvez pudesse se interessar em comprar a casa? Ele quer dar uma olhada nela.

— Ah, Seth. — Ela lançou os braços ao redor dele e o abraçou. — Não sabia que você tinha se decidido. E não tinha ideia de que seria tão rápido.

O aroma do cabelo e a sensação da forma esguia do corpo de Fliss contra o seu fizeram Seth querer levá-la para dentro, desligar o telefone e bloquear o mundo do lado de fora.

— Está tudo bem.

Ela deu um riso curto e afrouxou o abraço de modo a poder vê-lo.

— Sou eu quem esconde o que está sentindo aqui, não você.

— Verdade. Nesse caso, sim, confesso que é uma droga.

— Por que não esperar um pouco? Qual é a pressa?

— É a vontade da minha mãe. Conversei com ela ontem à noite. Parece que sou o único sem pressa de me livrar da casa. — Ele suspirou. — Meu pai adorava aquele lugar. Sei que parece loucura, mas a sensação é de que estou perdendo parte dele mais uma vez.

Contara a Fliss sobre a noite da morte do pai, da ligação frenética da mãe às duas da madrugada à corrida desembestada para o hospital. Contara sobre o que sentiu quando percebeu que era tarde demais e que nem sequer conseguiria se despedir. Remorso atrás de remorso. Coisas que queria ter dito e não disse. Momentos que queria ter passado junto e que não passou. A conclusão de que não tinha controle de nada. De que a tragédia escolhe suas vítimas aleatoriamente e sem piedade. Que uma vida perfeita podia mudar num instante e que o tempo, uma vez passado, estava para sempre perdido.

Pensamentos dolorosos, inúteis, tóxicos.

— Não tem como você atrasar um pouco o processo até se acostumar com a ideia?

— Se vamos vender, melhor antes do que depois. Temos que vender antes que a casa precise de um milhão de reparos e, se Chase tem um potencial comprador, não tenho como ignorá-lo.

— Nesse caso, vou com você.

— Não quero que faça isso. Não vai ser divertido.

— Somos amigos. Amigos servem para os momentos bons e ruins. — Ela trancou o carro e colocou as chaves no bolso. — Vamos lá.

Seth percebeu que não queria discutir.

— Com sorte, vou fazer a venda mais fácil da história do mercado imobiliário. Minha mãe nunca mais vai ter que se preocupar com dinheiro.

— Mas vocês já não têm que se preocupar com dinheiro… — murmurou ela. — Nunca tiveram. Com vocês, o problema nunca é dinheiro.

— Tive sorte o bastante para nunca ter que me preocupar com isso.

— Muitas pessoas não precisam pensar nisso, mas mesmo assim o fazem o tempo todo. O dinheiro domina tudo, influencia todas as decisões delas. Estão fazendo a coisa certa? Se comportando do jeito certo? Vestindo as roupas certas? Estão sendo vistas nos lugares certos, socializando com as pessoas certas? Você nunca ligou para essas coisas. E não vai se importar se o mercado está bom ou se Chase conseguiu um bom acordo. Você se importa de vender a casa de sua família, o lugar em que passou mais verões e dias de Ação de Graças de que é capaz de lembrar.

Seth lembrava. Ele se lembrava de cada um deles.

— Aquele lugar está repleto de lembranças. É difícil para minha mãe. Mas para mim… — Ele hesitou, ao que Fliss balançou a cabeça.

— Eu entendo. É um lugar onde você ainda se sente perto dele. Vendê-lo dá a impressão de entregar as lembranças a outra pessoa.

— A questão é o que é melhor para minha mãe, não para mim. Aqui, não sou eu que importa.

— Eu me importo com você.

Ela deslizou a mão até a dele e Seth acariciou a bochecha de Fliss com as costas dos dedos.

O sol havia enchido o nariz de sardas e clareado o cabelo de Fliss, fazendo seus olhos parecerem ainda mais azuis.

Seth se perguntava como era possível que ela se achasse a gêmea má.

Ela era uma das pessoas mais leais que conhecera na vida, reta e direta como uma flecha. Por algum motivo, pegou-se pensando em Naomi e todas suas manipulações complicadas.

Fliss era objetiva. Não fazia joguinhos.

Se Chase Adams ficou surpreso em ver Fliss, guardou para si. Em vez disso, abraçou-a, agradeceu-lhe novamente pelo que fizera por Matilda, garantiu que estava em dívida profunda com ela e em seguida virou-se para apresentar o amigo.

Todd Wheeler era um banqueiro de investimentos que trabalhava em Wall Street. Seu telefone tocava sem parar. Aquilo deixaria Seth maluco, mas Todd parecia encarar o fato como parte normal de seu dia.

— Wheeler. — Ele atendia o celular com tom de voz claro e direto. — Não... Isso mesmo... Essa ação vai decolar...

Seth não se importava com o que ia acontecer com aquela ação, desde que Todd tivesse o dinheiro para comprar a casa. Mas o homem não parecia interessado.

Um cara ia mesmo gastar parte importante de seu capital num lugar para o qual mal havia olhado?

Todd encerrou a ligação e Seth esboçou um sorriso educado.

— Dia corrido?

— Normal. — Todd conferiu o relógio. — Vamos lá.

Seth se conteve para não perguntar se Todd tinha tempo mesmo. Em vez disso, percorreu os quartos, envolto pelo vazio da casa.

Ele provavelmente deveria ter vendido seu peixe, preenchido o silêncio com conversa fiada sobre por que a casa era perfeita, mas não conseguiu juntar forças para tanto.

Na biblioteca, Todd atendeu mais três ligações uma atrás da outra, ao que Fliss olhou para Seth e revirou os olhos.

A careta dela o fez se sentir melhor.

Mais tarde, decidiu Seth, os dois voltariam para sua casa e caminhariam na praia.

Quando Todd colocou o celular no bolso pela quinta vez, Seth mostrou-lhe o resto do andar de baixo. Demorou-se na área oficial de jantar, onde a mãe havia realizado mais jantares barulhentos de que era capaz de se lembrar, e em seguida atravessaram a grande cozinha, com ampla vista para o mar, que era o coração da casa.

Quando Todd atendeu outra ligação, Seth começou a desejar que Chase mostrasse a casa sozinho. Conseguia sentir a presença do pai em cada quarto.

Lembrou-se do último Dia de Ação de Graças que passaram juntos ali como família. Naomi juntara-se a eles e, desde o momento de sua chegada, ficara claro que convidá-la havia sido um erro. Ela dera mais peso do que devia ao convite e Seth a ouvira dar risadinhas com Vanessa. Ficara evidente que estavam tramando algo juntas e que ele era o tema do complô.

Naomi estivera na expectativa de que Seth a pedisse em casamento.

Quando Seth não o fez, começou a deixar pistas. E, como ele não seguiu as pistas, Naomi começou a ficar cada vez mais desesperada. E, algum tempo depois, ranzinza.

Seth a deixara com Vanessa e fora velejar com o pai. Naquela época do ano, as águas da Baía de Gardiner estavam agitadas e os dois precisaram usar toda habilidade e experiência para manter o barco em curso. Tinha sido aterrorizante e estimulante ao mesmo tempo. Pelo que se lembrava, fora um dos melhores dias de navegação que tivera com o pai.

E Seth ainda se recordava de outra coisa. Lembrava-se do pai dizendo que escolher uma parceira era uma das decisões mais importantes que um homem tinha que tomar. Que era preciso escolher alguém que andasse junto, não o segurasse.

Seth sabia que o pai não achava Naomi certa para ele e concordava com essa opinião.

Foi uma das últimas conversas sérias que tivera com o pai e marcara o começo do fim de seu relacionamento com Naomi. Foi naquele dia que parou de procurar alguém que o fizesse sentir o mesmo que Fliss e resolveu, em vez disso, encontrar Fliss.

A morte do pai pouco tempo depois serviu de lembrete de que a vida era curta demais para gastá-la com a pessoa errada.

Foram para o andar de cima, para as suítes, e Seth escutou Todd perguntar a Chase sobre a rentabilidade para alugar.

Rentabilidade para alugar?

Para Seth, ter uma propriedade não tinha a ver com retorno financeiro, mas com retorno emocional. Não calculava o valor de um imóvel em metros quadrados, mas em termos de estilo de vida.

Aquele tinha sido um dos motivos por ter escolhido morar perto da reserva natural.

Ele tinha visto potencial ali. Não para um lucro astronômico, mas para um futuro bom. Um lugar para criar raízes. Um lugar para deixar memórias. E sim, um lugar para, algum dia, ter uma família. Ainda queria isso. Talvez, de certa forma, sempre quisera isso.

Como Todd estava no celular outra vez, Seth abriu as portas francesas e foi para a varanda. A casa dava para as dunas que desciam à ampla faixa de praia. Ele brincara ali com as irmãs e era o juiz quando elas brigavam por coisas tão pequenas e insignificantes que nem sequer lembrava.

Agora, tudo o que ouvia era o delicado sibilar das ondas contra a areia.

Ouviu passos atrás dele e sentiu a mão de Fliss no braço.

— Esse cara está me deixando doida. Ele é mesmo o único comprador? Porque, se você não se opor, eu gostaria de matá-lo. Prometo espalhar o mínimo de sangue. Pensei em empurrá-lo da sacada ou afogá-lo na piscina junto com aquela porcaria de celular.

Seth não se achava capaz de rir naquele dia, mas se viu sorrindo.

— Acho que ele tem que trabalhar.

— Neste momento, o trabalho dele é ver a casa.

— Ele não vai comprar a casa, Fliss.

Só agora, quando ficou claro que não ia rolar, que Seth percebeu o quanto queria que aquilo acabasse. Se Todd fosse embora, ele teria que passar meses e mais meses negociando com um corretor.

Estranhos vagariam pela casa, deixando pegadas em suas lembranças.

Fliss batia com o pé no chão.

— Se ele guardasse aquele celular cinco minutos, talvez pudesse se concentrar o suficiente para se apaixonar pela casa e comprá-la.

— Caras como Todd Wheeler não são capazes de se apaixonar por uma casa. Ele só pensa em termos de retorno para o investimento. Ele não vê o potencial de um lar, só setecentos metros quadrados de propriedade de frente para o mar com acesso fácil para o heliporto.

Fliss estreitou os olhos.

— Hum. É o que veremos.

Ela adentrou a casa novamente, deixando Seth sem escolha senão segui-la.

Não que temesse que ela fosse afogar Todd Wheeler de verdade na piscina, mas não excluía a possibilidade de que causasse algum estrago.

Ela passou por dois quartos do andar de cima antes de finalmente encontrar Todd no quarto de hóspedes com vista para os jardins.

— Com licença. — Ela se plantou na frente de Todd e lhe ofereceu um sorriso amigável. — Posso dar uma palavrinha com você?

Seth parou do lado de fora da porta e viu Todd franzir a testa.

— Claro. — Foi quando o telefone tocou e ele abaixou o olhar para ver quem era. — Preciso atender, você me dá licença...

— Na verdade, não dou não. — Com o sorriso fixo, Fliss tirou o celular da mão dele. — Aconselho a deixá-los esperando. Vão ficar mais interessados.

Imaginando que não cairia nas graças do comprador se risse na cara dele, Seth saiu de vista.

Não queria se dar ao trabalho de dar uma bronca em Todd, mas aparentemente era o que estava nos planos de Fliss.

— Você deveria concentrar toda a sua atenção na tarefa em questão — disse ela —, que no caso é decidir se está ou não interessado nesta casa. Porque assim que você sair por aquela porta, já era, e, estou te avisando, você vai querer se chutar se perder este lugar. Se eu fosse sua esposa... e honestamente fico contente de não ser, porque não ia querer viver um triângulo amoroso com seu celular... mas, se fosse, eu ficaria tentada a dar um chute em você. Você nunca mais vai ter a oportunidade de comprar uma propriedade com tanto potencial quanto esta.

— Preciso consultar um arquiteto antes de avaliar isto.

— Não estou falando de potencial enquanto projeto arquitetônico. Estou falando do potencial de dar qualidade de vida a sua família. Estou ajudando você a ver algo que não parece ser capaz de enxergar sozinho.

— Olha, a propriedade é ótima, mas não é a única no mercado. Há muitas outras propriedades na praia, maiores que essa, que preciso ver.

Seth sentiu um tranco de decepção. Era o que suspeitava.

— Maiores? — Fliss evidentemente não estava pronta para desistir. — Quantos filhos você tem, Todd? Dez? Onze?

— Dois.

— Tem planos de viver com outros parentes? A sogra, talvez? Um bando de primos?

— Só nós quatro mesmo — disse ele com tom cauteloso. — Não entendo qual é...

— Estou tentando entender o que você quer fazer com mais espaço do que este aqui. Em quatro pessoas, vocês poderiam se mudar para cá sem ter que dormir no mesmo quarto por uma semana. Vão poder receber uma galera... tem até uma cabana para hóspedes. Quando seus filhos forem adolescentes, tem espaço o bastante para dar uma ala para cada um, se eles começarem a ficar chatos. Claro que você pode comprar um lugar com mais espaço, mas por que fazer isso?

— O nome disso é investimento.

— Então você não está atrás de uma casa, está atrás de lucro.

— Ele é um fator importante. — Ele a examinou por um instante. — Pelo que Chase me contou, ela nem sequer está no mercado ainda.

— Uma casa especial como esta não precisa ir para o mercado aberto. A força que o atraiu até aqui no meio de sua semana movimentada é a mesma que levou outros compradores baterem à porta. Seth só concordou que você fosse o primeiro a vê-la porque é amigo do Chase. Isto nos leva à pergunta primordial. Você está apaixonado pela casa?

— *Apaixonado?* — Todd lançou a Fliss um olhar perplexo. — Imóveis são uma decisão financeira, não emocional.

— Isso aqui não é um mero imóvel, Todd, é um *lar*. Só por curiosidade, como você pensa em apresentar a questão a sua esposa? "Oi, amor, comprei uma casa, mas não precisa se incomodar em desfazer as malas ou ficar muito confortável, porque, se o valor aumentar o bastante, vou vendê-la e enxotar você e as crianças para fora." É esse seu plano? Pois se é, sinto muito por ela. E por seus filhos. Como eles se chamam? Que idade têm?

— O Grant tem 6 anos, e a Katy, 8.

— Um menino e uma menina. E vocês a estão comprando porque querem poder passar os verões nos Hamptons. Aposto que vão adorar a praia. — O tom de Fliss ficou mais caloroso. — Eles vão passar o tempo brincando de esconde-esconde naquelas dunas atrás da casa. Areia nos pés, sol na cara, crianças felizes. Crianças *de sorte*.

Seth franziu a testa.

Fliss pintou um retrato tão claro que Seth conseguia saborear o ar salgado e ouvir a risada das irmãs. Conseguia ouvir a mãe avisando para limpar os pés para não deixar um rastro de areia pela casa.

Todd não disse nada.

— Você talvez leve o Grant para velejar, como o pai de Seth o levava. — Havia desespero no tom de Fliss, e Seth se pegou pensando por que ela simplesmente não desistia.

Ela achava mesmo que poderia converter Todd Wheeler, o homem de negócios intransigente, em um cara de família com apenas uma conversa?

— Fliss…

— Ele contou que passavam todo tempo livre cuidando do barco? Não em um estaleiro qualquer, mas naquela doca ali, em frente da casa. Quem sabe a Katy não será a apaixonada pela água? Quando se mexe com barcos, seja em terra firme ou no mar, não é o barco que importa, Todd. É o tempo que passam juntos, as conversas que têm enquanto envernizam as tábuas ou velejam ao vento. Independentemente do que façam, de como vão passar o tempo nessa casa linda, serão essas coisas que seus filhos vão valorizar. Serão esses os momentos de que Grant e Katy se lembrarão, não o tanto de dinheiro que o pai deles fez com a propriedade quando a vendeu. Esta casa não é feita apenas de tijolos e madeira. Ela tem coração e alma.

As palavras dela encontraram silêncio.

Desta vez, pelo visto, Todd não tinha o que dizer.

Seth tampouco.

Ele percebeu que ela não tentava converter Todd ou corrigi-lo de alguma maneira. Estava tentando vender a casa e o fazia com convicção e paixão, como se fosse sua própria.

Pintara o retrato como uma artista, tecendo de maneira tão habilidosa a imagem de um estilo de vida idílico que o próprio Seth a compraria, caso não fosse dono.

Todd franziu a testa.

— Não acho que...

— Pense assim. — Fliss não lhe deu tempo de falar. — Quando você investe dinheiro, espera algum retorno. Mas quem disse que o retorno sempre tem que ser financeiro? Esta casa é um investimento em momentos familiares de qualidade. Momentos felizes viram lembranças felizes e estas duram para sempre. Nada pode levá-las embora, nem uma quebra no mercado. Leve seu filho para velejar, ensine sua filha a surfar e serão coisas de que se lembrarão quando adultos. E, quando forem embora, vão levar todas essas lembranças com eles. Se isso não é um investimento, não sei o que é.

Vão levar todas essas lembranças com eles.

Seth sentiu uma pressão no peito.

Achava que as lembranças pertenciam à casa, mas Fliss tinha razão. Elas pertenciam a Seth. Estavam entranhadas nele e assim permaneceriam independentemente de onde fosse ou do que fizesse. Vender a casa não mudaria isto.

Engolindo a emoção em seco, entrou no quarto e Chase reapareceu no mesmo momento, cheio de desculpas.

— Desculpa, era a Matilda. Queria que eu levasse umas coisas no caminho de volta para casa. Você terminou? Tem algo mais que precise ver, Todd?

— Não. Preciso voltar para o escritório. — Deu um rápido aceno de cabeça a Fliss e Seth. — Obrigado.

Seth não disse mais nada. Não conseguia parar de pensar nas palavras de Fliss.

— Vou levar o Todd de volta para o aeroporto. — Chase deu um tapa no ombro de Seth. — Sei que você disse que ia trabalhar no feriado, mas vai estar livre de noite? Matilda e eu vamos receber um pessoal. Vai ser tranquilo, porque a Rose é pequena e Matilda está cansada. Meu irmão, Brett, vai tentar vir e uns outros amigos também.

Seth forçou a mente a voltar ao presente.

— Estou de plantão ao longo do dia. A Tanya vai cobrir a noite.

Todd ergueu as sobrancelhas.

— As pessoas vão mesmo precisar de veterinários no feriado da independência?

— Sempre é um dia movimentado para nós. Primeiro, por causa do calor... as pessoas deixam os bichos no carro e se esquecem deles enquanto fazem churrasco na praia. Tem quem os alimente com restos de comida, deixe as portas e portões abertos e eles escapam... Sem falar nos fogos de artifício. E tem mais. No dia seguinte, com o quintal cheio de entulho e sujeira, os cães saem comendo...

Chase pareceu surpreso.

— Eu não fazia ideia disso.

— Assim como metade da população. Por isso que é tão movimentado.

— Você pode levar o celular para nossa casa. Fliss?

— Minha avó e eu vamos fazer almoço para as amigas dela. Devo ficar livre umas cinco da tarde, e minha avó vai dormir cedo.

— Ótimo. Então vocês dois deveriam aparecer.

Vocês dois.

Seth percebeu que Chase empacotara os dois juntos como se fossem um casal. Típico do Chase. Outro amigo teria o alertado. Dito que não dera certo a primeira vez e que ele estava arriscando machucar o coração de novo.

Chase entendia que algumas coisas eram tão importantes que valiam qualquer risco.

Ele sorriu para o amigo.

— Você que vai cozinhar?

Chase pareceu ofendido.

— Ei, eu sei fazer churrasco. Mas no caso, não vou. Contratei uma chef. Você conhece a Eva?

Fliss fez que sim com a cabeça.

— Ela é parte da Gênio Urbano, a empresa de *concierge* em Nova York responsável pelo crescimento estratosférico dos nossos negócios. Ela que vai cozinhar? Porque se a resposta for sim, com certeza estarei lá.

Poucos minutos depois, o carro saiu da garagem e Seth os observou sumirem de vista.

Tudo parecia diferente. Tudo havia mudado. O céu parecia mais azul, o ar mais fresco e sua cabeça, que ficara coberta por uma nuvem desde a morte do pai, parecia límpida pela primeira vez em meses.

Quando olhou ao redor da cozinha, a neblina escura de memória havia se dissipado.

E ele sabia quem era responsável por aquilo.

Virou-se para Fliss:

— Você vendeu minha casa.

Ela avançou um passo e colocou a mão no braço dele.

— Você está triste? Nem tinha certeza se queria ou não vender.

— Não tinha, mas agora tenho. Tudo o que você disse a Todd fez sentido para mim. Pensei que as lembranças faziam parte da casa, mas escutar você falando me fez perceber que elas são parte de mim. E, ainda que tenha perdido meu pai, não perdi as lembranças ou o legado dele. Sempre terei isso. Obrigado por me fazer enxergar.

Seth sentiu os braços dela envolverem-no.

Perguntou-se como as pessoas não viam na hora a ternura e generosidade de Fliss.

Seth vira aqueles olhos queimarem de determinação feroz quando entrava na frente da irmã para defendê-la. Vira Fliss pular na frente do irmão também, sem se preocupar com o tamanho do oponente. Mas, até aquele dia, nunca a vira defendê-lo.

— Você foi incrível. Corajosa, destemida, honesta e correta. — Virou-se para ela, ponderando sobre quanto dizer. Seria cedo demais? — Sabe a melhor parte?

— Que, apesar da provocação extrema, não vou ser acusada de homicídio?

Ele sorriu:

— A melhor parte é que você fez isso por mim.

— Você disse que queria vender a casa. Você *precisa* vender a casa. Eu entendi, por isso tentei fazer o possível para que acontecesse.

— Você me defendeu. Lutou por mim. Se colocou na minha frente. — Seth percorreu o maxilar de Fliss com os dedos. — Você faz isso pelas pessoas com quem se importa. Vi você fazer isso com Daniel e Harriet.

Houve um silêncio prolongado, perturbado apenas pelo grito de uma gaivota e o marulho.

— Eu me importo com você — disse suavemente. — Sempre me importei com você.

Havia tanta coisa que Seth queria dizer, mas sabia que era melhor ir devagar.

— Eu também sempre me importei com você. Desde o primeiro dia, quando a vi protegendo Harriet na praia. Tinha uma menina mexendo com ela por causa da gagueira.

— Acontecia bastante. E as provocações deixavam Harriet pior. Não tenho muita paciência com valentões.

— Ou com homens viciados em celular.

— Todd foi um babaca. Eu queria arrancar aquele celular e enfiar no...

— Consigo imaginar onde você queria enfiá-lo. — Ele a puxou para perto. — Vamos voltar para minha casa. Posso pagar sua comissão com um jantar.

— E se o Todd não a comprar?

— Nesse caso, você me deve uma. E eu vou cobrar a dívida.

Ela olhou para Seth de esguelha.

— Estou pensando em outro método de pagamento.

— Felicity Knight, você está fazendo uma proposta indecente?

— Talvez. Sou encrenca, você não sabia?

— Devo ter ouvido algo do tipo sobre você. Por que acha que estou aqui?

Ele deslizou a mão por trás do pescoço dela e baixou a cabeça.

As bocas colidiram, e Seth gemeu e afundou os dedos no cabelo de Fliss. As mechas se esparramaram por seus dedos e ele acariciou com os polegares as linhas suaves do maxilar dela. Queria explorar cada detalhe delicado. Queria tirar aquele short e regata provocantes e descobrir tudo que mudara desde a última vez que a tocara.

Sentiu as mãos dela na camisa, puxando-a, e em seguida as palmas de Fliss deslizando sobre suas costas.

Um calor o percorreu. Seth saboreava a euforia nos lábios dela e a pressão do corpo de Fliss contra o seu.

Mais um minuto assim e os dois acabariam nus.

Ele se afastou, imaginando se não estava louco.

Ela nitidamente estava pensando o mesmo. Depois de se endireitar, lançou-lhe um olhar perdido.

— Você está parando?

— Isso mesmo.

— Por quê? — Ela recuou as mãos lentamente, largando a camisa dele e dando um passo para trás. — Você ainda tem medo de que minha cabeça pare de funcionar uma vez que tirarmos a roupa?

— Esse é um dos motivos.

Ainda que fosse a própria cabeça o que preocupava Seth.

— Você tem muito autocontrole, Seth Carlyle. Como foi que consegui corrompê-lo na primeira vez?

— Na época, a gente não era muito de pensar.

Agora, porém, Seth pensava bastante.

Ele a desejava, imediatamente, ali mesmo, naquela casa que guardava lembranças de uma vida, mas sabia que aquele era apenas o começo do que queria. Seth compreendeu que o que Vanessa não entendia era que não tinha como ele se apaixonar novamente por Fliss, pois nunca deixara de amá-la.

Tinha dado a ela seu coração quando tinha 22 anos e nunca o pegara de volta.

Capítulo 18

Fliss estava silenciosa no caminho de volta para a casa dele. Silenciosa e desesperadamente ligada a cada movimento que Seth fazia. Às mãos no volante e à extensão musculosa da coxa de Seth perto da dela. Ele era grande e bonito. Manter as mãos no lugar se provava tão difícil agora quanto fora na adolescência.

Ela estava quase se arrependendo de ter aceitado o convite para jantar. Certamente não conseguiria comer nada. A tensão havia dado um nó apertado em seu estômago.

Sentia-se uma adolescente, com o coração palpitando e as mãos suadas.

Não era uma loucura?

Ela tentou manter o olhar fixo adiante, mas, de alguma maneira, viu-se virando a cabeça para observá-lo. A camisa de Seth estava com os primeiros botões abertos, permitindo a Fliss um vislumbre tentador do pescoço bronzeado dele.

— Você está quieta.

— Estou bem.

— Fliss…

— Está bem, não estou bem. Não sei se frustração sexual é um diagnóstico médico válido, mas meu caso está avançado. Você não quer que a gente foque no sexo... e é uma teoria boa, eu entendo, sério, estou satisfeita... quer dizer, não sexualmente...

— Eu acho que...

— *Me deixa terminar!* Estou lutando com as palavras. Só estou querendo dizer que cheguei a um ponto em que o sexo é um empecilho, pois não consigo pensar em outra coisa. Estou ficando louca. — Ela fechou os olhos. — Esqueça o jantar. Acho melhor voltar para casa. Vou tomar um banho frio. Assistir a um programa sobre a natureza na televisão.

— Você quer assistir a um programa sobre a natureza?

— Não, mas não acho que estarei segura perto de você. Sinto que um momento da "Fliss Má" está à espreita. Você não vai querer estar por perto quando isso acontecer.

— Talvez eu queira.

Ele entrou na garagem, mandando as pedras do chão para os ares. Segundos depois, desligou o carro, agarrou-a e puxou-a para junto de si.

O olhar dele fez o coração de Fliss bater forte.

— Pensei que você não quisesse.

— Eu quero. Estava demonstrando moderação.

— Moderação é supervalorizada. — Com pressa desajeitada, as mãos de Fliss puxaram a camisa dele. — Seth, eu quero muito...

— Eu também, então chega de conversa e vamos entrar. Independentemente dos pecados que cometi no passado ou dos que cometerei no futuro, não quero que transar na porta de casa, na frente dos vizinhos, seja um deles.

Saíram desajeitadamente do carro e, de alguma forma, conseguiram abrir a porta da casa. Precipitando-se para dentro, Seth invadiu a boca de Fliss com um beijo. Ela sentiu o deslizar erótico da língua dele na dela e a sensação era tão pecaminosamente boa que Fliss ponderou como conseguiu sobreviver tanto tempo sem aquilo.

Por que nunca foi assim com outra pessoa?

Por que nenhum outro homem a fez se sentir daquele jeito?

Ainda a beijando, Seth a pressionou contra a parede e fechou a porta com um chute. Ele a manteve ali, prendendo as pernas dela entre as dele, enlaçando-a com os braços, ao que Fliss teve um arrepio de excitação, porque, independentemente do que ela tivesse começado, ele pretendia levar a cabo.

Fliss envolveu o pescoço de Seth com os braços, e ele desceu as mãos para a cintura e coxas dela, mantendo seu corpo contra a parede. Ela sentiu os músculos duros, fortes, e sussurrou o nome dele, incitando-o conforme percorria com a boca os lábios e o maxilar de Seth. Sua respiração estava tão instável quanto a dele, e o coração de Fliss bateu com uma força quase brutal quando as mãos de Seth deslizaram para dentro de sua calcinha. Atravessada de sensações, seu corpo ficou pesado e fraco. Desejava-o a ponto de ser indecente. E gemeu quando sentiu a lenta e habilidosa invasão dos dedos de Seth. Ele a silenciou com um beijo profundo e calculado. Ela queria falar, dizer como era bom, como sentia saudades, mas os pensamentos estavam embaralhados e confusos, impedindo-a de formar as palavras. Nunca havia sentido algo assim antes. Nada, nunca, tinha sido parecido com aquilo. Desejava-o tanto que quase soluçou quando Seth retirou os dedos, mas logo percebeu que era apenas para tirar as roupas do caminho.

A calcinha foi ao chão. O sutiã em seguida.

Ela abriu desajeitadamente os botões da camisa dele.

Fliss o havia visto na praia com short de surfe, e até com menos que isso, mas nunca era demais.

Seu corpo recordava o dele, lembrava-se da sensação e do gosto. Fliss conhecia cada centímetro, mas reconhecia mudanças. Os ombros de Seth estavam mais largos, seus músculos, claramente definidos. Ele era forte, firme e seguro de si.

Os anos de separação alimentaram o desespero dos dois. Arrancaram o resto das roupas, ainda que Seth tenha se detido apenas o suficiente para pegar algo do bolso da calça jeans. A pressa deixava os dois desajeitados e Fliss murmurou algo em protesto. Com as mãos firmes nas coxas dela, Seth logo a estava erguendo, pressionando-a. O desejo sufocava de tão intenso. Ela o abraçou com as pernas e, quando penetrada, gemeu, emitindo um som que mesclava choque e prazer conforme seu corpo abria espaço para o dele. Cada movimento mandava seus sentidos ao espaço, e Fliss foi tomada por uma tempestade de sensações. Sentindo-se insanamente fora de controle e tonta, agarrou os músculos dos braços de Seth, tentando segurar-se a algo conforme o corpo cedia às demandas dele. O que Seth tomava, no entanto, retribuía mil vezes mais, até Fliss acabar trêmula e sem defesas.

Jamais tinha ficado tão excitada. Ficou pensando se haveria algum momento em que a química entre os dois se acalmaria, virando algo mais sereno e delicado. Naquele momento, o prazer era selvagem e urgente, uma cascata de sensações eróticas que crescia incessantemente até fazê-la chegar ao limite. Seu corpo estremecia contra o dele, e que Seth, atingindo o mesmo clímax, capturou o gemido de prazer dela com a boca.

Demorou até que um dos dois se mexesse. Fliss permaneceu onde estava, descansando com a testa apoiada nos ombros de Seth.

Ele finalmente a colocou de volta no chão. Ainda a segurando com uma mão, deslizou os dedos da outra pelo queixo de Fliss, levantando-lhe o rosto. Atordoada, ela ergueu os olhos até os dele, imaginando como um olhar poderia ser mais íntimo do que aquilo que tinham acabado de partilhar.

A mão de Seth deslizou para a nuca de Fliss, envolvendo a cabeça dela enquanto os polegares acariciavam delicadamente as bochechas.

— Você está bem? — perguntou ele com voz suave e olhar profundamente íntimo.

— Não tenho certeza. Melhor não me soltar por enquanto.

— Eu estava me segurando.

— Sério? Não percebi.

Fliss achou bom estar presa entre ele e a parede, pois não sabia ao certo se as pernas a sustentariam sem ajuda.

— Quero dizer que estava me segurando para adiar este momento.

— Eu sei. E acho que agora é o momento adequado para eu dizer que discordo de sua linha de raciocínio.

— Eu tinha o plano perfeito. Primeiro a gente ia ter encontros. Faria você conversar comigo, a convenceria a dividir o que sentia.

— Nós tivemos encontros. Nós conversamos. Eu dividi o que sentia. — Mais do que com qualquer outra pessoa. Pensar nisso era mais do que um pouco assustador. — E depois?

— Depois eu ia avançar um nível. E, antes que pergunte, não sabia exatamente o que faria, mas seria algo romântico. Não seria passar da porta e transar contra a parede.

— Deu certo para mim. — Ela poderia olhá-lo o dia e a noite inteiros. As Princesas do Pôquer tinham razão. Os cílios dele eram incríveis. — Conte mais de seus planos românticos.

— Não cheguei a fazer planos concretos, mas eles envolviam uma cama confortável.

— A parede funcionou muito bem. — Ainda que só agora percebesse que certas partes do corpo doíam. — A gente talvez possa escolher algo mais confortável na próxima vez.

Seth afastou o cabelo do rosto de Fliss.

— Eu machuquei você? Juro que ouvi um barulho quando batemos na parede.

— Foi meu autocontrole quebrando. — Ela ergueu a cabeça, vendo-o por entre as mechas emaranhadas de cabelo. — Agora eu talvez consiga parar de pensar em sexo e focar nas outras coisas que você quer que a gente foque.

— Você acha que vai funcionar?

— Claro. No tempo certo. Assim que o calor tiver esfriado. Isso, é claro, pode levar algum tempo. — Fliss testou as pernas, surpresa em descobrir que ainda funcionavam. — Você usou camisinha. Pelo visto um de nós aprendeu a lição da última vez. Você sempre carrega uma? — perguntou Fliss casualmente, ao que Seth voltou o rosto dela na direção do dele.

— Você acha que fico de prontidão para transar com qualquer mulher que encontro?

— Não sei. Parece que toda mulher que você conhece o acha bonito, então acho que faz sentido estar preparado. — Depois do que aconteceu com os dois, ela não poderia culpá-lo, mas Fliss se odiou por ter feito a pergunta e por toda a insegurança contida nela. — Me desculpa, não é assunto meu.

— Com certeza é assunto seu. — O olhar de Seth ficou sério. — E a resposta é que ando preparado e tomo cuidado, mas só depois que você se mudou para cá. Antes, conseguia atravessar o dia de trabalho sem sair pulando em cima de uma mulher.

As palavras de Seth deixaram Fliss aquecida.

— Você está dizendo que só eu tenho esse efeito sobre você?

— Parece que sim.

Ela acariciou os ombros dele com a mão, sentindo os músculos rijos sob os dedos.

— Podemos tentar outra vez. Do seu jeito.

Seth olhou para o lado.

— A Lulu está vestindo seu sutiã.

— Você acha que a gente a chocou?

— Nada choca a Lulu. — Seth voltou a atenção para Fliss outra vez, beijou-a lenta e profundamente, e então se afastou. — Vamos subir.

— Acho que deixamos minha regata cair na entrada.

— Ele vai afugentar os visitantes.

Seth a pegou no colo, ao que Fliss arfou:

— O que você está fazendo?

— Não quero transar nas escadas, e é o que vai acontecer se você subir na minha frente.

Rindo e caminhando tropegamente, chegaram ao andar de cima e, com os corpos iluminados pelo luar, caíram na cama.

Ele a tocou com mãos experientes, habilidosas. Cada movimento era lento e pensado, elaborado para extrair do momento o máximo de prazer. Era agonizantemente íntimo e muito diferente de tudo o que haviam partilhado antes.

A escuridão foi preenchida com sons delicados e murmúrios. Seth queria e pedia tudo; Fliss deu tudo e mais. E, quando finalmente chegaram ao clímax, ela temeu que fosse quebrar.

Terminado, permaneceram deitados, perto, de olhos fechados, ela com as pernas presas às dele.

Seth passou o polegar sobre a testa de Fliss.

— Eu tinha me esquecido de sua cicatriz. Você nunca contou como a conseguiu.

Ela deu de ombros:

— Bati numa árvore.

— É mesmo? Porque, quando paro para observar, você me parece muito competente caminhando. E ultimamente tenho observado bastante.

— Foi brigando.

— Por qual motivo?

— Me pareceu mais divertido do que fazer a tarefa de inglês. — Ela viu o olhar de Seth e suspirou. Era típico dele saber que havia um motivo. Sempre buscava o bem nos outros. Fazia parte do homem que era. — Alguém estava mexendo com a Harriet.

— Daí você se colocou na frente e defendeu sua irmã.

— Ele se chamava Johnny Hill. Era capitão do time de futebol americano e um verdadeiro pentelho. Ele fez a Harriet chorar. Ninguém faz minha irmã chorar.

— Daí você entrou na frente dela que nem fez comigo hoje à tarde.

Era verdade, o que a fez perceber o quanto estava envolvida. Só de pensar no quanto, seu estômago embrulhava. Se tivesse um colete salva-vidas a seu alcance, ela o teria usado.

— E daí?

Ele deslizou a mão para a nuca dela e trouxe sua boca para perto.

— Você se importa.

— Talvez me importe, sim.

Admitir era assustador. Admitir significava tirar a armadura e ficar vulnerável.

— E você se importa com sua irmã. Você se importa o bastante para protegê-la. — Os dedos de Seth percorreram delicadamente a cicatriz de Fliss. — Penso que isso faz de você uma Fliss "do bem".

— A escola não achava isso. Fui suspensa por algum tempo, o que significava que não tinha como cuidar de Harriet. Fiquei mais cautelosa depois disso. — Ela mudou de assunto, preferindo não ter que lidar com o que estava acontecendo no plano sentimental.

— Não entrou mais em briga?

— Comecei a deixar as brigas para o lado de fora da escola. — Ela se virou de lado e pousou a mão no peitoral dele. — Agora é sua vez. Mostre suas cicatrizes, Carlyle.

— Não tenho cicatrizes. Pelo menos não por fora.

— E por dentro?

Ela sentiu a mão dele acariciar seu cabelo.

— Nunca deixei de pensar em você, Fliss. Você sempre teve um pedaço de meu coração.

As palavras dele roubaram o fôlego de Fliss e atravessaram-na. Fizeram-na pensar em todo o tempo perdido e no que poderia ter sido.

— Sinto muito por tê-lo machucado.

— Eu também machuquei você. Nós dois cometemos erros. Acho que é algo humano.

— Eu devia ter falado mais. Me aberto mais.

— Quando uma pessoa passa a vida erguendo barreiras, é difícil confiar em alguém o bastante para abaixá-las.

De repente, pareceu importante fazê-lo compreender.

Ela se afastou um pouco e se sentou.

— Meu pai sabia muito bem como controlar as pessoas. Ele descobria suas fraquezas e as usava. Ele queria machucar. Descobri isso cedo e decidi que nunca o deixaria me atingir. Quanto mais indiferente eu era, pior ele se tornava. — Ela balançou a cabeça. — Talvez o melhor fosse desmoronar na primeira ofensa, mas não tinha como eu fazer isso. Ele se alimentava de fraqueza. De vulnerabilidade. A única maneira de sobreviver a ele era nunca me permitir ser vulnerável. Por isso me escondi. Não como Harriet, que se escondia debaixo da mesa ou no quarto. Eu me escondi de mim mesma. Ergui estes muros. Costumava até me imaginar num castelo, com inimigos à espreita. Eu içava a ponte levadiça e eles ficavam presos do lado de fora. Era assim que eu imaginava meu pai.

Puxando os cobertores sobre eles, Seth também se sentou.

— Como um inimigo?

— Tinha dias em que a sensação era essa. Ele me ridicularizava dizendo que eu não servia para nada, que era uma inútil, por isso passei minha vida adulta inteira provando o contrário. Não é uma loucura? De certa forma, eu o deixei me controlar. Queria provar a ele que era capaz de ser financeiramente independente e bem-sucedida. Me empenhei muito em esconder o que eu sentia e fiquei boa nisso. Acho que tive medo de que, se abaixasse a ponte levadiça para deixar você entrar, minhas defesas cairiam. Não podia deixar isso acontecer. Eu precisava me proteger. Tinha visto minha mãe vulnerável. E Harriet. Não queria ficar vulnerável também.

— E agora? Você começou a se abrir. Abaixou a ponte e me deixou entrar. Você contou coisas que jamais havia me dito. Os muros do castelo por acaso ruíram?

Ela deu um meio sorriso.

— Continuam de pé.

Com o olhar pensativo, ele balançou a cabeça.

— Sabe, quem cruza a ponte nem sempre é um inimigo. Você tinha medo de abaixar a ponte porque achava que a pessoa do outro lado a atacaria, mas eu não estou atacando, querida. Estou do seu lado. Pense em mim como um reforço.

— Meu pai costumava dizer que eu nunca faria algo da vida. — Ela respirou fundo. — Nunca contei isso a ninguém. Tinha medo de que, dizendo em voz alta, alguém pudesse concordar.

— Fliss…

— Eu me esforcei bastante porque queria a liberdade e a independência de ser a dona e a administradora de uma empresa de sucesso e quis que Harriet também tivesse isso. No fundo, trabalhei duro porque queria que ele ficasse orgulhoso. Queria muito que ele dissesse que estava orgulhoso e que tinha se enganado sobre mim. Nunca aconteceu. Ele nunca disse, nunca ficou.

— Você não precisa que ele diga isso. — Ele a puxou para seus braços. — Você sabe que ele estava errado.

— Mas eu *queria* ouvi-lo dizer isso. Fui visitá-lo no hospital na esperança de uma reconciliação dramática. Sempre acontece nos filmes. — A voz dela soou abafada contra o peitoral de Seth, e Fliss sentiu as mãos dele acariciarem delicadamente o cabelo dela.

— Imagino que, nesse caso, a vida não imitou a arte.

— Certas pessoas teriam, talvez, usado essa experiência para se reconectar aos outros. Meu pai não. — Ela se deteve. — Ele não amoleceu nem se arrependeu. Apareci no hospital e ele me perguntou o que eu queria. Foi uma boa pergunta, e percebi na hora que o que eu queria de verdade era a aprovação dele, algo que nunca conseguiria. Para ele, sempre fui uma inútil sem jeito, um desastre. — Ela sentiu os braços de Seth abraçarem-na mais forte. — Ele me afastou e isso me machucou mais do que tudo o que havia feito antes. Nunca contei isso a ninguém. Ninguém nunca soube que fui visitá-lo, nem Harriet.

— Se afastou você, foi ele quem perdeu.

— Fui eu também, mas foi uma perda com a qual tive que aprender a conviver. — Ela ergueu a cabeça. — Fico feliz de ter contado a você.

— Eu também.

— Conversar... se abrir... A sensação é boa. Melhor do que eu pensava. Acho que consigo gostar disso.

— Ótimo. Pois eu com certeza estou gostando. — Ele pressionou a boca contra o pescoço dela. — E estou gostando de outras coisas também.

Assim como Fliss. E, enquanto Seth a deitava novamente, ela se deu conta de que todos aqueles anos que havia passado tentando encontrar alguém tinham sido perda de tempo. Ela não queria outra pessoa. Nunca quis outra pessoa. Tudo o que ela queria era aquilo. Ele.

Seth.

Capítulo 19

O TEMPO PASSOU NUM PISCAR de olhos.

Fliss descobriu mais clientes, passeou com mais cães, construiu o negócio. Nesse caso, a rede de fofocas da região trabalhou a seu favor. O boca a boca a deixou ocupada, como queria, mas ainda assim conseguia tempo para ficar com Seth.

Eles foram a Montauk de carro, assistiram aos surfistas em Ditch Plains, e Fliss achou difícil lembrar que estava a poucas horas da cidade. Passava pelo menos parte de todos os dias descalça, sentindo a areia entre os dedos dos pés e respirando a maresia.

Comiam no restaurante da marina, onde havia pratos de frutos do mar especiais todos os dias, e, às vezes, iam ao arejado bar de frente para o mar onde serviam coquetéis.

Pegaram a balsa para a Ilha de Shelter e exploraram esteiros, bosques e manguezais. Alugaram caiaques e viram cágados, ucas, garças e garças-azuis. Depois, com os músculos doloridos, encontraram um restaurante perto da praia e comeram ensopado de mariscos e tacos de peixe grelhado enquanto viam o pôr do sol. Ali, longe do ímã de celebridades que era o sul dos Hamptons, havia certa displicência selvagem que Fliss adorava.

Mas seus momentos prediletos eram as horas que passavam sentados na varanda da casa de Seth assistindo ao sol mergulhar na água.

Quando o feriado por fim chegou, ela já estava totalmente acostumada àquele ritmo de vida.

O dia amanheceu ensolarado, então Fliss vestiu short e camiseta. Encontrou a avó na cozinha medindo nozes-pecã e as colocando numa cumbuca. O forno emanava o aroma de pão e um montículo de maçãs jazia sobre a mesa, esperando para ser descascado.

— O hematoma está sumindo. — Fliss beijou a avó na bochecha. — Como a senhora está se sentindo?

— Menos dura. Devo viver mais uns anos para encher o saco de vocês.

— Estou contando com isso. E suas amigas também. Vocês ainda têm várias temporadas de *Sex and the City* para assistir. Não é algo que você queira perder.

Fliss serviu café e reprimiu um bocejo.

A avó olhou para ela.

— Alguém aqui está de bom humor. Tem algo que queira me contar?

Fliss curvou as mãos ao redor da caneca.

— Com certeza não. O coração da senhora não aguentaria.

— Meu coração é tão forte quanto o seu. — A avó mediu a farinha e despejou na cumbuca. — É bom vê-la sorrindo.

— Por que eu não sorriria? O sol está brilhando, tenho oito clientes nos Hamptons e mais duas ligações com possíveis clientes. Gosto de passar tempo com a senhora e, no final das contas, não sou uma cozinheira tão ruim assim. A vida é boa.

— Então você não tem planos de voltar logo para Manhattan? — A avó abriu um vão no meio da farinha. — Eu estava esperando que você fosse ficar uma semana.

— Bem, não faz tanto tempo assim. — Fliss calculou mentalmente e sentiu uma pontada de choque ao perceber quanto tempo fazia. Como aquilo tinha acontecido? Um dia ensolarado derramou--se noutro até o verão parecer um borrão de nasceres e pores do sol. — Gosto de viver com a senhora. Você é uma boa companhia.

A avó a estudou por cima dos óculos.

— Você está tentando me convencer de que está aqui por minha causa? Porque, por mais divertidas que as Princesas do Pôquer sejam, pressinto que o motivo da continuidade de sua presença por aqui seja um certo homem jovem e bonito que leva jeito com animais.

Não só com animais.

— Ele é parte do motivo. E foi a senhora quem me empurrou para ele, então não pode me julgar.

— Pareço estar julgando? Estou feliz por você. Agora pare de falar e comece a descascar. Tem uma faca na mesa. Descasque as maçãs e as fatie. Bem pequenas. Sem preguiça.

— Que horas as Princesas do Pôquer vêm? — Fliss roubou uma noz da cumbuca no balcão. — Preciso me preparar para a inquisição.

— Vão vir ao meio-dia. E, se você parar de pegar a comida, talvez sobre para elas comerem.

— A senhora é uma fiscal durona. Gosto de cozinhar com você.

— E ninguém estava mais surpreso com isso do que ela. Não era tanto sobre cozinhar, pensou ela, mas a atividade compartilhada. — A Harriet vai ter uma surpresa quando eu fizer panquecas para ela. É ela quem cozinha lá em casa. Eu e Daniel comemos.

— Ela é uma verdadeira dona de casa, a sua irmã. Agora que o Daniel está com a Molly, só a Harriet ficou sozinha. Gostaria de vê-la com alguém especial. Ela está namorando?

— Espera aí. Como assim, a única que ficou sozinha? E eu?

— Nós duas sabemos que você tem o Seth.

A avó pegou a receita para conferir algo e, com o coração batendo forte, Fliss a encarou.

— Sabemos, é? Eu nunca disse isso. Eu e ele não conversamos sobre o futuro nem nada. Estamos saindo, passando tempo juntos, só isso.

A avó abaixou a colher.

— Ele sabe disso?

— Não sei. É assustador — confessou ela. — Ele se machucou por minha causa. E eu também me machuquei. Tenho medo de que acabemos nos machucando outra vez. Eu não poderia fazê-lo passar por isso de novo. E *eu* não poderia me colocar nessa de novo. Parece um risco enorme.

— Coisas incríveis quase sempre demandam riscos. E o amor é algo incrível. É o que acrescenta riqueza a nossa vida. Nem todo mundo tem sorte o bastante para encontrá-lo, ou às vezes o encontra e não sabe o que fazer com ele. Se ele cruzar seu caminho, eu diria para você agarrá-lo firme. Suspeito que Harriet faria de tudo para ter o que você tem.

Um caso grave de nervosismo? Tensão doentia?

Fliss nunca viu o amor da mesma maneira que Harriet, como algo simples. Harriet achava que só era preciso ter o sentimento, que o resto era fácil. Para Fliss, tudo era difícil. Os sentimentos e o que eles significavam.

Mas mesmo ela precisava admitir que o que tinha com Seth era especial.

— Estou pensando em convencê-la a ter encontros pela internet. Ela não está muito animada com a ideia.

A avó estremeceu.

— Não a culpo. Não consigo me imaginar indo a um encontro com alguém sem conhecê-lo pessoalmente.

— As coisas são assim hoje em dia. Não é o ideal, mas é difícil conhecer alguém quando todo mundo tem a vida corrida.

— Ela ainda gagueja com estranhos?

— Faz anos que não. Está mais confiante, mas na zona de conforto.

A avó colocou o açúcar e a farinha de volta no armário.

— E o que acontece quando sai dessa zona de conforto? Como ela lida com a situação?

Fliss franziu a testa.

— Nunca acontece. Eu faço as contas e todos os contatos com novos clientes, tudo o que ela acha estressante. Ela cuida dos animais e dos passeadores. Cada uma faz aquilo em que é boa.

— Se vocês só fazem aquilo em que são boas, como vão poder crescer e melhorar? Pegue suas habilidades culinárias como exemplo. Suas panquecas estão perfeitas — disse a avó —, o que prova que com paciência e treino podemos nos tornar bons em algo.

— A senhora está sugerindo que eu diga a Harriet que faça as contas e ligue para centenas de estranhos? Ela ficaria doida.

— Estou sugerindo que sempre somos capazes de mais coisas do que pensamos.

Fliss sentiu que a avó não estava falando apenas de Harriet.

— Isso pode ser verdade. Não queimo nada há uma semana, a senhora percebeu?

— Percebi muitas coisas. Como o fato de você nunca ter parado de proteger sua irmã. — A avó tirou a cumbuca do alcance de Fliss antes que ela pudesse pegar mais nozes. — Percebi também que você tem trabalhado muito e que sua papelada está inteira em cima da mesa da cozinha. Talvez seja bom tirá-la de lá antes que fique coberta de cascas de maçã.

Fliss organizou os papéis e levou-os da mesa para o balcão.

— É claro que eu a protejo. Sou irmã dela.

A avó não disse mais nada. Em vez disso, espiou a receita.

— Preciso de seis ovos. Você pode quebrá-los numa tigela para mim?

— Claro. — Fliss pegou os ovos enquanto a avó colocava um tablete de manteiga na tigela. — É isso que uma irmã deve fazer, não?

— Você está dizendo que ela também protege você?

— Não. Eu sou mais velha. — Fliss quebrou os ovos numa tigela e examinou o resultado com satisfação. — Viu só? Há um mês, eu passaria horas caçando as cascas. Agora não tem nenhuma. A senhora está orgulhosa de mim?

— Você sabe que tenho orgulho de você. Sempre tive.

— Eu não sabia até a senhora contar outro dia.

— Eu devia ter dito antes. Lembro-me de ficar aqui sentada, mordendo a língua, enquanto seu pai dizia que você era inútil e que nunca serviria para nada.

Fliss jogou as cascas fora.

— Também me lembro disso. Eu me lembro da mamãe dizendo que ele devia sentir orgulho de mim e ele respondendo que, se eu lhe desse motivos, ele teria orgulho.

— E desde então você tenta deixá-lo orgulhoso. Abriu um negócio e o fez crescer. Parte disso foi por si mesma, parte foi por sua irmã, mas tenho certeza de que parte da motivação veio do impulso de provar que seu pai estava errado.

Fliss pensou na visita ao hospital.

— Ele nem sabe disso. Com certeza não se importa.

— Não estou falando de provar a seu pai. Estou falando de provar a si mesma. Quando se pinga ácido na piscina, com o tempo a água se envenena.

Com sangue vibrando nos ouvidos, Fliss encarou a avó.

— Como assim?

— As coisas que seu pai disse... algumas delas marcaram, não é? Como uma infecção que não cura. As palavras se assentaram e você vem tentando provar desde aquele tempo que ele estava errado. Talvez você deva pensar um pouco nisso. E talvez deva parar de ouvir a voz em sua cabeça dizendo que você não serve para nada, que Seth merece coisa melhor. Porque o fato é que ele não vai achar alguém melhor do que você. Comece a enxergar a pessoa que você é, não a pessoa que seu pai fez você pensar que é.

Fliss engoliu seco.

Será que avó tinha razão? Era assim que Fliss se enxergava?

Por anos dissera a si mesma que cada escolha que tomava, cada decisão e caminho que seguia, eram impulsionados pelo desejo de convencer o pai que ele estava errado sobre ela.

A verdade era que tentava convencer a si mesma.

—ᨆᨆ—

Seth teve um dia mais tranquilo do que esperava. Podia ter ficado em casa e atendido as ligações de lá, mas escolheu adiantar a papelada na clínica. Teve uma chamada urgente para cuidar de um gato que foi atropelado por uma bicicleta e outra de um cachorro que engoliu um brinquedo de criança. Fora isso, o dia estava excepcionalmente calmo.

Tanya, sua colega, chegou mais cedo.

— Você está passando tempo demais aqui.

— Você também está aqui.

— É diferente. Meus filhos estão crescidos. — Ela tirou o estetoscópio do pescoço de Seth. — Vá embora, dr. Carlyle. Vá curtir sua festa.

— Se você precisar de mim...

— Eu ligo. Relaxa, dr. Carlyle. Divirta-se.

Seth voltou para casa, tomou banho, trocou de roupa e foi buscar Fliss na casa da avó.

Deslizando pelo banco do passageiro, a saia de Fliss subiu, revelando suas longas coxas douradas pelos longos dias de verão. Estava mil vezes mais relaxada do que a pessoa que Seth encontrara na estrada no primeiro dia.

Dirigiram à casa de Chase e Matilda e caminharam juntos pela grama até os fundos da casa, que tinha vista para as dunas.

Seth viu de relance o oceano e a faixa vazia de areia dourada, ouviu o quebrar das ondas, o som de risos e concluiu que tinha sorte.

Amava o emprego, tinha amigos e vivia perto do mar. O que mais um homem poderia querer?

Fliss, pensou ele. Era isso que ele queria.

Chase, com todo o dinheiro e fama, tinha um modo de pensar parecido. Este era um dos motivos de serem amigos há tanto tempo.

Atravessou o gramado observando Fliss tomar a neném Rose dos braços de Matilda, visivelmente cansada.

— Teve uma época em que "noite agitadas" queria dizer algo mais empolgante. — Chase passou uma cerveja a Seth. — Minha mãe diz que precisamos deixá-la chorar, mas nunca consegui ver uma mulher chorando. Mais algumas noites interrompidas e eu que vou chorar.

Seth riu.

— Tão poucas semanas de idade e ela já faz você comer na mãozinha dela.

— Você tem razão. — Chase gesticulou. — Imaginei que você fosse preferir uma cerveja a *frozen* de margarita.

— Imaginou certo.

— Chase! — Matilda o chamou do outro lado do jardim, e Chase tirou a garrafa de cerveja vazia da mão de Seth.

— Precisam de mim. A Eva está preparando todas as saladas e sobremesas, mas eu que estou cuidando da churrasqueira.

Chase foi até Matilda, e Seth notou Fliss na varanda, com uma taça na mão. Estava rindo de algo que Matilda havia dito. Vendo-a assim, era difícil imaginar que vinha da cidade grande. Com certeza não parecia sentir saudades de lá.

Se houve algo de que não falaram nas últimas semanas, foi de seus planos de voltar a Manhattan.

Seth tinha esperanças de que o amor pelo oceano a convencesse a ficar. Melhor ainda: de que o amor por ele a convencesse a ficar.

Estava surpreso por ver que ela ainda usava os sapatos, ainda que não fossem exatamente sapatos. Eram chinelos com *strass* que revelavam a pele levemente bronzeada e as unhas bem cuidadas de Fliss. Seth queria apostar que, assim que os convidados ficassem mais relaxados, aqueles chinelos seriam abandonados e ela ficaria descalça.

— Seth! — Ela acenou com a mão, chamando-o. — Você já conheceu a Eva? Ela é sócia de Paige e Frankie na Gênio Urbano, uma empresa de *concierge* em Manhattan. Elas estão ali, perto do mirante. Metade dos nossos clientes foi repassada por elas.

Pensando somente em Fliss, Seth trocou algumas palavras com Eva.

Queria perguntar a Fliss quais eram seus planos. Se pensava em voltar.

Mais tarde, enquanto todos saboreavam camarões grelhados, bifes e molho encharcado em manteiga derretida, Matilda sumiu para tentar colocar Rose para dormir.

O sol, em um inflamado tom vermelho, já mergulhava para trás do horizonte e a noite tinha um clima suave.

Seth ajudou Chase a limpar as coisas, depois pegou duas cervejas e foi procurar Fliss.

Não havia sinal dela, mas ele viu os chinelos abandonados perto das dunas e seguiu as pegadas até a praia. Eram pegadas pequenas. Delicadas. Sua própria pegada cobria o dobro da dela.

Pequenas, sim. E delicadas. Mas fortes também. E Seth gostava disso. Seria difícil lidar com as dificuldades da vida sem ao menos um toque de força no arsenal.

Encontrou-a sentada na areia, longe do mar o suficiente para manter os lindos dedos do pé secos.

Fogos de artifício queimavam ao longe, iluminando o céu noturno.

Sentou-se ao lado dela, envolveu-a com os braços e assistiram juntos aos fogos.

Conforme a última cascata de estrelas caía sobre a água, ele a puxou para perto e a beijou.

— O que foi isso? — perguntou ela sem fôlego.

— É Quatro de Julho. Tenho permissão de beijá-la no Quatro de Julho.

— Você está tentando criar outro tipo de fogos de artifício?

— Talvez.

— Você ligou para sua família?

— Sim. Falei com minha mãe. Eles parecem estar se divertindo em Vermont.

— Pena que você estava trabalhando e não pôde se juntar a eles. Que azar ter que trabalhar.

Ele permaneceu imóvel por um instante, observando os últimos fogos que morriam deixarem o céu, de um negro aveludado, cravejado de estrelas.

— Não foi azar. Eu não precisava, mas pedi para ficar trabalhando.

Ela virou a cabeça.

— Você não queria ir ao encontro de família?

— Prometi a mim mesmo que ia passar o Dia de Ação de Graças com eles, mas, neste momento... Não, não é isso. Eu não queria passar o Quatro de Julho com eles sem meu pai presente. E não queria magoá-los contando a verdade, por isso arranjei trabalho. Bastante egoísta da minha parte.

— Acho que é apenas humano da sua parte. — Ela encostou a cabeça sobre o ombro dele. — E suas duas irmãs estão por lá, sua mãe não vai ficar sozinha. Você não precisa se sentir culpado por pensar nas próprias necessidades ou por lidar com a situação da forma que acha melhor.

Fliss nunca julgava. Seth nunca sentia a necessidade de corresponder a alguma imagem perfeita e idealizada que ela tivesse dele.

— A próxima tarefa é tirar da casa os objetos pessoais de meu pai. Os móveis podem ficar até a venda, mas todo o resto... livros, papéis, objetos náuticos... separar tudo isso não vai ser divertido.

— Vamos fazer juntos.

Juntos.

Seth queria perguntar quanto tempo ela planejava ficar.

Se os dois tinham um futuro.

Esperou em silêncio, esperançoso, mas ela não disse nada. Continuou olhando adiante, absorvida em pensamentos.

— Amo isso.

— Eu também.

O que ela amava, exatamente? Era a praia? Ou ele? Ele e a praia?

— Você seria capaz de viver aqui?

Ela se deteve.

— Talvez.

Se ele dissesse o que sentia, Fliss fugiria ou revelaria sentir o mesmo?

Seth não queria arriscar a primeira opção.

Tendo esperado tanto tempo para ouvir as palavras que queria ouvir dela, decidiu esperar mais um pouco.

Capítulo 20

FLISS PERCORREU A VISTA OCEÂNICA quarto por quarto realizando tarefas e guardando cuidadosamente objetos pessoais em caixas. Ocasionalmente parava o que estava fazendo para ir ver Seth, que esvaziava outro quarto.

Ela sabia como era difícil para ele e queria que ele soubesse que Fliss o entendia.

Sentira a mudança na relação dos dois. Compartilhar pensamentos e sentimentos havia criado uma intimidade inexistente na primeira vez. Agora, tudo era mais profundo e mais intenso.

— Você quer isso?

Ela ergueu um vaso que, secretamente, julgava feio, então ficou aliviada quando Seth balançou a cabeça.

— Ele é horrível. Coloca na caixa de doação. — Ele o examinou mais de perto. — Pensando bem, pode ser um trabalho de escola de Bryony. Coloque na caixa para minha mãe conferir se quer ou não ficar com ele.

Fliss pensou novamente como devia ser difícil para Seth limpar e organizar a história da família, decidindo o que manter e o que dar.

Mas o amor não era um objeto. O amor era um sentimento e, naqueles dias, ela sabia tudo do assunto.

Pegou outro livro e uma foto deslizou de dentro, caindo no chão.

Inclinando-se para pegá-la, viu que era uma foto dela e de Seth no dia do casamento.

A mão de Fliss tremeu ao segurá-la. Lembrou-se do sol forte e da completa loucura da situação. Seu sorriso era tão grande que era uma surpresa que coubesse no enquadramento. Seth também ria e estava tão bonito que, lembrou-se Fliss, as pessoas ao redor se viravam para olhá-lo.

Lembrou-se de ter tido a sensação de caminhar nos ares. A realidade das circunstâncias era amortecida pelo entusiasmo quase insustentável que sentiam pelo futuro juntos.

Mais que tudo, lembrava-se de ter sentido esperança e de tê-la perdido junto com o bebê.

Nunca imaginou que teria uma segunda chance.

Ou talvez a verdade fosse que nunca pensou que merecesse uma segunda chance.

Encarou a foto e viu o amor que sentia estampado em sua expressão.

Amava Seth naquela época e o amava agora. Talvez nunca tivesse deixado de amá-lo. Não sabia, mas não parecia mais importar.

Ela foi tomada de emoções. Não conseguia organizá-las com exatidão. Euforia? Terror?

— Fliss?

Nem sequer percebera Seth parado junto à porta.

— Seth...

— Está tudo bem? — Ele olhou para a foto na mão dela e sorriu. — Onde você encontrou isso?

— Dentro de um dos livros de seu pai.

Ela ainda não estava pronta para conversar. Não havia se acostumado ao que estava sentindo.

— Isso explica por que eu não conseguia encontrá-la. Procurei por anos. Não a perca, eu amo essa foto.

— Eu também amo. — A boca dela estava tão seca que mal conseguia falar. Queria ter tido um pouco mais de tempo para entender a melhor maneira de dizer o que precisava dizer, mas assim talvez fosse melhor. — Seth, tem algo que preciso... — Ela se deteve quando o celular de Seth tocou. Fliss não sabia se sentia decepção ou alívio. — É melhor você atender.

Ele atendeu a ligação, e Fliss viu sua expressão mudar conforme escutava.

— Vou já para aí. — Ele encerrou a ligação. — O cachorro dos Christie tomou um coice de um cervo.

Fliss pareceu assustada.

— Os cervos têm o casco afiado. Corre para lá.

Ele pegou as chaves.

— O que você queria dizer?

— Posso esperar. — E esperar queria dizer mais tempo para pensar. — Espero que o cão dos Christie esteja bem. Vou estar aqui quando você terminar.

Aquilo dava a ela tempo para planejar. Para tornar a situação romântica.

Fliss não queria dizer aquelas palavras cercada por livros poeirentos e lembranças do pai dele.

Queria dizer mais tarde, quando estivessem somente os dois. Compraria uma garrafa de champanhe e a colocaria na geladeira.

Poderiam levá-la à praia.

Quando a porta se fechou, Fliss voltou a atenção aos livros, empilhando-os cuidadosamente em caixas e os etiquetando.

Sentia o coração leve como havia muito tempo não sentia.

Estava amando. E dessa vez não tinha medo de dizer isso a Seth.

Na verdade, não via a hora de contar.

Fliss se endireitou, esfregou as mãos nas costas doloridas e desceu à cozinha para pegar um copo d'água.

Bebeu de uma tacada só e ainda estava com o copo vazio na mão quando o telefone tocou.

Era o telefone fixo.

Ela franziu a testa. Deveria atender?

Sim. Pode ser importante. Poder ser alguém tentando falar com o Seth.

Ela atendeu e ouviu uma mulher dizer "Alô?".

Reconheceu a voz na hora e parte dela ficou tentada a desligar. Outra parte sabia que era um encontro com o qual teria de lidar a qualquer hora.

— Oi, Vanessa — balbuciou. — É a Fliss.

Houve uma pausa.

— Fliss. Há quanto tempo.

— Estou ajudando o Seth a encaixotar algumas das coisas da casa. Ele não está. Está operando um cão que tomou um coice de um cervo.

— Ah… bem, fazia tempo que eu queria conversar com você.

Fliss despencou sobre a cadeira mais próxima na cozinha.

— Queria?

Aquilo ia ser ruim.

Muito ruim.

— Devo desculpas a você.

— Oi? — Fliss imaginou ter ouvido errado. — Não entendi.

— Desculpas. A última vez… a ligação que fiz. Tudo. — A voz de Vanessa soava estranha, levemente grossa. — Não fui… amigável.

Um belo eufemismo, pensou Fliss.

— Você não gostava de mim.

— Não é verdade. Seth é meu irmão. É verdade que de vez em quando brigamos e enchemos o saco um do outro, mas me preocupo com ele. Eu amo meu irmão. E depois que você o deixou, na última vez...

A boca de Fliss estava tão seca que mal conseguiu formar a palavra:

— O quê?

— Fiquei preocupada com ele, só isso. Ele levou algum tempo até superar você, Fliss. Não estava bem. Você o *machucou.*

Fliss sentiu uma pontada atrás das costelas.

— Não foi minha intenção.

— Acredito em você, mas ele se machucou. Acho que ele não ter conseguido conversar sobre isso com você o tirou do eixo. Ele não sabia como lidar com a situação, por isso mergulhou no trabalho. Você deve ser o motivo de ele ter se formado entre os melhores da sala. Ele demorou dois anos até sair com outra pessoa.

Fliss sentiu a surpresa a atingir.

— Dois anos?

— Sim. E depois se mudou para a Califórnia. Longe de tudo e todos que conhecia. Disse que era um novo começo, mas acho que ele não conseguia frequentar os lugares a que vocês dois iam juntos.

Fliss estava com o olhar preso no além.

Ele não saiu com outra pessoa por dois *anos?*

Ele se mudou para a Califórnia por causa dela?

Ela não tinha ideia de que era o motivo. Seth não havia lhe contado aquilo.

Havia contado que também ficou machucado, mas não mencionara o tamanho da dor e Fliss não tinha pensado muito naquilo. Como estivera convicta de que ele havia se casado com ela por causa do bebê, presumira que Seth não teria levado tanto tempo para superá-la.

— Você tem certeza? — A voz dela soou rouca. — Ele ficou dois anos sem sair com outra pessoa?

— Talvez tenha sido até mais tempo. Bryony e eu colocamos todas as mulheres solteiras que conhecíamos na cara dele, mas Seth não estava interessado. Em primeiro lugar, acho que ele não as notava porque ainda estava com a cabeça em você. Depois, acho que tinha medo de se envolver outra vez.

Fliss sentiu como se tivesse mergulhado no gelo.

Seth parou de sair. Tinha se mudado para o outro lado do país por causa dela.

Ela partiu o coração dele.

— Mas então ele conheceu a Naomi. No final das contas, ele ficou bem.

— Na verdade, não. Eles se davam bem, e ela era louca por ele. Eu achava que ele ainda tinha medo de se entregar depois do que se passou entre vocês. A impressão era de que aconteceria. Pensei que os dois iam dar certo, mas daí nosso pai morreu e tudo foi por água abaixo.

— Ele e Seth eram próximos.

— Eu sei. E depois disso o Seth mudou. Ele terminou com Naomi e voltou para a costa leste. Aceitou aquele cargo temporário em Manhattan só para ver você.

— Não foi *só* por isso.

— Sim, foi por isso. Pense bem, Fliss. O Seth não gosta da cidade grande. Ele fez o que fez para vê-la de novo e porque nunca deixou de pensar em você. Acho que, depois que meu pai morreu, ele precisou se aproximar para ver se ainda existia algo entre vocês. O fato de você estar aí na casa me diz que sim. E isso me apavora. *Não* porque eu não goste de você. Sinceramente? Eu a admiro muito e tenho certeza de que, em outras circunstâncias, seríamos amigas, mas estou *preocupada*. — Vanessa fez uma pausa. — Sei que você cresceu com problemas em casa.

Fliss ficou tensa.

— Vanessa...

— Não, me deixe terminar, por favor. Não sei uma maneira fácil de dizer isto, por isso vou simplesmente falar e espero que você me perdoe por ser direta. Sei que você não se abre facilmente com as pessoas. Entendo, de verdade. Mas Seth é do tipo de gente que *precisa* conversar. Ele é o cara mais direto que conheço. Não gosta de joguinhos. Na última vez ele não fazia ideia do que você estava sentindo e aquilo o enlouqueceu. Ficou muito magoado por você não conversar com ele. Meu medo é que tudo possa estar ótimo agora, mas que, havendo algum problema no futuro, você vá embora. Não sei como ele atravessaria essa situação uma segunda vez. Não quero vê-lo passar por isso.

Fliss engoliu em seco.

Seth estava depositando toda a sua fé em Fliss, e ela não era muito boa nisso, era?

Tinham estragado tudo uma vez. O que os impediria de estragar tudo de novo?

E se ela não conseguisse ser o que ele queria que fosse?

E se, quando as coisas ficassem feias, ela não se abrisse com ele?

E se ela o *machucasse*?

Dúvidas erodiram a certeza de poucos minutos antes.

— Fliss? Você ainda está aí?

— Estou aqui.

Uns noventa por cento. Ela encarava o vazio. Estava se saindo bem, não?

Não havia, porém, pensado nos desafios. No que aconteceria se desse errado.

— Você deve estar se perguntando o que tenho a ver com isso, mas ele é meu irmão. Eu a vi defender Harriet e acho, espero, que talvez compreenda por que eu faria o mesmo por Seth.

— Entendo sim.

Se alguém machucasse Harriet da forma como Fliss aparentemente tinha machucado Seth, ela o partiria no meio.

— Você está com raiva de mim?

Fliss se mexeu e levantou.

— Não. Você o ama. Está protegendo seu irmão. E tem razão, eu faria o mesmo em seu lugar.

— Tudo o que mais quero é vê-lo feliz. Seth é como meu pai. Ele quer ter um lar e família. Quer fincar raízes com alguém que ame. Para ele, esta pessoa é você. Se você não quer o mesmo, se não pode lhe dar o que ele precisa, então precisa lhe dizer isto. E o mais rápido possível.

Fliss desligou o telefone e vagou como uma sonâmbula até a biblioteca. A ideia de tê-lo machucado àquele ponto a deixou com a sensação de ter sido esfolada vida.

A alegria que sentira momentos antes havia se dissipado. Restara apenas uma espécie de pânico doentio. Dúvidas se embrenhavam em cada canto de sua mente. A voz interna, que tanto lutara para silenciar, de repente gritava tão alto que Fliss não conseguia ouvir outra coisa.

E se não pudesse ser o que ele precisava que ela fosse?

Ela afundou no chão entre a confusão de caixas que eram parte do passado de Seth. Ele estava organizando as coisas, preparando-se para embarcar no futuro.

E queria que Fliss fizesse parte dele.

Seth caminhou até a casa e deixou as chaves na bancada.

— Fliss?

Não houve resposta. Teria ela ido embora? Depois de dez cansativas horas limpando coisas e enchendo caixas, não poderia culpá-la.

Ouviu um som vindo da biblioteca, seguiu-o e encontrou Fliss empilhando livros. Havia algo de errado na rigidez dos ombros dela.

— Fliss?

Ela parou por um instante e então se virou. Estava com uma mancha na bochecha e parecia exausta.

— Oi. Como foi a operação? O cachorro ficou bem?

— Ele está bem. Você, por sua vez, não parece bem. Precisa parar agora. Está cansada.

Mas algo dizia a Seth que o olhar no rosto dela tinha pouco a ver com empacotar as coisas.

Ela fechou a caixa que estava enchendo e esfregou as mãos no short.

— Você tem razão. É melhor eu ir. Preciso tomar um banho.

— Vou fazendo o jantar enquanto isso.

— Hoje não. Pensei em voltar para a casa da minha avó.

Ela estava bem quando ele saiu. Sorrindo, dando risada, distraindo-o enquanto mergulhava até os cotovelos nas caixas de livro.

Era cansaço ou havia acontecido algo?

Ele pegou as caixas que Fliss empacotara e as empilhou no corredor.

— O que foi? — Enumerando as possibilidades na cabeça, ele empilhou uma caixa em cima da outra no corredor. Não tinha como ser relacionado a ele. — A Harriet está bem?

— Ela está bem.

Sem olhar para ele, tirou outra caixa da biblioteca.

— Fliss...

— Na verdade ela não está bem. — Ela se endireitou e voltou o rosto para ele. — Ela precisa de mim. Vou voltar para Manhattan amanhã.

— O que aconteceu com ela?

— Não está dando conta das coisas. Foi injusto de minha parte pensar que ela seria capaz de administrar os negócios sem minha presença.

Demorou algum tempo até o cérebro dele processar o que Fliss estava dizendo.

— Espera. Você está falando de voltar para ficar?

— Isso aí.

Ele ficou surpreso. De todas as possibilidades, não estava esperando aquela.

— Mas ontem mesmo você dizia quanto estava amando ficar. Que poderia viver aqui.

— Culpa do sol e da sangria.

— A gente não bebeu sangria.

— Modo de dizer. — Ela afastou o cabelo do rosto, deixando outra faixa de pó no rosto. — Não tinha refletido a fundo.

Ela ia embora?

Seth ainda tentava compreender o que Fliss não estava contando quando ela passou rente a ele com as chaves na mão.

— Espera. — Ele a seguiu até o carro e colocou a mão na porta, impedindo-a de partir. — O que você não está me contando? Qual é o problema?

— Está tudo bem.

— Você está fazendo de novo, está me afastando. Está se imaginando no castelo e erguendo a ponte levadiça, mas não precisa fazer isso comigo. Você *nunca* precisa fazer isso comigo. Não sou uma ameaça para você. — *A não ser que...* Seth de repente se deu conta do que estava acontecendo e se perguntou como, conhecendo-a tão bem, levara tanto tempo para entender. — Você está com medo.

— Por que estaria com medo? Não tenho nada a temer.

— Não tem, é? — Ele se aproximou um passo. — Que tal o fato de me amar? Está aí um motivo bem assustador.

Ela arregalou os olhos:

— Eu nunca disse...

— Não, você nunca disse. — E Seth esperara muito, muito tempo para ouvir aquelas palavras. Esperara Fliss se abrir e compartilhar o que estava sentindo, tentando não dar bola quando ela não o fazia. — Você não ter encontrado coragem para dizer as palavras não quer dizer que não as sinta. Você me ama. Percebeu isso algum momento nas últimas semanas e agora está com medo, buscando um jeito de se proteger. É por isso que está correndo de volta para Manhattan.

— Não é verdade.

— Não é? — Parecia óbvio para Seth. — Fiquei esperando você dizer o que sentia por mim, mas não aconteceu. Se você tivesse conversado sobre isso, me contado seus medos, podíamos ter lidado juntos com eles. Mas você não está se abrindo comigo. Eu te amo. Te amo de verdade, mas, se você não vai dividir seus sentimentos, se vai ficar jogando uma cortina de fumaça para esconder o que se passa aí dentro, como agora, não vamos conseguir. Nós nunca vamos conseguir, Fliss.

Esperou que ela dissesse algo, que lhe contasse como se sentia, mas Fliss não se pronunciou e, no final das contas, seu silêncio foi mais doloroso do que palavras poderiam ser.

Seth pensou nas últimas semanas, no verão que haviam passado juntos. Fliss tinha começado a falar. A se abrir. Ele sabia que estava apaixonado por ela e estava bem confiante de que ela também. Mas agora, com as costas contra a parede literalmente, Fliss voltava para sua configuração original de guardar tudo para si.

Seguro, ele tentou mais uma vez alcançá-la:

— Sei que você está com medo...

— Não estou com medo.

O desespero deu lugar à exaustão. O que mais Seth teria que fazer para provar que ela podia confiar nele? O que mais ele poderia fazer? Nada. O resto cabia a ela. E Fliss não era capaz. Aparentemente Seth havia se enganado.

— Então é isso.

Houve uma pausa agonizante.

— Acho que sim.

Ele queria insistir. Queria segurá-la ali até que lhe contasse a verdade, mas sabia, do fundo do coração — de seu coração ferido e dolorido —, que, se ela não compartilhava com ele os sentimentos, os medos e o coração, então não tinham nada.

— Cuidado ao volante. As estradas estão cheias.

— Pode deixar. — Houve outra pausa dolorosa. — Tivemos um verão divertido.

Um verão divertido.

Seth não pretendia dizer mais nada, mas não conseguiu se conter.

— Nós dois sabemos que foi mais do que um verão divertido, mas você vai fingir que não significou nada, porque é assim que escolhe lidar com situações difíceis. — A decepção abria buracos na paciência dele. — Você não vai compartilhar o fato de estar machucada por dentro, e eu sei que está. Nosso relacionamento não está acabado porque não te amo ou você não me ama. Está acabado porque você não divide seus medos comigo. Não se permite ser vulnerável. Independentemente do quanto amamos um ao outro, se você não conversar comigo, não vai dar certo. E não quero passar por isso outra vez. Não vou. — Com uma dor no peito que mal podia conter, ele tirou a mão da porta e abriu o carro. — Adeus, Fliss.

Capítulo 21

Sentindo-se um bicho atropelado, Fliss entrou em casa. Olhou-se no espelho e soube que estava horrível por fora. Por dentro se sentia ainda pior. Era como se tivesse sido destroçada e sangrasse, com o coração e as esperanças despedaçados. Dando como perdida sua habilidade de esconder o que estava sentindo, torcia para que a avó estivesse dormindo. Ou quem sabe se aventurado a passear pela cidade com as amigas.

Aquela esperança foi frustrada quando a porta da cozinha se abriu.

Fliss se preparou, mas, para sua surpresa, não foi a avó quem apareceu. Foi sua irmã.

— Harriet? — *Não!* Ela não podia fazer isso. Não agora. O dia não tinha como ficar pior? Fliss se forçou a sorrir, tentando lembrar de tudo o que aprendera sobre dissimular os sentimentos. — Não estava esperando você.

— Visita surpresa. — A irmã analisou o rosto de Fliss. — O que foi?

— Não foi nada. Estou bem. Agora me conta por que está aqui.

— Eu estava preocupada com você.

— Comigo? Nunca estive melhor. Por que simplesmente não ligou ou mandou mensagem? Eu poderia tê-la poupado da viagem.

E talvez se poupado da canseira de ter que fingir. Naquele momento, Fliss não estava em condições. Não tinha mais forças.

— O Chase me deu carona no helicóptero.

— Então você entrou para a elite. — Ciente de seu aspecto sujo, Fliss largou a bolsa. Tinha esperanças de se trancar no banheiro e deixar as lágrimas correrem no banho, mas pelo visto aquela indulgência teria que ser adiada para mais tarde. — Onde está a vovó?

A avó talvez pudesse distrair Harriet enquanto Fliss sumia no banheiro para se recompor.

Precisava de poucos minutos. Apenas o suficiente para se lembrar de como erguer a ponte levadiça.

— Ela está lá em cima. O que você andou fazendo? Está coberta de poeira.

— Estava ajudando o Seth a limpar a casa dos pais. — Fliss entrou na cozinha e preparou um café, na esperança de que a cafeína restaurasse suas energias. — Agora me conte por que você está aqui de verdade. Eu conheço você. Você não sai de Manhattan sem um bom motivo. Aliás, adorei a camiseta. Você fica ótima de verde.

— Estou preocupada. — Harriet a encarou com firmeza. — Você está saindo com Seth outra vez.

Fliss se sentou.

— Somos amigos, só isso.

Nem isso mais, provavelmente. Parecia que Fliss tinha tomado um chute no peito.

— Mas a vovó disse que…

— Você conhece a vovó. Ela é romântica. Quer um final feliz.

Harriet a encarou.

— Que parte você não está contando?

— Nenhuma. Estou contando tudo. Sempre noventa por cento, sou assim.

— Oi?

— Nada não. — Fliss se levantou e quase derrubou a cadeira. — Preciso de um banho.

— Fliss...

Harriet estendeu a mão e Fliss a afastou. Estava tão perto do limite que sabia que, se a irmã a tocasse, desmoronaria.

— Estou imunda. Preciso tirar essa poeira.

— Você está triste...

— Não estou, de verdade. — Foi quando notou a caixa aberta sobre a bancada. — Vejo que a vovó contou a você sobre nossa mãe. Por essa a gente não esperava, não é? Sempre achei que era ela quem amava nosso pai, não o contrário. Tadinha da mamãe. — E tadinha de Fliss. O que ela faria com todos aqueles sentimentos? Colocaria numa caixa e os guardaria debaixo da cama como a mãe? Se ao menos fosse tão fácil. — Fiquei surpresa que ela tenha guardado um segredo tão grande.

Harriet manteve o olhar firme.

— Por que a surpresa? Guardar segredos é de família.

— O que você quer dizer com isso?

— Você esconde coisas de mim.

— Não é verdade.

O coração de Fliss batia forte. Raramente brigava com a irmã. Mesmo quando eram crianças, brigavam apenas quando ninguém mais estava atacando.

— Você está escondendo coisas agora mesmo. Vim para cá porque fiquei preocupada com seu novo envolvimento com Seth. Achei que talvez precisasse de alguém com quem conversar.

— Não preciso conversar sobre nada.

Ah, estava voltando. A habilidade de esconder, Fliss começava a se lembrar de como fazia. Era só negar, disfarçar, sorrir e repetir do começo. Era capaz de fazer isso.

Harriet se inclinou para a frente.

— Aconteceu alguma coisa! Por que você não *fala* comigo? Por que não me conta?

Porque jamais gostaria que Harriet soubesse quão mal se sentia.

— Não aconteceu nada.

— Está bem. — Harriet bateu com a caneca na mesa e se levantou. — Vai tomar seu banho. Eu vou sair para caminhar.

— O quê? Por quê? Não! — Fliss também se levantou. O que estava acontecendo? — Não saia. O que foi? Você não está agindo como você mesma.

Harriet tentou abrir a porta dos fundos.

— E você está sendo *exatamente* a mesma.

— Oi?

Com os olhos transbordando tristeza, a irmã se virou.

— Sabe por que vim até aqui? Vim porque estava preocupada. Dez anos atrás você ficou tão machucada que tive medo. Sim, é verdade. Eu tive *medo*, Fliss. — A voz de Harriet tremeu. — Achei que você fosse ter um colapso. Que fosse quebrar.

— Eu estava…

— *Não venha* me dizer que estava bem, porque nós duas sabemos muito bem que não é verdade. Você estava mal, mas não conversou comigo, e aceitei isso porque sabia que era seu jeito preferido de lidar com as coisas…. — Ela respirou com dificuldade. — Mas alguns meses atrás, quando Daniel contou que Seth havia voltado a Manhattan, eu vi o efeito que isso surtiu em você. Você não dormia. Não comia direito. Fingia não se importar, porque é o que sempre faz, mas se importava. Saber que poderia trombar com ele a qualquer momento a levou de novo ao limite. E sabe o pior de tudo? Ver que, ainda assim, você não me pedia ajuda. Mesmo agora, quando obviamente algo aconteceu, você não me pede ajuda. Por que não consegue confessar o que sente nem que seja uma única vez na vida?

Fliss vinha fazendo isso. E aonde foi parar?

— Você não precisa se preocupar comigo, Harry.

— Mas me preocupo. — A voz de Harriet falhou. — Você acha que não percebo quando está magoada? Não é porque você não confia o suficiente em mim para conversar que eu não sei.

— Eu confio em você. — A boca de Fliss estava seca. As mãos tremiam. — Não tem nenhuma pessoa no mundo em quem eu confie mais.

— Então por que não você compartilha o que está sentindo?

— Porque não preciso.

— Ah, minha… — Harriet mordeu o lábio, deu meia-volta e deixou a cozinha, largando Fliss sozinha.

— Espera! Mas que… Eu tento proteger você… — Mas já estava falando sozinha.

— Ela talvez não queira ser protegida sempre — disse a avó, da porta. — Ela talvez, às vezes, queira ser quem protege. É isso que uma irmã faz, não? Foi você quem disse.

Fliss sentiu a garganta apertar.

— Não quero que ela fique preocupada. Não quero que ela se magoe. Isso é tão errado assim?

— Uma pessoa não tem como atravessar a vida sem se machucar. Se machucar é humano. Sentir dor é humano. Aprendemos a lidar com isso, que nem o Seth faz. O que torna a dor tolerável é ter pessoas que se importem por perto. Pessoas que nos amem.

— Eu me importo com a Harriet. Eu a amo!

— E ela se importa e ama você. Mas você permite?

Fliss engoliu seco.

— Eu tento ser forte.

— Talvez, no lugar de força, ela queira espaço para entrar.

Você esconde noventa por cento e revela dez.

Não era a mesma coisa, pensou ela. Com Seth, a questão era se proteger. Com Harriet, a questão era proteger a irmã.

Aparentemente todo mundo queria que ela despejasse os sentimentos.

A avó serviu café numa caneca e entregou-a a Fliss.

— Tome um banho. Lave o rosto. Você está horrível.

— Eu me sinto horrível. Estraguei tudo. Magoei a Harriet e perdi o Seth. — As palavras pularam da boca de Fliss. Quando se deu conta, estava sendo abraçada pela avó. — Meu plano era conversar com a senhora sobre isso, mas entrei em casa e a Harriet estava aqui. Tentei fingir que estava tudo bem…

— Você pode conversar comigo — tranquilizou a avó —, mas acho que seria ainda melhor se conversasse com sua irmã.

— Ela não quer conversar comigo.

Fliss, porém, sabia que devia tentar.

A cabeça latejava, mas ainda assim tomou o banho sugerido pela avó, colocou um short limpo e caminhou até a praia.

Harriet estava sentada nas dunas com Charlie ao lado.

Pela primeira vez, Fliss se sentia nervosa ao lado da irmã.

— Harry?

Harriet virou a cabeça e Fliss viu que seus olhos estavam vermelhos de chorar.

— Sinto muito. — Harriet puxou Charlie para perto. — Não era minha intenção sair andando, mas às vezes você me tira do sério. Você me acha tão fraca e patética, como se fosse quebrar à menor pressão.

— Não acho isso! — Fliss se afundou na areia ao lado da irmã.

— Eu te amo e não quero que você se machuque. Não suporto quando isso acontece. Quero proteger você disso.

— E como você acha que eu me sinto? É ruim ver sua gêmea, sua irmã, a pessoa mais próxima de você no mundo, sofrer. Mas pior do que isso é saber que você não se abre comigo.

Os olhos de Fliss se encheram de lágrimas.

— Não queria que você ficasse mal.

— Em vez disso, me deixou sem saber o que estava sentindo, o que é pior. Não sou frágil, Fliss. Passei pela mesma infância que você. Sei que você e o Daniel me protegeram, e sou grata por isso, mas se tem uma coisa de que não preciso ser protegida, é de suas emoções. É completamente diferente. Sei que você também está se protegendo, mas não é boa a sensação de saber que você não me confia seus sentimentos. Estou magoada, Fliss, porque, apesar de sermos irmãs gêmeas, você não confia em mim o bastante para me permitir ver sua parte mais vulnerável.

Fliss viu lágrimas nos olhos da irmã e sentiu a garganta dar um nó. Já era ruim ter estragado a relação com Seth, mas agora havia magoado Harriet. Fizera a irmã chorar. A irmã que sempre tentou proteger.

Era a gota d'água.

— Me desculpa. Nunca pensei que machucaria você ao não falar sobre o que eu sinto. Pensei que estava agindo certo. Confio em você. Confio mesmo em você, mas... — Ela se engasgou nas palavras. — Estou triste. Estou arrasada, Harry.

Ela sentiu os braços da irmã a envolvendo, segurando-a enquanto chorava. Soluçando, Fliss resumiu o que havia acontecido. Deixou as palavras saírem e contou coisas que jamais havia revelado. Coisas sobre Seth. Sobre o bebê.

Por fim, fungou e se afastou um pouco.

— Aposto que você está querendo nunca ter me pedido para falar o que havia de errado. — Fliss secou as bochechas com as costas das mãos.

— Não, não queria. Detesto vê-la sofrer? Sim. Mas não quero que você sofra sozinha. Você é minha irmã. Sempre cuidou de mim.

Fliss fungou.

— Sou mais velha do que você.

— Três minutos.

— Esses três minutos me deram responsabilidades. Sinto que nunca serei capaz de sorrir de novo. As últimas semanas... — Ela apoiou a cabeça no ombro da irmã. — Foram mágicas. Mágicas. E estraguei tudo. Eu o amo tanto que me dá medo.

Ombro com ombro, as duas permaneceram sentadas, olhando para o oceano.

— A Vanessa não deveria ter ligado.

— Eu teria feito o mesmo. Tudo o que ela disse era verdade. — Fliss esfregou o rosto com a mão. — Ela ama o irmão. Respeito isso.

— Ele sabe que você o ama?

— Nunca falei de verdade, mas ele sabe. Ele disse que, se eu fosse me fechar quando as coisas ficassem ruins, nunca daria certo, independentemente de quanto nos amássemos.

— Ele provavelmente tem razão — disse Harriet.

Fliss se encolheu.

— Você que é a romântica. Você deveria dizer que vai ficar tudo bem e que vamos viver felizes para sempre. Era para você acreditar nisso.

— E eu acredito, mas acho que você tem que querer que aconteça. E tem que fazer acontecer. Nunca disse que era fácil.

Fliss fungou.

— Não era para ele aparecer aqui num cavalo branco e me levar em direção ao pôr do sol?

— Ele jogaria areia no seu olho. E vocês provavelmente discutiriam sobre quem ia se sentar na frente, o cavalo ficaria aborrecido e pisotearia vocês.

— O que você está dizendo então? Que eu deveria ir até ele com meu cavalo branco?

— O que quero dizer, acho, é que é hora de você tomar uma decisão. Quanto o amor vale para você? Que preço você está disposta a pagar? — Harriet esticou as pernas. — Muita gente passa a vida inteira sem encontrar o que você tem. A mamãe. Eu. Você *encontrou*.

— E estraguei tudo.

— Não. — Harriet se levantou. — Você precisa parar de sentir pena de si mesma, ir até lá e dizer o que sente. Você nunca disse essas palavras a ele. Vai lá e diz! Você precisa descobrir se essa relação vai ou não funcionar.

— Ele já me disse que não vai funcionar.

— Disse porque estava magoado. Ele a viu voltar correndo para sua fortaleza. Sei que você está com medo, mas você é corajosa, Fliss. Vi você encarar pessoas com o dobro do seu tamanho. Olhe como você era com nosso pai! Você tem tanta coragem na hora de defender os outros… Ao menos uma vez na vida, tenha coragem por si mesma.

— Cadê sua empatia?

— Mais tarde, se você tiver tentado e não tiver dado certo. Mas primeiro você precisa tentar. O que vocês têm é raro e especial demais para deixar para lá sem lutar.

— Você tem razão, estou com medo. — Fliss respirou fundo. — Estou com medo de dizer a ele o que realmente sinto. Estou vendo que é difícil mudar o hábito de uma vida. Não me acho nada corajosa.

— Você é a pessoa mais corajosa que conheço. — Harriet estendeu a mão e ajudou a irmã a se levantar. — E é natural que queira se proteger. É provável que você sempre vá ser assim. Mas não faça por mim nem por Seth. Faça por si mesma. Vai lá conversar com ele.

— É como andar na corda bamba sem rede de segurança.

— Eu sou sua rede de segurança — disse Harriet, envolvendo-a com os braços. — Eu te seguro se você cair.

———

Seth estava lixando a pintura de um dos quartos quando ouviu alguém à porta. Mesmo o trabalho braçal não tinha sido capaz de melhorar o humor dele.

Largou as coisas e abriu a porta.

Lá estava ela, em um vestido florido, mais discreta que o normal.

— Fliss...

— Não. Sou a Harriet, então não me beije nem faça qualquer coisa que vá nos constranger.

Ela entrou sem esperar o convite, o que fez Seth ponderar se realmente se tratava de Harriet ou se era Fliss fazendo joguinhos outra vez.

Harriet não entraria na casa dele sem ser convidada, entraria? Mas, olhando mais de perto o rosto dela, Seth concluiu que, de fato, se tratava de Harriet.

— O que aconteceu? A Fliss está bem?

— Bem, é difícil saber, não é? É a Fliss. Ela não costuma estampar os sentimentos numa camiseta. Garanto que ajudaria a nós dois se o fizesse. Estou aqui porque presumo que ainda se importe com ela.

— O que você quer dizer com isso? É claro que me importo com ela.

— Se se importa, por que a afastou?

— Porque ela tranca os sentimentos numa solitária a sete chaves e nem eu tenho acesso a eles.

— Ela ficou com medo — disse Harriet lentamente —, mas antes daquela ligação, ela estava se abrindo, não? Ela se abriu de uma forma que nunca havia feito antes, com ninguém. Nem mesmo comigo. Você tem ideia de quão difícil foi para ela? Você *sabe* quanto tempo faz que tento convencê-la a conversar comigo? Parece que a vida inteira. E quando ela finalmente, *finalmente*, se abre, acaba desse jeito.

Seth sentiu como se tivesse levado um balde de água fria.

— Que ligação? Não sei de nenhuma ligação.

Harriet o encarou.

— Deixa para lá. Não importa agora. O que importa é que neste verão você a convenceu a abaixar a guarda. E, quando ela derrapou um pouco, quando se sentiu mais vulnerável, em vez de ter paciência e dar apoio, você a machucou.

Ele franziu a testa.

— Eu não...

— Ainda não terminei.

Com os olhos faiscando, Harriet deu um passo à frente. Seth se perguntou como pôde algum dia tê-la achado quieta e tranquila.

Bem que podia ser Fliss diante dele.

— Que estranho...

— O quê?

— Deixa para lá. Você estava me explicando como estraguei tudo.

— Exato. Ela se abriu e o resultado foi que se machucou. E em vez de compreender isso, em vez de enxergar que ela havia caído e lhe dar tempo para se reerguer, você a empurrou outra vez. Você mostrou que não era confiável, o que a ensinará a nunca mais confiar em alguém. E temo muito, muito mesmo, o que isso pode significar para o futuro dela. Se você não for capaz de alcançá-la, ninguém será.

— Me diga quem ligou.

— A Vanessa. Mas antes que você me olhe feio, foi uma boa ligação.

Harriet plantou-se na frente de Seth, que percebeu quanto ela havia mudado.

Todos haviam mudado, inclusive ele.

— Eu devia ter percebido que algo tinha acontecido. E você tem razão, eu não deveria tê-la afastado. Foi errado, mas parece que eu estava errado acerca de muitas coisas, inclusive sobre você. Eu não sabia que você tinha um lado durão.

— Bem, agora você sabe, e como não sabemos até onde ele vai ou até onde estou disposta a ir para defender minha irmã, é melhor você não a machucar.

Ele deu um sorriso leve.

— De agora em diante, vou dormir com as portas trancadas.

— Se machucar minha irmã, será uma boa ideia.

Custou-lhe duas horas de caminhada na praia até juntar a coragem necessária para dirigir até a casa de Seth. Duas horas examinando e medindo os riscos com a cabeça e o coração.

E era um risco.

Quando ela finalmente voltou para casa, Harriet estava na cozinha preparando algo com a avó.

As duas ergueram o olhar.

Fliss se voltou à irmã:

— Você está bem? Você está vermelha, como se tivesse corrido.

— É o calor do forno. — Harriet esfregou a farinha dos dedos. — Como foi sua caminhada?

— Boa. Me ajudou a pensar. Eu... — Ela se envolveu com os braços tentando reunir os últimos fios de coragem. — Preciso sair um pouco.

— Vai lá. — Calma, Harriet dispôs fatias de maçã em um prato e as cobriu com canela e açúcar mascavo. Assim que ouviu a porta da frente fechar, afundou na cadeira mais próxima e olhou para avó. — E se cometi um erro?

— Você fez a coisa certa, querida. Foi corajosa. Não acredito que você foi até lá confrontá-lo.

— Também não acredito. Tremi do começo ao fim.

— Não gaguejou?

— Não gaguejei. E a sensação foi boa. Foi bom protegê-la pela primeira vez. Agora precisamos ver se ela consegue deixar de se proteger por tempo o bastante até contar a ele o que sente.

Fliss levou dez minutos para dirigir até a casa de Seth e, por todo o caminho, se segurou para não dar meia-volta.

E se ele não atendesse a porta? Ou, pior ainda, e se atendesse a porta, mas não quisesse conversar com ela? Seth havia dito que era o fim e que não tinham futuro.

E se estivesse falando sério?

Ela bateu à porta antes que tivesse tempo de mudar de ideia, na esperança de que ele não tivesse saído para caminhar, pois não sabia se seria capaz de se colocar outra vez naquela situação.

Ele abriu a porta. A visão dele, lindo de morrer, de calça jeans escura e camisa aberta, fez as palavras dela grudarem à boca. Estavam em algum lugar ali, mas ela não era capaz de fazê-las sair.

Droga, por que ele não estava com tinta no cabelo ou poeira na calça? Fliss sabia, porém, que não faria diferença, porque não era o homem por fora que ela amava, mas o de dentro.

— Vim dizer algumas coisas.

Ele abriu mais a porta.

— Ótimo, porque tem umas coisas que eu também gostaria de dizer.

— Preciso falar primeiro. — Ela entrou na cozinha e se virou, posicionada com o balcão entre os dois. — Quando ouvi pela primeira vez que você estava em Manhattan, fiquei aterrorizada. Morria de medo de trombar com você. Eu achei, acreditei de verdade, que tinha arruinado sua vida. Não… — ela o viu abrir a boca e ergueu a mão —… me deixe terminar. Me deixe falar. Se eu não fizer isso agora, talvez não faça mais. Estou falando como foi, só isso. Eu me senti culpada e carreguei isso comigo. Carreguei pensamentos do que poderia ter acontecido se não tivéssemos perdido nosso bebê.

Naquela época, não consegui contar o que senti. A sensação foi tão ruim que não tive como partilhá-la com alguém. Ainda vivia com meu pai, sob o controle dele, e não era um lugar legal. Eu não fazia ideia de como me abrir com alguém. Nem com você. Ou eu talvez devesse dizer "especialmente com você", pois sabia que, mais do que qualquer outra pessoa, você poderia me machucar. Fazia dez anos que não o via nem tinha notícias suas, e, de repente, lá estava você.

— Devagar. Você está falando rápido demais.

— É o único jeito que conheço para fazer sair. Eu não tinha ideia de como lidar com sua presença em Manhattan, por isso escolhi a opção covarde, a saída fácil, e vim para cá. E eis que você também estava aqui. Eu não soube lidar com a situação. — Ela se agachou para fazer carinho em Lulu, que estava carente. — E soube lidar ainda menos com sua persistência e com como você de fato se sentiu todos esses anos. Percebi o quanto eu tinha perdido não conversando com você. Não sendo honesta.

Seth se agitou.

— Eu também cometi erros. Deveria ter pensando em como você estava se sentindo, o que deveria estar pensando, mas, mesmo sabendo um pouco sobre seu pai, usei minha própria família e criação como régua. Na minha família, nós conversávamos e dividíamos as coisas, mesmo quando elevávamos o tom. Ninguém nunca precisava se esconder. Eu sabia que você achava difícil falar como se sentia, mas não sabia quanto. Não fazia ideia do que passava em sua cabeça. Se eu soubesse…

— Não vamos falar em *se*. Vamos admitir que cometemos erros. O importante, o motivo para eu estar aqui — Fliss engoliu seco —, é que não quero cometer o mesmo erro. Dessa vez, quero colocar para fora, para que nós dois saibamos. Para que não haja equívoco. Você quer os noventa por cento… estou oferecendo cem. Vou dizer exatamente o que estou sentindo para que não haja nenhum mal--entendido.

Seth se deteve.

— Então diga.

— Eu me sinto um lixo, Seth. Passamos um verão incrível, demos risada e, sim, você fez com que eu me apaixonasse por você, cacete, ou talvez eu nunca tenha deixado de te amar, sei lá... — Ela sentiu Lulu se afastar e atravessar a cozinha. Não culpava a cachorra por querer se afastar de toda aquela emoção. Ela fazia o mesmo. Fliss estava confusa, embaralhada, atordoada de amor, mas a emoção predominante era o medo. — Achei que ia ser tudo ótimo, expus meu coração a você...

— Não expôs. Você não expôs o coração. Você o protegeu.

— Eu expus meu coração. Talvez não tenha dito em palavras, mas mostrei. Você sabia. Você *viu*. Eu estava prestes a contar, mas você foi chamado. Daí a Vanessa ligou e me contou o quanto você ficou machucado...

— Ela não devia...

— Não... — Fliss ergueu a mão. — Ela estava certa em me ligar. Estava protegendo você e entendo por que faria isto. Mas, até aquele momento, eu não tinha pensado como tudo o que tinha acontecido havia afetado você. Pensei que tinha se casado comigo por causa do bebê, por isso não tinha me passado pela cabeça que talvez tivesse sofrido da mesma maneira que eu. Quando Vanessa contou como foi, me senti péssima. Tão culpada. Horrível por *eu* ter feito aquilo com você. Tive uma crisezinha emocional. — Ela foi na direção de Lulu, que recuou para debaixo da mesa, ciente do perigo evidente. — Eu sabia que nunca, jamais queria machucá-lo outra vez e foi aí que perdi a confiança na capacidade de me tornar a pessoa que você precisa que eu seja.

— Fliss...

— O que me deixava vulnerável não era me abrir e compartilhar coisas. Era me abrir e te amar. Essa parte me assustava. Eu era como um caranguejo sem casco, um tatu sem armadura. Me assustava tanto que, por algum tempo, não sabia se eu seria capaz de lidar com a situação. Sabia que, se não conseguisse, você ia se machucar. Pensei que você talvez ficasse melhor com alguém como a Naomi, a amiga da Vanessa.

Houve uma pausa. Passado algum silêncio, Seth respirou fundo.

— Posso falar agora?

Parte de Fliss queria simplesmente ir embora, mas em seguida se lembrou do que Harriet havia dito sobre ouvi-lo. Sobre saber a verdade. Fliss ia escutar. E saberia a verdade. E então partiria. E desmoronaria.

Era capaz de aguentar mais meia hora se necessário, ainda que fosse ficar com buracos nas palmas das mãos pela forma como enterrava as unhas nela.

— Primeiramente, não tenho interesse em Naomi. É verdade que, ao longo dos anos, ela passou bastante tempo em nossa casa. Ela é amiga próxima da Vanessa e, sim, ficamos juntos por algum tempo. Ela é uma boa pessoa. Não é difícil gostar dela.

Fliss se levantou na hora.

— Viu? Ela é perfeita para você.

— *Senta*.

— Parece uma mulher tão doce.

— E quando você me viu comer açúcar?

Fliss refletiu sobre isso.

— Acho que ela ia deixar você louco depois de algum tempo. Provavelmente não brigaria com você. Brigar mantém você jovem.

Os cantos da boca de Seth tremeram.

— Quando perdi meu pai, percebi que não queria relacionamentos sem sentimentos profundos. Relacionamentos medianos. Acomodados. — Ele sustentou o olhar no dela. — Quando entendi isso, terminei com a Naomi. Fui honesto. Sabia o que eu queria. Quem eu queria.

Ele não tirou os olhos dela e os joelhos de Fliss viraram geleia.

— Caramba. Nesse ritmo você vai me deixar com dó dela. — Agachou-se e abraçou Lulu outra vez, segurando-a perto, reconfortando-se no corpo quente da cadela. — A Vanessa disse que você procurava o mesmo tipo de relacionamento que seus pais tiveram. E que nunca encontraria.

— Eu já encontrei — disse Seth com voz suave. — Encontrei anos atrás, mas fui idiota o bastante para perdê-lo. Nunca houve outra pessoa além de você, Fliss, e quando meu pai morreu eu soube, *eu soube*, que tinha que encontrá-la e descobrir se existia algo do seu lado. A vida é curta e preciosa demais para desperdiçar momentos com "e se". Por isso aceitei o trabalho em Manhattan.

— Por que não foi e simplesmente bateu em minha porta?

— Porque sabia que não ia funcionar. Tive dez anos para pensar no que aconteceu. Dez anos para pensar em todas as formas que pisei na bola.

— Fui eu quem...

— Nós dois pisamos na bola. Mas não vamos repetir. Aqui estão os meus cem por cento. Eu te amo. Você tem que acreditar que te amo. Que sou o cara certo para você.

O coração de Fliss estava tão pleno que ela mal conseguia falar.

— Eu acredito em você. Acredito de verdade. Eu te amo. Cem por cento, eu te amo. E tenho muito mais medo de perder você do que de dizer isso.

Seth sorriu pela primeira vez desde que Fliss entrara em sua casa.

— Então que tal deixar minha cachorra em paz e me mostrar?

Fliss continuou abraçada a Lulu:

— Eu amo sua cachorra.

— Eu também a amo. Ela sempre será parte de nossa família, mas, no momento, prefiro que ela fique em segundo plano. Não é o momento dela.

— Nossa família?

— Sim. É isso que somos. É o que seremos.

Com a cabeça dando voltas, Fliss deu um último beijo em Lulu e se levantou.

No instante seguinte, estava nos braços de Seth, sendo beijada.

— Eu sempre te amei.

— Era o sexo...

— E depois amor. Tanto amor que nem sequer parei tempo o bastante para pensar se não estava indo rápido demais. Se o que tínhamos era forte o suficiente para aguentar. Quando perdi você, não soube conviver com a dor. Você diz que se sentiu culpada. Eu me senti ainda mais. Engravidei você e perdemos o bebê. Fiquei devastado. Sabia que você também, mas eu não sabia como alcançá-la.

— Se eu tivesse sido mais corajosa e aberta, talvez não teríamos nos separado. Mas realmente senti que, sem o bebê, nada nos mantinha juntos.

— Um bebê não serve de cola, Fliss. Muitos casais têm filhos achando que vão tornar o casamento inabalável e depois ficam se perguntando por que não funciona. A situação se torna invariavelmente pior. O amor é a cola. É o amor que mantém um relacionamento firme pelos momentos bons e ruins.

— Passei a vida inteira me protegendo e nunca havia pensado no contrário. Que, ao não me abrir, bloqueava tanto o amor quanto o ódio. — Fliss se afastou um pouco. — Tive uma briga com Harriet hoje mais cedo. Foi a primeira briga de que me lembro desde que éramos crianças. Na verdade, foi menos uma briga e mais ela gritando comigo. Ela jogou os cem por cento na minha cara. Disse como estava triste por eu não me abrir com ela, que eu a ficava protegendo. Quase não a reconheci, mas ela me fez pensar e percebi que tinha razão.

— Ela contou que veio aqui?

— A Harriet? *Oi?* Não. Quando?

— Hoje mais cedo. Ela me ameaçou e, vou te contar, sua irmã bota medo quando está com raiva.

— Com raiva? Você deve estar enganado. Fora a briga que tivemos mais cedo, Harriet é a pessoa mais boazinha e educada do mundo.

— Era o que eu achava e estou certo de que é verdade, com exceção de algumas circunstâncias.

— Que circunstâncias?

— Quando ela acha que a irmã está em apuros. — Ele estreitou o abraço. — Ela se colocou na sua frente. Plantou-se ali e não arredou o pé até eu prometer que não faria você chorar. Levando em conta nossa abertura e os cem por cento, achei que devia mencionar essa visita. Ela provavelmente não quer que você saiba, então não conte a ela.

— E a Vanessa provavelmente não quer que você saiba que ligou, então também não mencione nada. — Ela encostou a cabeça sobre o peitoral dele. — Quero saber o que você está pensando. Quero saber o que está na sua cabeça. Tudo.

— Eu te amo. É isto que está na minha cabeça. E no meu coração.

Acariciou o queixo dela com os dedos e os olhos de Fliss se encheram de lágrimas.

— Eu também te amo.

Lágrimas rolaram pelas bochechas dela e Seth as limpou com os polegares.

— Não chore. Pelo amor de Deus, não chore. Harriet vai me matar.

— São lágrimas de felicidade.

— Não quero nenhum tipo de choro. Nunca quero vê-la chorar, nem ser o motivo disso.

— Nem no bom sentido?

— Nunca. Só quero vê-la feliz. Voltarei para Manhattan se você quiser.

— Você faria isto por mim? Mesmo adorando aqui?

— Quero ficar com você. Farei o que for melhor para você.

— E se o melhor para mim for ficar aqui? Construir uma empresa aqui? Não fica longe de Manhattan. Posso pegar carona no helicóptero de Chase sempre que precisar voltar.

— Ou no do Todd.

Ela perdeu o fôlego.

— Ele vai comprar a casa?

— Parece que sim. Ligou mais cedo. Vai trazer a família para visitar neste fim de semana. Convidou a gente para jantar com eles.

— Olha só a gente, se misturando aos ricaços. Pelo visto vou precisar abandonar meu short. — Ela sorriu para Seth. — Posso me acostumar a viver aqui em sua casa à beira-mar, com a Lulu.

— Certeza? Mas e Harriet, se você ficar aqui?

— Ela não quer que eu a proteja. — Fliss soltou a respiração. — Acho que vai ser difícil. Ou talvez mais fácil, sem eu respirando no pescoço dela o tempo todo.

— Você não ficaria doida morando aqui? As Princesas do Pôquer vão querer saber todos os detalhes.

— Pensei em distribuir um informativo mensal para dispensá-las de ter que perguntar ou ir atrás de fofocas. Você poderia pendurar no mural de seu consultório. O título seria *Direto da fonte.*

Ele sorriu.

— Se for morar aqui, você vai ter que fazer biscoitos.

— Sou profissional. Mas ainda não contei a ninguém quantas fornadas foram para o lixo até atingir esse patamar.

Ele abaixou o rosto até encostar a testa na dela.

— Você estaria pronta para ficar aqui? Para viver aqui? Comigo?

— Sempre.

Ele ergueu a cabeça e, com um sorriso no rosto, olhou ao redor.

— Antes de hoje, aqui era uma casa. Agora é um lar.

— Porque você vendeu a Vista Oceânica. Porque finalmente se mudou de vez.

— Não. — Ele balançou a cabeça. — É porque você está aqui. Você que dá à casa a sensação de lar. Eu te amo.

— Eu também te amo. Achei que era a mulher errada para você, mas foi porque, por muito tempo, enxergava a mulher que meu pai via. Acreditava, bem no fundo, em todas as coisas que ele dizia de mim. Era como me ver num daqueles espelhos que distorcem tudo. Em parte, esse foi um dos motivos para não termos dado certo na primeira vez. Porque eu achava, de verdade, que não era boa o suficiente, que era a Fliss Má, que tinha arruinado sua vida.

— E agora? Ainda acredita nisso?

Ela negou com a cabeça.

— Não. Passei grande parte de minha vida provando para ele que não era essa pessoa e, em algum momento do percurso, provei a mim mesma também. Só não tinha percebido isso até recentemente.

— Quero me casar com você. De novo. O quanto antes.

O olhar de Seth provocou sensações diversas dentro de Fliss. Ela sentiu alegria e uma pontada de desejo, mas, acima de tudo, sentiu amor.

— Eu também quero.

— Desta vez não vai ser em Las Vegas.

— Não me importa onde vai ser, desde que você esteja lá. — Inundada por ondas generosas de alegria, ela o beijou. — Mas, por favor, não me diga que tem em mente o Plaza no mês de junho. Porque senão vou bater em você.

— Eu tinha em mente um casamento na praia. Lagosta grelhada. Dançando sob o luar. A Matilda provavelmente vai derramar champanhe e você provavelmente não vai usar sapatos. Que tal?

Ela envolveu o pescoço dele com os braços.

— Me parece perfeito.

Agradecimentos

MEUS AGRADECIMENTOS ESPECIAIS A FLO Nicoll, minha editora, por aguentar minhas perguntas sem fim sobre a vida de gêmeas no voo curto que fizemos a Berlim. Ela deve estar contente de não termos viajado para a Austrália.

Sou grata a minhas equipes editoriais, tanto no Reino Unido quanto nos Estados Unidos, que tanto trabalham para fazer meus livros chegarem às mãos das leitoras, e a minha agente, Susan Ginsburg, da Writers House, pelos sábios conselhos.

Agradeço a todas as minhas incríveis leitoras, particularmente àquelas do Facebook que sempre ajudam muito com detalhes como os nomes dos cães. Se não fosse por elas, todos os cães de meus livros se chamariam Rover.

Por último, mas com certeza não menos importante, agradeço a minha família por aguentar, com paciência e senso de humor, viver com uma escritora.

Este livro foi impresso em 2021, pela Plenaprint, para a Harlequin.
A fonte usada no miolo é Adobe Caslon Pro, corpo 10,5/15,4.
O papel do miolo é Chambril Pólen Soft 80g/m², e o da capa é cartão 250g/m².